U0923568

古希腊神话与传说

[德] 古斯塔夫·施瓦布　著

高中甫　关惠文等　译

SPM 南方传媒 | 花城出版社

中国·广州

图书在版编目（CIP）数据

古希腊神话与传说 /（德）古斯塔夫·施瓦布著；高中甫，关惠文等译. -- 广州：花城出版社，2024.2
ISBN 978-7-5360-9932-6

Ⅰ. ①古… Ⅱ. ①古… ②高… ③关… Ⅲ. ①神话—作品集—古希腊 Ⅳ. ①I545.73

中国国家版本馆CIP数据核字(2023)第041722号

出 版 人：张 懿
项目统筹：陈宾杰 蔡 安
责任编辑：李 卉
责任校对：李道学
技术编辑：凌春梅 林佳莹

书 名 古希腊神话与传说
GUXILA SHENHUA YU CHUANSHUO
出版发行 花城出版社
（广州市环市东路水荫路11号）
经 销 全国新华书店
印 刷 唐山富达印务有限公司
（唐山市芦台经济开发区农业总公司三社区）
开 本 880毫米×1230毫米 32开
印 张 11
字 数 255,000字
版 次 2024年2月第1版 2024年2月第1次印刷
定 价 26.80元

如发现印装质量问题，请直接与印刷厂联系调换。
购书热线：020-37604658 37602954
花城出版社网站：http://www.fcph.com.cn

古斯塔夫·施瓦布

Gustav Schwab

（1792—1850）

德国著名的浪漫主义诗人

译者序

古希腊是世界四大文明古国之一，它为人类留下了一笔辉煌灿烂的文化财富。古希腊的神话和传说就是其中最为瑰丽的珍宝。

世界上有许多民族，每个民族都创作出了它自己的神话和传说，这些神话都有自己民族的特点，但也都有共同的性质。无论是中国神话、希腊神话、印度神话、希伯来神话、北欧神话，甚至是地处偏僻，人数不多的民族或部落，都有自己的天界和它的统治者，都有自己的冥界及其主宰，也都有各式各样，各司其职的神。然而在各民族神话中，希腊神话最为丰富和谱系化了。中国神话虽然多彩多姿，林林总总，形象生动，极富想象力，但散见于经史子集，笔记、类书中，零碎芜杂，从未荟萃成书，更没有谱系化。希腊神话及其英雄传说，起于口传，之后见之于文字，到荷马的两大史诗中，神的世界已经脉络清晰，英雄传说更为完整。荷马之后的古希腊诗人赫西俄德（前 8 世纪—前 7 世纪），在自己的长诗《神谱》中记述了许多神话，并力图把这些神话谱系化。在此之后，古希腊的诗人，特别是戏剧家，如埃斯库罗斯（约前 525—前 456）、索福克勒斯（约前 496—前 406）、欧里庇得斯（约前 485—前 406）以及阿里斯托芬

(约前 446—前 385) 把希腊神话和传说作为创作的题材，使神和英雄的故事更为生动，形象更为丰满。希腊神话和传说到这时逐渐成为一个基本是完整的、谱系化了的神的王国和英雄的世界。

希腊神话与所有神话一样，是源自于人类童年对自然力的恐惧以及由恐惧而产生的敬畏，由敬畏而产生的崇拜和由此而产生的一种征服和支配的愿望。古希腊人在强大的自然力面前是无能为力的，处于被支配被主宰的地位，于是就把自己所恐惧所敬畏的自然力加以神话。天和地，日月和星辰，山川河流，风云雷电，走兽飞禽都被赋予一种神性，这样人便创造出了一个人的异类：具有某种超自然力的人，即神以及介于神与人之间的超人，即那些英雄们。这些英雄多半是神与人的结合而生的，具有某种超人的力量，有神的成分，但他们不是神。神是不死的，永生的，而这些英雄则不然。他们之中只有为数不多的人，经过奋斗，得到宙斯首肯才得进入天庭，成为神。这里举个鲜明的例子：普罗米修斯，不管受到怎样的折磨，他不死，因为他是神；赫拉克勒斯是宙斯与阿尔克墨涅的儿子，但他不是神，于是赫拉克勒斯只能是人，只有通过一系列的考验和奋斗，最后才成为不死的神；而阿喀琉斯，他虽然是海神忒提斯与珀琉斯的儿子，忒提斯想方设法要使他成为不死的神，但最终还是被杀死。一个神的世界被创造出来，更有它的中介物——超人的英雄们，从而与人的世界连接起来。人创造了神，赋予神以人性、人形——也不只是人形——把人生于其中的社会折射到神界，形成一个“天上人间”。这样就在神与神之间，神与人之间，以及由不同的神支持的英雄与英雄之间演绎出了一幕幕雄浑壮丽、轰轰烈烈、可歌可泣、哀婉动人的神话与传说。

记载于荷马两大史诗《伊利亚特》和《奥德赛》，希腊诗人和剧作家以神话和英雄传说为题材的艺术作品，赫西俄德的《神谱》以及公元前 3 世纪后期，希腊化时期亚历山大里亚学派著作中搜集和记载的神话和传说，就形成一个完整的古希腊神话与传说的框架。它们一直流传下来，进入 19 世纪，在欧洲各国出现了一些作家和教育家，他们将古希腊神话与传说进行编写和艺术加工，以适应时代的需求，满足读者的需要。这其中最成功和贡献最大的当属德国浪漫主义作家古斯塔夫·施瓦布 (1792—1850)。他虽然创作了诗歌、民谣，编辑德国民间故事，但为他博得名声和影响最大的是他在 1840 年出版的《古代最美的传说》(三卷本)。在他的笔下，古希腊神话和传说被梳理得脉络分明，故事更加完整，人物也都有了交代。如荷马的《伊利亚特》只叙述到赫克托耳之死；而他则一直写到特洛伊的陷落，这其中包括了阿喀琉斯之子参加战斗，木马计，海伦的命运等。这部著作流传甚广，成为了解古希腊神话与传说的备受欢迎的读物。它被翻译成多种文字，进入 21 世纪，为了更适合当代人阅读，特别是为了青少年的阅读习惯，有不少人对施瓦布这部作品进行加工和改写，有了不少新的版本出现。这个译本就是以它为蓝本，参照了其他版本而译就的。

施瓦布的这本书题为 *Die schönsten Sagen des klassischen Altertums*，德文的 Sagen 本意即是故事或传说，Altertums 有两个意义，一个是指古代，二是特指古希腊罗马时代。因此这部书应译为《古希腊最美的传说》。它包括众神的传说、英雄的传说、特洛伊战争的传说、俄底修斯的传说等。内容丰富，卷帙浩繁，共有三卷。楚图南先生在 40 年代将此书从英译本译成中文，题为《神祇和英雄》，新中国成立后重版，改题为《希腊的神话和传说》，这是很切题的，神的故事就是神话嘛，它一直沿用至今。

本书只包括诸神的传说、英雄的传说和俄底修斯的传说三部分，而《特洛伊传说》和《但塔罗斯家族的最后一代》等则由于篇幅所限不得不加以割舍。神话部分呈现在读者面前的是一个诸神主宰的世界，是主宰众神的宙斯。但作者并没有去详细地描绘这个神的国度，而是通过了诸如普罗米修斯、欧罗巴、西绪福斯、坦塔罗斯、伊卡洛斯等神，讲述了一些饶有兴趣的，且富有人性和哲理的故事。在英雄传说部分里，有凄美动人的歌手俄耳甫斯和他美貌的妻子水神欧律狄刻的传说，有阿耳戈英雄们远征的业绩，有宙斯的儿子赫拉克勒斯从出生到修成正果所受的磨难和做出的丰功伟绩，以及其后代的功业，有力量超凡和无比勇敢的忒修斯的崛起和被囚冥府的传说，有七雄攻打忒拜的英雄征战，有弑父娶母的俄狄浦斯的凄惨一生。本书的第三部分是俄底修斯的传说，所谓的俄底修斯漂流记指的即是这个传说，它讲述了在特洛伊战争结束后，作为这场战争的胜利者俄底修斯乘船返乡的一系列历险故事。他在这些险遇中显示出了他的大智大勇：骗过了凶恶的巨人波吕斐摩斯，制伏了会使魔法的半人半神的美女喀耳刻，摆脱了塞壬仙女的致命诱惑，逃脱了长有六个脑袋十二只脚的怪物斯库拉的追杀，最后回到宫中，并设计杀死了向他的忠诚妻子珀涅罗珀求婚的一些恶徒。

无论是神话部分还是传说部分，故事讲得娓娓动听，写得盎然生趣。在读者面前呈现的是一个鲜活的、充满生机的世界。阅读它们是一种高度的美学上的享受；不仅如此，希腊神话和传说的所具有的认识价值，必然会使读者丰富自己的知识和扩大自己的视野，提高自己的素养。这些神话和传说流传至今已三千多年了，成为历代的诗人、作家、艺术家取之不尽的创作源泉，成为学者、历史学家研究的课题；它们早已经渗入人们生活的各个领域，并持续地发生影响。像宙斯、阿波罗、雅典娜、普罗米修斯、阿佛洛狄忒、赫拉克勒斯、海伦娜、帕里斯的苹果、塞壬的歌声等等不都成为特有的象征和某种寓意的载体吗？了解这些在某种程度已经成为知识渊博和文化素养高的标志之一了。

高中甫

目录 *Contents*

001 〉 第一部　诸神的传说

普罗米修斯　003
丢卡利翁和皮拉　008
法厄同　012
欧罗巴　017
卡德摩斯　023
珀耳修斯　026
代达罗斯和伊卡洛斯　032
菲勒蒙和包喀斯　037
弥达斯国王　041
坦塔罗斯　045
珀罗普斯　047
尼俄柏　050
西绪福斯　055
俄耳甫斯和欧律狄刻　057

061 〉 第二部　英雄的传说

阿耳戈英雄远征 063
赫拉克勒斯的传说 111
忒修斯的传说 150
俄狄浦斯的传说 166
七雄攻忒拜 185
赫拉克勒斯的后裔 203

223 〉 第三部　俄底修斯的传说

335 〉 附录　古希腊神话诸神一览表

第一部
诸神的传说

普罗米修斯

天和地被创造出来，大海起伏波动，鱼儿在海水里嬉游，群鸟在空中飞翔歌唱，地面上挤满各种动物，但还没有哪种体内有灵魂并能统治世间的造物。这时，普罗米修斯踏上了大地，他是被宙斯废黜神位的老一代神的后裔，是地母与乌拉诺斯所生的伊阿珀托斯的儿子。他清楚地知道，上天的种子就蛰伏在泥土里，于是他就掘了些泥土，用河水把泥土弄湿，然后按照世界的主宰天神的形象揉捏成一个人体。为了让这泥做的人体获得生命，他从各种动物的心里取来善与恶的特性，再把这善与恶封闭在人的胸中。在天神之中他有一个朋友，这就是智慧女神雅典娜。雅典娜很欣赏这个泰坦之子的创造，便把灵魂即神灵的呼吸吹进这仅有半个生命的泥人心里。

这样，就产生了最初的人，不久他们便四处繁衍，充满了大地。但是在很长的时间里他们都不知道如何使用他们高贵的四肢和神赐的精神。他们视而不见，听而不闻，像梦中的人形一样四处奔走，不知道如何利用世间万物。他们不会采石凿石，不会用黏土烧砖，不会把森林里砍伐来的木料做成大梁和椽子，并用这些材料修建房屋。他们像终日忙忙碌碌的蚂蚁一样聚居在地下，生活在不见阳光的地洞里，不能根据可靠的标志分辨冬季、繁花似锦的春天和丰收在望的夏日。他们所做的一切都杂乱无章，毫无计划。

于是普罗米修斯便来照料他们：他教他们观察星辰的升降；他发明了计算的方法，创造了拼音文字；他教他们把牲口套在轭上，使它们承担人的一份劳动；他让马匹养成上套拉车的习惯；他发明了适于海上航行的船和帆。他也关注人类的生活起居：从前，一个人生病，便束手无策，不知道吃什么喝什么有益于健康，不懂得服药减轻自己的痛苦，由于没有医药而凄惨地死去。现在，普罗米修斯告诉他们如何调制药剂来驱除各种各样的疾病。他又教他们预言的本领，给他们解释先兆和梦，说明鸟雀的飞翔和牺牲的陈列；他引导他们勘察地下，发现地下的矿石、铁、银和金，一句话，他把生活需要的一切技能和一切减轻辛苦的工具都向他们作了介绍。

不久前，宙斯夺取了他父亲的神位，罢黜了老一代神明，现在是他和他的儿子们统治着天国。而普罗米修斯则是老一代神明的后裔，因此新的神明注意到这刚刚产生的人类并要求人类敬奉他们，以此换取他们很愿意向人类提供的保护。在希腊的墨科涅，人和神举行了一次聚会，共同确定了人类的权利和义务。普罗米修斯以人类保护人的身份参加了这次会议，他提出，诸神不要因为负有保护的责任而让人类承担过重的义务。

普罗米修斯聪颖过人，决计愚弄一下众神，他以他的造物的名义宰杀了一头大公牛，请天神们选取自己所喜欢的那一部分。他把宰杀后的牛切开分成两堆：堆在牛皮底下的是肉、内脏和很多脂肪，后一堆要大些，但里面却是巧妙地裹在牛板油里的光秃秃的骨头。

众神的君父，全知全能的宙斯一眼就看穿了他的骗局，说道：

“伊阿珀托斯的儿子啊，尊贵的王子，我的好友，你分配得多么不公平啊！”普罗米修斯以为他能骗过宙斯，便暗自微笑着说：“尊贵的宙斯，永恒众神中最伟大的神，请选取你中意的一堆吧！”宙斯心中勃然大怒，便故意用双手抓住那块白色的板油，剥开板油后就看见了光秃秃的骨头，但他装出刚刚才发现自己上当受骗的样子，气愤地说：“我看得很清楚，你还没丢掉你骗人的伎俩。”

宙斯决定报复普罗米修斯的欺骗，拒绝给人类为实现文明所急需的最后的赠品：火。但机智的伊阿珀托斯的儿子却想出了办法加以补救：他拿了一个易燃的大茴香枝，到天上去靠近太阳车，然后他把这个木枝往那闪光的火焰里一杵便得到了火种。他带着这火种降到大地上，柴堆燃烧的熊熊火光随即直冲云霄。

当宙斯看见人间竟有照得如此灿烂的火光升起时，他的灵魂深处都感到钻心刺骨的疼痛。既然人类已经用火，他就不能从他们手中把火夺走了，但他立刻想出一个新的灾害来代替禁止人类用火：他要求因技艺高超而闻名遐迩的火神赫淮斯托斯为他造出一个美丽少女的形象。

雅典娜由于嫉妒普罗米修斯，已对他不抱好感，所以她前来帮助宙斯，给这个少女形象披上了闪亮的白色外衣，并让那姑娘两手撑着罩在脸上的面纱，头上戴着饰以鲜花的花冠，束着一个金发带。神的使者赫耳墨斯让这迷人的姑娘获得说话的能力，爱神阿佛洛狄忒则使她具有一切妩媚可爱的姿态。宙斯就这样创造了一个出色的害人精，他给她取名潘多拉，意思就是“获得一切天赐的女子”，因为每一个神都给了她一件使人类遭灾受难的赠品。

随后，宙斯把这个少女带到人与神共同愉快漫步的大地上。人们都对这无与伦比的女子赞不绝口。而她走向普罗米修斯过分天真的兄弟厄庇墨透斯，把宙斯的赠品送给他。

普罗米修斯曾警告过他的兄弟，不要接受奥林帕斯山上的宙斯的赠品，以免人类遭到灾难。但这警告没有起到作用，厄庇墨透斯对这警告连想都没去想，就接纳了美丽的少女潘多拉。这个少女双手捧着赠品——一个有盖的大盒子，来到厄庇墨透斯身边，就立刻揭开了盒盖，盒子里立刻飞出一大群灾害，就如闪电一般迅速扩散到大地上。这些赠品里唯一对人类有益的，即希望，却被潘多拉按照众神之父的旨意，锁在了盒子内。

在此之前，人类的生活从没有遭受灾难的侵扰，没有过繁重的劳动，也没有折磨人的疾病。但从潘多拉打开盒子之后，灾难以各种各样的形式充满大地、天空和海洋；疾病在人群中四处乱窜，日夜不停又悄无声响，各种各样的热病围攻大地；从前缓步潜行在人类中的死神如今也快步如飞地奔跑起来。

此后，宙斯便立刻向普罗米修斯复仇。他把这个罪人交给了赫淮斯托斯和两个仆人——号称强制和暴力的克拉托斯和比亚。他们奉命把普罗米修斯拖到斯库提亚的荒野，用挣不断的铁链把他锁在高居深渊之上令人目眩的高加索山的峭壁上。赫淮斯托斯很不愿意完成父亲所交付的任务，因为他钦佩这个泰坦之子，他知道普罗米修斯是他曾祖父乌拉诺斯的子孙，是与他出身相同的神的后裔。为此，他说了几句无限同情的话，不料竟受到粗野的仆从们的谴责，他出于无奈，只好让仆从们完成了这个残酷的任务。

这样，普罗米修斯就令人悲哀地被吊在悬崖绝壁上，直挺挺地悬着，不能睡觉，也从来不能弯一弯疲惫的双膝。“你将白白地发出多少哀怨和悲叹啊，”赫淮斯托斯对他说，“宙斯的意志是不可改变的，不久前才夺得天国统治权的新神都是冷酷的。”

这个囚徒的痛苦也真的将是永久的，或将延续三万年之久。尽管他大声悲叹，他呼唤风、江河、大海的波涛、万物之母大地和洞察一切的太阳为他的苦难作证，但他的意志却始终坚定不移：“一个人只要认识到了必然的不可抗拒的威力，”他说，“他就必定会忍受命中注定的一切。”他曾预言：新的婚姻将使诸神的主宰者堕落和毁灭。但不管宙斯怎样威胁他，他也不肯详细说明这似明犹暗的预言。

宙斯是说一不二的。他派出一只鹰每天啄食这个囚徒的肝脏，而那肝脏被吃去多少就又重新长出多少。在没有一个人出来自愿受死，替他受罪之前，这种痛苦是不会停止的。

这个不幸者得到解救的一天终于来了。普罗米修斯被吊在悬崖上忍受可怕的痛苦数百年之后，赫拉克勒斯为了寻找金苹果正好路过这里，当他正希望向普罗米修斯请教良策时，他又对被囚禁者的命运起了怜悯之心，因为他看见一只凶鹰立在被囚禁者的膝头啄食那不幸者的肝脏。于是他把木棒和狮皮甩在身后，弯弓搭箭，一箭就把那只凶鹰从受苦者的肝脏上射了下去。接着，他解开锁链，把被解放了的普罗米修斯带走了。但为了满足宙斯的条件，他让自愿放弃永生而去受死的马人喀戎做了普罗米修斯的替身。但为了维持宙斯把普罗米修斯永远吊在悬崖上受苦的判决，必须让普罗米修斯永远戴着一个铁环，铁环的另一端拴上一小块高加索山崖的石头。这样，宙斯才能自豪地说，他的敌人还一直被锁在高加索山上。

丢卡利翁和皮拉

上古的人类定居尘世间，他们的种种罪行传到世界统治者宙斯耳中以后，他便决定亲自到人间去察访，但他处处发现，实际情况比传闻还要严重。

阿尔卡狄亚国王吕卡翁一向以野蛮凶残闻名。一天夜色已深，宙斯来到待人冷淡的吕卡翁的王宫，他发出几个奇异的信号，暗示神的到来，众人立即对他顶礼膜拜。吕卡翁却在旁边嘲笑他们这种虔诚的祷告，他说："那就让我们看看他是人还是神吧！"背过身来，他暗自图谋，趁半夜客人熟睡把客人杀死。

他先动手杀了一个摩罗西亚人送来的可怜的人质，把他的肢体放在沸水里煮或在火上烤，然后在晚餐时把这些人肉端到餐桌上献给宙斯。洞察一切的宙斯发现了这件恶行，他从桌边一跃而起，抛出复仇的火焰，让这个心中无神者的宫殿立马燃烧起来。吕卡翁惊慌失措地逃到旷野里去，他喊出的第一个声音是动物的嗥叫，他的王袍变成了长满兽毛的皮，他的胳膊变成了前腿，到最后他变成了一匹嗜血的狼。

宙斯回到奥林帕斯山，与众神商量，打算消灭这罪恶的人类。他原想向大地投射闪电，却又害怕大火殃及天国，烧毁宇宙的轴。于是他把库克罗普斯为他炼造的雷电放在一边，决定天降暴雨，将人类淹死在洪水中。这时，能驱散雨云的北风和其他方向的风都被锁进了埃俄罗斯的岩洞里，只有能带来降雨的南风被派了出来。这南风拍打着滴水的翅膀飞向大地，伸手不见五指的黑暗遮住他可怕的脸，浓云掩盖着他的胡须，波涛在他那满头的白发里滚动，雾霭压在他的前额上，大水从他的胸脯喷涌而出。南风悬在空中，用手抓住巨大的乌云，挤压它们，于是，雷声隆隆，大雨如注。

海神波塞冬也来帮助他的兄长宙斯进行这次破坏行动，他把所有的江河召集起来说："你们要冲进一切房屋，摧毁所有堤坝！"它们全部一丝不苟地执行海神的命令，波塞冬本人也挥舞起他的三叉神戟刺穿地层，使足气力摇动，为洪水开辟道路。

这样，河水流过开阔的田野，淹没了耕地，冲倒了树木，冲毁了庙宇和房屋。如果有一个宫殿还屹然矗立，大水便很快盖过它的围墙，最高的塔楼也被漩涡淹没。转眼间，便再也分不清哪里是海，哪里是陆地，整个世界都成了汪洋大海。

人类想尽一切办法自救。有人爬到最高的山上，有人跳上小船划过已经淹没的家园和自家葡萄园所在的山丘，船的龙骨都擦到了那些葡萄藤。鱼儿在树林的粗枝当中拼命地游动，波浪追逐着急奔不迭的野猪，所有的人都被大水冲走，没被波涛卷走的人也都饿死在荒山野坡上。

在福喀斯地面，帕耳那索斯山的两个山峰依然高耸在淹没一切的洪水之上。丢卡利翁和他的妻子皮拉乘小船漂到了这座山上，丢卡利翁是普罗米修斯的儿子，父亲曾对他发出过有关洪水的警告，并且为他造了一只小船。难能可贵的是，没有任何其他被创造的男人和女人比得上他们二人这样正直和敬神。宙斯从天庭往下界一看，发现尘世已完全被淹没在大水和沼泽之中，只剩下了这一对男女，而他们俩又都是无罪的，虔诚敬神的，于是他便放出了北风，驱逐了黑压压的浓云，命令它把雾霭带走，天又看见了地，让地又看见了天，海神波塞冬也放下了三叉神戟，让洪水平静下来。大海又有了岸，江河返回它们的河床，树林从深水里伸出沾满泥浆的树梢，群山随之出现，最后平坦的陆地又展现在世间。

丢卡利翁四下张望。土地已经荒芜，处处像墓地一般寂静。看到这样的景象，眼泪禁不住从他的面颊上滚了下来。他对他的妻子皮拉说："亲爱的！无论往哪儿看，我都看不见一个活人。别人都被洪水淹死了，大地上只剩下我们两个人了，我们也没有充分的把握能活下去啊。我看到的每一片云都使我的灵魂充满恐惧，即使一切危险都已经过去了，我们两个孤独无助的人又能在这荒凉的大地上做什么呢？啊，当初我的父亲普罗米修斯要是把捏泥造人并把灵魂注入泥人的本领教给了我，该多好啊！"

他说完这席话，这对孤寂的夫妻便不禁痛哭失声。然后他们就屈膝跪在半遭破坏的忒弥斯女神的祭坛前，向天上的女神祈祷："哦，女神啊，请告知我们，用什么办法我们才能再造出已经毁灭殆尽的种族！哦，请帮助这沉沦的世界重新焕发生机吧！"

"你们要离开我的圣坛，"女神的声音传来，"蒙上你们的头，解开你们系着腰带的衣服，把你们母亲的骨骼扔到你们的背后！"

夫妻二人好一阵子都对这谜语般的神谕感到惊异。皮拉首先打破沉默。"请宽恕我，尊贵的女神，"她说，"我现在已经被吓得缩成一团了，我不能听从你，不能扔掉我母亲的骨骼，伤害她的阴魂！"

但富有智慧的丢卡利翁此刻恍然大悟。他亲切地抚慰妻子说："我的理解有可能不对，但神的话总是善良的，毫无恶意的！我们伟大的母亲，这不就是大地吗？她的骨头不就是石头吗？皮拉，神是让我们把石头扔到身后去呀！"

他们对这道神谕又怀疑了好一阵子，转念一想，试试又有什么坏处呢。他们走到一边，按神的指示蒙上头，松开系衣服的带子，往背后扔起石头来。这时产生了一个伟大的奇迹：石头开始失去它的坚硬易碎的特性。它变得富有弹性，而且长高了，成形了。石头本身显现出人的形象，不过还不十分清楚，只露出粗略的形体，或者说很像雕刻家刚用大理石雕琢出来的人体。石头上潮湿的或沾泥的部位都长成了身体上的肌肉，坚硬而结实的部分变成了骨骼，石头上的纹理留在原处，成了人体的脉络。就这样，借助于神的佑护，在很短的时间里，男人抛出去的石头变成了男人，女人抛出去的石头变成了女人。

人类不否认它的这个起源。这是坚强勤苦劳作的人民，他们永远牢记他们是怎样繁衍成长的。

法厄同

太阳神的宫殿由华丽的大圆柱支撑，镶在柱子上面的发光的黄金和似火的红宝石闪着耀眼的光辉。屋顶的最高处由象牙环抱，两扇银质的门发着白光，门上精心雕刻着美丽的神奇故事。太阳神赫利俄斯的儿子法厄同走进宫殿要求见他父亲，但他离父亲很远就站住了，因为再靠近，他无法忍受那灼热的光。

赫利俄斯身穿紫袍，坐在他那镶着璀璨的绿宝石的宝座上。他的左右依次站着他的随从：日神、月神、年神、世纪神和四季神：年轻的春神头戴饰以鲜花的花环，夏神戴着绺绺麦穗编织的发冠，秋神手持装满葡萄的角，冰冷的冬神则披着一头雪白的鬈发。坐在中央的赫利俄斯圆睁慧眼，很快就看见这个青年正对如此之多的奇迹啧啧称奇。“你为什么到这里来了？”他说，“是什么事促使你来到你身为神明的父亲的宫殿，我的儿子？”法厄同回答：“尊贵的父亲，尘世的人都嘲笑我，辱骂我的母亲克吕墨涅，他们说我的天神出身是假的，说我是一个不知名的父亲的儿子，因此我来请求你给我一个能向世人证明我是你真正后代的凭证。”

赫利俄斯收回围在头部的光芒，让他的儿子走近前去。他亲热地拥抱了法厄同，说：“你的母亲克吕墨涅说出了实情，我的儿子，我永远不会再在世人面前否认你是我的儿子了。为了让你不再心存疑惑，你就向我要一件礼物吧！我像诸神一样指着冥府的斯堤克斯河发誓，不管你提出什么请求，我都满足你！”法厄同等父亲一说完，便急不可耐地说：“那你就满足我最强烈的愿望，允许我驾驶一天你的太阳飞车吧！”

太阳神的脸上露出吃惊和后悔的神色。他三番五次地摇了摇他闪着金光的头，终于高声说道：“哦，我的儿子，你诱导我说了一句多么不够理智的话！哦，我要是不向你做出那样的许诺该多好！你渴望做的事情，是你力所不及的，你太年轻，你又是凡人，你希望做的是神做的事！你所要求的，不是其余的神都能做到的事，因为除了我，谁也不能站在喷着火一般的灼热气浪的车轴上。我的车必经陡峭之路，我精力充沛的马大清早就得吃力地攀登这条路。路程的中间是最高的天顶，相信我，我站在车上亲临这样的高度时，也常常有些恐惧。当我俯瞰下界，看到海洋和陆地与我相去万里之遥时，我的头也难免感到眩晕。最后，路又变得急转直下，这时就需要稳稳地驾驭。海的女神忒提斯甚至都做好了接纳我进入她的洪流中的准备，她有时也害怕我掉到大海里去。此外，你必须考虑到，天是在不停地旋转，我必须顶得住这种无比剧烈的回旋。如果我把我的车交给你，你怎么能驾驶它呢？因此，我亲爱的儿子，你就别要求得到这样一个糟糕的礼物了。趁还有时间，你赶快改换一个好一点的愿望吧！好好瞧一瞧我这惊恐的脸。你可以从我的眼睛里看到做父亲的心中的忧虑！你还是另要一个天上地下你想要的好东西吧！我指着斯堤克斯河发誓，你一定会得到它——你为什么这样狂热地拥抱我呀？”

但这青年一次次没完没了地恳求着，而父亲已经发出了神圣的诺言。所以太阳神只好牵着儿子的手，把他领到太阳车那里去。

车辕、车轴和轮缘都是金的，轮辐是银的，轭上闪烁着橄榄石和其他宝石的光辉。当法厄同正在专心地欣赏这些精美的工艺时，黎明女神在泛着红光的东方打开了她的紫色大门和摆满玫瑰花的前厅的门窗。星星渐渐消逝，月亮最外边的弯角也失去了光影，这时赫利俄斯命令长着翅膀的时序女神套马，她们就把饱食神仙食品的喷着火光的马匹牵出马厩，套上华丽的辔头。

这当儿，父亲往儿子的脸上涂了神圣的油膏，好让他能忍受得了熊熊火焰的炙烤。他把他的日光金冠戴在儿子的头上，却又叹息一声，提醒儿子："孩子，别用钉棒打马，只需紧握缰绳，马会自动飞驰，你要尽量让它们跑得慢一些。你会清楚地看见车轮滚动的轨道。走的路是倾斜着的大弧线，你千万不要靠近南极和北极。你不要下倾得太低，否则大地会着火；你也不要太高，否则会烧了天国。去吧，黑暗已经过去，攥住缰绳吧。或者，现在还来得及，再考虑一下，我亲爱的孩子！还是把车留给我，让我给世界送去光明，你留下来观看吧？"

这个青年好像根本就没有听见父亲的话，他一跃跳到车上，十分高兴地把缰绳抓在手中，向忧心忡忡的父亲亲切地点点头表示感谢。四匹飞马舒畅地对着天空嘶鸣，用蹄子对着大门踢踏。对孙儿命运一无所知的老祖母忒提斯出来打开了大门。世界无限辽阔地呈现在青年的眼前，骏马沿着轨道起飞，冲破面前的晓雾。

驾车的骏马明显地感到，它们拖着的重量跟平常不同，轭比往常轻得多。它们拉的车没有足够的重量了，车就像大海里摇晃着的船一样，在空气中跳动，好像空了似的，冲得很高，向前滚去。

当骏马觉察到这种情况时，它们便离开轨道的范围飞驰起来，不再按以前的规矩奔跑。法厄同开始发抖了，他不知道往哪边拉缰绳，不知道路在哪里，也不知道怎样制伏野性的马。当这个不幸的人从高高的天边俯瞰下界，看见辽阔的陆地在他脚下极其遥远地展开时，他突然吓得脸色煞白，双膝颤抖。身后的天已经离他很远，但眼前的地离他更远。他心中计算着前方和后方的距离，呆呆地望着远方，不知怎么办才好；他既不放松缰绳，也不把缰绳拉紧。他想要呼唤那几匹马，但又不知道它们的名字。他十分恐惧地看着挂在天边的众多形状各异的星座。他吓得手脚冰凉，缰绳从手里掉了下去，就像缰绳往下颤动触了一下马背，马立即离开了自己的轨道，跳到侧面陌生的地方，一会儿向上奔，一会儿向下跑。它们时而碰到恒星，时而下降向靠近大地的小道倾斜。它们碰到头一个云层，云层立刻像被点燃冒出白烟。车子越来越低地往下冲，突然接近了一座高山。

这时，土地因为受炽热的烘烤而干裂。一切汁液都已被烤干，土地也开始发出微光。荒野的草变黄了，枯萎了；再到下面，森林的树叶也燃烧起来。很快大火便蔓延到平原，庄稼被烧得颗粒全无，所有的城市都冒着熊熊的烈火，所有的国家连同全体居民都被烧成了灰烬。周围的山丘，树林和高山也都起了大火。江河干涸或惊恐地逃回发源地，大海也凝缩起来，此前还是湖海的地方，现在都变成了干燥的沙地。

法厄同看见地球的四面八方都着了火，他本人很快也忍受不了火热的烤灼了。他好像是从一个火炉深处吸入灼热的空气一样，觉得脚底踩的是烧得通红的车。他已无法忍受这浓烟和大地燃烧飞扬上来的灰烬。烟雾和浓重的黑暗包围着他，飞马任意拖着他。最后他的头发也被大火烧着了，他从车上摔下来，全身燃烧着从空中打着旋坠落，像偶尔出现的一颗星划破晴空疾驶而下。在离他的故乡很远的地方，一条名为厄里达诺斯的宽阔的河接纳了他，并不断地用河水抚摸他那冒着泡沫的脸。

法厄同的父亲亲眼看到了这一惨状，他抱头陷入深深的悲愁之中。据说这一天世上没有见到阳光，只有大火照亮了人间大地。

欧罗巴

在太尔和西顿有一个名叫欧罗巴的少女。她是阿革诺耳国王的女儿，一直生活在父亲的几乎与世隔绝的宫殿里。半夜后，凡人总做一些梦。这一天夜里，一个奇异的梦从天而降，造访了这个少女。她觉得，好像有两个大陆，即亚细亚和与它相对的大陆，变成了两个女人的形象——一个女人是一副异国人的模样，另一个女人——她就是亚细亚——长相和举止都和本地人一样，争着抢着要把她据为己有。后者则以温存的热情争取她的孩子欧罗巴，她说欧罗巴是她亲生和养育的爱女。而那个异乡的女人却像对待一个战利品似的把她紧紧地抱在怀里，不等欧罗巴有所反抗，便把她带走了。

“跟我走吧，亲爱的姑娘，”异国女人说，“我把你当作胜利品带到持盾者宙斯那里去，这是你命中注定的归宿。”

欧罗巴醒来，心还怦怦直跳。她从卧榻上坐起来，挺直腰板，一动不动地在床上坐了很长时间，圆睁两眼呆呆地望着前面，仿佛那两个女人还站在眼前。夜梦的印象和白天的景象一样清晰，后来她张开嘴，惊恐不安地自言自语道：“是哪一位天神让我做了这样一个梦？我在父亲的王宫里睡得又香又安稳，是什么样不可思议的梦吓得我心慌？我梦见的这个异乡女人是谁呀？我心里对她产生了一种奇怪的思慕啊！她向我走来时态度多么可亲！就是她把我强行带走时，那微笑的目光也流露着一种母爱！愿天神使我的梦成为吉祥的兆头！”

到了清晨，灿烂的阳光从少女心中抹去了夜寐中的梦影。欧罗巴起来后就去忙她少女生活的琐事和娱乐。不久，她的同龄朋友和游伴以及贵族家的小姐都聚集在她周围，这些人时常陪她唱歌跳舞、散步和祭神。她们今天又来邀请她们的女主人到海边鲜花遍野的草地上去散心，在那里欣赏盛开的鲜花，倾听大海波涛“轰轰”的回响。所有的姑娘都穿着漂亮的绣花长袍，欧罗巴本人则身穿一件极美的金线刺绣的拖裙，裙裾上绣着神话传说中的光辉画面。这华贵的衣裙是赫淮斯托斯的一件作品，是很久以前大地的震撼者波塞冬求爱时献给利彼亚的礼物。从她有了这件礼物以后，它便作为传家之宝一代一代地传到了阿革诺耳的家中。可爱的欧罗巴穿着这身新娘的盛装，带领着她的女游伴跑到开满五颜六色鲜花的海边草地上去，这里那里到处都飘荡着这群少女的欢声笑语，每个人都采摘一枝自己心爱的花朵。

采集了足够的鲜花以后，她们便围着欧罗巴坐在草地上编花环。她们打算把这些花环挂在抽芽的树枝上作为献给草地女神们的谢礼。但命运没让她们太久地用情于鲜花，因为夜梦向她预言的命运突然闯进了欧罗巴无忧无虑的少女生活。宙斯为年轻的欧罗巴的美所倾倒。因为他害怕惹恼嫉妒心重的赫拉，同时也不希望迷惑这个少女纯洁的意念，所以这位狡猾的神想出了一个新的诡计。他改变形象，变成一头牡牛。但那是一头什么样的牡牛啊！它不像一头走在草地上，或驾轭俯首，拉着重载车辆的普通的牡牛；不，它身材高大而俊美，脖子略胖，肩很宽。它的角小巧玲珑，像精心雕琢出来的一般，比纯净的宝石还要透明。它身上的颜色是金黄的，只是在前额上闪烁着一个月牙形的银白色标记。它的淡蓝色的眼睛透露着倾慕的柔情。

宙斯在改变形象前，曾把赫耳墨斯叫到奥林帕斯山来，对自己的意图秘而不宣，只说："我亲爱的儿子，你赶快去办一件事！你看见下面偏左的那个地方了吗？那是腓尼基。你到那里去，把阿革诺耳国王的畜群赶到海边去。"不大工夫，这位背有飞翼的神就飞到了西顿的山间牧场，把阿革诺耳国王的牛群赶到山下海边的草地上，国王的女儿和太尔的姑娘们正在那里无忧无虑地玩弄花环。以牡牛形象出现的宙斯就在牛群当中，只不过赫耳墨斯一点儿也不知道罢了。

其余的牛零零落落地散布在离少女们很远的草地上，只有宙斯化身的那头美丽的牡牛慢慢走近欧罗巴和她的游伴坐着的那个草坡。它十分优雅地在茂密的草丛中信步走来，前额并没有表现出威胁的表征，发光的眼睛也不可怕。它的整个外表都充满着柔情。欧罗巴和她的年轻女伴们都很欣赏这头牛高贵的形体和平和的神态，甚至都想就近好好地看看它，抚摸抚摸它那油光水滑的背。牡牛好像觉察到了这一层意思，因此它越走越近，最后站在欧罗巴的前面。欧罗巴跳开，开始还往后退了几步，当这头牛那样驯服地停在那里时，她才鼓起勇气，又向前走，把她的花束举到它吐着白沫的嘴边，从它嘴里向她飘来一种吃过神仙食品的香气。它讨好地舔着献给它的鲜花，舔着那只抹去它嘴边的泡沫、亲切地抚摸着它的温柔的手。这头俊美的牛越来越讨少女的喜欢了。她甚至大胆地吻了一下它那光灿灿的前额。这时，牛快乐地"哞哞"叫了几声，但跟别的普通的牛叫声不同，这叫声很像震荡在山谷里的吕狄亚人的笛声。然后它就蹲伏在美丽的公主的脚下，无限渴慕地望着她，对她转动了一下脖子，向她示意它宽阔的背。

欧罗巴对她的那些年轻女友说："都走近一点吧，亲爱的游伴，让我们坐到这头美丽的牡牛的背上吧，一定很有趣。我想，它像一艘大船一样能坐下我们四个人。瞧它多温顺，多可爱！和别的牛完全不同。它真的像人一样有思想，只是不会说话罢了。"她一边说，一边从女伴手中接过花环，把花环一个个挂到牡牛低垂的牛角上。接着，她微笑着一跃而上，坐上了牛背，她的女友却仍在犹豫不决地看着她。

牡牛的目的达到了，就从地上站了起来。开始，它驮着少女相当缓慢地走着，就是这样，她的女伴们也跟不上它。当它把草地抛在背后，眼前展现出一望无际的海岸时，它便加快了行走的速度，现在它不再像一头小跑的牡牛，而是像一匹飞腾的骏马了。少女还没来得及想，它就纵身跳到海里，带着它的俘虏，向远海游去。少女用右手紧握牛角，用左手支撑在它的背上。风吹起她的衣裙，像鼓起一个风帆。她怯生生地回头望着远离的陆地，呼唤她的女伴，但纯属白费气力。

牡牛向前游去，像一只漂荡的船。不久，海岸消失了，太阳落下去了，在微明的夜色中这不幸的少女环顾四周，除了波涛和星辰，什么也看不见。第二天早上，牡牛又出发了。这一整天，少女都坐在牛背上越过无边无际的海水向前漂游。不过，这头牡牛能够灵活地辟开波浪，所以它的可爱的姑娘身上没有溅上一滴水。傍晚，牡牛和姑娘终于到达远方的一个海岸。牡牛跳上岸，让少女在一棵拱形的树下轻轻地从它背上滑下去，便在她眼前消失了。原地出现一个天神一样的英俊男子，他对她解释说，他是克瑞忒岛的统治者，如果她愿意嫁给他，她将得到他的保护。由于无望和孤独，欧罗巴把手伸给他表示同意，这样，宙斯最终的愿望就实现了，但他像来时那样，又突然消失了。

早晨的太阳升起来时，欧罗巴从长时间的昏睡中醒来。她目光慌乱地看看自己的四周，好像在寻找她的家园。“父亲，父亲！”她以刺耳的哀求声喊着，同时想了想所发生的事，又高声说道，“我是个卑劣的女儿，我还有资格呼唤父亲吗？多么荒唐，我竟忘记了子女对父亲的爱！”她又望了望四周，好像回想起了一切，便对自己发问，“我是从哪里来的？我现在到了什么地方？”她用手心摸着眼睑，好像是想要抹掉那个可恨的梦。她拭目向四下里张望，各种陌生的景物一动不动地展现在她的眼前。她四周全是叫不上名来的树木和岩山，令人恐怖的海潮冲到岸边掀起巨大的浪涛。“哦，我现在要见到那头讨厌的牡牛，”她绝望地喊道，“我要把它撕碎，不把它的角折断我绝不罢手！尽管我觉得此前它很可爱！但这是多么不切实际的愿望啊！我不知羞耻地离开了家，现在除了死我还能怎样呢？如果所有的神明都抛弃了我，那就请诸位天神派一头狮子、一头老虎来吧！说不定如此之美的我会使它们食欲大增，这样我就不必等候饥饿来使我如花似玉的面颊枯萎凋零了。”

但没有一个野兽出现。陌生的地区宁静地伸展在她面前，给人增添了几分喜悦，太阳在万里无云的晴空上照耀着大地。好像有复仇女神在追击她，这个孤独的少女跳了起来。“苦命的欧罗巴，”她喊道，“你没听见你父亲的声音吗？他虽然不在你身边，如果你不了结你不光彩的生命，他也会诅咒你。他不是把那棵木岑树指给你了吗，你不就可以用腰带把自己吊死在那上边？他不是给你指点了那座悬崖了吗，你一纵身从那上边跳下去不就可以葬身波涛咆哮的大海？或者，你，一个国王的高贵的女儿，宁愿做一个野蛮国王的小妾，天天做他的奴隶，纺定额的羊毛？”

这个不幸的孤独的少女就是这样用死的思想折磨着自己，却又没有勇气去死。这时，她突然听到远处传来嘲笑般的话语，她以为有人偷听，便惊恐地朝后面看。在仙界的光辉中，她看见女神阿佛洛狄忒站在她面前，旁边还有女神的小儿子，那个带着弯弓的爱神厄洛斯。女神的嘴角先是微微一笑，然后说：“不要生气，也无须争吵，美丽的姑娘！那头可恨的牡牛马上就来，它会向你伸出双角让你折断。在你父亲的王宫里把那个梦送给你的，就是我。你要知足啊，欧罗巴！是宙斯把你抢来的。你是这位不可战胜的神尘世的妻，你的名字将是永存的，因为现在收容你的这块大陆从此以后就叫欧罗巴！”

卡德摩斯

卡德摩斯是腓尼基国王阿革诺耳的儿子，欧罗巴的哥哥。在宙斯变形为牡牛把欧罗巴拐走以后，阿革诺耳便派卡德摩斯带着兄弟们去寻找她，如果找不到她就不准他们回来。卡德摩斯在世上乱闯了很长时间，也没能揭穿宙斯的诡计。他对找到妹妹已不抱希望，又怕他父亲发怒，便去向福玻斯·阿波罗请求神谕，他将来应该生活在什么地方。阿波罗向他指明："在一块偏僻的草地上，你将遇到一头没有负过轭的小牛。你让它领着你走，然后，你就在它躺在草里休息的地方修建城池，给这城市取名忒拜。"

卡德摩斯刚刚离开阿波罗赐他神谕的卡斯塔利亚圣泉，便在一片绿草如茵的牧场上看见一头脖子上没有负轭痕迹的牛。他不出声地向福玻斯做着祈祷，慢步跟着这头牛走。他涉过刻菲索斯的浅滩，又走了一大段路，那头牛忽然站住了，它把两耳对着天空竖起，空间立刻响起"哞哞"的牛叫声。然后它回头看了看跟它走来的那群人，最后就躺在青草里了。

卡德摩斯满怀感激之情匍匐在异乡的土地上，亲吻这土地。他想要向宙斯献祭，于是他就派仆人到活泉去取水用来举行献给神的祭礼。在那个地区有一个从未采伐过的古老的树林，林中巉岩犬牙交错，树木盘根错节。一个拱形的深谷里涓涓流淌着清凉的泉水，在这个洞穴里隐藏着一条凶龙，老远就可以看见红色的龙冠闪着亮光；它的眼睛喷射着火焰，膨胀的身体里充满毒汁；它嘴里长着三排锋利的牙齿，三个舌头发出丝丝的声音。当仆人们走进小树林时，淡青色的龙就突然从洞里伸出头来，发出可怕的叫声。仆人们一惊，汲水罐便从手中滑落下去，吓得全身血液都凝结了。毒龙把它遍布鳞甲的身躯盘成滑腻腻的一堆，蜷缩成直立的弓形，然后抬起半个身体，向下边的树林望去。突然，它狂怒地冲向仆人们，把他们咬死一部分，缠绕勒死一部分，剩下的则用它的毒气让他们窒息，或用它的毒涎杀戮。

卡德摩斯不知道他的仆人们为什么延迟了这么久，最后他亲自去找他们。他身披一张他自己从狮子身上剥下来的狮皮，手持长矛和标枪，此外还怀着一颗比任何武器都起作用的坚强的心。他走进树林，一眼就看见他的被杀死的仆人们的尸体，看见那仇敌正用它那膨胀的身躯炫耀自己的胜利，用嗜血的舌头在尸体上舔来舔去。

“唉，我可怜的朋友们啊，”卡德摩斯无比痛苦地大叫一声，“不给你们报仇，我就跟你们死在一起！”

他一边说着，一边搬起一块巨石向毒龙投去。这样大的一块石头会砸得城墙和塔楼摇摇欲坠，但这条毒龙却一点也没受伤，它的坚硬的黑皮和鳞片像铁甲一样保护着它。现在英雄开始投掷标枪。这回怪物的身体顶不住了，钢制的枪尖深深地刺入它的脏腑。疼痛使毒龙勃然大怒，它回过头来咬碎枪杆，但枪头却牢牢地留在体内了。它又被刺了一剑，就更加暴怒了，它的咽喉胀了起来，白色的泡沫从毒腭里往外喷吐，它挺起比树干还直的身躯，像箭一样冲过来，但它的胸部撞在树干上了。鲜血终于从这头怪兽的脖子里流出来，染红周围的杂草，但伤势不重，毒龙仍能躲避冲刺砍杀。最后，卡德摩斯把剑深深地捅进毒龙的咽喉，一直捅到一棵橡树里，使巨兽的脖颈钉在树干上。

卡德摩斯久久地凝视这头被杀的毒龙。后来他又看了看四周，发现从天而降的帕拉斯·雅典娜站在他身旁，她命令卡德摩斯立刻把毒龙的牙齿种到翻过的土里，它们将生出人的后代。他听从女神的旨意，用犁在土地上犁出一条很宽的垄沟，把龙牙撒到沟里。土块突然开始活动，从垄沟里首先冒出来的是枪尖，然后冒出一顶晃动着彩色羽毛的头盔，很快就出现了肩、胸、手持武器的胳膊，最后站出一个全副武装的战士，他从头到脚整个儿都是从泥土中生长出来的。在许多地方同样从泥土中长出人来，于是，一整队装备齐整的战士在腓尼基人面前长了出来。

卡德摩斯不禁大为吃惊，准备与新的敌人战斗。但是从土里生出来的一个人朝他喊道：“不要拿起武器，不要介入内部战争！”这时，在地下冒出来的战士当中开始了一场毁灭性的斗争，最后只有五个人活了下来。其中有一个后来被称作厄喀翁的，首先按照雅典娜的旨意放下了武器，自愿求和，别的人也跟着这么做，在这五个泥土所生的战士的帮助下，从腓尼基来的外乡人卡德摩斯，如神谕所示，在这里建立了新的城市，并命名该城为忒拜。

珀耳修斯

一个神谕向阿耳戈斯国王阿克里西俄斯宣示：他的外孙将夺取王位，把他杀死，因此，他把他女儿达那厄和达那厄与宙斯所生的儿子珀耳修斯锁在一个箱子里抛进了大海。宙斯保护着他们穿越大海的风浪，他们漂到塞里福斯岛靠了岸，那里是狄克堤斯和波吕得克忒斯两兄弟统治的地方。狄克堤斯正在捕鱼，箱子漂了过来，他就把箱子拖上了岸，两兄弟都很喜爱被遗弃的母子，于是波吕得克忒斯便娶了达那厄为妻，珀耳修斯则得到他精心的抚育。

珀耳修斯长大成人以后，他的继父鼓励他外出探险，建功立业，这个勇敢的青年表示愿意去冒险，父子二人很快就取得了一致的意见：让珀耳修斯去砍下墨杜萨可怕的头，然后把它带回塞里福斯交给国王。

珀耳修斯出发了。在诸神的引导下，他来到远方的一个地方，众怪之父福耳库斯就居住在这里。珀耳修斯首先遇到的是福耳库斯的三个女儿：格赖埃姊妹。她们一生下来就长了满头白发，轮流使用共有的一只眼睛和一颗牙。珀耳修斯夺取了她们的眼睛和牙齿，当她们恳求他把她们必不可少的眼和牙还给她们时，他提出了这样的交换条件：她们必须告诉他去仙女那里的路。

这些仙女都是奇异的造物，她们占有三件奇宝：一双飞鞋、一个用作衣袋的皮囊、一顶狗皮做的头盔。无论是谁，只要穿上这双鞋，他就能飞，想飞到哪儿就飞到哪儿；只要戴上这个狗皮头盔，他就能看见他想看的东西，别人却看不见他。

福耳库斯的三个女儿带路，把珀耳修斯领到了那些仙女的住地，从他手中拿回她们的牙和眼。在仙女这里，他找到并拿到他想得到的东西。他挎上皮囊，绑上飞鞋，戴上头盔。此外，他还从赫耳墨斯那里得到一个青铜盾。他这样装备起来以后，就飞向大海，到福尔库斯另外三个女儿戈耳工们的住地去。

福尔库斯的第三个女儿墨杜萨是凡人肉体，珀耳修斯只能砍掉她的头。他发现这些怪物正在酣睡：她们的头部遍布龙的鳞甲，头上没有头发而是盘着许多蛇；长着野猪一样的獠牙和可以飞翔的金翅膀。珀耳修斯知道，凡是注视过她们的人，都要变成石头。因此，他背着脸站在这些熟睡的怪物前面，只从他当镜子用的闪光的青铜盾里搜寻她们的面影，他就这样认出了墨杜萨。雅典娜指挥他的手砍掉这个还在酣睡中的怪物的头。这件事刚刚完成，就从墨杜萨的躯干里跳出来一匹飞马珀伽索斯和一个巨人克律萨俄耳——他们俩都是波塞冬的儿子。珀耳修斯把墨杜萨的头装在皮袋里，像来时那样往回飞奔。墨杜萨的两个姐姐起床后，看见被杀的三妹的躯干，立刻展开翅膀去追凶手，但仙女的头盔使珀耳修斯成了隐形人，她们怎么也看不见他。

珀耳修斯飞在空中，被大风吹得不停地左右摇摆。他一直向西飞行，为了稍事休息，他降落在阿特拉斯国王的国土上。

阿特拉斯国王有一个结满金果的小树林，那里有一条巨龙看守。珀耳修斯——戈耳工的征服者，请求在这里得到一块栖身之地，但没有得到允许。因为担心金果被盗，阿特拉斯狠心地把他赶出宫殿。珀耳修斯大怒，说：“尽管你根本不愿意帮助我，你却可以从我这里得到一件礼物！”他自己背过脸去，从皮囊里掏出墨杜萨的头，把它伸向国王，国王立刻就变成了石头。实际上，因为国王特别高大而变成了一座山，他的胡须和头发延伸出去化为森林，他的双肩、他的手和骨头变成了山脊，他的头变成了直插云霄的高峰。

珀耳修斯又绑上飞鞋，挎上皮囊，戴上头盔，飞腾在空中。在飞行中，他经过刻甫斯国王统治的埃塞俄比亚的海岸。在这里，他看见一个少女被绑在朝大海方向突出的悬崖上。如果不是一股微风吹动她的头发，他还以为她是一座大理石雕像呢。他被她那诱人的美迷住了。“告诉我，美丽的姑娘，”他跟她攀谈道，“你为什么被绑在这里？告诉我你的家乡在哪里，告诉我你的名字！”

这个被绑在那里的姑娘面带羞色，默默不语，她害怕跟陌生的人说话，要是她动得了，她早就用手捂住自己的脸了。她只能两眼涌出泪水，最后，为了不让外乡人以为她对他隐瞒什么罪过，她才答道：“我是埃塞俄比亚的国王刻甫斯的女儿，名字叫安德洛墨达。我的母亲曾经自夸她比涅柔斯的女儿们即那些海中的仙女还要美。那些海洋仙女听了这话，怒不可遏，于是她的朋友海神便让大水泛滥成灾，让一个什么都吞得下的大鲨鱼随着洪水来到这个国家。一道神谕宣示，只有把我——国王的女儿，抛出去喂鲨鱼，才能躲过这场灾难。人民逼迫我父亲采取这个拯救措施，在绝望中，父亲被逼无奈，只好把我锁在这个悬崖上。”

她最后一句话还没说完，汹涌的波涛就“哗”的一声分开，从海底钻出一个怪物，它用宽大的胸俯卧在水面上。少女大哭大叫起来，她的父母急忙赶来，他们拥抱这被捆绑着的女儿，但他们除了哭泣和悲叹又能干什么呢？

外乡人说："要哭，你们有的是时间，救人的时间可是不多的。我叫珀耳修斯，是宙斯和达那厄的儿子，我征服了戈耳工，现在正由神奇的翅膀托着我在空中飞翔。即使她是自由的，让她来选择，我也不是不配做她的丈夫！现在，我要向她求婚，我要救她。你们接受我的条件吗？"在这样的处境下谁还会犹豫呢？万分喜悦的父母不仅答应把女儿嫁给他，而且许诺把自己的王国作为嫁妆。

这当儿，那个怪物像一只快船似的游了过来，离悬崖只有一投石那么远。这青年突然脚一踏地，腾到云端。怪物看到海面上人的影子，立刻狂暴地追去，珀耳修斯像一只雄鹰从空中冲下来，腾空踏在怪物的背上，用杀死墨杜萨的剑刺入大鲨鱼的身体。他刚把宝剑拔出来，那大鲨鱼就忽而高高地跳到空中，忽而沉入海涛，像一只被猎犬追逐的野猪似的狂吼。珀耳修斯左一剑右一剑地刺它，直至殷红的血汩汩地从它的咽喉往外冒，这巨大的怪物才断了气被海浪卷走。

珀耳修斯跳上岸，爬到悬崖上，解开捆绑少女的锁链。那少女在他为她开释时不断地用眼神向他表示感谢和爱慕。他把少女带到了她幸福的双亲面前，而国王则把他当作新郎来欢迎。婚宴正兴高采烈地举行时，国王金殿的前院忽然响起了沉闷愤怒的喧嚷。原来是国王刻甫斯的弟弟菲纽斯来了：过去他曾向他的侄女安德洛墨达求过婚，但在最近遇到灾难时他抛弃了她。现在他带着一队武士来重提他的要求。他挥舞着长矛闯进举行结婚典礼的礼堂，冲着惊讶的珀耳修斯喊道："瞧着我！我来了，我要为我的被抢走的未婚妻报仇！"说着，他就摆开架势，准备用矛刺杀。国王刻甫斯见势不妙立刻站起来呵斥他："胡说！我的兄弟，你怎么会想到干这种不正当的事情？不是珀耳修斯抢走了你的未婚妻。

我们被迫让她牺牲的时候，是你抛弃了她，你眼睁睁地看着她被绑在悬崖上，你既没有以叔叔的身份也没有以未婚夫的情义救助她。为什么你不自己从悬崖上把她解救下来呢？这个人救了她，而且由于救了我的女儿而使我的晚年得到安慰，你至少不该搅扰他吧！”

菲纽斯不回答，他只是转动着愤怒的目光一会儿看看他的哥哥，一会儿看看他的情敌，好像是在考虑首先应该对谁下手。他犹豫了一会儿，终于使出因愤怒而爆发的全部力量，把他的矛投向珀耳修斯，但他没有投准，整个矛插在床垫上。珀耳修斯跳起来，把他的矛投向菲纽斯闯入的那扇门，要不是菲纽斯一跃躲在祭坛后面，那支矛非刺穿他的胸脯不可。这支矛却刺中了菲纽斯的一个同伴的前额，于是，一场格斗便在菲纽斯的随从和参加婚礼的宾客间展开了。这场搏斗十分残忍，延续了很长时间。岳父岳母和新娘站在珀耳修斯一边要求他保护。最后，珀耳修斯被菲纽斯和他的扈从们包围了，箭四处乱飞，珀耳修斯把肩靠在一个大柱子上，遮住后背。他掉过头来面对大群敌人，阻止他们的进攻，放倒一个又一个武士，但敌人很多，最后，他只好决定使用最后的又是最可靠的手段。

“谁还是我的朋友，就把脸转过去！”他说，同时从他一直挎在身上的皮囊里取出墨杜萨的头，把它伸向第一个冲向他的敌人。“让你的魔法去降伏别人吧！”那人轻蔑地看了一眼喊道。他举起手刚要投掷标枪，但他就这样举着手变成了石头，很像一个雕刻的石柱。其他的敌人也一个接着一个都落了个这样的下场。最后只剩下了二百人，这时，珀耳修斯就把墨杜萨的头高高地举在空中，让大家都能看见，于是这二百人也突然变成了坚硬的岩石。

现在菲纽斯才后悔发动了这场不义的战斗。他左右一看，除了姿态各异的石像以外什么也没有。他呼叫他朋友们的名字，他疑惑地触摸站在周围的人体：所有的人体都成了大理石。他心惊胆战起来，他低三下四地祈求："饶我一命吧，王国和新娘都归你！"他喊着，同时把他沮丧的脸转向一边。但是，珀耳修斯因他新朋友的死而无比悲痛，已经不能大发慈悲了。"反贼！"他愤怒地说，"我要为你建立一座永久的纪念碑！"尽管菲纽斯竭力躲闪，不看墨杜萨的头，他的目光还是很快就与那伸向他的可怕的形象相遇了：他的脖子僵硬了，他那含泪的眼睛变成了坚硬的石头。他站在那里，双手下垂，一脸胆怯的表情，完全是奴仆的卑贱的姿态。

现在，珀耳修斯毫无阻碍地把他的爱妻安德洛墨达带回了家，等待他的将是漫长的幸福的岁月。他又找到了他的母亲达那厄，但他的外祖父阿克里西俄斯却没有躲过厄运，老人由于害怕神谕所预示的灾难，逃到了珀拉斯戈斯，当了异乡人的国王，他正在这里举行赛会时，珀耳修斯来了。珀耳修斯是在准备到阿耳戈斯看望外祖父的途中路过这里的，珀耳修斯也参加了比赛，他投掷的铁饼不幸竟击中了阿克里西俄斯。后来他才知道他打死了谁，他怀着沉痛哀悼的心情把外祖父葬在城外，然后就迁到这个因外祖父的死而归他所有的王国居住了。从此以后，命运女神再也不嫉妒他了。安德洛墨达为他生了许多极可爱的儿子，他们都继承了父亲珀耳修斯的光荣传统。

代达罗斯和伊卡洛斯

雅典的代达罗斯属于厄瑞克提得斯家族，是墨提翁的儿子，厄瑞克透斯的曾孙。他是建筑家，雕刻家和石雕工人，他那个时代最伟大的艺术家。他的艺术作品备受世界各地人的称赞，谈到他的雕像，人们都说那是活的，能走动和能看物的，认为那不仅是肖像，那简直是有生命的造物。从前大师们的雕像，眼睛都是闭着的，双手僵直地垂在两侧而且是与身体连在一起，代达罗斯的雕像第一次睁着眼睛，双手伸向外面，站在那里的脚则是走路的姿态。

虽然代达罗斯艺术水平超群，他为人却又自负又善妒，正是这种人格上的缺点诱使他犯罪，使他遭受苦难。

他有一个外甥，名字叫塔罗斯，跟他学习艺术雕刻，而这个学生的天分却比他的舅舅和老师还高。还是个孩子的时候，塔罗斯就发明了制陶器用的转盘。他还把两个金属臂连接起来，让一个不动另一个能动，由此发明了最早的车床。他还设计了别的工具，而这一切都没有他的老师的帮助，这样他就有了很高的名望。代达罗斯害怕学生的名声比老师的名声大。嫉妒心压倒了他的理智，于是他竟丧心病狂地把塔罗斯从雅典的卫城上推下去，杀害了这个孩子。在代达罗斯埋葬他外甥的时候，他的行为使人对他产生了怀疑，尽管他谎称他是在掩埋一条蛇，他还是在阿瑞俄帕戈斯法庭上被控谋杀，并被判有罪。

但他逃跑了，开始在阿提刻四处流浪，后来逃到了克瑞忒岛。在那里，国王弥诺斯收容了他。他成了国王的朋友，被视为著名的艺术家。国王选派他去为弥诺陶洛斯——一个牛首人身的怪物——建造一所使人见了就心醉神迷的住宅。代达罗斯创造性地建造了一座迷宫。这是一座处处迂回曲折的建筑，走进去的人都会眼花缭乱，找不到该走的路。无数通道盘绕在一起，就好像佛律癸亚地区蜿蜒无序流动的迈安德洛斯河，在可疑的通道上时而向前，时而倒退，常迎着波浪走。在这所建筑竣工后，代达罗斯去进行检查，连他自己也费了很大的劲才走出迷宫回到大门口，可见这幢古怪的建筑物是多么曲折！弥诺陶洛斯被保护在这个迷宫的内部，他的食物是雅典每九年向克瑞忒国王进贡的七个童男和七个童女。

长期背井离乡的生活渐渐使代达罗斯感到心情沉重，一想到要在海水包围的小岛上面对专制国王的不信任度过一生，就十分痛苦。他绞尽脑汁思索自救的方法。经过很长时间的思考，他终于快乐地说道："自救的办法有了！弥诺斯尽管从陆地和海上封锁我好了，空中对我是开放的。弥诺斯虽然威权无比，但他管不了天空，我可以从空中逃离此地！"

说干就干！代达罗斯凭借他的创造精神征服自然。他动手把鸟的羽毛按大小不同分开放在一边，然后把最小的羽毛放在较大的羽毛上形成较长的羽毛，做到让人以为它们是自然而然生长起来的。然后他在这些羽毛中间缝上麻线，下边涂上蜜蜡，然后把连在一起的羽毛弯成弧形，看上去完全像鸟的羽翼。

代达罗斯有一个男孩，名叫伊卡洛斯。他站在父亲身旁，好奇地用小手参与父亲的艺术加工：他时而去抓那些绒毛被风吹动的羽毛，时而用大拇指和食指揉捏父亲自己使用的黄色的蜜蜡。父亲漫不经心地听任孩子去抚弄，看着孩子笨拙的动作微笑。翅膀扎成以后，代达罗斯把它绑在自己身上，找准了平衡，然后便像只鸟一样轻盈地飞到空中去了。他降落在地上以后，又用业已准备好的小翅膀教他的小儿子伊卡洛斯飞翔。

“亲爱的孩子，要永远在中间的航线上飞，”他说，“如果你飞得太低，翅膀就会擦到海水，变湿变沉，你就会掉到大海里去；如果你飞得太高，你的羽毛就会因为离太阳光太近突然着火，要在海水和太阳之间飞，永远沿着我的航线飞。”代达罗斯一边这样警告，一边把一对翅膀绑在儿子肩上。不过一边绑，老人的手也在不停地抖动，担忧的眼泪滴在手上，然后他拥抱了孩子，并吻了吻他——这也是最后的一次吻。

现在，父子二人利用自己的人造翅膀升上了天空。父亲飞在前面，就像一只老鸟第一次带着幼鸟出巢飞行一样充满忧虑。他小心而灵巧地扇动翅膀，好让儿子能照着他的样子做。他不时地回头，看儿子飞行得怎么样。开始一切相当顺利，他们不久就从左边的萨摩斯岛飞过去，又过了一会儿便飞过了罗得斯岛和帕洛斯岛的上空，还有许多海岸在他们的眼前一闪即逝。这时，那男孩伊卡洛斯，由于飞行顺利而过于自信，竟然离开了父亲的航线，冒冒失失地操纵一对翅膀向高空飞去。但可怕的惩罚也立刻降临。更加靠近太阳后，太强的光烤软了黏合翅膀的蜜蜡。伊卡洛斯对此还没觉察到时，羽翼已经解体，从肩上掉下去。可怜的孩子还在滑翔，用没有翅膀的手臂扑打，但已经不能浮在空中，跌到下面去了。他也曾想呼叫父亲救他，但还没来得及喊出声来，就被碧蓝的海涛吞没了。

这一切发生得非常快，等代达罗斯回头看他时，竟没有看到他的一点踪影。“伊卡洛斯，伊卡洛斯，”他在人迹绝无的天空绝望地呼喊，“你在哪里？在空中我到哪里去找你呀？”最后，他垂下怯生生的四处寻觅的目光往下看了看。他发现水面上漂浮着羽毛。他停止飞翔，降落下来，收起羽翼，毫无指望地在海岛的岸边走来走去。不久，大浪就把他孩子的尸体冲到了海岸。现在，被杀害的塔罗斯报仇雪恨了，为了永远纪念这悲惨的事件，该岛取名伊卡里亚。

代达罗斯埋葬了儿子的尸体以后，又继续飞向那个名为西西里的大岛。这个岛的国王是科卡罗斯，他也像克瑞忒岛的弥诺斯国王一样把代达罗斯待为上宾，他的艺术给这里的居民带来了惊喜。在这里，代达罗斯带领人民挖掘了一个人工湖，从湖里流出一条宽阔的通向附近大海的河，多少年来人们都指着这湖赞叹不已。有一块很难攀登的陡峭的山岩，几乎没有什么树，他就在这块山岩上，建造了一座城堡，通向那里的是一条狭窄而曲折的小道，只要有三四个人就可以守住这个城堡。国王科卡罗斯于是选择这个很难攻破的城堡存放他的珍宝。代达罗斯在西西里岛上兴建的第三个工程是一个深邃的地洞。他巧妙地从这里引出地下火生成的热气，人们待在一个岩洞里平常总感到湿冷，现在却觉得像在一个微微被加热的房间里一样舒适，身体渐渐地出一点很舒服的汗，不像在燥热的环境中令人烦躁。他还扩建了厄律克斯海峡上的阿佛洛狄忒神庙，敬献给这位女神一个金制的蜂房，那蜂房的制作工艺无比高超，看上去跟真的没有什么两样。

但这时弥诺斯国王知道了他的建筑师代达罗斯偷偷地离开了他的岛国，逃到西西里岛去了，于是决定率领强大的军队追捕他。他装备了一支很大的舰队，从克瑞忒岛驶向阿格里根同。到了地方，他命令他的陆战队上了岸，同时派出使者去见科卡罗斯国王，要求对方交出那个逃亡者。科卡罗斯对异国暴君的入侵非常愤怒，他苦苦地思索着使这个暴君遭到灭顶之灾的计策。他假装接受克瑞忒人的要求，答应满足他的一切愿望，并邀请对方会晤。

弥诺斯来了，受到了科卡罗斯隆重热情的接待。科卡罗斯请弥诺斯洗热水浴以解除旅途的劳顿。但当他坐到浴缸里时，科卡罗斯命人不停地加热，直到弥诺斯在沸水里被煮死。西西里的国王把弥诺斯的尸体交给克瑞忒人时，佯称他沐浴时不慎掉到热水里烫死了。弥诺斯被他的随从以最壮观的葬礼安葬在阿格里根同附近，并在他的墓碑的上坡建立了一座向世人开放的阿佛洛狄忒神庙。

代达罗斯一直受到科卡罗斯国王的优待。他培养了许多著名的艺术家，成为西西里岛建筑和雕刻艺术的奠基人，但从儿子伊卡洛斯坠海死去以后他就再也没有快乐过。他创造了很多光辉的作品，使他得到庇护的地方处处充满欢乐，他自己度过的却是忧伤苦闷的晚年，最后他在西西里岛去世，被安葬在岛上。

菲勒蒙和包喀斯

在佛律癸亚王国的一个小山上长着一棵千年橡树，紧挨着它长着一棵同样古老的菩提树。两棵树的四周是一道低矮的围墙。两棵相邻的大树上挂着许多花环。不远处有一个多沼泽的湖。从前，那里是一片可居住的土地，现在则只有水鸟和苍鹭飞来飞去了。

一天，宙斯带着他的儿子赫耳墨斯来到这个地区，这一次赫耳墨斯只拄了一个拐杖，而没戴他的翅膀。他们都化作人形，想考察人类的友好程度。因此他们敲了千家万户的门，请求借宿一夜，但所有的居民都很自私粗暴，这两位天神连个落脚的地方都找不到。瞧，村头有一个小茅屋，又矮又小，用草和苇秆搭顶。但在这所贫寒的房子里住着一对幸福的老人，正直的菲勒蒙和他的女人——同样诚实的包喀斯。在这里，他们一起度过了欢乐的青春年华；在这里，他们又一起变成了白发苍苍的老人。他们毫不隐瞒自己的贫穷，却能忍受悲苦的命运。虽然没有子女，他们却很乐观，友善，相亲相爱地生活在他们一起居住的小茅屋里。

当这两位神化作高大的人走近这所贫寒的小屋、弯腰跨过低矮的房门时，两位正直憨厚的老人便起身迎接，亲切地打招呼。老汉搬来凳子，老婆婆包喀斯铺上一块粗布，请客人坐下休息。老婆婆赶忙奔向灶台，在余焰未尽的柴灰中拨弄出微燃的火星，堆上干木头和干柴枝，轻轻地从冒烟的柴火上吹起火苗来。然后她去抱来劈好的木头，塞到悬在火上的锅下边。而菲勒蒙此时已从侍弄得相当好的小菜园里取来了卷心菜，老太太接过来把它掰开洗净。老汉又用二齿叉从卧室天棚上钩下来一块熏猪肉——这块猪肉是准备节日用的，他们已经储存好久了——从肩部切下一小块来抛在沸腾的水里煮汤。

为了不让客人觉得等待的时间太长，他们竭力跟客人热情地聊天。他们还把温水倒入木盆里，让客人洗脚解乏。两位神和蔼可亲地微笑地接受着盛情的招待，他们舒舒服服地烫脚的时候，善良的女主人又为他们安排了睡铺。床就摆在小屋的中间，床垫里塞的是芦絮，床腿和床架都是柳条编织成的。菲勒蒙拉出了只在节日才用的地毯——哦，不过地毯也都很破旧了。尽管如此，两位神还是很愿意坐在上面享用做好的晚饭。现在，老婆婆腰里系着围裙，两手发抖地把一张三条腿的桌子放在床铺前面，因为桌子立不稳，她就往那条短桌腿底下垫了一块碎瓦片。

然后她用新鲜的荷叶擦了擦桌面，就把饭食摆在桌上。这里有橄榄，有浸在稍浓的清亮汁液里的秋季山茱萸，有白萝卜和菊苣，还有优质的奶酪和热灰里焐熟的鸡蛋。包喀斯把这些菜肴放在陶瓷盘子里端上来，同时桌上还有五彩陶的酒罐，山毛榉木制的里面涂了黄蜡的小酒杯发出夺目的光彩。这位憨厚的男主人斟上的葡萄酒既不是陈酿也不太甜，这时上了几道热菜，他又把酒杯挪到边上，腾出地方好放最后一道甜点心。上的甜点心是核桃、无花果和圆圆的大枣，还有两小盘李子和香气袭人的苹果，连红葡萄也不缺少，餐桌中间还有一块乳白色的蜂蜜片，但最好看的还是两位憨厚老人的慈善亲切的笑容，这两张面孔透露着慷慨和忠诚。

当大家酒足饭饱，精神焕发的时候，菲勒蒙发现，尽管酒杯一再斟满，酒罐却不变空，里面的酒永远能升到罐口。这时男主人才惊讶而畏惧地认出他是在给谁提供住处，老汉连同他年迈的老伴高举起手臂，恭顺地垂下目光，请求神明慈悲为怀，不要怪他们招待不周，只能供应简陋的菜肴！啊，他们现在应该怎样款待天上来的客人呢？对了，他们突然想起来：外面的禽舍里不是还剩下仅有的一只鹅嘛！他们愿意把它拿来献给神。两位老人急忙跑出去抓鹅，可是鹅比他们跑得还快，那只鹅"哦哦"地叫着，扑打着翅膀，总能跑过两位气喘吁吁的老人，它一会儿跑到东，一会儿跑到西，诱使老人疲于奔命。最后，鹅跑进屋子，躲在客人的身后，好像在祈求神的保护。

它果真得到了保护。两位神挡住了两位老人的热心奔忙，慈祥地微笑着说："我们是神啊！我们是到人间来考察人类的友好程度的。我们发现，你们的邻居都是有罪的，他们逃不脱天惩，不过你们要离开这所房子，跟着我们到山顶上去，免得你们无辜地跟这些有罪的人一起遭殃。"两位老人听从了神的叮嘱，他们拄着拐棍吃力地攀登那座陡峭的山。离山顶还有一箭远的时候，他们怯生生地回头一看，发现山下的全部土地都成了一片汪洋大海，所有的建筑物都坍塌了，只有他们的小茅屋还立在那里。他们还在感到惊讶，悲叹其他人的命运时，瞧啊，那个破旧贫寒的茅屋竟然变成了高耸的庙宇。那座庙宇有许多大圆柱子支撑，金色的屋顶闪耀着光辉，地面全都铺着大理石。

这时，宙斯露出亲切友好的面容，转向微微颤抖的两位老人说："告诉我，诚实的老人，还有你，诚实老者的可尊敬的老伴，你们希望得到什么？"菲勒蒙跟他女人简单地交谈几句，然后说："我们希望成为你们的祭司！请准许我们守护这座庙宇。我们俩和和睦睦地在一起生活了这么久，哦，那就让我们俩死在同一个时辰吧。到那时，我既看不到我的爱妻的坟墓，也不必葬她。”

他们的愿望实现了。他们俩在有生之年一直守护着这座庙宇。一天，当他们都感到已经享尽天年时，便一起站在神庙的台阶前，默默地回忆着这奇异的命运。这时，包喀斯看着她的菲勒蒙，菲勒蒙看着他的包喀斯消失在绿色的树叶里。两个人的面孔周围长出参天的成荫的大树。“再见了，亲爱的老头子！”“再见了，我的爱妻！”在他们还能说话的时候，两个人就相互说了这么一句。这令人尊敬的一对夫妻就这样结束了他们的一生：老汉变成了橡树，老妇变成了菩提树。就是死后他们也亲密无间地站在一起，像生前一样永不分离。这对虔诚的敬神的夫妇，得到了神的恩赐和尊重。

弥达斯国王

有一次，位高权重的酒神狄俄倪索斯带着他的女祭司和山林神怪翻山越岭到小亚细亚去。在那里，他在众随从的陪同下，沿着特莫洛斯山脉那些四周爬满葡萄藤的山丘散步。走着，走着，那位白发苍苍的酒徒西勒诺斯不见了。原来这位老者因不胜酒力而落在后头睡着了。佛律癸亚的农民发现了这位酣睡的老人。他们给他戴上花环，把他带到弥达斯国王那里。国王虔敬地接待这位神圣不可侵犯的酒神的朋友，热情地招待他，盛宴款待了他十天十夜。在第十一天的早上，国王把这位客人送到吕狄亚旷野，交给了酒神。

酒神又见到了自己的老朋友，非常高兴，便要求国王说出他的愿望，并一定满足。于是弥达斯说："伟大的酒神，如果允许我选择的话，那就请您让我把我所触到的东西都变成闪光的金子吧。"酒神感到很遗憾，对方竟没有做出更好的选择，但酒神还是满足了他的这个愿望。弥达斯得到这个糟糕的馈赠心里喜不自胜，就赶快走了，而且马上就试了试这个许诺可靠不可靠——看啊！他从橡树上折下的一个橡树枝变成了金子。他急忙从地上拾起一块石头，这块石头就变成闪光的金块。他从麦秆上摘下成熟的麦穗，就收获了金子。他从树上摘下来的水果像赫斯珀里得斯姐妹的金苹果一样闪闪发光。他欣喜若狂地急急走进王宫。他的手指刚一碰到门柱，门柱就像火焰似的发光，甚至他把手浸在水中，水也变成了金水。

国王高兴得忘乎所以，命令侍从为他备一桌美味的饭菜。餐桌上很快就摆上了可口的烤肉和白面包。现在他伸手去拿面包——主管谷物成熟的德美特女神的神圣赠品立刻变成了石头般坚硬的金属。他把肉放在嘴里——闪着微光的金片便在他的牙齿间嘎嘎作响。他端起高脚杯，啜饮香气扑鼻的葡萄酒——便觉得是金液滑到咽喉。现在他才明白，他祈求得到的是多么可怕的财富。他很富，却也很穷，他诅咒自己的愚蠢，因为他甚至连饥渴都解决不了啦，真可怕，他必死无疑！他绝望地用拳头捶打自己的脑门——哦，真可怕，连他的脸也像金子一样闪烁着光辉了。这时，他万分惊恐地举起双手，朝天祈祷起来："哦，狄俄倪索斯！伟大的神啊，发发慈悲吧！宽恕我这个愚不可及的罪人吧，取消我身上这触物成金的能力吧！"

待人亲切友好的酒神准了这个深感悔恨的笨蛋的请求，解除他的魔法，他说："你到帕克托罗斯河去，逆流而上直到山里，找到它的发源地。哪里有泡沫飞溅的水从山崖里喷出来，你就在哪里把头伸进清凉的急流里，让身上的魔力离你而去。这样你就同时冲洗掉了你跟金子的罪愆。"弥达斯按照神的指令去做，瞧啊！就在这同一时刻，魔法离开了他，但是，造金的力量转移到河流里去了，从此以后这条河便大量地携带着这种宝贵的金属了。

从这时起，弥达斯就憎恨一切财富了。他离开自己豪华的宫殿，总喜欢在山林里和河流边散步，崇拜乡间的淳朴的神——潘。潘喜爱逗留的地方全是阴凉的岩洞。但国王的心却还是像以前那样愚钝，不久以后他就获得了一种新的他不该得到但却不能再失去的馈赠。

在特摩罗斯的群山中，潘，这位长着山羊蹄子的神，习惯用芦笛为山林水泽的女神们吹奏调情的小曲。有一次他竟大胆地提出与阿波罗比赛音乐。白发苍苍的老山神特摩罗斯，用橡树叶围住他淡蓝色的头发，坐在一个山岩上，充当决定比赛胜负的裁判。坐在四周倾听的有迷人的女神，也有尘世凡胎的男人和女人，他们当中也有弥达斯国王。潘开始吹奏他的牧笛，笛管里洒出惊人心魄的调子，只有弥达斯听得十分入迷。潘演奏完毕，阿波罗便上来演奏，他的长满金色鬈发的头戴着月桂花冠，身上穿着紫色的长袍，左手抱着象牙柄的七弦琴，面容和举止透露着神的庄严。他奏响了无比动听的曲调，所有的听众欢喜异常，肃然起敬。最后，特摩罗斯这位有经验的裁判判定阿波罗获胜。

所有其他的人都热烈地鼓掌，表示一致赞同特摩罗斯的裁决，但弥达斯并没有闭上他那张一向胡说八道的嘴，他高声指责这个裁决，说什么得胜者应该是潘。这时，阿波罗悄悄地走到这个傻瓜国王跟前，揪住他的双耳。他轻轻一抻，那两个耳朵就变得很长，瞧，它们变得很尖，里外都长出灰色的绒毛了。这位神轻轻一动就造出了耳骨的关节，两个长长的驴耳朵装饰着这个可怜的国王的头。因为这副不光彩的零件，他羞得无地自容。他想用一条巨大的头巾遮盖，让世人不知道这个秘密，但在那个经常给他理发的仆从面前这两只耳朵是没法隐藏的，这个仆从一见到他主人的这种新的装饰，就为好奇心所驱使，恨不得把这个秘密泄露出去，只不过他不敢把这个秘密透露给任何人。为了减轻自己的心理负担，他走到河边，在岸上挖了一个洞，对着这个洞小声说出了他不可思议的秘密，随后他又细心地把这个洞穴填上，轻松地离开那里。但是没过多久，这里就密密实实地长出一丛芦苇；微风吹来时芦苇秆就奇妙地沙沙作响，彼此小声却清晰可闻地说：“弥达斯国王有两只驴耳朵！”于是，这个秘密就泄露出来了。

坦塔罗斯

坦塔罗斯是宙斯的一个儿子，他统治着吕狄亚的西皮罗斯。他是个特别著名的富翁。如果说奥林帕斯山诸神曾经尊崇过一个肉体凡胎的人，那就是他。由于他的血统高贵，他被众神尊为亲密的朋友，最后他还被准许与宙斯同桌用餐，听众神谈论神明之间的一切。但他爱虚荣的人类灵魂承受不了天上的幸福，于是他就开始采取各种各样的方法触犯诸神的尊严。他向凡人泄露神仙的秘密；他从神的餐桌上盗取仙酒和神食，拿去分给他人世间的朋友；他窝藏别人从克瑞忒地方宙斯神庙里偷来的宝贵的金狗，当宙斯要他归还时，他发誓说金狗不在他手中，拒绝归还。

最后，他竟狂妄自大地又把诸神请到他那里做客，试探他们是否无所不知。他让人杀死他的亲生儿子珀罗普斯，为诸神备宴。只有得墨特耳因为陷于女儿珀耳塞福涅被掠的痛苦的思虑中，吃了这可怕的肴馔中的一块肩胛骨。其余的神都发觉了这令人毛骨悚然的暴行，纷纷把孩子被分割的肢体扔到一个盒里，命运三女神之一的克罗托向盒子里伸手取出一个完美如初的孩子，只是用一个象牙做的肩胛骨，顶替了被吃掉了的那一个。

至此，坦塔罗斯恶贯满盈，被诸神打入了地狱，让他遭受痛苦的折磨。他站在一个池塘的中央，湖水触动着他的下巴颏儿，但他却忍受着嗓子眼冒火似的焦渴，池水就在嘴边，却一滴也喝不到。每当他低头，贪婪地想让嘴接近水，水就在他眼前消失，池塘干涸，黑土地在他脚下出现，好像有一个妖魔把池塘变干了。同时他还忍受着难熬的饥饿。他身后的湖岸上有美丽的果树茂盛地生长，树枝垂在他的头顶，每当他挺起身来，多汁的梨，鲜红的苹果，火红的石榴，芬芳的无花果和绿色的橄榄便笑盈盈地映入他的眼帘。当他伸手想抓住它们，一股骤起的大风就把树枝刮到云端。与他这种巨大痛苦相伴的，是永不间断的对死的恐惧，因为有一块巨石悬在他的头顶，随时都可能掉下来压在他身上。这样，这个蔑视神的凶恶的坦塔罗斯，就命中注定要在地狱里身受这永无终止的三种苦刑。

珀罗普斯

坦塔罗斯对诸神犯下了重罪，他的儿子珀罗普斯却十分虔诚地敬奉神。父亲被打入地狱以后，由于和相邻的特洛伊国王伊罗斯交战失败，他被赶出他祖先的王国，流浪到希腊。尽管他还很年轻，他却在心里为自己选定了一个妻子，那就是厄利斯的国王俄诺玛俄斯的美丽的女儿，名字叫希波达弥亚。想要把她娶到手可不是一件容易的事，因为神曾向她的父亲预言：女儿结婚，父亲就会死亡。因此这位吓破了胆的国王想尽一切办法不让任何一个求婚者接近女儿，他向全国宣告，只有在同他赛车中取胜的人，才能娶他的女儿为妻，谁败在国王手下，谁就得丧命。竞赛的起点是比萨，而发车的时间这位国王却是这样规定的：在求婚者驾着四马的战车出发时，他本人先要从容不迫地向宙斯献祭一只野羔羊。献祭完毕，他才出发，他坐在由驭手密耳提罗斯驾驭的马车上，手持一杆长矛，追赶那个求婚者，如果他真的赶上了先走的那辆车，他就有权用长矛刺穿求婚者。

倾慕希波达弥亚美貌的许多求婚者听到这样的条件，勇气依然不减。他们以为国王俄诺玛俄斯是一个衰弱的老人，他明知道自己没有能力与青年人比赛，就故意让他们先走这么一大段路，以便用宽宏大量来说明他可能的失败。因此，一个又一个求婚者被吸引到厄利斯来了，他们向国王自荐，请求娶他女儿为妻。国王每一次都亲切友好地接待他们，向他们提供漂亮的四马战车，让他们先行，他却首先去向宙斯献祭他的羔羊，一点匆忙的样子也没有。然后他才登上一辆轻车，前边驾车的是他的两匹骏马费拉和哈耳吕娜，它们跑得比疾风还快，每一次都是离终点很远他的驭手就追上了求婚者，残暴的国王用矛突然从背后刺死他们。就这样，他已经杀死了十二个求婚者，因为他总能依仗他的快马追上他们。

现在，珀罗普斯在奔向他心爱少女的途中，在一个半岛登了陆，后来这个半岛就因他而被命名为伯罗奔尼撒半岛。很快他就听说了那些求婚者在厄利斯的遭遇。后来，他在夜里来到海边呼唤他的保护神——手持三叉戟的海神波塞冬，波塞冬从海浪里钻出来，到了他的脚边。“威力无比的神啊，”珀罗普斯祈求道，“假如爱情女神的礼物使你欢喜，那就别让俄诺玛俄斯的长矛扎到我，请用最快的马车把我送到厄利斯去，让我取胜。他已经杀死了十二个求婚者，还在推迟他女儿的婚礼。巨大的危险吓不倒勇敢的人，我要在比赛中获胜，请你保佑我成功。”

珀罗普斯就这样祈祷着，他的祈求并非徒劳无益。海水又“轰轰”地响起来，一辆四匹箭一般快的飞马驾着光闪闪的金车破浪钻出海面。珀罗普斯纵身跳到车上，随风飞向厄利斯去参加比赛。

当俄诺玛俄斯看见他到来时，不禁大惊失色，因为他一眼就认出了海神波塞冬的神车。但他并没有拒绝按常日的条件与这个外乡人比赛，他还是信赖自己的骏马胜过疾风的神力。珀罗普斯的马匹在穿过半岛的行程后稍事休息，他便驱策它们踏上了赛程。他离目的地很近的时候，那个像往常一样祭献完羔羊的国王随着他的如飞的骏马突然逼近了他，而且挥舞长矛向这位勇敢的求婚者发出致命的一击。就在这时，保护珀罗普斯的波塞冬的妙计奏效了：国王的车子散架了，因为波塞冬趁车奔跑时弄松了车轮。俄诺玛俄斯坠地而死，就在这同一瞬间，珀罗普斯的四马神车到达了目的地。他回头一看，只见国王的宫殿正冒着熊熊的烈焰。是一道闪电把它点燃，彻底毁灭了它，最终烧得只剩下了一根柱子。珀罗普斯赶快乘着飞车奔向燃烧中的宫殿，从火中救出他的未婚妻。

尼俄柏

忒拜国的王后尼俄柏因很多事感到自豪。她的丈夫安菲翁从缪斯女神那里得到一架精美的竖琴，弹奏它时条石便自动组合成了忒拜的城墙。她的父亲坦塔罗斯是众神的上宾。她是一个强大王国的统治者，本人也气质不凡，端庄美丽。但最使她得意的却是她数目可观的十四个朝气蓬勃的子女，其中一半是儿子，一半是女儿。人们都说尼俄柏是人间最幸福的母亲。假如她不以此而妄自尊大，她很可能一直是这样的人——但她的傲慢终于导致她的毁灭。

一天，预言家忒瑞西阿斯的女儿，女预言家曼托，在神性冲动的驱使下，穿过大街小巷，召唤忒拜的妇女敬奉勒托和她的双生子女阿波罗和阿尔忒弥斯。她吩咐她们头戴桂冠，在焚香献祭时做虔诚的祈祷。当妇人们潮水般拥在一起时，尼俄柏身穿金线织成的长袍，在随从的簇拥下，突然出现。尽管一脸怒色，她的美貌依然光彩照人。她那美丽的头一转动，披肩的长发也随着飘摆。她站在露天下忙着献祭的妇女中间，用傲慢的目光环视众人，高声说："你们发疯了吗，竟然来敬奉人们向你们灌输的众神？可是留在你们中间的却是备受天国宠信的人类呀！你们为勒托建立祭坛，为什么不为我的神圣的名字焚香？难道我的父亲坦塔罗斯不是曾在天神的餐桌上欢宴的唯一的凡人吗？我的母亲狄俄涅不是天上闪烁的七星的普勒阿得斯的姊妹？我的一个祖先阿特拉斯力大无比，他能把天宇扛在肩上；我的祖父宙斯，他是众神的君父，连佛律癸亚的人民都服从我。卡德摩斯的城池，它的城墙，都听命于我和我的丈夫，那城墙是在竖琴演奏声中自动砌起来的，宫殿的每间屋子里都摆满我的无价珍宝；此外，我有女神才配有的面容；没有一个母亲像我有这么多的孩子，七个花一样美丽的女儿，七个健壮的儿子，不久以后我还会有数目相等的女婿和儿媳。难道我没有理由骄傲吗？你们竟胆敢不敬奉我而敬奉勒托，她不过是泰坦不知名的女儿，大地都不赐一块地方让她为宙斯生儿育女，直到水中时隐时现的小岛得罗斯出于怜悯给了这个东奔西走的女神一个暂时的住处。这个可怜的女人在那里生了两个孩子，这只是我这个做母亲的可喜收获的七分之一！谁能否认我是幸福的？谁会怀疑我将长久幸福？即使命运女神想要彻底损伤我的财富，她也得费一番周折！即使她从我众多的子女中夺去一两个，剩下的也不会少得像勒托那样只有两个。所以你们拿走供品，摘下头上的花环吧！统统散开回家去！别让我再看见你们干这种蠢事！”

那些女人都怯生生地从头上摘下花环，把未完成的献祭撂在那里，以默默的祈祷向这个感情上受到伤害的女神表示崇拜。

勒托和她的双生子女站在铿托斯山的峰顶，神目圆睁，观察着遥远的忒拜发生的一切。“瞧，孩子们！我，你们的母亲，因为生了你们感到骄傲。除了赫拉我不低于任何女神，现在我却遭到了一个狂妄的尘世女人的诽谤。我的孩子，要是你们不帮助我，我就被赶出这古老的神坛了！尼俄柏竟然说你们不如她的那一大堆孩子，也是对你们的侮辱！”勒托还想补充一句，说说她的请求，阿波罗却打断她说："母亲，别光抱怨！抱怨只能耽搁惩罚！"他的妹妹赞成他的看法，二人身披白云，穿空而过，眨眼间就来到了卡德摩斯城市和堡垒的上空。

城墙外边是一大片荒芜的田地，这里已规定不再耕种，只供赛马赛车之用。安菲翁的七个儿子正在这块空地上嬉戏：有的骑在勇敢的骏马上，有的在进行摔跤比赛。最年长的伊斯墨诺斯用手紧紧地拉着缰绳正安稳地骑马绕圈小跑，突然大喊一声"好疼啊"，缰绳就从他松开的手里滑落下去，他慢慢地从马的右侧跌到地上——原来是一支箭射中了他的心脏。他的弟弟西皮罗斯听到空中频频传来箭翎的飞鸣，便拉起放松的缰绳策马逃跑，但是一支标枪赶上了他，颤响着刺入他的脖颈，铁枪头从喉管穿出来，这个垂死的中枪者从马头的鬣鬃上蹿出去跌在地上，喷涌的鲜血溅落满地。

另外两个弟弟正躺在地上，彼此抱在一起角斗。弓弦重新响起，他们被一箭射穿，二人同时哀号着，在地上扭动着痛苦地抽搐着的肢体，转动着失神的眼睛，最终在尘土中双双咽气。第五个儿子阿尔斐诺耳看见二人倒下，就赶快跑过来，想要抱住他们使他们苏醒过来，但阿波罗一箭射进他的心房，他也倒在了那里。第六个儿子达玛西克同，是一个头披长发的可爱的青年，他的膝关节中了一箭，当他仰身往外拔那支飞来之箭时，另一支箭"嗖"地从他张着的嘴射进来，一直戳到咽喉里，鲜血像喷泉一样从喉管里喷得老高。最后的也是最小的儿子伊利俄纽斯，还是个孩子呢！他看见了这一切，便跪倒在地，张开两臂，祈祷道："哦，所有的神明啊，请你们饶恕我吧！"听了这话，就连那残忍的射手也很感动，但是箭已射出，没法收回了。这孩子慢慢地倒下了，不过他死的时候看不出有多么重的伤，那支箭正好穿透他的心脏。

不幸的消息很快就传遍了全城。孩子的父亲安菲翁听到这令人恐怖的噩耗，便以剑刺穿心脏自杀了。他的仆从和人民嘈杂的悲鸣立刻又传到后宫。尼俄柏久久不能理解这可怕的事件。她不肯相信天上的神有特权敢于这样做和能够这么做，但是，很快她就不再怀疑这是假的了。哦，现在的尼俄柏和此前的尼俄柏是多么不同啊！刚才她还从供奉权威女神的祭坛前赶走众人，在全城高视阔步！对那个尼俄柏，她最亲密的朋友也很嫉妒，对现在的这个尼俄柏，就连敌人也表示怜悯了。她跑到旷野里去，扑在那些僵冷的尸体上，最后一次亲吻她的每一个儿子。随后她举起两只疲惫的手臂，对天高呼："你就幸灾乐祸地看着我的不幸吧！就让你那愤怒的心得到满足吧，你这个残忍的勒托！这七个儿子的死将把我送进坟墓！你胜利了，专横的敌人！"

现在，她的七个女儿也走来站在死去的兄弟身旁，她们都穿着丧服，披散着长发。看见她们，尼俄柏惨白的脸上闪现一道幸灾乐祸的光芒，她忘乎所以地朝天上嘲讽地瞥了一眼，说："你是得胜者！不，即使我现在很不幸，我的孩子还是比幸福之中的你的孩子多！虽然这里躺着这么多尸体，我所拥有的孩子仍然占压倒的多数！"这句话刚说出口，就听到拉弓射箭的声音。所有的人都吓得直哆嗦，唯独尼俄柏一点儿也不打战，不幸已经使她勇气倍增了。七姐妹中的一个突然用手捂住心窝，她拔出一支戳进心底的箭，就昏厥在地，把垂死的脸转向躺在身边的兄弟的尸体。尼俄柏的另一个女儿跑到不幸的母亲那里安慰她，但一个隐蔽的创伤使她弯下腰来，永远失声不语了。第三个女儿刚要逃跑，就倒在了地下。又有几个女儿在俯身看顾她们死去的姐妹时也倒下死去了。只剩下了最小的女儿，她躲到了母亲的怀里，藏在衣襟中，像幼小的孩子那样紧紧地依偎着。

“把这唯一的一个孩子留给我吧！”尼俄柏悲号着朝天上喊叫，“只留下这么多孩子中最小的一个吧！”但就在她还在祈求时，那孩子已经从她怀里坠落在地。尼俄柏孤零零地坐在她的儿子和女儿的尸体中间。她因悲哀过度身躯已经变僵硬了。微风再也吹不动她的头发了，她的脸上已经没有一丝血色，双眼嵌在悲哀的面孔上一动不动，整个人已失去生命。血液不再流，脉搏也消失了，脖子不再转，胳膊不再动，脚也不能再迈步了，就是身体里的心也变成了冰冷的岩石。除了眼泪，她已经没有生命了。眼泪总是不断地从那双化成岩石的眼睛里往外流。这时，一阵特大的暴风吹来，卷起这个石头人，越过大海，到达尼俄柏的故乡吕狄亚的荒山野岭里，把她放在西皮罗斯的悬崖上。在这里，尼俄柏化为大理石的石像，牢牢地立在这座山的峰顶，直到今天仍然泪流不止。

西绪福斯

西绪福斯是埃俄罗斯的儿子，他是尘世间最阴险狡诈的人。他是位于两国之间的狭窄地带里的优美的克林斯城的建造者和国王。在宙斯拐走河神阿索波斯的女儿——美丽的神女埃癸娜以后，西绪福斯为了自己的利益向埃癸娜的父亲阿索波斯透露了宙斯藏匿他女儿的地方，阿索波斯果真在克林斯城上从巉崖中为西绪福斯打了一眼著名的波林娜井，以示报答。

宙斯决意惩罚这个泄密者，便派死神塔那托斯到他那里去。但西绪福斯巧妙地抓住死神，给他戴上了沉重的镣铐，结果人世间就没有人死亡了。直到强大的战神阿瑞斯解放了死神，死神才把西绪福斯带到冥府去。然而西绪福斯过去曾叮嘱妻子，他死后不要杀生给他举行祭奠。冥王哈得斯和冥后珀耳塞福涅以为是他妻子破坏习俗，大为愤怒。经过西绪福斯的花言巧语，冥王准许他回到人间去督促他那迟迟不举行祭奠的妻子。

西绪福斯就这样从冥府溜掉了，他压根儿就没想到要回冥府。在人间，他一味地寻欢作乐。但他正坐在丰盛的筵席上大吹他怎样成功地欺骗了冥王时，塔那托斯突然出现，毫不容情地把他抓到了冥府。在地狱，他受到的惩罚是手脚并用，使足气力，从平地往高山推滚一块沉重的大理石，但每当他以为已经把它滚到了山顶时，这块沉重的巨石却翻转过来，又滚到山下去。这个备受折磨的罪犯一而再，再而三，永不停歇地往上滚这块巨石，冷汗不住地从肢体上流下来。

直到今天，人们还根据这个传说把艰难而无效的工作叫作西绪福斯的工作。

俄耳甫斯和欧律狄刻

无与伦比的歌手俄耳甫斯是色雷斯国王河神俄阿格洛斯与缪斯之一卡利俄珀所生的儿子。阿波罗本人也是音乐之神，他送给俄耳甫斯一把七弦琴。每当俄耳甫斯弹琴，同时放声歌唱母亲教他的动听的歌时，天上的鸟，水里的鱼，森林中的野兽，甚至树木和岩石都赶来倾听他绝妙的歌声。他的妻子是美丽可爱的水神欧律狄刻，他们俩柔情满怀，相亲相爱，啊，但是他们的幸福实在太短暂了！因为婚礼的快乐歌曲刚刚结束，早来的死神便夺走了他正值花样年华的爱妻的生命。美丽的欧律狄刻和她的女游伴在溪边草地上散步时，被一条藏在草丛里的毒蛇咬伤了脚后跟，死在她惊恐万分的女友怀里。这位水神的悲鸣和哀号不停地在高山峡谷里回荡。俄耳甫斯的痛哭和歌唱也夹杂其中，他哀婉的歌曲倾诉着他的悲痛，小鸟和有灵性的大小麋鹿跟这位孤独男子一起举哀，但他的祈祷和哭诉并不能唤回他已失去的爱妻。

于是，他做出了一个前所未闻的决定：下到可怕的地府里去，请求冥王冥后把欧律狄刻还给他。在泰纳隆他从地府的入口走了下去，死人的影子阴森恐怖地漂浮在他周围，但他大步流星地从死人王国的种种恐怖场面中走过去，一直走到面无人色的冥王哈得斯和冥后珀耳塞福涅的宝座前。在那里，他操起七弦琴，随着优美的琴声唱道：“哦，地下王国的统治者，请恩准我诉说衷肠，请赏脸倾听我的愿望！不是好奇心驱使我下来参观阴间，也不是为了抓住三头看门狗好玩。哦，我是为了我的爱妻来到你们的身旁。她给我的王宫带来欢乐和骄傲没有几天，就被毒蛇咬伤，正当青春年华便归了阴间。瞧，我要承受这无法揣度的痛苦呀！作为一个男人，我奋斗了多年，但爱情撕碎了我的心，我不能没有欧律狄刻。我祈求你们，可怕的神圣的统治亡魂的神！在这充满恐怖的地方，在你们辖区的这片沉默的荒野：请你们把她，把我的爱妻，还给我！还她自由，让她过早凋零的生命重获青春！如果不能这样，哦，那就把我也归入亡魂的行列，没有她我永远也不重返阳世。”亡魂听了他的祈求，都放声痛哭起来。冥后珀耳塞福涅招呼欧律狄刻，欧律狄刻摇摇晃晃地走来。“你把她带走吧，”冥后说，“但你要记住，在你穿过冥府大门之前，一眼也不看跟在身后的妻子，她才属于你。如果你过早地回过头去看她，她就永远不属于你了。”

于是，俄耳甫斯带着妻子，默默地快步沿着笼罩在夜的恐怖里的黑暗的路向上攀登。俄耳甫斯心里突然产生一种无法形容的渴望：他偷偷侧耳试了试，看能不能听到他妻子的呼吸或她裙裾的窸窣声，结果什么也听不见，他周遭的一切都是死一般寂静。他被恐惧和爱情所压倒，无法控制自己，就壮着胆子迅疾朝后看了一眼。哦，真不幸呀！就在这时，欧律狄刻两只充满悲哀和柔情的眼死死地盯着他，飘然坠回那令人毛骨悚然的深渊。他无比绝望地把手臂伸向渐渐消失的欧律狄刻。一点用处也没有！她又遭遇了第二次死，但没有哀怨——假如她能抱怨的话，那她也只能怨她被爱得太深了。她已经在他的视线中消失了，“再见，再见了！”从远方传来这样低沉微弱的渐渐消失的声音。

由于伤心和惊骇，俄耳甫斯呆立了片刻，随后他又冲回黑暗的深渊。但现在冥河的艄公堵住了他，拒绝把他渡过黑色的冥河。于是这个可怜的人便不吃不喝，不停地哭诉，在冥河岸边坐了七天七夜。他祈求冥府的神再发慈悲，但冥府的神是不讲情面的，他们决不第二次心软。随后他只好无限悲伤地返回人间，走进色雷斯偏僻的深山密林。他就这样避开人群，独自一人生活了三年，见到女人他就憎恶，因为他的欧律狄刻可爱的形象一直漂浮在他周围，是她使他发出一切悲叹和歌声，一想起她，他就弹起七弦琴，唱起动听的哀怨的歌。

一天，这位神奇的歌手坐在一座遍是绿草却无树荫的山上唱起歌来。森林立刻移动，一棵棵大树移得越来越近，直到它们用自己的树枝为他罩上阴影；林中的野兽和欢快的小鸟也都凑过来围成一圈倾听他绝妙的歌唱。就在这时，色雷斯的一群正在庆祝酒神狄俄倪索斯的狂欢活动的女人吵吵嚷嚷地冲上山来。她们憎恶这个歌手，因为他自从妻子去世以后就鄙视所有女人，现在她们突然发现了这个女性蔑视者。

“瞧，那个嘲讽女子的人，他在那儿！”一个酒神的狂女这么喊了一声，这一群狂女就咆哮着冲向他，一边还朝他投掷石块，挥舞酒神杖。在很长的时间里都有忠实的动物保护着这位可爱的歌手。当他的歌声渐渐消失在这群疯狂女人的怒吼中的时候，她们才惊慌地逃到密林里去。原来，一块飞石击中了不幸的俄耳甫斯的太阳穴，他立刻就满脸是血地倒在绿草地上，死了。

那群杀人的狂女刚刚逃走，鸟儿就呜咽着扑翅飞来。山岩和一切兽类都悲伤地走近他，山林水泽的神女也都匆匆聚拢到他身边，而且都裹着黑色的袍子，她们埋葬了他的残缺不全的肢体，都为俄耳甫斯的死悲伤不已。赫布鲁斯上涨的河水收起并卷走了他的头和七弦琴，从无人拨弄的琴弦和失去灵魂的口舌发出的动听的琴声和歌声一直在水中不停地飘荡飞扬，河岸则轻声地报以悲哀的回响。这条河就这样把他的头和七弦琴带到大海的波涛里，直达斯伯斯小岛的岸边，那里虔诚的居民把他的头和七弦琴捞了上来。头被他们埋葬了，七弦琴则被挂在一座神庙里。因此，传说那个小岛出了不少杰出的诗人和歌手，甚至祭奠神圣的俄耳甫斯的坟墓，那里的夜莺也比别处的歌唱得更悦耳。但他的魂灵却飘飘摇摇地下了地府。在那里他又找到了心爱的人，现在他们留在了这个仙境，他们幸福地拥抱，不再分离，彼此永远结合在一起。

第二部 英雄的传说

阿耳戈英雄远征

伊阿宋和珀利阿斯

伊阿宋是埃宋的儿子，克瑞透斯的孙子。克瑞透斯在忒萨利亚海湾修建了城市，缔造了伊俄尔科斯王国，并将这个王国传给了他的儿子埃宋，但克瑞透斯的幼子珀利阿斯篡夺了王位。埃宋被杀后，他的儿子伊阿宋被藏在喀戎那里。喀戎是一个半人半马的怪人，他曾培养出许多伟大的英雄。伊阿宋就是在这样一个良好的培育英雄的环境里成长起来的。

珀利阿斯年老时，由于听到一道隐秘的神谕而心惊胆战，神谕警告他提防一个穿一只鞋的人。珀利阿斯无论怎样冥思苦想也弄不清这句话的意义。这时，伊阿宋已经在喀戎那里接受了二十年的教育和培养，正偷偷地动身返回他的故乡伊俄尔科斯，准备从珀利阿斯手中收回王位继承权。他按照古代英雄的装备，随身携带两支长矛，一支用来投掷，一支用来刺杀。他身穿旅行装，上面扎着一张豹皮——那只豹是他亲手杀死的。他那不曾修剪的长发披在肩上。

途中，他路过一条宽阔的河。站在河岸的一位老妇求他帮助她过河，这正是天后赫拉，国王珀利阿斯的敌人。因为她这样伪装起来，伊阿宋没有认出她。出于同情，他用双臂托着她涉水渡过河去。半道上，他的一只鞋陷在淤泥里了，但他还是继续往前走，来到了伊俄尔科斯。这时，他的叔叔正在城里市场上众人之间向海神波塞冬举行庄严的献祭。

人们见到伊阿宋这样英俊和魁伟，无不感到惊奇。众人还以为是太阳神阿波罗或战神阿瑞斯降临他们中间了呢。正在献祭的国王也把目光投向这个外乡人，他惊恐地发现这个人只有一只脚穿着鞋。祭神仪式一完，他就朝这个陌生人走去，强压着内心的震惊，问他叫什么，家乡在哪里。伊阿宋大胆而又语调平和地回答说：他是埃宋的儿子，在喀戎的山洞里受过教育，现在是回来瞻仰父亲的故居的。精明的珀利阿斯听完他的话便热情地接待他，惊恐的神情一点也不外露。他命人陪伊阿宋在王宫里四处参观，伊阿宋满怀思念之情，欣赏着他幼年时期最早的住地。一连五天，他都和他的堂兄弟及亲朋在一起参加欢乐的宴席，庆祝他的归来。

到了第六天，他们才离开为了宴客临时搭起的帐篷，一起来到国王珀利阿斯面前。伊阿宋温和而谦逊地对他叔父说："哦，国王啊，你知道，我是法定国王的嗣子，你现在所占有的一切都是理应属于我的。尽管如此，我还是把羊群和牛群，你从我父母手中夺去的所有土地，都留给你。我只要求你把我父亲拥有的王位和王杖归还我。"

珀利阿斯眼珠一转，计上心来。他亲切地答道："我很愿意满足你的要求，但你也要答应我一个请求，你得为我做一件事。这是适合你这样的青年人去做的事，这样的事像我这样的老年人已经做不了了。长久以来，我老是在夜里梦见佛里克索斯的阴魂，他要求我给他的灵魂带来安乐。你现在应该到科尔喀斯的埃厄忒斯国王那里去，把金羊毛取回来。我把完成这一业绩的荣誉送给你：如果你带着这个绝美的胜利品归来，你就可以得到王位和王权。”

阿耳戈船英雄远征的动机和启航

金羊毛的故事是这样的：佛里克索斯是玻俄提亚国王阿塔玛斯的儿子，他的后母即他父亲的宠妾伊诺百般虐待他。为了保护他不受排挤，他的生母涅斐勒在他姐姐赫勒的帮助下把他抢走了。涅斐勒让她的两个孩子骑在一只长翅膀的公羊背上——这只公羊是神明赫耳墨斯作为礼物送给她的，而这只羊的毛或皮则是纯金的。姐弟俩骑着这个奇畜腾云驾雾越过大地和海洋疾驰，半路上，姐姐因为眩晕严重从空中跌落，葬身大海。这一片海便因她而得名，称作赫勒海，或称作赫勒斯蓬托斯海。

佛里克索斯则顺利地来到了黑海边的科尔喀斯。在这里，国王埃厄忒斯热情地接待了他，还把一个名叫加尔吉俄珀的女儿许给他为妻。佛里克索斯宰了公羊向保护他逃跑的宙斯献祭，把金羊毛赠给了国王埃厄忒斯。而埃厄忒斯则把金羊毛献给了战神阿瑞斯，并把它钉在敬奉战神的小树林里。埃厄忒斯命一条毒龙守卫金羊毛，因为神谕宣示，他的生命完全取决于他是否拥有金羊毛。全世界都把金羊毛视为无价之宝，希腊长久以来就听说有这件宝物了，许多英雄和王侯都渴望得到它，所以珀利阿斯希望鼓励他的侄儿伊阿宋去夺取这样一个绝妙的宝物，这个想法并没有错。

伊阿宋没有看出叔叔的用意是想让他死在这次远征的冒险中，便郑重地承担起了这次冒险的任务。希腊著名的英雄都被请来参加这次英勇的行动。希腊技术最高的造船工匠，在雅典娜的指导下，于珀利翁山脚下，用一种在海水中不易腐烂的木料，造了一艘五十桨的豪华大船，并按照造船师阿耳戈斯(即阿瑞斯托尔的儿子)的名字命名为阿耳戈船。这是希腊人敢于用来航海的第一艘长船。在船壁的镶板上有一块是雅典娜女神赠送的，能发布神谕的神奇的多多那橡木板。船的两侧是用许多雕刻作品装饰起来的。不过船体仍然很轻，英雄们可以扛着它行走十二天。

大船完工，英雄们聚集在一起，抓阄决定各人在船上的位置。伊阿宋任全队的指挥，提费斯为掌舵，慧眼人林扣斯为领航。船首坐着威严的英雄赫拉克勒斯，船尾则坐着阿喀琉斯的父亲珀琉斯和大埃阿斯的父亲忒拉蒙。此外内舱的水手中有宙斯的两个儿子卡斯托尔和波吕丢刻斯，有阿德墨托斯，神奇的歌手俄耳甫斯，雅典未来的国王忒修斯，赫拉克勒斯年轻的朋友许拉斯，波塞冬的儿子欧斐摩斯以及小埃阿斯的父亲俄琉斯。伊阿宋把他的船奉献给了海神波塞冬，在起航前，全船向波塞冬和其他所有海里的神明举行了隆重的献祭和庄严的祈祷。

阿耳戈英雄们在楞诺斯岛

他们首先到达楞诺斯岛。一年前，岛上的女人把自己的丈夫都杀死了，甚至根除了所有的男人。原因是她们的丈夫曾经从特拉刻带来了小妾，爱神阿佛洛狄忒的愤怒使她们压不住怒火，嫉妒心理引起她们的杀机。只有许普西皮勒没有加害她的父亲托阿斯国王，她把他装在一个箱子里投进大海，任凭海洋去挽救他，从此以后，岛上的妇女无时无刻不在担心来自特拉刻，即来自她们情敌的亲属的攻击，她们常常以警惕的目光观察海上的动静。现在，当她们眼看着阿耳戈船划近时，她们全体便惊恐地跑出家门，像阿玛宗女人一样手持武器冲向海岸。

阿耳戈船的英雄们看到海岸上遍是全副武装的妇女，而不见一个男人，都感到十分惊奇。他们派出一个手持和平杖标的使者乘小船来到这奇异的人群跟前。这使者被女人们带到未婚的女王许普西皮勒面前后，用谦卑恭顺的话提出阿耳戈船员想在此短暂客居的请求。女王把她的全体妇女召集到本城的集市广场上来。她本人坐在她父亲的大理石宝座上，她的老保姆拄着拐杖紧挨着她，左右两边各坐着两个美丽的金发少女。女王向众人报告完阿耳戈船员们的和平的要求后，站起来说："亲爱的姐妹们，我们曾犯下一个大罪，这件蠢事使我们失去了男人。现在我们不应该把对我们表示友好的朋友拒之于千里之外了。但我们也必须注意，不让他们知道我们所犯下的罪行。因此我建议把食品、酒和一切生活必需品送到这些外乡人的船上去，通过这样的殷勤效劳使他们远离我们的城池。"

女王又坐下时，那位老保姆却站了起来。老人费力地抬起缩在两肩之间的头，说："送给外乡人礼物，这是好事。不过，也要想到，一旦特拉刻人来了，你们可怎么办。即使有一个慈悲的神使他们接近不了这里，你们就安全了吗，就能逃脱一切灾祸吗？像我这样的老妇倒没有什么可担心的，因为我们会在灾难逼近和我们的一切储备耗尽之前死去。但你们年轻人到那个时候可怎么生活呢？难道牛会自动为你们驾轭，为你们犁田？夏天过去以后，它们会代替你们收割吗？你们自己是不愿意干这类艰苦的农活的。我劝你们不要拒绝这送上门来的符合你们愿望的保护。把你们的土地和财产交给这些高贵的外乡人，让他们来管理你们的这座美丽的城市吧！"这个忠告完全符合所有女人的心意。

女王派她身旁坐着的一个少女随信使登船向阿耳戈船的英雄

们通报女人大会亲善的决定。听到这个消息，英雄们都万分高兴。英雄们都以为许普西皮勒是在她父亲死后和平地继承王位的。伊阿宋披上雅典娜女神送给他的紫色斗篷向城里走去，好似一颗闪烁的星。他走进城门，妇女们便向他拥去，高声致意，因客人的到来而欢呼雀跃。他谦逊畏缩地两眼盯着地面，匆匆走向女王的宫殿。宫女们为他敞开高大的宫门，随同的少女把他领到女王的居室，在这里他坐在女王对面的一把华丽的椅子上。

许普西皮勒目光低垂，两颊泛着红晕。她羞怯地转向他，用奉承的言辞说："外乡人，你们为什么如此畏缩地停留在我们的城外呀？这个城里没有男人，你们不必害怕。我们的男人对我们不忠。他们都带着他们在战争中抢来的特拉刻小妾迁到那些女人的国土上去了，而且带走了他们的儿子和男仆，只有我们女人孤独无助地留在了这里。因此，如果你们满意，你们就到我们中间来长住。如果你愿意，你就可以代替我父亲托阿斯管理你的人和我们。你不会说这个地方不好的，它是这一带海洋里最丰裕的岛屿。善良的首领啊，去向你的朋友转达我的这个建议吧！你们不要再滞留在城外了。"她说了这样一席话，把女人们杀害自己丈夫的事隐瞒下来了。

伊阿宋回答她说："女王，我们怀着感激的心情接受你对我们这些急需帮助的人提供的援助。等我把这个消息转告给我的同伴以后，我就回到你们的城市里来，但是王杖和岛国还是由你自己掌管吧！不是因为我看不上它，而是因为远方还有艰苦的战斗在等待着我。"伊阿宋把手递给身为女王的少女握别，然后就回海边去了。

紧接着，女人们也乘着快船带着许多待客的礼品随后赶到。那些英雄已经得知他们的首领带来的消息，所以她们没费吹灰之力就说服了这些英雄进城并住在她们家里。伊阿宋本人住在王宫里，其他的人分别住在这里那里。只有赫拉克勒斯憎恶女人的生活，跟少数几个被选拔出来的伙伴留在船上。现在城里处处都在欢宴和跳舞。献祭的香烟袅袅升向蓝天。女居民和男客人都在祭祀岛屿的保护神赫淮斯托斯和他的妻子阿佛洛狄忒。行期一天一天推迟，要不是赫拉克勒斯从船上跑来，背着那些女人把伙伴们召集起来，那些英雄很可能还要在友好的女主人那里逗留更久呢。“你们这些可耻的家伙，”他呵斥他们说，“你们在自己的家乡不是有足够的妇人吗？你们是因为需要结婚才到这里来的吗？难道你们愿意在楞诺斯务农耕田？当然，神会为我们取来金羊毛放在我们的脚边！我们每个人最好还是各自返回家乡吧。让那个人，让那个伊阿宋娶许普西皮勒为妻，跟他的子孙住在楞诺斯岛上，去看别人创造英雄的伟绩吧！”没有一个人敢抬起眼睛看这位说话的英雄，更没有一个人敢于反对他，他们立刻准备起航。楞诺斯的女人们猜到了他们的意图，便像嗡嗡叫的蜂群似的围着他们怨诉和请求，但到最后她们还是屈从于英雄们的决定了。许普西皮勒眼中噙着泪水从众人中走过去，握着伊阿宋的手，说：“愿诸神如你们所愿赐给你和你的同伴金羊毛！如果你愿意回到我们这里来，这个岛国和我父亲的王杖随时等待着你。但我心里很清楚，你是不会回来的。那么，到了远方，至少还想念着我吧！”伊阿宋嘘叹不已地与高贵的女王分别，第一个登上大船，其他英雄紧随其后。

赫拉克勒斯被留下了

在暴风雨中航行了一程以后，英雄们在靠近喀俄斯城的比堤尼亚的一个海湾登陆。居住在这里的密西亚人热情地接待了他们，为他们堆起干柴生火取暖，用绿树叶为他们铺成柔软的床，在夜色朦胧中还把酒菜端到他们面前。

赫拉克勒斯鄙视旅行中的舒适享受。他让同伴们坐在那里饮宴，独自一人走到森林里去，想用枞木为明天早晨的航行做一把更好的桨。很快他便找到了一棵正合他意的枞树。

与此同时，他的年轻的伙伴许拉斯也站起来离席，想为他的主人和朋友汲取饮水，也想为归程做好一切准备。在反对德律俄珀斯的征战中，赫拉克勒斯因口角杀死了许拉斯的父亲，他于是收留了这个孩子，把许拉斯教育成他的仆人和朋友。当这个美少年在泉边汲水时，一轮满月在头顶闪着光辉。他拿着水罐刚刚俯身，泉中的水仙就看见了他。水仙被他的美迷住了，于是她便伸出左臂抱住他，用右手抓住他的臂肘，把他拉到水下去。这时，一个名叫波吕斐摩斯的英雄正在离那眼泉不远的地方等候赫拉克勒斯归来，他听到了这个少年的呼救声，但怎么也找不到那少年，却碰到了林中归来的赫拉克勒斯。"太不幸了，"他朝赫拉克勒斯喊道，"我必须第一个把这个悲哀的消息告诉你！你的许拉斯到泉边汲水，没有再回来！不是强盗把他劫走了，就是野兽把他撕烂了，我亲耳听到了他的惨叫。"赫拉克勒斯听到这话，额头立刻冒出汗珠，热血在他胸中沸腾起来。他愤怒地把枞树枝抛在地下，就像一头被牛虻叮了的公牛离开牧人和牛群一样，撒腿就跑，尖叫着穿过密林奔向泉边。

晨星高悬在山峰上，刮起了顺风。舵手劝说英雄们利用顺风登船航行。他们在朦胧的晨光中愉快地航行，当他们想起有两个弟兄，波吕斐摩斯和赫拉克勒斯还留在岸边时，已经太晚了。在英雄们之间发生了一场激烈的争论，对于他们应不应该丢下两个最勇敢的朋友继续航行，两种意见各执一词。伊阿宋一言不发，他静静地坐在那里，忧虑撕扯着他的心。但忒拉蒙却压不住满腔的怒火：“你怎么能这样不动声色地坐在这里呀？”他对这位首领高声说，“当然你是怕赫拉克勒斯压倒你的名声！光说有什么用？即使同伴们都跟你意见一致，我一个人也要返回寻找被遗忘的朋友。”

他一边说，一边揪住舵手提费斯前胸的衣服，眼睛里闪射着火焰。要不是玻瑞阿斯的两个儿子卡拉伊斯和仄忒斯抓住他的手臂，用责怪的言辞制止他，他真会逼迫他们返回密西亚人的海滨。

这时，海神格劳科斯从白沫翻滚的浪涛中冒出来，用强有力的手拉着船尾，对忙于航行的人喊道：“英雄们，你们吵什么？你们为什么非要违背宙斯的意志带勇敢的赫拉克勒斯到埃厄忒斯的地方去呢？命运已经为他安排了别的工作，一个慈爱的仙女抢走了他的许拉斯，他是出于对许拉斯的依恋才留下的。”向他们揭示了这一切之后，格劳科斯又沉入海中，黑色的海水在他的周围打着旋咆哮。

忒拉蒙满面羞涩，他走到伊阿宋面前，握着英雄的手说：“别生我的气，伊阿宋！是痛苦使我昏了头，说了些蠢话！让海风把我的错误吹走吧，让我们和好如初！”伊阿宋也表示愿意和解。于是他们乘着强劲的顺风继续航行，波吕斐摩斯留在密西亚人当中也很适应，而且为他们修建了一座城池，赫拉克勒斯则到宙斯指派他的地方去了。

波吕丢刻斯和柏布律西亚人的国王

第二天早上，太阳升起时，他们在一个突入大海很远的岬角抛锚停靠。在那里有未开化的柏布律西亚人国王阿密科斯的畜栏和住房。他为外乡人制定了一条可恶的法律：不同他较量拳击就不能离开他的领地，他已经用这种方式打死了许多邻人。现在，船一靠岸，他又走近前来轻蔑地说："听着，你们这些海上的流浪汉，有一件事你们必须知道！外乡人不在拳击中打败我，就休想离开我的国土。挑选出你们当中最有能耐的人到我这儿来，否则你们可要遭殃！"

眼下，在阿耳戈英雄们当中，有一个全希腊最好的拳击手，这就是勒达的儿子波吕丢刻斯。对方的挑衅激怒了他，于是他冲着国王喊道："别啰唆了！我们愿意遵守你的法律。我就是你找的对手！"

柏布律西亚国王转动着眼珠子，仔细打量这位勇敢的英雄，就像一个受伤的狮子看着它的攻击者。波吕丢刻斯，这位年轻的勇士看上去像天上的星辰一样高贵，他甩了甩他的两手，看看它们在长时间的摇桨之后是不是有些不大灵活。

英雄们都离船了，两个拳击手面对面摆好架势。国王的侍从把两副拳击手套抛在二人之间的地上，"你随意选一副吧，"阿密科斯说，"我不愿意跟你抓阄！你很快就会凭自己的感受知道，我是一个很棒的鞣皮匠，我要叫你尝尝两颊血肉模糊的滋味！"波吕丢刻斯淡然一笑，捡起离他最近的手套，让他的朋友把手套绑在他手上。柏布律西亚国王也这样做了。

拳击比赛开始了，犹如海浪冲击航船，舵手使尽招数也抵挡不住，那国王向这希腊人步步攻击，不让他有喘息的机会。但波吕丢刻斯总是巧妙地躲过袭击，没有受伤。他很快摸清对手的弱点，给了他几下挡不住的硬拳。国王也发现了他的优势所在，于是在双方的拳击下，颚骨的破裂声和牙齿的格格声响成一片，直到两人气喘吁吁才休息了一下。他们都跳到一边，透一透气，擦去不住流淌的汗水。拳击又开始以后，阿密科斯攻击对手的头没有击中，手臂只是打中了对方的肩膀，而波吕丢刻斯却击中了他的耳根，打碎了他的头骨，他疼得跪倒在地。

阿耳戈英雄们齐声欢呼起来。但柏布律西亚人却跑到他们的国王身边，同时掉转他们的棍棒和猎矛对准波吕丢刻斯，向他逼近。英雄们都拔出闪光的刀剑来站在前面保护他。一场血战展开了，柏布律西亚人被打得抱头鼠窜，不得不躲到内陆去。英雄们扑向畜群，获得了许多战利品。他们整夜都留在岸上，包扎了伤口，向诸神献祭，随着俄耳甫斯的琴声高声歌唱。

菲纽斯和美人鸟

黎明时分，阿耳戈英雄们继续航行。经过几次冒险，他们便在一处海岸停船抛锚。住在这里的是英雄阿革诺耳的儿子菲纽斯国王。他正遭受着极大的灾难。因为他滥用了阿波罗赐给他的预言家本领，所以到了高龄他便被罚双目失明，而且还有那些可恶的怪鸟，即美人鸟搅扰他，不让他安静地进餐。它们使尽浑身解数抢劫他的食物——剩下的食物它们也要把它弄脏，叫人没法下咽，甚至叫人一靠近食物就要呕吐。菲纽斯得到一道宙斯的神谕：玻瑞阿斯的儿子们和希腊的船员到来时，他就可以安静地进食了。

因此，这位老人一听到阿耳戈船到达的消息，就离开了他的居室。这时他已经饿得只剩一把骨头了，看上去就像一个影子。他年迈体衰，两腿颤抖，一根手杖支撑着他迈着摇摇晃晃的步子，眼前天旋地转，来到阿耳戈英雄们身边，就耗尽精力，倒在了地上。他们站在这位不幸的老人周围，看到他那副样子无不惊愕。当他清醒过来，发现他们就在眼前时，便以祈求的口吻说：“噢，高贵的英雄啊！如果你们真是神谕所预言的那些人，就请帮帮我吧！复仇女神不仅使我双目失明，而且让可恶的怪鸟夺走我这年迈人的食物！你们援救的不是外乡人，我是希腊人，我是阿革诺耳的儿子菲纽斯。我曾经是特拉刻的统治者，玻瑞阿斯的儿子们想必参加了你们的远行；他们应该来救我，他们是克勒俄帕特拉的弟弟，而克勒俄帕特拉是我在特拉刻时的妻子。”

听了这一席话，玻瑞阿斯的儿子仄忒斯就扑到老人的怀里，并向他许诺，有他兄弟的帮助，他一定会摆脱美人鸟的折磨。他们就地为他准备了一餐饮食，这将是贼鸟最后侵扰的一餐。老人还没来得及去碰食物，那些恶鸟就像突如其来的风暴一样扇动着翅膀从云层中直冲而下，贪馋地落在食物上。英雄们又吼又叫，但这些美人鸟一动也不动，它们一直待到把所有食物啄光，才又飞向天空，留下一种难闻的气味。玻瑞阿斯的儿子仄忒斯和卡拉伊斯立即拔剑追赶它们。玻瑞阿斯的两个儿子精力充沛，紧追不舍，他们常常觉得都能用手抓住它们了。终于他们离恶鸟很近了，无疑有可能置它们于死地，但就在这时，宙斯的女使者伊里斯忽然出现，她对两位英雄说：“玻瑞阿斯的儿子用剑杀死这些伟大的宙斯的美人鸟，是不被准许的。我当着斯提克斯的面以众神的誓约向你们保证，这些猛禽再也不会侵扰阿革诺耳的儿子了。”玻瑞阿斯的两个儿子听了伊里斯的誓言，便不再追赶，转身返回航船去了。

与此同时，希腊的英雄们为了保养年老的菲纽斯的身体，备下了圣餐，宴请了饥饿至极的老人。他贪馋地吃着洁净而丰盛的食物，就好像他是在梦中充饥似的。

到了夜里，趁大家等候玻瑞阿斯的儿子归来的时候，老国王菲纽斯为了表示感谢给他们讲了一个预言。“首先，”他说，“你们将在一个海峡遇到撞岩。这是两个陡峭的巉岩绝壁构成的岛屿，它们在海底没有根基，总是浮在大海中。它们时常彼此飘动聚拢，随后又被潮水波涛从中分开。如果你们不想全船被挤得粉碎，你们就得像鸽子那么快的从它们之间全力划过去。穿过撞岩，你们将到达玛里安底尼海滨，那里有通向冥府的入口。然后你们经过许多海角、河流和海岸，经过阿玛宗女人国和汗流浃背地挖掘铁矿石的卡吕柏斯人的领土。最后你们将到达科尔喀斯海岸，宽阔的法纽斯河翻卷着波涛从那里流入大海。在这里你们将看到埃厄忒斯国王的高耸入云的堡垒，就在那里有不眠的巨龙守护着挂在橡树梢头的金羊毛。”

英雄们聚精会神地听着老人的讲述，人人都心怀恐惧。他们正想提别的问题，玻瑞阿斯的两个儿子从空中落到了他们中间，他俩带来的伊里斯的誓约使国王菲纽斯打心眼里高兴。

撞 岩

菲纽斯怀着感激之情激动地与恩人们告别。现在英雄们又继续航行，去迎接新的冒险。途中，他们忽然听到从远处传来一声震耳欲聋的巨响，原来这是不断碰撞又不断分开的撞岩发出的轰轰声、岸边的回响和海涛怒吼合在一起的响声。

舵手提费斯警觉地站在舵旁。欧斐摩斯在船里站起来，右手掌上托着一只鸽子。菲纽斯对他们预言，如果一只鸽子能毫不畏惧地从撞岩中间飞过去，他们就可以大胆地穿行。两个浮岩一分开，欧斐摩斯就把鸽子放飞了，大家都满怀希望地翘首观望。鸽子正从中间飞越时，两个岩石又相互靠近了。翻滚的海浪轰轰然升上来，咆哮声响彻海空。现在两块岩石碰在了一起，把鸽子的尾羽夹断了，幸好它还是飞过去了。

提费斯大声呼叫着，鼓励摇桨的船员。这时岩石又分开了，冲进岩石中间的浪涛把船吸了进来。死亡威胁着他们：一股数丈高的巨浪朝他们滚来，一见这可怕的景象他们都瑟缩着低下了头。提费斯命令停止摇桨，冒着白沫的海浪在船底翻滚，把船举得高过正在合拢的岩石。英雄们用力摇桨，船桨都给摇弯了。现在漩涡又把船拉下来让它落在两座浮岩的中间。两个浮岩从两侧向船腹撞来，就在这时，全船的保护女神雅典娜冥冥之中推了一把，使船顺利地通过了，相合的巉岩只把船尾最外面的船帮擦伤了一块。当英雄们又看见开阔的大海时，他们都长舒了一口气，摆脱了死的恐惧，仿佛觉得又从冥府归来一般。

"我们闯过夹缝不是单靠我们自己的力量，"提费斯高声说，"我清楚地感觉到我身后有雅典娜的神手发出迅疾而强大的力量使大船穿过撞岩！"但伊阿宋悲哀地摇了摇头，说："善良的提费斯呀，当初我要求珀利阿斯让我承担这个差事，我真是给诸神添麻烦了。还不如让他把我杀死了呢！现在我日夜悲叹不止，并不是为了我自己，我只是考虑你们的生命和幸福，考虑怎样让你们脱离可怕的险境，平安地把你们带回故乡去。"英雄这样说，无非是试探同伴们的心。同伴们都向他欢呼，要求继续前进。

新的冒险

经历了各种各样的遭遇，英雄们继续前进。在航行中，他们忠实的舵手提费斯病死了。他们只好把他埋葬在异乡的海岸。他们选中安开俄斯代替他的位置。对这艰难的工作安开俄斯推辞了好一阵子，直到女神赫拉使他有了勇气和信心，他才接受了这个工作，他走上舵手的岗位，船驾驭得极好，简直就像提费斯本人还坐在舵旁一样。

十二天后，他们张满船帆，来到卡利科洛斯河的河口。到了这里，他们望见了立在一座山丘上的英雄斯忒涅罗斯的坟墓。他是在和赫拉克勒斯进攻阿玛宗人时中箭阵亡在此地的。他们正要继续航行，斯忒涅罗斯的亡魂显现了，他热切地看着他的本族乡亲。他高高地站在他的墓丘上，他的形象跟他出征时一模一样：战盔上装饰着的四根红色羽毛在他头上不停地颤动。但他只显现了一小会儿，就又沉入黑暗的深渊。英雄们都吓得放下了桨，只有预言家摩普索斯懂得这亡灵的要求，他劝他的乡亲们为他举行一次奠酒礼以慰死者的英灵。他们立即落帆停船，走到墓前围成一圈，洒酒在地，焚烧宰杀的羊。

然后他们又向前行驶，终于到达忒耳摩冬河的河口。世上没有别的河流可以与这条河流相比，它的发源地是深山中的一眼泉，后来就分成九十六条支流，像一群蛇挤挤压压地爬进广阔的大海。

在河口最宽阔的地方住着阿玛宗人。这些女人是战神阿瑞斯的后裔，全都嗜战成性。如果阿耳戈英雄们在这里登陆，势必陷入与这些女人的一场血战，因为她们在战斗中完全可以与这些勇敢的英雄们相匹敌。她们不是住在一个城市里，而是分成许多部落，散居四乡。这时西方的顺风把阿耳戈英雄们刮得远离了这些好战女人的国土。

经过一天一夜的航行，正如菲纽斯所预言，他们来到了卡吕柏斯人的地区。这里的人不种田，不栽果树，也不在湿润的草地上放牧，他们只在荒地上挖掘矿砂和铁矿石，以此换取食品。他们的劳动十分繁重，从来看不见阳光，他们在黑暗的地洞和浓烟中劳作，苦度岁月。

英雄们从许多民族地区周边驶过去。当他们接近阿瑞提亚岛的时候，本岛的一种鸟振翅朝他们飞来，它飞临船的上空时，一抖动翅膀，便落下一支翎毛，这翎毛一下子就扎进了俄琉斯的肩膀。英雄受伤后，疼得松开了手中的桨，同伴们看见这箭一般的翎毛扎在他的肩膀里，全都十分惊讶。坐得离他最近的伙伴拔出翎管，替他包扎了伤口。一眨眼，又出现了第二只鸟，克吕提俄斯这时已持弓守候，他一箭射去，那中箭的鸟立时落在了船上。

“大概离岛屿很近了，”航海经验丰富的英雄安菲达玛斯说，“但要提防那些鸟，它们肯定很多。如果我们登陆，要想射杀它们，我们的箭可能就不够了。我们得想个办法驱逐这些好斗的飞禽，大家都把有羽毛飘动的头盔戴上，一半人摇桨，另一半人用闪亮的矛和盾把船遮挡起来，然后我们大声呼喊。当这些猛禽听见我们的吼叫，看到头盔上飘拂着的羽毛、矗立的矛和闪光的盾的时候，它们就会被吓跑。”

英雄们都很赞赏这个计谋，并立即照办。他们向前行驶时，一只鸟也没有看见，当他们接近岛屿，盾牌发出叮当的声音时，海岸上无数的鸟惊叫着飞起来，像遇上暴风雨急忙逃难一样从船上飞过去。但是，英雄们，犹如遇到冰雹立即关上窗户一样，赶紧用盾牌遮住自己，所以那些尖锐的翎毛落下来没有伤着他们。这些被称作斯廷法利得斯的可怕的鸟，则越过大海远远地飞到对岸去了。于是阿耳戈英雄便按照预言家菲纽斯国王的建议在这个岛登陆了。

他们在这里找到了意想不到的朋友和伙伴。在岸上刚走了几步，就遇到了四个衣衫褴褛、一无所有的青年人，其中一人快步向正在靠近的英雄们走来，跟他们说话，“好汉，不管你们是谁，”他说，“请帮帮可怜的沉船人吧！给我们点穿的遮遮体，给我们点吃的充充饥吧！”

伊阿宋好心地答应向他们提供一切帮助，同时问了问他们的名字和家族。"你们一定听说过阿塔玛斯的儿子佛里克索斯的故事吧，"那青年应答道，"是他把金羊毛带到科尔喀斯去的。国王埃厄忒斯把长女嫁给了他。我们是他的儿子，我叫阿耳戈斯：我们的父亲佛里克索斯不久前去世了，我们是按照他的临终遗嘱乘船去拿他留在俄耳科墨诺斯城的宝物！"

听了他的话，英雄们非常高兴，伊阿宋待他们如同手足，因为阿塔玛斯[①]的祖父和克瑞透斯[②]的祖父是亲兄弟。几个青年接着讲了他们的船怎样在凶狂的暴风雨中被巨流打碎，他们怎样抓着一块木板漂到这个荒无人迹的岛上。但当阿耳戈英雄们把自己的计划告诉他们，并要求他们参加冒险时，他们却显出惊恐的表情，"我们的外祖父埃厄忒斯是一个很残暴的人。据说他是太阳神的儿子，因此具有超人的力量。他统治着无数科尔喀斯地方的民族，而金羊毛是由一头令人恐怖的巨龙看守。"

有几个英雄听了这话，吓得面如土色，但珀琉斯站起来说："不要以为我们一定会败在科尔喀斯国王的手下。要知道，我们也是神的子孙啊！他要是不和和气气地把金羊毛交给我们，我们就毫不客气地把它抢走！"接着他们又在丰盛的宴席上议论了好长时间。

第二天早上，佛里克索斯的四个儿子都穿戴一新，精神焕发地跟英雄们一起上了船。英雄们又继续航行了。一天一夜以后，他们看到了高加索山的一个个高峰耸立在海面上。暮色渐浓时，他们听到上空响起飞禽的聒噪：那是折磨普罗米修斯的巨鹰从航

① 阿塔玛斯，佛里克索斯的父亲，四个青年人的祖父。

② 克瑞透斯，埃宋的父亲，伊阿宋的祖父。

船的上空飞过。它的翅膀猛烈地扇动，使所有的帆都鼓满了风。不久，他们就听见普罗米修斯的呻吟从远处传来，那是巨鹰在啄食他的肝脏，过了一会儿，呻吟声才渐渐消失，这时他们看见那只巨鹰又从头顶飞回去。

当天夜晚，他们到达了目的地，把船划进法细斯河的入海口。船员愉快地爬上桅杆，解下帆索。然后他们划桨进入宽阔的河面，河里滚动的波浪好像在这行驶的庞然大物面前胆怯地倒退。左边是高耸的高加索山和科尔喀斯的首都库塔，右边是辽阔的田野和阿瑞斯的圣林，金羊毛就挂在圣林里一棵高大而且枝叶繁茂的橡树的树枝上，巨龙两眼圆睁，看守着金羊毛。

伊阿宋站在船舷上，手中高举起了一个斟满美酒的金杯，把酒洒在地上，祭奠江河、大地母亲、此地的神明和死在途中的英雄。他请求各路神灵向他们伸出宽爱的手，并看顾他们正想停泊在这里的船。

“看来我们是平安地到达了科尔喀斯国，”舵手安开俄斯说，“现在我们该认真地讨论一下，看我们是好心地请求国王埃厄忒斯，还是用别的办法实现我们的计划。”

“明天再说吧！”疲倦的英雄们大声说。

伊阿宋立即下令，把船停在港湾的一个阴凉的地方。所有的人都躺下酣睡起来，但他们只睡了一小觉，多少解除了些疲乏，因为没过多长时间，曙光便把他们照醒了。

伊阿宋在埃厄忒斯的宫殿里

清晨，英雄们聚在一起展开了讨论。伊阿宋站起来说：“各位英雄，我的同伴们，如果你们赞成我的看法，你们所有留下的人就手持武器安稳地待在船上。只有我，佛里索克斯的四个儿子，和你们当中的两个人，到埃厄忒斯的王宫里去。到了宫里，我将首先客客气气地婉言问他愿意不愿意把金羊毛让给我。我不怀疑他会拒绝我的请求，这样我们就可以从他口中探到准信，知道我们必须怎样做了。谁又说得准，我们的话不能使他大发善心呢？从前他友善地接待、保护了逃离后母虐待的无辜的佛里克索斯，不正是说辞打动了他的心吗？”

年轻的英雄们全都赞成伊阿宋的见解。于是他便抓起赫耳墨斯的和解杖，带着佛里克索斯的四个儿子和两个同伴离开了船。

科尔喀斯是一个人口众多的民族。为了保护伊阿宋和他的陪同者免遭险难，阿耳戈英雄的保护神赫拉降下一层浓雾罩住城市护送他们，直到他们平安地进了宫，浓雾才散。他们站在王宫的前院，欣赏着厚实的宫墙，高大的宫门，以及墙边时不时凸现在外的巨大的柱子。整个建筑都拦腰围着一圈凸出的石头墙围，墙围的卷边装饰着铜制的竖三线槽。他们默默地跨进前院，然后又走向中院的柱廊。柱廊向左右延伸，后面有许多房间依稀可见。正对面矗立着两座主殿，一座里边住着国王埃厄忒斯本人，另一座里面住着他的儿子阿布绪耳托斯。其余的房间里则住着宫女和国王的女儿卡尔喀俄珀和美狄亚。国王的小女儿美狄亚，是难得见到的。她是赫卡忒神庙的女祭司，几乎所有时光都是在庙里度过。但这天早上，希腊人的保护神赫拉却使她产生了一种留在王宫里的心愿。她离开自己的卧室，正想到她姐姐的房间去，竟同正往里走的英雄们不期而遇。她禁不住惊呼一声，卡尔喀俄珀和她的所有侍女闻声急忙冲出房来。姐姐一看，却忍不住欢呼了一声，并且朝着天空伸出两臂感谢上苍，原来她一眼就认出了那四个年轻的英雄是她的孩子，佛里克索斯的儿子。孩子们都与母亲热烈地拥抱，问长问短，高兴得热泪盈眶。

美狄亚和埃厄忒斯

最后，国王埃厄忒斯和他的王后厄伊底伊亚也被女儿忍着高兴的泪水的欢声笑语吸引出来了。整个前院立刻人声鼎沸，但谁也没觉察到爱神厄洛斯已飞临上空。他从箭囊里抽出一支给人带来苦痛的箭，搭弓射中了美狄亚，这谁也看不见的箭立刻在她胸中像火焰一般地燃烧。她不时偷偷地看眼英俊的青年伊阿宋，其他的一切都从她的记忆中消失了。唯一的一种甜蜜的痛苦占据了她的心灵，她的脸色一阵白又一阵红轮番地交替。

欢乐冲昏了头脑，没有一个人注意到美狄亚的变化。仆人端来了备好的食物。阿耳戈英雄们已经洗了个热水澡，把奋力摇桨时留下的一身汗水洗净，精神饱满而愉快地坐在餐桌旁享用盛宴，痛饮美酒。饮宴中，埃厄忒斯的外孙向外祖父讲述了他们中途被阿耳戈英雄救回的遭遇，埃厄忒斯也小声地问了问这些外乡人的情况。

“外祖父，我不想对你隐瞒，”阿耳戈斯小声说，“这些人是来恳求你把我父亲佛里克索斯的金羊毛给他们。有一个国王，他想霸占他们的财产，把他们驱逐出祖国，才让他们担负这个危险的使命。他希望，他们还没把金羊毛带回祖国之前就触怒宙斯，遭到佛里克索斯的报复。帕拉斯·雅典娜帮助他们造了一艘船，我们科尔喀斯人所用的船当中没有一艘比得上它。我们，你的外孙，驾驶的当然又是我们船队中最差的船，它连第一次风暴的袭击都抵挡不了……而这些外乡人的船却特别坚固，什么样的风暴也休想把它摧垮，况且英雄们自己也不停地摇桨。全希腊最勇敢的英雄都聚集在这艘船上。”

国王听了这一席话，不禁心生恐惧，对外孙们极端不满，因为他以为，这些外乡人是他们引到宫廷里来的。他浓眉紧皱，双眼放着怒光，大声说：“滚开，别叫我看见你们，你们这些孽种，诡计多端的人！你们不是来取金羊毛，你们是来夺取我的权杖和王位的！假如你们不是作为客人坐在我的宴席上，我早就割了你们的舌头，剁了你们的手，只让你们留下脚从这里跑出去了！”

忒拉蒙听到这话，非常愤怒，真想站起来用同样的话回敬国王。但伊阿宋制止了他，并温和地答道：“请镇静，埃厄忒斯国王！我们到了你的城里，进了你的王宫，不是来掠夺你的财产的。有谁愿意穿行如此辽阔而危险四伏的大海来夺取陌生人的财产？是命运和一个凶恶国王的残忍的命令迫使我下了这样的决心。请你答应我们的要求，行行好，把金羊毛给我们吧！全希腊都将因此而赞颂你。我们随时准备报答你。如果邻近发生战争，你想征服邻国人民，你就可以把我们当作同盟者，我们愿意跟你一起出征。”

伊阿宋就是用这样的言辞安抚国王。而埃厄忒斯心中却拿不定主意，不知是当场杀掉他们好呢，还是应该先试探一下他们的力量。思索片刻以后，他觉得还是后者更好，于是他镇定地答道：“外乡人，何必说这些心虚胆怯的话呀！如果真是神的子孙，或者出身不比我差，同时对别人的财产感兴趣，你们就把金羊毛拿走吧。我愿意把一切赠给勇敢的好汉。但是你们首先给我做出一个样子来，你们必须来做一做我平时做的一种相当危险的劳动。在阿瑞斯的田野里有两头公牛，它们都生着铁蹄，会往外喷火。我就是用这两头牛来犁生地，地翻好了以后，我便往垄沟里撒种，但我撒的不是农业女神得墨忒耳的金黄的谷粒，而是可怕的龙牙。以龙牙为种长出的是人，他们从四面八方把我包围起来，我就用我的长矛把他们一个个杀死。清晨我驾公牛犁地，夜晚我收获后休息。如果你当天就完成这项工作，哦，首领啊，你当天就可以把金羊毛拿去，返回你的国王的故乡。如果你不能，你就拿不到金羊毛，因为勇敢者向无能者让步，天下没有这个道理！”

国王说话时，伊阿宋一直默默地坐在那里盘算，他不敢立即答应去做这可怕的事情。经过反复思考，他镇定自若地答道：“这工作虽然极为艰巨，但我愿意经受它的考验。哦，国王啊，即使我为此而牺牲，我也在所不惜。等待一个凡人的，最坏的也就莫过于死。我听凭把我派遣到这里来的命运的摆布。”

“那好，”国王说，“现在你就找你的同伴去吧，不过你要考虑好。如果你不完成这一切，那就留给我自己干好了，你就悄悄地离开这里吧！”

阿耳戈斯的建议

伊阿宋和陪他来的两个英雄从座位上站起身来。佛里克索斯的儿子们中只有阿耳戈斯跟着他们走，因为阿耳戈斯已经示意他的弟兄们继续留在国王身边。伊阿宋看上去既英俊又高雅，少女美狄亚的目光透过面纱扫视着他，她的思绪犹如在梦中追随着他的脚步。当她又一个人坐在闺房里时，她竟失声痛哭起来，然后她又自言自语地说：“我为什么要悲伤呢？那位英雄与我有什么相干？他是所有半神中最伟大的英雄也好，他是最无能的也罢，该死就让他死好了！不过，哦，但愿他能逃离毁灭，绝处逢生！令人敬畏的女神赫卡忒啊，让他返回家乡吧！假如他一定要被公牛击败，在此之前至少应该让他知道我很担心他的不幸的命运！”

就在美狄亚如此忧思满怀的同时，英雄们正走在回船的路上。阿耳戈斯对伊阿宋说：“我有一个建议也许会受到你的痛斥，但我还是要对你说。我认识一个少女，她善于使用魔汤，如果我们能把她请来相助，我相信你一定会斗胜公牛。你要是愿意，我就去把她争取过来助我们一臂之力。”

“如果你觉得这样做好，我的朋友，”伊阿宋应答道：“我不反对，不过，依靠女人取胜然后返乡，我们面子上实在不光彩！”

说着说着，他们已经到了船上，回到同伴中。伊阿宋告诉大家，国王向他提出了什么要求，他向国王作了什么许诺。有好一阵子同伴们都默不作声地坐在那里，你看看我，我看看你。最后，珀琉斯站起来说：“好汉伊阿宋，如果你相信你能实现你的诺言，就请你做好准备吧，如果你没有十足的把握，你就待在一边别管了，也不要在我们当中寻求合适的人选，因为我们除了死还能期望别的结局吗？”

听到这话，忒拉蒙和另外四个英雄跳了起来，个个充满斗争的勇气和喜悦。但阿耳戈斯却抚慰他们说：“我认识一个姑娘，她善于使用魔汤，她就是我母亲的妹妹。让我去说服我母亲，求她把那个姑娘争取过来帮助我们，然后才好讨论伊阿宋自告奋勇去进行的冒险。”

他的话音刚落，天上就现出一个预兆，一只被大鹰追逐的鸽子，躲到了伊阿宋的怀里，那只紧追在后的猛禽则掉到了船尾的甲板上。这时，一个英雄想起年老的菲纽斯对大家说过的预言：女神阿佛洛狄忒将帮助他们返回故乡。几乎所有的英雄都赞成阿耳戈斯的建议，只有伊达斯不满地站起来说：“天哪！难道我们到这里来是为了当女人的奴隶吗？不去求助阿瑞斯，却去请求阿佛洛狄忒。难道见到苍鹰和鸽子的一场恶斗就能避免吗？好，那就忘了战争，去欺骗柔弱的少女吧！”但伊阿宋决定采纳阿耳戈斯的建议。于是，英雄们把船拴在岸边，等待着派出去的使者归来。

与此同时，埃厄忒斯在王宫外召集科尔喀斯人开了一次大会。他向众人讲了讲一个外乡人的到来，他们的要求和他为他们准备的下场。等公牛一杀死那个头领，他就命人砍掉一整片树林放火烧毁那条船，烧死那些船员，对那几个引来这次烦恼的外孙他也要给以可怕的惩罚。

其间，阿耳戈斯正在请求他母亲说服他姨母出面帮助。他母亲卡尔喀俄珀本来就十分同情这些外乡人，但她当初不敢触怒父亲，儿子的请求正合她的心意，她立即答应支持他们。

美狄亚躺在床上烦躁不安地睡了一小觉，做了一个令人焦虑的梦。她梦见伊阿宋已经准备跟公牛搏斗。但他进行搏斗，不是为了取走金羊毛，而是为了把她作为妻子带回故乡去。在梦中又觉得她亲自在搏斗中制伏了公牛，但她的父亲不信守诺言，不给予伊阿宋应得的奖赏，说什么驾牛犁地的应该是伊阿宋，不应该是她。为此，父亲和伊阿宋发生激烈的争执，双方都推她做仲裁人，在梦中她判外乡人胜，钻心的痛苦袭上父母的心，他们大声喊叫起来——美狄亚也就随着这一声喊叫醒来了。

正是这个梦促使她前往姐姐的房间。但到了前院，由于羞怯，她又犹豫了好长时间。她四次向前，又四次退回来。最后她还是回到自己的房间，扑在床上哭了起来。她的一个信得过的小侍女发现她在哭泣，很同情主人，就把这情况告知了她的姐姐。卡尔喀俄珀急忙赶到美狄亚的房间，看到她正泪流满面，哭得很伤心。“你怎么了，可怜的妹妹，”她深表同情地说，“你心里有什么悲伤？难道是老天爷让你突然生病了吗？是父亲当着你的面痛斥了我和我的儿子？哦，我真想远离父母的家宅，到一个听不到科尔喀斯名字的地方去！”

美狄亚答应帮助阿耳戈英雄

听了姐姐的一连串问话，美狄亚不禁满面绯红，羞得答不出话。最后还是爱情给了她勇气，她狡猾地说：“卡尔喀俄珀，我心里难过，是为了你的几个儿子，我担心父亲把他们连同那些外乡人一起就地杀害。这是一个难解的梦向我预示的，但愿有一位神明能阻止他这么做。”

卡尔喀俄珀听了这话十分恐惧，她说：“我也正是为这件事到你这里来的，我恳求你帮助我反对我们的父亲，如果你拒绝了，我和我的被杀害的儿子到了阴间也要像复仇女神一样缠着你不放！”说着她用双手抱住美狄亚的膝部，把头伏在她的怀里，两姐妹痛哭起来。随后美狄亚说：“姐姐，你提复仇女神干什么？天地作证，我向你发誓，为了救你的几个儿子，只要我能做的，我都愿意去做。”

“那么，”姐姐进而说：“为救我的儿子，你就给这个外乡人一点魔药，让他在与公牛的搏斗中顺利地过关吧！是他派我的儿子阿耳戈斯找我，请求你援助他这个来此做客的朋友。”

听了这话，美狄亚高兴得心怦怦直跳，她美丽的脸泛起了红晕，闪亮的眼睛在一时的眩晕下显得黯淡无光，于是她突然说道：“卡尔喀俄珀，如果我不把你和你孩子的生死攸关的事看成我最重要的事，就让我明天看不见曙光。明天一大早我就到赫卡忒神庙去为那个外乡人取那种能减弱公牛攻击力量的魔药。”卡尔喀俄珀离开妹妹的卧室，把这个可喜的消息带给了她的儿子们。美狄亚躺在床上，而心中整整一夜都同自己进行着激烈的斗争，“我的许诺是不是太多了？”她心中嘀咕着，“我有什么理由为这个外乡人做这些事？要想让我们的计策成功，我就非得单独去见他，和他接触不可吗？是的，我要救他一命，让他想去哪儿就去哪儿。但他搏斗胜利之时便是我死亡之日，一根绳索或一杯毒汁就可以使我摆脱这可憎的生命——我所干的这件事能使我得救吗？恶毒的流言不是要在全科尔喀斯迫害我吗？他们不是会说我为一个外乡人殉情，辱没了我的家族吗？”她就是在这样的思绪下走去取来一个装着致死药和活命药的小匣。她把小匣放在双膝上打开，想尝一尝致命的毒药，这时，她眼前浮现出生活中的一切烦恼和欢乐，浮现出所有女游伴的面影。她觉得太阳比以前更美丽，于是，她心里产生了一种对死的不可抗拒的恐惧，便把小匣放在地上了。伊阿宋的保护神赫拉改变了她的心绪。她等不及曙光来临，就去取她答应给伊阿宋的魔药，并带着魔药见她心爱的英雄去了。

伊阿宋和美狄亚

就在阿耳戈斯赶忙把这个可喜的消息带到船上的时候，美狄亚已经跳下床来。她穿上一件漂亮的长袍，用弯曲的金针别紧，在光闪闪的头上罩了一方白色的面纱，一切悲痛都忘得一干二净。她蹑手蹑脚穿过门厅，吩咐年轻的侍女套好她时常乘坐前往赫卡忒神庙的骡车。当侍女都在为她的出行做准备时，美狄亚从她的小匣里拿出一种叫作普罗米修斯油的油膏，谁身上涂了这种油膏，谁当天就能刀枪不入，火烧不伤，一整天都有压倒敌人的力量。

骡车备好了。两个侍女跟随主人上了车，美狄亚亲自握缰扬鞭，在其余侍女徒步陪同下，驱车穿过城池。走到哪里，哪里的民众都恭敬地给公主让路。当她穿过广阔的田野来到神庙时，她对侍女们狡猾地编造说："女友们，我大概是犯了一个大错，我没有远离那些来到我们国家的外乡人！现在我姐姐和我姐姐的儿子阿耳戈斯要求我接受他们的首领的礼品，要知道，就是他答应了要制伏公牛。我呢，则要把免受伤害的魔药送给他！我已经假装答应了他并约他到神庙这里来单独见面。现在我要接受他的礼品，然后我们互换，但我送给他本人的却是一种致人死命的药，叫他用了以后一命呜呼！他一来，你们就躲得远远的，免得他生疑，我已经许诺我是一个人来见他。"

听了这个狡黠的计谋，侍女们都很高兴。她们都躲到神庙里去时，阿耳戈斯陪着他的朋友伊阿宋和预言家摩普索斯正好也出发了。美狄亚和侍女们待在神庙里，她的目光从来没有落在周围侍女的身上，而是充满渴望地越过庙门注视着外面的大道。每当听到一声脚步，一息微风，她都禁不住焦渴地把头高高地抬起。伊阿宋终于带着他的陪同走进了神庙，美狄亚突然觉得心都要跳出来了，她感到眼前的世界变成了黑夜，热血涌上面颊，满脸通红。

这时，侍女们已经都离开了她，伊阿宋和美狄亚彼此相对，默默地站了好长时间。伊阿宋首先打破了沉默："你身边只有我一个人，为什么怕我呀？我不像别的男人那样自负，就是在家里也从来都不自负。你想问什么，说什么，尽管开口！但别忘了我们是在一个圣地，说谎是有罪的。因此不要甜言蜜语地欺骗我。我是一个恳求保护的人，我是来请求你给我那种药物的，就是你答应你姐姐要给我的那种药物，是紧急的需要迫使我寻求你的帮助。你想要我怎样感谢你，就请提出来吧，要知道，你将以你的帮助解除我的同伴们的母亲和妻子的焦虑悲伤，你的不朽的英名将永远活在全希腊人民的心中。"

美狄亚一直等他把话说完。她低下目光，甜甜地一笑，她的心因他的赞美而无限喜悦，她又抬起头来，恨不得把涌到嘴边的话一股脑儿都说出来。但她一直没有开口，只是解开了那条裹着小匣的香喷喷的带子，伊阿宋赶快高高兴兴地从她手中接过那个小匣。要是他向她提出要求，她连整个心都愿意给他，爱神正在把甜蜜的爱的火焰向她心中吹去。二人都害羞地瞅着地面，然后他们彼此又四目相对，目光中充满着渴慕。过了好一阵子，美狄亚才开口说话。

“听着，看我想怎样帮助你。等我父亲把那些需要播种的使人遭灾的龙牙交给你以后，你就单独到河水里去沐浴，你要穿上黑色的袍子，挖一个圆形的坑，在坑里堆上干柴，杀一只母羊羔，放在柴堆上烧成灰，然后把怀里的蜂蜜洒在上面向赫卡忒女神献祭，再离开这个火葬场。听到脚步声和狗叫声你千万不要回头，否则献祭就不起作用了。第二天早上，你要用我刚才给你的这种魔膏涂抹你的身体，它会使你超凡地强壮，力大无比。你将感到你不仅能与凡人而且能与世外的神明匹敌。你的剑，你的矛和你的盾也必须涂上油膏，这样，任何人类手中的铁器、神牛喷出的火焰，就都伤不了你，也无法抵抗你。不过你不能坚持很久，只能在当天有这样的神功，尽管如此，你也绝不要退出战斗。我还有别的办法帮助你，等你驾驭巨牛犁了地，撒下的龙牙种子有了收获以后，你就往生长出来的人当中抛一块巨石，这时，从土里冒出来的那一伙狂躁的人就会群狗争食那样争夺那块石头。你可以趁这个机会冲到他们中间，把他们一个个砍倒杀死。然后你就可以心安理得地从科尔喀斯拿走金羊毛，想到什么地方去就到什么地方去。”

她说到这里，心中想到这位高贵的英雄就要航海远去，泪珠便悄悄地从面颊上流下来。悲伤使她忘了身份，她竟抓着他的右手伤心地说："你回家以后，不要忘了我的名字，我也会想着你。告诉我，你将乘坐这艘美丽的船返回的祖国在什么地方。"

伊阿宋听了她的话十分感动，他说："请相信我，尊贵的公主，如果我能活下来，无论白天还是黑夜，我每时每刻都不会忘记你。我的故乡是伊俄尔科斯，普罗米修斯的儿子丢卡利翁在那里建立了许多城市，修了许多神庙。那里的人还不知道你们国家的名称。"

"外乡人啊，那么说你是住在希腊了？"美狄亚应接说，"那里的人比我们这里的人要好客多了，因此你不要讲你在我们这里受到过什么样的接待，你只要暗暗想着我就行了。哪怕这里的所有人都把你忘了，我也会想念你的。假如你忘了我，哦，但愿风能把一只鸟从伊俄尔科斯送到这里来，我会通过它让你想起我是怎样帮助你从这里逃出去的！啊，我真想亲自到你家里提醒你记起我呀！"说着，她哭了。

"哦，善良的姑娘，"伊阿宋答道，"你说哪儿去了！如果你能来到希腊，来到我的故乡，哦，你肯定会受到那里的女人和男人的尊崇，你将像一个神似的被人敬仰，因为是你的计谋使他们的儿子、兄弟和丈夫免遭杀害，愉快地回到了故乡。而你是完全属于我的，除了死，任何人任何事都破坏不了我们的爱情。"

听他这么一说，她高兴得荡魄销魂。一想到要离开祖国，她又感到无比忧伤。尽管如此，还是有一种奇异的力量推动她向往希腊，因为赫拉已在她心里撒下这种渴望的种子。

伊阿宋满足埃厄忒斯的要求

伊阿宋高高兴兴地回到同伴们中间。美狄亚走向她的侍女们，她轻捷地登上车，赶骡起步，骡便自动朝着回家的方向急奔。转瞬间，美狄亚回到了王宫。

这当儿，伊阿宋告诉他的同伴们，美狄亚刚刚交给他一种神奇的魔药，并拿出油膏来给大家看。所有的人都很高兴，只有伊达斯坐在旁边，气得直咬牙。第二天早上，他们派了两个人到埃厄忒斯那里去拿龙牙种，国王埃厄忒斯把当年卡德摩斯在忒拜杀死的那条龙的牙齿给了他们。把龙牙交给他们时，他很自信，因为他相信伊阿宋绝对不可能活到把龙牙种子撒到地里的时候。

埃厄忒斯穿上他与巨人战斗时穿过的那副坚硬的甲胄，戴上四羽的金盔，抓起四层皮革的重盾，除了他和赫拉克勒斯再也没有别的英雄能够举起它。他上了车，抖动缰绳，车便疾驰出城，后面跟着数不清的民众。他想参观这一幕活剧，却像亲自出战一样披挂起来。伊阿宋按照美狄亚的指导用魔油涂抹了他的剑、矛和盾。同伴们围着他，都想用自己的武器跟他的矛较量，但他的矛毫无损伤，他们的武器甚至不能使他的矛稍有弯曲。那支矛拿在他坚实的手中就像变成了石头一般。见到这个情景，伊达斯很生气，他举起剑来，猛地向枪柄砍去，但他的剑就像铁锤落在铁砧上一样被挡回。英雄们看到可喜的胜利前景，都热烈地欢呼起来。

现在，伊阿宋用油膏涂抹了身体。他立刻感到四肢增添了奇异的力量，双手脉络突起，更加有力，渴望投入战斗，像一匹临阵前的战马，精神振奋，竖耳扬头，马蹄踏地，放声嘶鸣。伊阿宋做好了战斗的准备，他伸展了一下身体，高抬起腿，手中举着长矛，挥舞着盾牌。英雄们随同他们的首领来到阿瑞斯田野，便遇到了国王埃厄忒斯和一大群科尔喀斯人。

船一到，伊阿宋就手持矛和盾跳到岸上，立刻收到一顶装满尖锐的龙齿的金光闪闪的战盔。随后，他用一根带子把剑背在肩上，大步走上前来，像阿瑞斯或阿波罗一样的威武庄严。他在田野上环顾四周，很快就看见了驾牛的金属轭放在地上，旁边有犁和铧，这一切器具都是钢制的。他仔细看了看这些农具，把枪头固定在他的长矛的坚硬的枪杆上，又把战盔放在地下。然后他带着盾往前走，寻找公牛的足印，但被关在地洞里的牛突然钻出来，从另一侧向他猛冲。伊阿宋的朋友们见到这些怪物无不吓得失魂落魄，伊阿宋却叉开双腿，岿然不动，他持着盾牌，等待它们进攻，就像海边的岩石等待海浪冲击一样。公牛也真的晃着犄角向他冲来，但它们没能使他后退半步，就像在冶炼厂里风箱扇起熊熊的火焰，它们反复地咆哮，喷着火焰向前冲击，炽热的火光像耀眼的闪电射向这位英雄，但少女的魔药保护了伊阿宋。

最后，他终于从左侧抓住一头公牛的角，使出全身气力把它拖到放铁轭的地方。到了这里，他把它踢倒，让它跪在地上。他又用同样的方法制伏了第二头牛，牛飞快地冲向他，他只一击就把牛打倒在地。然后，他甩开他那宽大的盾牌，在火舌的舔击下用双手死死按住被摔倒的牛。连埃厄忒斯也禁不住惊叹伊阿宋的神力。

这时，卡斯托耳和波吕丢刻斯按照事先的安排，把放在地上的轭递给了他，他连忙把它套在牛脖子上。然后他又抬起犁套把它扣在轭的铁环里。那对孪生兄弟赶快跳离火焰，因为他们不像伊阿宋那样不怕火烧。伊阿宋则又拿起他的盾，抓起装满龙齿的战盔，手持他的矛赶着暴怒而且喷射火焰的公牛拉着铁犁往前走。由于拉犁的牛和扶犁者全都具有神力，土地犁得很深，巨大的土块嘎嘎响着在犁沟里粉碎。他迈着坚定的步伐跟在后面，把龙齿撒在垄沟里，同时小心地往后头顾盼，看这些龙齿是否已经长成巨人向他追击。公牛迈着铁蹄往前走着犁地。

整片土地尽管足有四亩，但到了下午，已经全被不知疲倦的耕种者犁完了。他把公牛从犁上卸下来，用武器朝牛一发狠，它们就越过开阔的田野逃跑了。他见垄沟里一直没有长出巨人，便回到船上去了。

同伴们围着他欢呼；他却什么也没有说，光是用战盔盛满河水咕嘟嘟地喝下去以解火烧火燎的焦渴。他活动了一下他的膝关节，心中充满再战的渴求，正如一头狂怒的野猪冲着猎人磨牙。这时，整片田野都长出了巨人，整个阿瑞斯丛林里到处都是盾牌和长矛，战盔闪闪发光，闪烁的光辉直达天穹。伊阿宋想起足智多谋的美狄亚的话，他轻而易举地搬起一个四个壮汉也抬不起来的巨大圆石，把它远远地抛到那些从地里生长出来的武士们中间。他自己则勇敢而小心翼翼地藏在他的盾牌后边，科尔喀斯人大声呼叫，连埃厄忒斯也无比惊叹地注意到了伊阿宋怎样把巨石抛掷出去。那些土里生出来的人突然像猛犬一样相互冲击撕咬起来，都呜呜地怒吼着相互残杀。他们在相互拼杀的长矛下像被旋风连根拔起的枞树或橡树一样倒在他们的母亲大地上。当他们仍在酣战时，伊阿宋拔出宝剑，跳进去左砍右刺，把还立在那里的砍倒，把刚长到肩高的像割草一样削平，对其他人则割掉他们的头。垄沟里血流成河，负伤者逃往四面八方，许多人一脸是血又像从地里冒出来一样深深地沉到土里去。

国王埃厄忒斯不禁震怒了，他一句话也没说，便转身回城，心里只想着怎样才能更有把握地制伏伊阿宋。

美狄亚夺得金羊毛

国王埃厄忒斯连夜把民间的长老召集到王宫里商讨怎样智胜阿耳戈英雄们，因为他已确切知道，白天所发生的一切，没有他女儿的协助是不可能出现的。赫拉看到伊阿宋处境十分危险，便让美狄亚心中充满令人丧胆的恐惧，使她像一头在密林中听到猎犬狂吠的小鹿一样发抖。美狄亚立即预感到她对伊阿宋的帮助已被父亲发觉。泪水从她眼中夺眶而出，如果没有命运女神的阻拦，她就会用服毒自杀的办法结束她的痛苦，转瞬间她又精神振作起来。她决心逃走，于是她铺好她的卧榻，亲吻门柱以示告别，还用双手再次抚摸了一下卧室的墙壁，然后剪下一绺头发放在床上，给母亲留作纪念。

“别了，亲爱的母亲，”她泪汪汪地说，“别了，卡尔喀俄珀姐姐和宫里所有的人！哦，外乡人啊，你真不如在来到科尔喀斯之前就淹死在大海里呢！”

随后她就离开了她可爱的家，像一名囚犯逃离关押她的严酷的牢房。

她默默地念起咒语，宫廷的大门自动敞开，她光着脚奔跑，穿过侧面的窄路，不一会儿就到了城外，连守卫都没有认出她来。然后她一下子就走上了通往神庙的人行小道，因为她平时采集草根调制魔药和毒汁时就对田野里所有的道路了如指掌了。月亮女神塞勒涅看见她急急地奔走，便自言自语道：“原来受到爱情煎熬的不只我一人啊！你常常用你的魔法把我驱逐出天庭，现在你自己也在为伊阿宋忍受巨大的痛苦啊！好了，那就走着瞧吧，你尽管诡计多端，你也休想逃脱这痛苦的折磨！”塞勒涅这么对自己说着，而美狄亚却撒腿匆匆跑过去了。

到了船对岸，她高声呼叫她姐姐的小儿子佛戎提斯。佛戎提斯和伊阿宋都听出了她的声音，她喊了三声，他们也回答了她三声。英雄们听到这一喊一答，开始都很惊讶，接着就划船去迎她。船到对岸还没有停泊，伊阿宋就从甲板一跃而踏在岸上，佛戎提斯和阿耳戈斯也跟着跳上了岸。

"救救我吧，"美狄亚抱住她外甥的腿喊道，"让我和你们赶快从我父亲手中逃命吧！一切都败露了！趁他还没跨上快马追来前，我们赶快乘船逃走吧！我会给那条龙催眠，然后你们就可以把金羊毛拿到手。但是你，哦，外乡人啊，你要当着你同伴们的面对神发誓，到了异乡你也不会欺负我这个孤女！"

她说得这么悲伤，伊阿宋心里却感到无比喜悦。他温柔地扶起她，拥抱着她说："亲爱的，宙斯和婚姻的保护神赫拉作证，回到希腊以后我一定把你作为我的合法妻子带到我家里去！"他一边发誓，一边把他的手放在她的手里。

现在美狄亚吩咐众英雄连夜把船划到圣林去骗取金羊毛。英雄们摇船疾驶，船到后，伊阿宋和美狄亚从草野上的小道奔向圣林。他们在那里找到了那棵高悬着金羊毛的高大的橡树。金羊毛透过夜色闪闪发光，就像朝阳照耀下的一片彩霞。对面，不眠的龙瞪着锐利的眼睛望着远方，伸着它的长脖子对着步步走近的人，发出可怕的"咝咝"声，连河边和森林都传来阵阵的回响，像火焰越过点燃的树林冲过来一样，这个怪兽鳞甲闪烁，蜿蜒向前爬行。美狄亚勇敢地迎上前，用甜美的声音祈求众神中最强大的睡眠神使怪兽入睡，她又吁请冥府的神后为她降福。伊阿宋不无恐惧地跟在她身后，但美狄亚神奇的歌唱已使毒龙迷迷糊糊地有了睡意，那毒龙弓起的背落下了，它那蜷曲的身躯伸展开来。只有那令人恐怖的头还直立着，张着大口想吞掉他们俩。这时，美狄亚一边念着咒语一边用一个杜松的枝条蘸着魔液向龙的眼睛里洒去，魔液的芳香迷得毒龙酣睡起来，现在，它的血盆大口闭上了，它的整个身躯伸展在圣林中。

伊阿宋按照美狄亚的吩咐从橡树上拉下金羊毛，而美狄亚则继续往毒龙的头上喷魔液。然后，二人匆匆离开荫蔽的圣林。伊阿宋愉快地捧着金羊毛，金羊毛反射的光线把他的前额和金发照得金光闪闪，也照亮了他踏上远去的夜路。

天刚放亮，他们就来到船上，同伴们把他们的首领团团围住，咂舌赞叹那如雷神的闪电一样放光的金羊毛。伊阿宋对他的朋友们说："现在，我亲爱的弟兄们，让我们赶快返回祖国吧。在这位姑娘的帮助下我们完成了这次远航的任务，为了报答她，我要把她当作我的合法妻子带回家去，但是你们要帮助我保护这位全希腊的恩人，我相信，埃厄忒斯很快就会到这里来，带着他的全体民众阻止我们的船驶出这条河的河口。因此，你们中间要有一半人摇桨，另一半人手持咱们的巨大的牛皮盾牌迎击敌人，保护我们返航。现在能否返回家乡，全希腊的荣辱，全都掌握在我们手中了。"

阿耳戈英雄们和美狄亚一起逃跑

在这同时，埃厄忒斯和全体科尔喀斯人都知道了美狄亚的恋情、她的行为和逃跑。他们全副武装，到市场上集合起来，接着一路冲向河岸。他们来到河口时，阿耳戈英雄们的船由于有不知疲倦的水手奋力摇桨，已经远远地行驶在海上。埃厄忒斯举起双手，吁请宙斯和太阳神证明敌方的恶行，然后怒气冲冲地向他的臣民宣布：如果他们不从海上或陆上把他的女儿捉到带来见他，使他能严惩她，他们就全要被砍头。吓破了胆的科尔喀斯人当天就把他们的船推到海里，扬帆出海了。

顺风鼓满了阿耳戈英雄的船帆，第三天曙光初照时，他们就把船停泊在哈吕斯河岸边。在这里，他们按照美狄亚的要求向拯救了他们的女神赫卡忒举行了献祭。这时，他们的首领和其他英雄突然想起了老预言家菲纽斯对他们的建议：返程时要选择一条新路，但没有一个人熟悉这个地区。阿耳戈斯教大家驶向依斯忒耳河，忽然，在他们前进方向的上空，出现了宽宽的一道彩虹。

科尔喀斯人一直没有停止他们的追击，他们的船轻，行驶得比阿耳戈船快，所以先到了依斯忒耳河口，他们在这里埋伏起来。他们停泊在河口，也就堵住了阿耳戈英雄的船入海的路。阿耳戈英雄们有些害怕人数众多的科尔喀斯人，他们上岸占领了河中的一个岛。科尔喀斯人紧追不舍，一次遭遇战即将发生。这时被困的希腊人提出进行谈判，双方谈妥：希腊人可以带走国王埃厄忒斯许诺过伊阿宋工作完成后应得的金羊毛。但是国王的女儿美狄亚却要交给他们带到另一个岛上的阿尔忒弥斯的神庙里去，然后让一位公正的邻国国王以公断人的身份判定她应该回到父亲家中，还是让她跟随英雄们到希腊去。

美狄亚听到这样的条件，心中充满痛苦和忧虑。她立刻把她的情人拉到旁边一个别人听不到他们说话的地方，含着眼泪说："伊阿宋，你打算怎样决定我的命运？你在紧要关头曾对天向我盟誓，保证我永远幸福，难道这一切你都忘到九霄云外去了吗？我实在太轻率了，竟然抱着对你的希望，抛弃了我最宝贵的一切，离开了我的祖国，我的家和我的双亲！为了救你，我才跟你漂泊在海上，是我的痴情让我帮你夺到了金羊毛。为了你我不顾少女的名誉，作为你的情人，你的妻子和你的护理人，随你到希腊去。因此，你应该保护我，不要把我一个人留在这里，不要把我交给别的国王去审判！如果那个公断人把我判给我的父亲，我可就要命归黄泉了。这样，你回去了还有什么快乐可言呢？宙斯的妻子，你自豪地奉为保护神的赫拉，她怎么能赞成你的这种行径呢？甚至可以说，假使你抛弃了我，总有一天你会十分痛苦，时时想念我。金羊毛也会像一场梦一样消失，落在冥王哈得斯手中！那时我的复仇的灵魂将把你赶出你的祖国，就像我被你诱离我的祖国一样！”

她说话时，情绪异常狂躁，简直有心向船上放一把火，烧毁一切，自己也干脆跳进火海。

见到美狄亚这样一副表情，伊阿宋犹豫不决了。但他受到了良心的谴责，便温和地说：“我善良的姑娘，请你镇静，我根本没把那个协议当一回事！只是为了你我们才设了这么一个缓兵之计，大批的敌人像乌云压顶一样把我们包围了。所有住在这里的人都是科尔喀斯人的朋友，他们都愿意帮助你的兄弟阿布绪耳托斯，让他把你抓到手，带到你父亲那里去。如果我们现在开战，我们大家都将悲惨地送命；如果我们死了，让你成了敌人的俘虏，你的处境将更加绝望。确切地说，这个协议只不过是一个计策，一个使你的兄弟阿布绪耳托斯走向毁灭的诡计。一旦首领死了，邻国的朋友就不会再援助科尔喀斯人了。”

他就这样好言相劝，美狄亚听完即刻献了一条狠毒的建议：“你听我说，我已经触犯了一次成规，受厄运的蒙蔽铸成了大错，我没有退路，我只能在罪恶的泥潭里往前走。如果你在交战中击退了科尔喀斯人，我愿意设计把我兄弟骗来，让他落在你的手里。你设一桌豪华的宴席招待他，然后我可以劝说使者们离开，说我要跟他单独谈话，这时你就可以把他杀死——我不会反对的——然后战败科尔喀斯人。”

他们就这样布置了杀害阿布绪耳托斯的阴谋。他们送给阿布绪耳托斯许多礼物，其中包括一件楞诺斯的女王给伊阿宋的华丽的紫袍。狡猾的少女告诉使者们，让阿布绪耳托斯夜深人静时到另一个岛上的阿尔忒弥斯的神庙里来，她将设计让他重新得到金羊毛，然后把它带回去献给他们的父亲埃厄忒斯。至于她，她谎称，她是被佛里克索斯的儿子们抓走交给外乡人的。事情的进展完全如她所愿，阿布绪耳托斯为这些庄严的许诺所骗，便在黑夜乘船前往那个圣岛与他的姐姐会面。姐弟二人正在谈话，伊阿宋突然从埋伏处冲了出来，手中握着明晃晃的宝剑。美狄亚转过脸去，同时蒙上了面纱，不忍看到兄弟被杀的惨象，伊阿宋像宰杀一只献祭的羔羊一样，手起剑落，把美狄亚的兄弟砍倒在地。只有复仇女神在隐蔽处用她阴险的目光看到了这里发生的恶行。

伊阿宋洗去手上和脸上的血，把尸体埋葬了，美狄亚已经用火把向阿耳戈英雄们发出了事先定好的信号。英雄们立即冲向阿布绪耳托斯的随从，科尔喀斯人没有一个人生还。伊阿宋想援助他的同伴已经没有必要了，胜利已成定局。

阿耳戈英雄的返航

剩下的科尔喀斯人还没有醒过神来，英雄们已经按照珀琉斯的建议疾速远去了。当科尔喀斯人得知发生的一切时，开始他们还想追击敌人，但赫拉却从天上发出闪电警告他们，他们才被吓住了。他们知道，如果他们不把国王的儿子和女儿带回去，国王肯定震怒并严惩他们，所以他们就留在依斯忒耳河口的阿尔忒弥斯岛上定居了。

阿耳戈英雄们乘船经过许多海岸和岛屿，也经过了阿特拉斯的女儿卡吕普索斯居住的岛屿。他们相信他们已经看见远方正在升起故乡最高的山峰，这时，赫拉因为害怕盛怒的宙斯的计划，扇起了一阵暴风雨阻挡他们，于是船便被狂风刮到了荒无人烟的埃莱克特律斯岛。现在雅典娜安装在船的龙骨中间的那块能宣示预言的木板开始说话了，他们仔细听了以后，无不大惊失色。“你们逃不脱宙斯的愤怒，也躲不开海上漂泊的命运，”那块空心的木板说，“除非女巫师喀耳刻禳解你们残忍地杀害阿布绪耳托斯的罪孽。要让卡斯托耳和波吕丢刻斯向神明祈祷，请求诸神为你们在海上开辟一小条通道，指引你们找到太阳神和珀耳塞所生的女儿喀耳刻。”这就是阿耳戈船上的那块木板黄昏时说的话。

英雄们听到这个奇异的预言宣示这样可怕的命运，无不胆战心惊。只有那对双生兄弟卡斯托耳和波吕丢刻斯站起身来，勇敢地祈求天上诸神的保护。但是船继续漂泊，冲进了伊里丹纳斯的内海湾，那里是法厄同被太阳车烧死坠海的地方。就是现在，他被烧灼的伤口仍然从河底喷出火焰和烟雾，没有一条船能轻易越过这片水域，它总是被卷入火焰里去。法厄同的几个姐妹，赫利俄斯的女儿们，已变成沿岸的白杨，它们在风中叹息，滴着晶莹的琥珀泪珠落在地上，然后太阳把它晒干，潮水把它冲到伊里丹纳斯河里去。

坚实的大船帮助阿耳戈英雄们脱离了这次危险，但他们却失去了对一切饮食的欲望。因为白天有法厄同烧焦的尸体的恶臭从伊里丹纳斯河涌上来折磨着他们，夜间有赫利俄斯的女儿们的悲叹和像油滴似的琥珀泪珠的滚落困扰着他们。赫拉发出温和的声音，提醒他们，给他们指明正确的道路，并放出黑雾罩住船，把船保护起来，他们就这样航行了许多日夜，经过刻尔提克家族的许多地方，直到终于看见提瑞尼亚海岸，紧接着就顺利地进入了喀耳刻居住的岛屿的港口。

在这里，他们找到了那位女巫师：她正站在海滨，在海浪里洗头。她曾梦见她的卧室和她的房子里血流成河，火焰吞噬她用来麻醉外乡人的一切魔药，她则用手掬血把火浇灭。正当黎明时分，噩梦把她惊醒，她立刻下床跑到海边去冲洗她的衣裙和头发，好像她真的沾上了血污似的。成群的巨大的猛兽跟随在她后面，就像牛群出棚跟在牧人后面一样，但这些猛兽和一般家畜不同，它们的头和身是一类动物的，四肢是另一类动物的。英雄们不禁心生莫名的恐惧，特别是因为他们只要看一眼喀耳刻的脸便可认出，她正是残暴的埃厄忒斯的妹妹。这位女神很快就转身回来了，她像对待家犬那样招呼和抚摸这些怪兽。

伊阿宋命令全体船员留在船上。只有他本人带着美狄亚跳到了岸上，一上岸，他就拉着这位不愿意去的姑娘朝喀耳刻的宫殿奔去。喀耳刻不知道这些陌生人到她这里来做什么。她请他们坐在漂亮的软椅上，但他们却默默地悲伤地坐在火炉旁边。伊阿宋把用来杀死阿布绪耳托斯的宝剑插在地上，双手按住剑柄，把下巴抵在手背上，不再睁开眼睛。喀耳刻这时才知道他们原来是祈求保护的人，立刻明白这与他们的被逐和一桩谋杀的罪恶有关。于是，她宰杀了一只刚生下来的母狗，把它作为祭品献祭给宙斯，这些祈求者的保护神，然后请求宙斯允许她为他们净罪。她吩咐她的侍从，那些水中的女神，把赎罪用具带到海边来。她自己则站在那灶旁，焚烧圣饼，郑重地祈求复仇女神息怒，请求天父宽恕这些手上沾有谋杀血污的人。

这一切做完以后，她就让外乡人坐下，她坐在他们对面。她询问他们的职业和航行的情况，问他们从哪儿来，为什么在这里登陆，为什么要请求她的保护，因为这时她又想起了那个血腥的噩梦。当少女抬起头来注视她的脸时，少女的眼睛引起了她的注意，因为美狄亚和喀耳刻一样都是太阳神的后代，所有太阳神的后人都有一双闪耀金光的眼睛。现在她要求这位逃亡的少女用母语说话，于是少女便用科尔喀斯的方言如实地讲述了埃厄忒斯和阿耳戈英雄们之间发生的不快，只是不肯承认谋杀兄弟阿布绪耳托斯的一节，但对女巫师喀耳刻是什么也隐瞒不了的。她说："可怜的孩子，你很不正当地离家出走，你又犯了一桩大罪。你父亲肯定会追到希腊去，为他被谋杀的儿子找你报仇。不过你在我这里不会再遭到什么灾难，因为你是祈求保护的人，又是我侄女，只是不能从我这里得到任何帮助。你赶快带着这个外乡人走吧，不管是谁我都不能管了。我既不赞成你的那些计谋，也不赞成你不光彩的逃跑！"听到这样的话，美狄亚十分痛苦，她蒙上面纱，伤心地哭起来，直到伊阿宋抓起她的手，她才踉踉跄跄地跟着他走出了宫殿。然而赫拉却很同情她的被保护人。她打发她的女使者伊里斯踩着七色彩虹的道路到下边把大海女神忒提斯招来，让她保护阿耳戈英雄的船。伊阿宋和美狄亚一跳上甲板，就刮起了和风，英雄们高高兴兴地起锚张帆。不久，他们就接近了一个百花盛开的小岛，这是骗人的女妖的住地，这些女妖惯以美妙的歌声诱骗过路者，然后让他们死在这里。她们都是半鸟半人的形体，总是坐在那里等候猎物，经过这里的外乡人没有一个可以幸免于难。现在她们也正在冲着阿耳戈英雄们唱美丽动听的歌，他们都听得入迷了，正准备抛缆上岸，就在这时，特拉刻的神歌手俄耳甫斯，从座位上站起来，弹奏起他的七弦神琴，以最强的声音压倒了那些鬼怪少女的歌声。同时一股"嗖嗖"响的神赐之风从船尾吹来，使得女妖的歌声全部消失在空中。同伴中只有部忒斯一人经受不住女妖歌声的诱惑，弃桨跳到海里，朝着那诱人的歌声游去。要不是阿佛洛狄忒看见了他，他早就没入海底了。她从漩涡中把他拽出来，抛在该岛的一个海岬上，从此以后他就生活在这个地方了。

科尔喀斯人继续追击

在阿耳戈英雄们又平安地躲过了一些危险之后，他们继续在大海上航行，来到了一个岛屿。这里住着善良的淮阿喀亚人和他们的贤明的国王阿尔喀诺俄斯。英雄们在这里受到了友好热情的接待，他们正想好好休息一下，科尔喀斯人的一支威武的队伍突然出现在海滨，敌方的船队是从另一条海路追到这里来的。他们要求阿耳戈英雄们把国王的女儿美狄亚交给他们带回她的家乡，他们威胁希腊英雄们说，如果埃厄忒斯亲自率领一支更强的部队追来，就要血战一场，后果将会更糟。当英雄们准备去迎战时，善良的国王阿尔喀诺俄斯阻止住了他们，而美狄亚则抱着国王的妻子阿瑞忒的双腿。“王后，我请求你，”她说，“别让他们把我带到我父亲那里去！我跟这个人逃跑不是由于轻率，而是因为实在太怕我的父亲。他带走我，是把一个少女带回他的家里去啊。请你怜悯怜悯我吧，诸神将赐你长寿，让你多子多孙，保佑你的城池获得不朽的英名。”

她又跪在每一个英雄的脚下求救。每个人都鼓励她振作起来，他们摇着长矛，拔出宝剑，向她保证：一旦国王把她交出去，他们就坚决援助她。

夜里，国王和他的妻子商量怎样解决这个科尔喀斯的少女的难题。阿瑞忒请求帮助这个少女，她告诉他，伟大的英雄伊阿宋打算要美狄亚做他合法的妻子。阿尔喀诺俄斯本来就是心慈面善的人，他听妻子这么一说，他的心就变得更软了。“为了这些英雄和美狄亚，”他对妻子说，“我愿意刀枪相见，把科尔喀斯人赶走，但我们这样做会破坏宙斯的待客法律，再说，去惹恼强大的国王埃厄忒斯也不明智，因为即使他住得很远，他也有能力把一场战争强加给希腊。因此，你听着，我的决定是，如果这个姑娘还是处女，就应该把她还给她父亲；如果她已经成了那青年的妻子，我也不会把她从丈夫身边夺走，因为这时她已经属于这个青年，不再属于她父亲了。”

阿瑞忒听到国王做出这样的决定，非常惊慌。当夜她就派了一名使者到伊阿宋那里报告这一切，并劝他在天亮以前和美狄亚完婚。阿耳戈英雄们听到伊阿宋转达的意想不到的建议，都很高兴，于是在一个山洞里，俄耳甫斯奏起音乐，美狄亚便庄严地成为伊阿宋的妻子了。

第二天早上，全副武装的科尔喀斯人已经站在岛的另一端了。国王阿尔喀诺俄斯遵照诺言走出宫殿，他手持黄金的王杖宣布对这个姑娘的判决。他身后是成群养尊处优的贵族，女人也都聚拢来参观希腊的著名英雄，许多村民也聚集到这里来了，因为赫拉已把这消息广为传布了。一切都在城墙前边准备好了，献祭的烟气一直升到天穹。英雄们等待决断已经等了好长时间，国王在他的宝座上就座以后，伊阿宋立刻走上前来，以发誓的语调断然宣布埃厄忒斯国王的女儿已经成为他合法的妻子。阿尔喀诺俄斯听完伊阿宋的声明，又见了见几个婚礼在场的证人，便以庄严的誓言判决道：不能交出美狄亚，而要把她作为客人保护起来。科尔喀斯人表示反对也毫无用处，国王宣称：要么他们作为和平的客人留居此地，要么乘船离开他的港口。他们害怕他们没把国王的女儿带回去，他们的国王暴怒，于是便选择了头一个方案。第七天，阿耳戈英雄们赠给了主人很多礼品，依依不舍地与国王阿尔喀诺俄斯告别，就又起程了。他们顺利地经历了几次冒险，驶进了他们的家乡伊俄尔科斯的港湾。

伊阿宋的结局

尽管伊阿宋经历了许多危险的航行，把美狄亚从她父亲那里夺到手，卑鄙无耻地杀害了她的兄弟阿布绪耳托斯，伊阿宋也没得到伊俄尔科斯的王位。他不得不把王国让给珀利阿斯的儿子阿卡斯托斯，他本人则与他年轻的妻子逃到科林斯去了。在这里他和美狄亚居住了十年，美狄亚为他生了三个儿子。前两个是双生子，取名忒萨罗斯和阿尔喀墨涅斯；第三个儿子提珊得耳比两个哥哥要小得多。在这些年里，伊阿宋爱她，尊敬她，不仅仅是因为她美若天仙，而且因为她见解高超和别的许多优点。

后来，伊阿宋为科林斯国王克瑞翁的女儿格劳刻的美色所动，迷恋上了这个年轻的少女。他背着他的妻子美狄亚向这个少女求婚，得到克瑞翁同意，婚期已定时，他才找到妻子劝她自动解除婚约。他又向她发誓说，他想缔结这门新的婚姻，并不是因为厌倦了对她的爱，而是为了孩子着想，他才力求与高贵的王室攀亲。

他的要求激起了美狄亚极大的愤慨，她愤怒地呼唤神明为他以前的誓言作证。伊阿宋对此不予理睬，仍然决意要娶国王的女儿为妻。美狄亚在她丈夫的宫殿里绝望地四处游走。“我的命好苦啊，”她高声说，“但愿天火降到我头上把我烧死！我活下去还有什么意义呢？愿死神能可怜我！哦，父亲啊！哦，我可耻地逃离的故乡啊！哦，我所杀害的兄弟呀，现在你的血正流在我的身上！但是，惩罚我的不应是我的丈夫，我是为了他才犯了罪的呀！正义的女神啊，请你把他和他年轻的恶毒女人毁灭吧！”

她正这样悲叹地徘徊时，伊阿宋的新岳父克瑞翁在宫殿里遇到了她。“你的目光里充满了敌意，”他招呼她说，“立刻带着你的孩子离开我的国家吧！不把你赶出我的国界，我是不会回宫的。”美狄亚强压着愤怒，语气镇静地说：“克瑞翁，你为什么怕我作恶呀？我跟你有什么仇怨，你干吗做出这种对我不利的事？你把你的女儿许给了你所喜爱的人，许给了我的丈夫，这跟我有什么相干？我只恨我的丈夫，在我面前他是有罪的。不过，木已成舟：就让她与他作为夫妻生活下去吧。但还是让我住在这个国家吧，我虽然受到了很大的伤害，我还是愿意保持沉默，屈从于权势者的。”

尽管美狄亚抱着他的双膝，以她怀恨在心的克瑞翁的女儿格劳刻的名义向他发誓，但克瑞翁见她眼里射出暴怒的光，仍然不相信美狄亚。“走吧，”他回答说，“让我减少点烦恼吧！”于是她便请求暂缓一天离境，好让她找一条逃亡的路，为她的儿子们选择一个避难地。“我不是一个狠心的人，”国王说，“过去，由于不恰当的畏缩不前，我做了不少愚蠢的让步。现在我也觉得我做得并不聪明，那就照你说的办吧，小女子！”

美狄亚获准了她所企盼的延期放逐，她的心就变得更加狂暴了。于是，她便着手实施她的毒计，尽管这个毒计在她头脑里还很模糊，而且自己也不完全相信它有实现的可能。但她还是想最后试探一下，看她的丈夫能不能承认他的不义和罪恶。她来到他面前，对他说：“哦，你这个最坏的男人，我为你生了孩子，你还是背叛了我，要娶新人。如果我们没有孩子，我也许会原谅你，你倒还算有借口再娶。但现在你却是不可饶恕的，我不知道，是不是你以为当初你发誓忠于我时统治世界的那些神不再管事了，还是人类又有了新的行动准则，允许你破坏你的誓言？我现在想把你当作我的朋友一样问问你，你告诉我：你打算让我到哪里去？为了爱你，我背叛了我的父亲，还谋杀了他的儿子，难道你要把我送回我父亲的家里去吗？或者你为我找到了别的可以安身的地方？是啊，你的前妻带着你的儿子在世上漂泊乞讨，你跟你的新人那才真的光彩呢！”

伊阿宋已经变得心如铁石。他答应给她和孩子们相当多的黄金，让她带着他写给朋友们的信去请求收容。但她鄙视地拒绝了这一切。“走吧，去结你的婚吧，”她说，“你将举行一次使你痛苦不堪的婚礼！”

她离开她的丈夫以后，又有些后悔，觉得不该说出最后那句话。不过，这并不是因为她改变了主意，而是因为她担心他会注意到她的行动，阻挠她实施她的罪恶计划。因此她又一次找他交谈。她以完全不同于前一种的态度对他说：“伊阿宋啊，请你原谅我刚才所说的话吧！是盲目的愤怒使我做了错事。我现在看清楚了，你所做的一切确实会给我们带来最大的好处。我们是在穷困潦倒中流落到这里来的。你是想通过新的婚姻庇护你自己，照料你的孩子们，也照料我。一旦他们远离你一段时间，你就会召回他们，让他们分享兄弟相互友爱的幸福。过来，过来，孩子们，拥抱你们的父亲吧，像我一样跟他和解吧！”

伊阿宋果真相信美狄亚不再怨恨他了，因此心里非常高兴。他答应给她和孩子们最好的照顾，美狄亚则尽量让他更相信自己。她请求把孩子留在他身边，让她一个人离去。为了能够得到他的新妻子和他的新岳父的准许，她吩咐从她的储藏室里取出几件珍贵的金袍，让伊阿宋送给国王女儿作为新婚礼物。考虑了好一阵子，伊阿宋才默许了，随即派一个侍从把这些赠品送到新娘那里去。但这些珍贵的衣服都是用毒汁浸泡过的长袍，美狄亚假惺惺地跟她丈夫告别以后，她便时时等待着她的一个可靠的传话人为她带来公主接受礼品后的消息。

传话人终于回来了，他朝美狄亚喊道：“赶快上船逃走吧，美狄亚！你的情敌和她的父亲都死了。你的儿子们随着父亲走进那个新娘的屋子里时，我们所有的仆人都很高兴，因为仇恨将不再存在，事情将完全和解。年轻的公主两眼含笑欣喜地迎接你的丈夫，但当她看见孩子们，她便用面纱遮住眼睛，掉过脸去，讨厌他们的到来。伊阿宋竭力平息她的愤怒，为你说好话，同时在她面前摊开你的礼物。她一看见这些华丽的长袍，就被它们夺目的光彩所吸引，情绪大变，于是她答应同意新郎的一切要求。你丈夫带着儿子们离开她以后，她急不可待地抓起赠品，披上那件金袍，把金花冠戴在头上，在明亮的镜子前面满意地欣赏自己。然后她慢步穿过各个房间，高兴得像一个穿上新装的天真烂漫的小姑娘。但不一会儿，这一幕剧就起了变化。她脸上突然变了颜色，四肢颤抖，摇摇晃晃地往后倒退，还没来得及走到座位，就倒在地上了。她脸色煞白，两眼直往上翻，口里吐着白沫，于是宫殿里发出一片哭叫声。几个仆人赶忙去找她的父亲，另外几个仆人跑去找她未来的丈夫。这当儿，她头上那顶有魔力的花冠燃烧起来，直喷火焰。毒药和火焰吞噬着她的皮肉。她父亲哀号着跑过来时，只看见女儿变了形的尸体。他绝望地扑在她身上。那件致人死命的长袍上的毒汁立刻浸入他的身体，他也很快死了，至于伊阿宋的情况我还不知道。”

关于这个恐怖事件的叙述非但没有使美狄亚息怒，反而更加燃烧起她的怒火。于是她变成了复仇的女神，快步如飞地跑去准备给她丈夫也给她自己致命的一击。夜色降临时，她匆匆奔向她的儿子们睡觉的房间。“我的心啊，你也应该武装起来，”半路上她对自己说，“在做这个可怕的但又必须做的事情时你为什么犹豫不决呢？不幸的人呀，忘记他们是你的孩子吧，忘记是你生了他们吧！在这一刻，我要忘记这一切。以后你再用整个一生悲悼他们！你现在要做的，是为了他们好啊。假如你不杀了他们，他们也要死在敌人手里。”

当伊阿宋赶来，寻找杀死他年轻的未婚妻的女凶手，准备复仇时，竟听到他的孩子们的惨叫。他走进屋门洞开的房间，发现他的儿子都躺在地上死去了，但没有看见美狄亚。他绝望地离开他的屋子，听到头顶的空中发出“隆隆”的响声。抬头望去，他看见那个可怕的女凶手正坐在她用魔法招来的由龙驾着的车上腾空而去，离开了她复仇的现场。伊阿宋知道，再也没有希望惩罚她的罪行了，绝望攫住了他的心，对阿布绪耳托斯的谋杀又在撞击他的灵魂，于是，他便举剑自刎，倒在他住房的门槛上。

赫拉克勒斯的传说

赫拉克勒斯的出生

赫拉克勒斯是宙斯与阿尔克墨涅的儿子。宙斯的妻子赫拉嫉恨她的情敌阿尔克墨涅，也嫉妒她的这个被万神之父宙斯曾经宣布有伟大未来的儿子。自从阿尔克墨涅生下赫拉克勒斯，她相信他待在王宫中不会安全，因此把他放到另外一个地方，这个地方后来被称作赫拉克勒斯之地。如果不是一个美妙的奇遇，这个孩子在此地肯定会被忽视的。一天，他的敌人赫拉在雅典娜的陪伴下路过这里，雅典娜惊讶这个孩子有如此美丽的外表，赫拉怜悯他，并把他抱在胸前，让他吸吮万神之母的乳汁，可是这个孩子吸吮得太用力，不是他同龄人可比的。赫拉感到疼痛，气愤地把孩子扔到地上。雅典娜无限怜悯地把他又抱了起来，把他带到离此最近的城市，把孩子当作是个可怜的弃婴交给这里的皇后阿尔克墨涅，请求她仁爱地抚养他，这也就是说赫拉克勒斯是被他的敌人救起的，并且还成了他的继母。还有，赫拉克勒斯虽在赫拉的乳房上留下了一排牙印，但几滴神的乳汁的注入足以让他不死。

阿尔克墨涅一眼就认出了自己的孩子，欢喜地把他放入摇篮，但是赫拉也发觉到在她怀里的是谁，并察觉到自己是如何粗心地错过了报复的机会。她马上就命令两条可怕的蛇去咬死这个婴儿。两条蛇爬过阿尔克墨涅卧室敞开的门，在熟睡的母亲和女仆们发觉以前，爬到摇篮里，缠住孩子的脖子。赫拉克勒斯被惊醒，哭叫起来，他抬起头，这是他第一次证明他超人的力量，他两只手各抓住一条蛇的脖子，只用力一捏就掐死了它们。

女仆们这时才发现两条蛇，但是由于巨大的恐惧，不敢上前。阿尔克墨涅被孩子的哭声惊醒，她从床上跳下来，没来得及穿鞋，就惊叫着冲了过去，发现她的儿子已经掐死了两条毒蛇。现在忒拜的贵族们听到呼救声，拿着武器冲了进来。国王安菲特律翁，把义子看作是宙斯给予的礼物，手拿着剑，也冲了进来，站在那里，看到和听到发生的事情，对这个新生儿的神力又高兴又惊惧。他把这件事当作是一个先兆，招来了宙斯赋予先知和预言能力的忒瑞西阿斯。他对国王、王后以及在座的所有人预言，这个孩子将如何杀死陆地、海上的巨怪，如何战胜巨人，以及如何经历了人间的苦难最终享有神祇们永生的生命，并和永久青春的女神赫柏结婚。

赫拉克勒斯的教育

当安菲特律翁从先知的嘴中得知这个孩子将来的命运时，他决定让他接受成为一个英雄的教育。他聚集了所有的英雄，请他们教授赫拉克勒斯各种各样的知识和本领。安菲特律翁自己传授他驾驶战车的技术；欧律托斯教授他弯弓射箭；哈帕吕科斯教他摔跤术与拳击术；卡墨尔克斯教他歌唱和演奏乐器；卡斯托尔教他全副武装地在战场上作战；阿波罗的儿子利诺斯教他拼写文字。

赫拉克勒斯是一个好学的学生，但是他不能忍受折磨。利诺斯是个脾气暴躁的老师。赫拉克勒斯有一次被他不公正地责打，他于是抓起一把齐特尔琴掷向老师的脑袋，老师立刻摔倒在地死去。虽然他很后悔，可还是因为这起谋杀案上了法庭，但是著名而公正的法官拉达曼堤斯宣布他无罪，并为此制定了一条法律，由于自卫而置人于死不得判处死刑。

但安菲特律翁害怕他的具有超凡神力的儿子再犯类似的错误，把他送到乡下去放牧，他在这里长大并由于他比所有其他人都高大和强壮而出名。他高四码，两眼炯炯有神，在射箭和投掷标枪的比赛中他从没输过。当他十八岁时，已经成为希腊最漂亮和最强壮的男人，现在该是看他用他的天赋在人间为善还是为恶的时候了。

赫拉克勒斯在十字路口

此时赫拉克勒斯离开放牧的人们和牧群走到一个僻静的地方，思考着他应该选择哪条人生的道路。正当他坐着沉思的时候，看到有两个高大的女人向他走来。一个高贵而礼貌，洁净，目光淳朴，穿着一尘不染的白色长袍；另一个丰满，化的妆都遮不住她红里透白的皮肤，她身姿窈窕，看起来比实际高一些，她睁着双大眼睛，身上的衣服也遮不住她的妩媚，她时常注视着自己，然后又看看周围是否有人在注视自己，她也时常顾盼自己的影子。

当两个女人走近的时候，第一个仍然安详地往前走，但第二个抢在另一个之前跑近这个年轻人，并跟他说起话："赫拉克勒斯！我看你还没决定你的人生之路。你愿不愿意选我做你的朋友，我可以让你过上舒适和安逸的生活：你不用花费精力去逃避麻烦，你不需要关心战争和交易，只要享受美酒佳肴；你的眼睛、耳朵，还有感觉会通过最舒适的感受而轻松愉快；你不用费力和工作就可在任何一处睡觉和享受这所有一切。万一你缺少什么，不用害怕，我不会让你的身体和精神受到重负，相反，你将享受到别人辛勤的果实而不用付出，因为我赋予我的朋友所有这样的权利。”

赫拉克勒斯听到这些诱人的建议，他诧异地问她：“哦，女人，你叫什么名字？”

“我的朋友叫我幸福，”她回答，“不过我的敌人侮辱我，把我叫作‘堕落的享受’。”

这时另一个女人也走了过来。“我来了，”她说，“亲爱的赫拉克勒斯，我认识你的父母，了解你的禀赋和你所受的教育。这些给了我希望，如果你选择我为你指的道路，你将成为在一切善良和伟大事业中的杰出人物。但我不会用享乐来欺骗你，我将告诉你神祇要人们做的事情。要知道，人们不经过劳动和辛苦，神祇是不会让他有所收获的。如果你希望神仁慈地待你，你必须崇敬神，如果你希望朋友尊敬你，你必须帮助他们……让国家对你的死表示敬重，你必须对国家尽你的职责，如果你要全希腊赞美你的德行，你必须成为希腊的恩人。你要收获就要播种；你要战斗得胜，就要熟知战斗的技术；你要身体强壮，必须要通过辛勤的劳动。”

“享受”打断了她的话：“你看，亲爱的赫拉克勒斯，”她说，“这个女人带你走的是一条多么漫长艰难的道路，相反，我将引领你走的是一条近便舒适的通往幸福的路。”

“可怜哟，”“美德”反驳她说，“你怎能幸福呢？你享受了什么？你还没见到它们就满足了。你在还不饿的时候就吃饱了，你在还不渴的时候就喝足了。为了刺激食欲，你寻找厨师，为了加深酒瘾，你追求昂贵的美酒。在夏天你妄想下雪，没有一张床让你觉得足够柔软；你让你的朋友们在夜间穷奢极欲，白天睡觉。

这就是为什么人们在年轻时享乐，年老时羞愧于他们的过去。而你自己虽然不朽，但是你却被神祇放逐，被善良人所鄙视。你永远听不到最美好的声音：赞美；你永远看不到最悦目的事物：美好的工作。

我则被神祇和所有的善良的人关注，对于艺术家们我是受欢迎的帮助者；对于父亲们我是忠实的守护者；对于仆人们我是可爱的帮助者。我是和平忠实的支持者；是战争忠实的盟友，吃饭、睡觉、喝酒对于我的朋友来说要比对懒惰者更有意义。年轻人受到老年人的夸奖，老年人受到年轻人的尊敬。他们回忆过去的行为感到很满足，也感到现在很幸福。通过我，他们受到神祇和朋友的喜爱，被祖国尊重。最后，他们不是死得默默无闻，而是受到后世的赞扬和纪念。赫拉克勒斯，选择这样的生活吧，幸福将属于你。”

赫拉克勒斯的第一次冒险

幻象消失了，赫拉克勒斯又是独自一人了，他决定选择“美德”的路，而且很快他就找到了做好事的机会。当时的希腊到处都是森林和沼泽，到处游荡着凶猛的狮子，粗暴的野猪和其他许多害人的野兽。古代英雄最大的目标就是伏击这些漫游在荒野中的恶魔和怪兽，把它们从国土上消除，赫拉克勒斯也注定要做这项工作。

当他回到国内时，他听说，有一只可怕的狮子在喀泰戎山脚下糟蹋了国王安菲特律翁的羊群。年轻的英雄听到这些后，马上做出了决定。他武装好自己，爬上山去，战胜了狮子，扒下了它的皮披在身上，并用它的巨颌当作战盔。

当他冒险归来时，遇到弥倪安斯的国王厄尔奎诺斯的一些使者，他们是来向忒拜人征收不义的和不公正的每年一次的贡品。赫拉克勒斯把自己作为一切被压迫者的斗士，迅速地解决了这些曾多次苛待过希腊的使者，并砍断他们的双足，把他们捆绑着送回到他们的国王那里。厄尔奎诺斯要求把闹事者交出来，忒拜的国王克瑞翁惧怕他的权力，准备服从他的命令。

赫拉克勒斯说服一些勇敢的年轻人去反抗敌人。只是谁家也没有武器，因为弥倪安斯人解除了整个城的武装，这样忒拜人就不会反抗他们。这时雅典娜召唤赫拉克勒斯到她的庙里，用自己的武器武装他，其他年轻人则取用庙里挂着的武器，这些都是以前缴获并献祭的战利品。武装好的英雄们组成一个小型的队伍与逼近的弥倪安斯人在一个峡谷相遇，在这里，敌人强大的兵力发挥不了作用。厄尔奎诺斯自己战死，他几乎全军覆灭，但是在战斗中赫拉克勒斯的继父安菲特律翁也丧生了。赫拉克勒斯在打完这次战役后，很快开始进攻弥倪安斯的首都俄耳科墨诺斯，并攻入城里，烧毁国王的城堡，毁坏了这座城。

整个希腊都赞美他的勇敢，忒拜的国王克瑞翁为了向这个年轻人表示敬意，把他的女儿墨伽拉嫁给赫拉克勒斯，她后来给他生了三个儿子。神祇也给了这个半神人许多礼物：赫耳墨斯送给他一把剑，阿波罗送给他神箭，赫淮斯托斯送他一个金箭袋，雅典娜送他一套盔甲。

赫拉克勒斯与巨人战斗

赫拉克勒斯很快就得到一个机会来报答神祇们的高贵的礼物。大地女神唆使她的儿子们反对宙斯，这是些长着可怕的面孔，长发长须，并有鳞片斑驳的龙尾和足的巨大怪物，因为宙斯曾经放逐她年长的儿子泰坦们到塔耳塔洛斯。巨人们从地下冲到广阔的田野，从威萨利亚冲到佛勒格拉。天上的星星见到他们变得苍白，阿波罗也掉转他的太阳车的方向。

“去吧，为我和那些年长的神祇的子孙们报仇，”地母对他们说，“老鹰在啄食普罗米修斯，秃鹰在撕扯提堤俄斯，阿特拉斯必须背负天空，泰坦们在围栏里。去吧，报仇吧，去救他们！带着我的身体，用山当作天梯和武器！爬上闪耀光芒的殿堂！你，堤福俄斯，从宙斯手中攫取神杖和雷电；你，恩刻拉多斯，去征服海洋，赶走波塞冬！洛托斯去把太阳神的缰绳夺过来，波耳费里翁去夺取得尔福的神坛。”

听到她的话，巨人们欢呼着，好像他们已经夺取了胜利，好像他们正拽着波塞冬或者阿瑞斯，好像正扯着阿波罗美丽的鬈发。一个巨人在想阿佛洛狄忒已经是他的妻子，另一个想着阿尔忒弥斯，第三个又想着雅典娜。他们就这样向着忒萨利亚的山走去，要从那里暴风般地扑向天堂。

就在这个时候，天神的使者伊里斯召集所有的神祇到一起，无论是住在水中或河里的，她甚至招来了地府里的命运女神。珀耳塞福涅离开她的冥土和她的丈夫——缄默者的国王，驾着怕光的马车来到光芒四射的奥林帕斯山。如同一个要被敌人袭击的城市，居民从四面八方聚到一起来保护城市一样，神祇们聚在万神之父的家中。“集合在一起的神祇们，”宙斯说，“你们看到，地母是如何同她的孩子们阴谋反对我们。她派遣来多少个儿子，我们就还她多少具尸体！”当万神之父说完的时候，天上发出一声霹雷，地母该亚也用猛烈的地震回击他。大自然陷入了混乱，一切如同开天辟地时一样，因为巨人们将一座座的山连根拔起，他们把俄萨山、佩利翁山、俄塔山和阿托斯山拽到洛多珀山，并把它们叠到折断的洛多珀山上，往神祇们住的地方爬去，并开始用点燃的松树和巨大的岩石块向奥林帕斯山暴风雨般地猛击。

众神曾被神谕告之，天神消灭不了这些巨人，只有同一个人类一起作战才可以杀死他们。该亚获得这个信息，因此她想找一种药物可以让她的儿子们不会被人类伤害——确实真的生长着这种草药。但宙斯抢到了她的前面，他禁止黎明、月亮和太阳发光，当该亚在昏暗之中到处寻找这种药物时，他自己飞快地去割掉它，并让他的儿子赫拉克勒斯经过雅典娜的召唤来参加战斗。

此时，奥林帕斯山上，众神已经投入到战火之中了。阿瑞斯驾驶着他的战车，冲到敌群之中，他的金色盾牌比火焰还要亮，钢盔上的缨子在风中飘动。他杀死了蛇足的巨人珀罗洛斯，然后驾车碾过他扭曲的身躯，但直到这个巨人看到刚登上奥林帕斯山最后一级台阶的赫拉克勒斯，他的三个灵魂才出窍而死。

赫拉克勒斯扫视了一下战场，用箭射死了堤福俄斯，他立刻跌下山顶，但当他一触摸到大地，马上又复活了。听从了雅典娜的劝告，赫拉克勒斯也跟着下山，他把堤福俄斯从他所出生的大地上举了起来。他一离开大地就死去了。

现在巨人波耳费里翁同时威胁着赫拉克勒斯和赫拉，要一个人与他们战斗。但宙斯马上就让他产生了要看一看这个女神漂亮的面孔的念头，当他拽下赫拉的面纱时，宙斯用雷电击中他，赫拉克勒斯补上一箭，结果了他的性命。接着巨人厄菲阿耳忒斯的作战队伍出现，他们都睁着闪烁发光的眼睛。“对于我们的箭来说，这是多明显的目标啊！”赫拉克勒斯大笑着对站在他身边的阿波罗说，阿波罗射中了巨人的左眼，赫拉克勒斯射中了巨人的右眼。狄俄倪索斯用神杖击倒了菲托斯；赫淮斯托斯掷出一阵如冰雹般的灼热的铁弹，将克吕提俄斯打倒在地；雅典娜则举起西西里岛向正在逃跑的恩刻拉多斯掷去。那个被波塞冬追击的巨人波吕玻忒斯逃到科斯岛，但是海神将这个岛屿撕下一块将他压住。赫耳墨斯头上戴着普路同的隐形战盔，杀死了希波吕托斯，命运女神们则用铜棒击毙了另外两个巨人。其他的则被宙斯的闪电击毙或被赫拉克勒斯用箭射死。

由于他的这些功绩，众神对于这个半神人心存好感。宙斯封所有参加这次战斗的神祇为奥林帕斯神，这个名称用来区别勇敢者与懦弱者。宙斯把这个称号也赐予了他两个人间的儿子：狄俄倪索斯和赫拉克勒斯。

赫拉克勒斯和欧律斯透斯

在赫拉克勒斯出生之前，宙斯曾当着众神宣布，珀修斯的长孙，将统治所有其他的珀修斯的子孙们。这个荣誉本来是要给予他和阿尔克墨涅的儿子。但是阴险的赫拉，为了不让她情敌的儿子得到这个荣誉，让同样是珀修斯的孙子欧律斯透斯比赫拉克勒斯提前出生，因此欧律斯透斯成为阿耳戈斯地区的密刻奈的国王，而后来出生的赫拉克勒斯则成了他的臣民。

欧律斯透斯担忧地注意到他年轻的手足越来越高的声誉，于是像对待仆人一样派给他不同的工作去做。因为赫拉克勒斯不愿服从，于是宙斯命令他为阿耳戈斯的国王效力。但是赫拉克勒斯不愿意听命于人类，他来到得尔福请求神谕。神谕给了他这样的回答：被欧律斯透斯窃取的统治权会被神祇进行纠正，但是赫拉克勒斯必须完成欧律斯透斯要他做的十件工作，然后才可升为神。

赫拉克勒斯由此陷入了深深的忧郁中：服从于一个低微的人，

这违背了他的自尊以及他的尊严；但是不听从他的父亲宙斯，会带来灾祸，而且也是不可能的。这时赫拉觉察到这点，并使他的烦闷转变为野性的暴怒。赫拉克勒斯变得完全疯了，他甚至想谋杀他所珍爱的侄儿伊俄拉俄斯。当他的侄儿逃跑时，他射死了墨伽拉为他们生的儿子，他想象他是在射杀巨人。他疯狂了很久，直到他清醒过来，克服了所遭遇的巨大不幸。最终，时间缓解了他的苦闷，他决定接受欧律斯透斯的工作，并且来到了国王的领地提任斯。

赫拉克勒斯最初的三件工作

国王交给他的第一件工作是要他把涅墨亚狮子的毛皮带回来。这个庞然大物栖身于伯罗奔尼撒的森林里，人类的武器不能伤到它。有些人说它是巨人堤丰和巨蛇厄喀德那的儿子，还有些人说它是从月亮上掉下来的。

赫拉克勒斯出发到克勒俄奈去追捕狮子，在那里他受到了一个叫摩罗科斯的穷苦人的热情招待。他遇见摩罗科斯时，他正要为宙斯宰杀祭祀品。“好人，”赫拉克勒斯说，“让你的动物再多活三十天吧。那时如果我幸运地打猎归来，你再为宙斯宰杀它们吧。如果我死了，你把我作为长眠的英雄祭祀神祇。”

赫拉克勒斯继续出发，他背着箭袋，一只手拿着一张弓，另一只手拿着用连根拔起的野生油树做成的木棒，这是他遇见赫利孔并同他一起拔起的。一天后他到达涅墨亚森林，赫拉克勒斯用目光扫视各个角落，要在狮子发现他之前找到这个巨大的动物。中午时分，他没有找到涅墨亚狮子的足迹，也没有打听到通往它兽穴的小路，因为在森林里他没有遇到一个牧人，所有的人都由于害怕远远地躲在自己农庄里。

整个下午他走遍了树叶茂盛的树林，他决定在他发现狮子时证实一下自己的力量，最后黄昏时分，这只狮子顺着林间小道跑了出来，在狩猎之后返回到它的峡谷。它已经饱餐一顿血肉。赫拉克勒斯躲在茂密的灌木丛后，远远地看着它，等狮子靠近，就向它的肋骨和胯之间射了一箭。但是这一箭并没有射到肉里，就像射到石头上，弹了出来，落到长满苔藓的地上。狮子向上抬起了它的血淋淋的头，转动眼珠四处寻找，并且张开大嘴露出可怕的牙齿。现在它的胸部正对着半神人赫拉克勒斯，于是他很快向它的心脏中心射出第二支箭，但这一次又没有射中它，箭被弹了出来落在巨兽的脚下。当狮子看到赫拉克勒斯时，他马上又向它射出第三支箭。狮子把它的长尾夹在两腿之间，脖子因恼怒而肿胀，它的鬃毛竖了起来，背部弓起，跳向它的敌人。赫拉克勒斯扔掉手中的箭和背上的兽皮，右手挥动着木棒打向狮子，当它从地上跳起一半时他击中了它的脖子。在它开始喘息之前，赫拉克勒斯抢先冲过来，他扔掉弓和箭袋，腾出手从后面扑向狮子，用手臂勒紧它的咽喉，直到它窒息而死，它可怕的灵魂回到冥王哈得斯那里。

他试了很久要把狮子的皮剥下来，可是它的皮不被铁器和石器所伤，最后赫拉克勒斯终于想到用狮子自己的利爪来剥，最后狮子的皮被剥了下来。后来他用这张狮子皮给自己做了面盾，用它的上下颚给自己做了一个新的头盔，而现在他穿起他来时的衣物，带着武器，把涅墨亚狮子皮扛在肩上，回提任斯去。

当他回到正直的摩罗科斯的家时，正是第三十天。当英雄进入农庄时，摩罗科斯正准备祭祀赫拉克勒斯。现在他们一起祭祀宙斯。之后，赫拉克勒斯高兴地与他们告别。当国王欧律斯透斯看到他带着这可怕的动物的皮归来时，赫拉克勒斯非凡的神力把他吓得躲在一口锅里，他通过科普柔斯把命令传达给城外的赫拉克勒斯。

英雄的第二件工作是杀死许德拉，许德拉正是堤丰和厄喀德那的女儿。它来到陆地上，撕碎牲畜，使田野成为荒野。许德拉是一只非常巨大的九头蛇，其中八颗头是可以杀死的，但中间的那一颗是杀不死的。赫拉克勒斯勇气十足地面对这次战斗：他马上驾车和他的侄子伊俄拉俄斯向勒耳那出发。

终于他们在阿密摩涅河的源头发现了许德拉，那是它的洞穴。赫拉克勒斯让伊俄拉俄斯勒住马，他跳下车点燃箭想把九头蛇从它的洞中逼出来。果然许德拉喘着气冲了出来，它摇摆着九条细长的脖子，就好像狂风中摇摆的树枝。赫拉克勒斯无畏地向它走去，用力抓住它。但它却缠住他的一只脚，不打算正面交战。赫拉克勒斯试着用木棍打它的头，但是没有成功。因为打掉了一颗头，就又长出了两颗头。赫拉克勒斯叫伊俄拉俄斯来帮忙，伊俄拉俄斯用烧着的树枝点燃附近的树林，火焰烧灼巨蛇刚刚生出来的头，使它不能长大。最后，赫拉克勒斯砍下了许德拉不死的那颗头，把它埋在路上，并推了块巨大的石头压在上面。他把许德拉的躯干分为两段，并把他的箭浸在它有毒的血液中，从此以后他射中的敌人无药可救。

欧律斯透斯下派的第三件任务是要他生擒刻律涅亚山的赤牝鹿。这是一只非常漂亮的动物，它有金色的鹿角和铜脚，在阿耳卡狄亚的山上吃草。它是女神阿尔忒弥斯狩猎练习时的五只鹿之一，只有它被留在森林中，因为命运决定赫拉克勒斯要辛苦地追逐它。他追逐它整整一年，经过许珀耳玻瑞俄和伊斯忒耳河的源头，终于在拉冬河追到了它。因为没有别的办法可以抓住它，所以他用箭使它瘫倒在地，并把它背起来。在那里他遇到了女神阿尔忒弥斯和太阳神阿波罗，他们责备他要杀死她的祭祀物，并想夺走她的猎物。赫拉克勒斯为自己辩护说："我不是故意这样做的，伟大的女神，我是被逼无奈，否则怎样才能完成欧律斯透斯的任务呢？"他这样平息了女神的愤怒，带着生擒的牝鹿回到密刻奈。

赫拉克勒斯的第四、五、六件工作

紧接着他开始执行第四件任务：活捉厄律曼托斯山的野猪。它同样是阿尔忒弥斯的祭祀物，厄律曼托斯一带一直受到它的祸害。在他开始这次冒险的路上，他遇到了西勒诺斯的儿子福罗斯，他同所有马人一样是半人半马，他对待客人十分友好，把烤肉给客人吃，虽然他们自己吃生肉，但赫拉克勒斯向他要求美酒来配这顿佳肴。"亲爱的客人，"福罗斯说，"在我的地窖里正好有一桶酒，但它是属于所有的马人；我不敢打开它，因为我知道，马人们不喜欢客人。""勇敢地打开它，"赫拉克勒斯回答，"我向你保证，保护你不受任何人攻击，我现在很渴。"

这桶酒原是交给一个马人的，并命令他不要自己打开，直到一百二十年后赫拉克勒斯来到这个地方。现在福罗斯走到地窖，他刚刚打开罐子，所有的马人都闻到了这罐陈年葡萄酒的香味，他们蜂拥而来，向福罗斯的洞中扔石块和树枝。第一个冒险闯入者被赫拉克勒斯用燃烧的树枝赶了出来。他边射箭边追赶其余的马人，直追到赫拉克勒斯的老朋友——善良的马人喀戎居住的玛勒亚半岛。马人们逃到喀戎这里，赫拉克勒斯弯弓向他们射了一箭，箭穿过另外一个马人的肩膀，不幸地射中喀戎的膝盖，钉在那里。现在赫拉克勒斯认出了他童年时的朋友，他关心地跑上前，把箭拔出来，给他敷药，那药正是精通医药的喀戎亲手送给他的。但是由于箭在许德拉的毒血里浸过，所以伤口是不可治愈的。马人要他的兄弟们把他抬到他的洞中，希望在好朋友的怀中死去，可怜的喀戎忘记他是不死的。赫拉克勒斯挥泪告别被痛苦折磨的马人，并向他许诺，不惜任何代价要求死神——苦难的解脱者到这里来。

当赫拉克勒斯和其他马人回到他朋友的洞穴中时，他发现福罗斯死了。这是因为福罗斯一边把那支置马人于死地的箭拔出来，一边想为什么这样区区一支箭会射死巨大的生物。而这支有毒的箭从他的手中不慎滑落下来，刺伤了福罗斯的脚，他立即毒发毙命。赫拉克勒斯非常悲伤，他为福罗斯举行了隆重的葬礼，将福罗斯埋在一座大山下面，后来这座山就被称为福罗山。

赫拉克勒斯继续出发，寻找野猪。他大声叫喊，把它从茂密的灌木丛中赶出来，跟着它爬进雪山，他用绳索套住这只野物，把它活着带到密刻奈，完成了他的使命。

国王欧律斯透斯派他去做第五件工作，一件英雄不屑去做的工作。他需要在一天内把奥革阿斯的牛棚打扫干净。奥革阿斯是厄利斯的国王，他拥有非常多的牛，他的牛分年龄在宫殿前面用篱笆围起来，这三千头牛已经被养了很长时间，牛粪也就堆积很高。赫拉克勒斯要在一天内完成这个不可能完成的工作。

而当这个英雄站在奥革阿斯面前，自愿提出这个请求时，没有提及欧律斯透斯国王的命令。奥革阿斯打量这个披着狮皮，身材健美的人，想到如此一个高贵的战士愿做奴隶做的工作，就忍不住要笑出来。但他又想：重赏之下必有勇夫，或者他来做这事是贪图厚利。他想给他重赏是无妨的，因为在一天内将牛棚打扫干净，这是无论何人都不能做到的。因此，他安慰赫拉克勒斯说：

"听着，外乡人，如果你能够在一天内把所有的牛粪打扫干净，我将把牛群的十分之一奖赏给你。"

赫拉克勒斯接受了这个条件，国王以为他将开始挖粪，但赫拉克勒斯先叫来奥革阿斯的儿子费琉斯来为此作证，然后在牛棚的一边挖了条沟，让阿尔甫斯河和珀涅俄斯河通过渠道流进来，把牛粪冲掉，又通过另一个出口流走。他就这样完成了一件侮辱性的工作，没有贬低自己去做一个神祇不屑做的工作。

当奥革阿斯得知赫拉克勒斯是奉欧律斯透斯的命令来完成这件事，他拒绝付酬金，并且否认他曾许下的诺言。但他解释说，他准备让法官来解决此事。当法官开庭裁判时，费琉斯出庭作证反对自己的父亲并且解释说，在赏金上他父亲确与赫拉克勒斯达成协议。奥革阿斯不等宣判结果，而是盛怒之下命令儿子放弃自己的地位和财富如外乡人一样离开。

经历了这次新的冒险，赫拉克勒斯回到欧律斯透斯那里。但欧律斯透斯却宣布他这次工作无效，因为赫拉克勒斯从中获得了报酬。于是他马上派赫拉克勒斯去开始第六次冒险，驱赶斯廷法罗斯湖的怪鸟，这是一群硕大的隼鹰，像鹤一样大，有铁翼，铁嘴和铁爪。它们栖身于阿耳卡狄亚的斯廷法罗斯湖边，它们的羽毛可以像箭一样射出，它们的嘴可以啄穿铜盾，它们在那里伤害了许多人畜。

赫拉克勒斯在经过短暂的旅程之后到达了树丛中的湖。在这片树林里他刚好遇到一大群怪鸟，它们正在逃避狼群的袭击。赫拉克勒斯无措地站在那里，他望着这些怪鸟，不知该如何对付这一大群敌人。他感到有人轻轻地拍他的肩，回头一看，是雅典娜。她给他两面坚硬的铜钹，这是赫淮斯托斯为她铸造的，用它来对付斯廷法罗斯湖的怪鸟，赫拉克勒斯爬上靠近湖的一个小山上，敲击铜钹吓唬怪鸟们，它们由于忍受不了这种刺耳的声音，恐惧地飞出树林。赫拉克勒斯抓起弓，一箭一箭地将它们从空中射下来。逃走的怪鸟则离开这个地方，不再回来了。

赫拉克勒斯的第七、八、九件工作

克瑞忒的国王弥诺斯曾对海神波塞冬许诺，将海中最先浮出的东西祭献给他。因为他强调他自己没有一个值得献给这样一个高贵的神的动物。波塞冬要考验一下他，让一头美丽的牛浮出海面。弥诺斯把这头体形美丽的牛藏在自己的牛群里，用另一头牛来替代祭祀海神。海神因此非常愤怒，作为惩罚他让这头牛发病，并在克瑞忒岛上造成巨大的混乱。赫拉克勒斯的第七件工作就是驯服它，并把它带到欧律斯透斯这里。

当赫拉克勒斯带着这个命令来到克瑞忒这里，弥诺斯对可以除去这个破坏者而感到非常高兴，他亲自帮助赫拉克勒斯去捕捉这头发狂的动物。欧律斯透斯对这个工作结果十分满意，虽然在满心欢喜地看过这头牛后就把它给放了。当这头牛感到不再有赫拉克勒斯的控制后，它又开始发狂。它跑遍了整个拉科尼亚和阿耳卡狄亚，通过海峡跑到阿提卡的马拉松，把这里破坏得像以前在克瑞忒岛一样，一直到很久以后忒修斯才又驯服了它。

赫拉克勒斯的第八件工作是要将特拉刻的狄俄墨得斯的牝马带回到密刻奈。狄俄墨得斯是阿瑞斯的儿子，他是好战的比斯托涅斯族的国王。他拥有这些狂野强壮的牝马，它们被人用铜槽和铁链锁住，它们的饲料不是燕麦，而是来到城堡的不幸的外乡人，他们被扔到马槽里，牝马用他们的肉作为食物。当赫拉克勒斯来到这里时，他首先抓住这个凶残的国王，把他扔进马槽里，然后制伏了马厩中的看守者。牝马们饱餐之后，变得驯服了。赫拉克勒斯于是把它们赶到海边，但是比斯托涅斯人拿着武器追了过来，赫拉克勒斯只得转身与他们战斗。他把这些牝马交给他的最好的朋友和追随者阿布得洛斯看守，他是赫耳墨斯的儿子。当赫拉克勒斯把比斯托涅斯人打跑回来时，他发现他的朋友已经被牝马撕裂。他深深地哀悼阿布得洛斯，并为纪念他建立了阿布得洛斯城，然后他再次驯服牝马，平安地把它们带给欧律斯透斯。

最后一次工作是对抗阿玛宗人。他的这次新历险是要把阿玛宗人的女王希波吕忒的腰带带给欧律斯透斯的女儿阿特梅塔。阿玛宗人住在蓬托斯的忒耳摩冬河畔，这是一个女人国，她们买卖男人，并且只养育她们的女儿。她们成群结队地去作战，希波吕忒是她们的女王。她戴着战神亲自送她的腰带，以显示她的荣誉。

赫拉克勒斯召集一些自愿前往的战友到一条船上，在经过许多的冒险后，他们到达了阿玛宗城的忒弥斯库拉海港。在这里阿玛宗的女王遇到了他，英雄的美貌引起了她的注意。当她探听到他来此的目的时，她答应把腰带给他。但是赫拉——赫拉克勒斯的不可调解的敌人变成一个阿玛宗人的样子，混在其他人中间，传播谣言，说有个敌人要拐走她们的国王，即刻所有的人都骑上马到城外对赫拉克勒斯进行攻击。普通的阿玛宗人和赫拉克勒斯的随从战斗，高贵的阿玛宗人与赫拉克勒斯本人进行艰苦的战斗。第一个开始与他战斗的叫作埃拉或风娘，她以快速著称。但她发现赫拉克勒斯比她还要快，她不得不屈服，并在逃跑时被他抓住杀死。第二个敌人刚与他交手就倒下了。第三个叫普洛托厄，她曾在两人的战斗中七次获胜。在她失败后，又有八个人倒下，其中三个曾在阿尔忒弥斯的狩猎中取胜。阿尔喀珀，她曾经发誓终身不嫁，也死了。此后阿玛宗人的首领墨拉尼珀也被捉住，赫拉克勒斯捉住了所有的逃跑者，女王希波吕忒把腰带交了出来，就像她在战前许诺过的那样，赫拉克勒斯把它当作赎金放了墨拉尼珀。

赫拉克勒斯的最后三件工作

当赫拉克勒斯把国王希波吕忒的腰带放到欧律斯透斯的脚下时，他不允许他休息，而是命他马上出发，把巨人革律翁的牛带来。这是在伽得伊拉的海湾上名叫厄律提亚岛上的一头漂亮的棕红色的公牛。它由另一个巨人和一只两个头的狗来看守着，革律翁长得无比的巨大，有三个身躯，三个脑袋，六条胳膊和六只脚，还没有一个人类来向他挑战过。

赫拉克勒斯为这次艰巨的工作做了许多准备。他要与著名的伊柏里亚国王克律萨俄耳，也就是革律翁的父亲作战；除了革律翁，还有克律萨俄耳的三个儿子与他作战，每个儿子都拥有由好战的男人们组成的人数众多的军队。由此可以看出，欧律斯透斯交给赫拉克勒斯每件任务时，都希望他所憎恶的这个人的生命能够在这样一场战斗中结束。

但是赫拉克勒斯并不惧怕所面对的危险，就像先前一样。他在克瑞忒岛上集结好他的军队，这个岛是他从野兽中解放出来的。他们首先到达利比亚，在这里他与该亚的一个巨人儿子安泰俄斯格斗，安泰俄斯一触摸到大地——他的母亲，他就可以重新恢复力量。赫拉克勒斯用强有力的手臂将他抱起，并把他举起来，在空中把他扼死。赫拉克勒斯把食人的动物从利比亚清除干净，在他去完成他的任务中，他遇见的都是由这些野兽和邪恶的人在进行残酷和不公平的统治，所以他痛恨这些野兽和邪恶的人。

经过长时间的跋涉，赫拉克勒斯来到了大西洋，在这里他找到了两个有名的赫拉克勒斯柱子。

太阳在可怕地燃烧着。赫拉克勒斯不能忍受，他瞄准天空，弯弓搭箭威胁要把太阳神射下来。太阳神钦佩他的勇气，借给他一只金碗让他可以继续前进，太阳神每晚用它从地面回到天上。赫拉克勒斯用这只碗和他的同伴们向对面的伊柏里亚航行。

在这里他发现了克律萨俄耳的三个儿子和三支庞大的军队，三支军队都在相距不远处扎营，但赫拉克勒斯只用两次战斗就杀死了他们的统帅，征服了这片土地。

然后他来到了厄律提亚岛，革律翁和他的牧群居住在这里。当那只两个脑袋的狗发现赫拉克勒斯的到来时，它想逃跑，但赫拉克勒斯还是用棒子打死了它，虽然当时巨大的牧牛人也来帮忙。赫拉克勒斯绑住那头牛，但是革律翁抓住他不放，开始一场恶战。赫拉现身亲自帮助巨人，但赫拉克勒斯一箭射中她的胸部，女神惊吓地逃走。他第二箭射中巨人的身躯，杀死了他。经历了各种各样的冒险，赫拉克勒斯带着牛经过伊伯利亚、意大利，回到希腊和连接特拉刻与伊吕里亚的海峡。

现在赫拉克勒斯开始第十项工作。因为有两件工作欧律斯透斯不承认，所以他还要再多完成两件工作。

很久以前，在宙斯和赫拉的婚礼时，所有的神祇都带着礼物献给他们，就连地母该亚也不落后，她从海洋西岸带来一棵长满金苹果的树。夜神的四个女儿赫斯珀里得斯姊妹看守着这个圣花园，此外还有生着百个头的巨龙拉冬也守在那里，它永远不睡觉。它的每个咽喉都发出不同的声音，所以一听到声音就知道它在附近。

欧律斯透斯的命令就是让赫拉克勒斯摘圣花园的金苹果。这个半神人踏上了漫长、危险重重的旅程。首先他到达了巨人忒墨洛斯居住的忒萨吕，忒墨洛斯遇到赫拉克勒斯，他要用坚硬的脑壳撞死半神人，但是赫拉克勒斯的脑壳把巨人的头撞得粉碎。接着，在厄刻多洛斯河，英雄碰到了另一个怪物——阿瑞斯和皮瑞涅的儿子库克诺斯。当赫拉克勒斯向他询问去赫斯珀里得斯姊妹的花园的路时，他向这个过路人进行挑战，但被他杀死。这时阿瑞斯现身，战神要亲自为被杀死的儿子报仇。赫拉克勒斯被迫同他开战，但是宙斯不愿意他的儿子们自相残杀，一个突然的闪电在他们中间炸响，把他们分开。

赫拉克勒斯继续前进，经过伊吕里亚，跨过厄里达诺斯河，来到宙斯和忒弥斯所生的仙女处，她们就住在这条河岸上。赫拉克勒斯向她们打听去赫斯珀里得斯花园的路。"去找老海神涅柔斯，"她回答，"他是个先知，知道许多事情。在睡觉时袭击他，绑住他，这样他会被迫给你指出正确的方向。"赫拉克勒斯听从这个建议，制伏了海神，虽然他像往常一样变化为不同的形象。他抓住海神不放，直到打听到赫斯珀里得斯的金苹果树花园在哪个地方。然后继续向利比亚和埃及进发。

在埃及，那里发生了严重的饥荒，波塞冬和吕西阿那萨的儿子部西里斯统治着那里。先知对他预言，如果每年为宙斯杀死一个异乡人可使贫瘠变为富饶。部西里斯为了感激他的神谕，先把这个先知杀掉。逐渐地这个野蛮人喜好上这种行为，把所有到埃及的外乡人都杀死。所以赫拉克勒斯也被抓起来，他被拖到宙斯祭坛前。他拽断绳索，把部西里斯、他的儿子和祭司撕成碎片。

经历了另一些冒险后，赫拉克勒斯终于到达了阿特拉斯背负着天的地方，这里离赫斯珀里得斯看守的金苹果树很近。普罗米修斯建议他不要自己去抢金苹果，而是让阿特拉斯去摘它。而赫拉克勒斯自己则替阿特拉斯背负着天空。阿特拉斯同意他的办法，于是赫拉克勒斯用强有力的肩膀负起了天顶。阿特拉斯诱使巨龙盘在树下睡觉，并杀死了它，然后骗过了看守者们，摘下了三只金苹果，平安地带给赫拉克勒斯。他说："我的肩膀头一次感到没有承载天空的负担，我不愿再扛着它了。"他把苹果扔到赫拉克勒斯脚下，让他继续背负着不能忍受的重负。

赫拉克勒斯必须想个对策来获得自由。他对阿特拉斯说："让我往头上绑团棉花，不然我的脑袋就会被这可怕的重物压碎了。"阿特拉斯认为这是个合理的要求，就又接过了重负。他想用不了一会儿，就不用背着天了，但要等到赫拉克勒斯重新接过重负，他就要一直等下去。这个骗子也被骗了，赫拉克勒斯从草地上捡起金苹果，把它们带给欧律斯透斯。欧律斯透斯以为他会因此丧命，但赫拉克勒斯却没有死，于是把金苹果赐给赫拉克勒斯。而赫拉克勒斯把它们供给了雅典娜，但女神知道这些圣果是不可以放到别处的，就把金苹果带回到赫斯珀里得斯的花园。

最后一次冒险，狡诈的国王让他到他的英雄力量无用武之地的地方：与地府的黑暗力量搏斗。他要把冥王哈得斯的看门狗刻耳柏洛斯从地府里带出来。这只怪物有三个头，每只可怕的嘴都流着毒涎。身后是一条龙尾，头和背上的毛是盘着咝咝作响的毒蛇。

赫拉克勒斯为了给这次可怕的行程做准备，来到了厄琉西斯城，在那里一个见闻广博的祭司向他透露了上天和地府中的秘密。这样赫拉克勒斯带着神秘的力量来到伯罗奔尼撒的泰那戎城，在这里他找到了地府的门。由灵魂的陪伴者赫耳墨斯引导，他下到幽深的山谷里，来到冥王哈得斯，即普路同的地府之城。那些在哈得斯城门前悲惨徘徊的阴魂们，一看到活生生的有血有肉的人就逃跑了；只有墨杜萨和墨勒阿革洛斯的灵魂敢驻足。赫拉克勒斯想用剑杀死他们，可是赫耳墨斯拉住他的手臂，给他介绍说，这些灵魂只是空壳，剑无法伤到他们。半神人同墨勒阿革洛斯的灵魂很友好地谈话，并答应他向他在人间的亲爱的姐姐问候。

在快到哈得斯大门时，他看到了朋友忒修斯和庇里托俄斯。忒修斯是陪庇里托俄斯到地府向珀耳塞福涅求婚的，而这两个人由于这次狂妄的大胆行为而被一同锁在他们休息的大石头上。当他俩看到好朋友时，向他伸出求助的手，颤抖地期望可以依靠赫拉克勒斯的力量，重新回到上面的世界。赫拉克勒斯抓住忒修斯的手，解开他的锁链，把他扶起来。当他要释放庇里托俄斯时，却失败了，因为他脚下的地面开始摇动，打不开锁链。

死亡城市的门口站着冥王哈得斯，挡在那里，但英雄的箭却射穿了他的肩膀，他感到死亡般的疼痛。当赫拉克勒斯请求他把看门狗交出时，他很快答应了，但他有一个要求，赫拉克勒斯必须不用武器去制伏这只狗。于是赫拉克勒斯只穿着胸甲，披着狮子皮，去找寻这只怪物。他发现它蹲坐在阿刻戎的门口，他不管它的三个如钟一样大的头发出如雷声般的狂吠，用胳膊抱着它的脖子，腿夹住三个头，不让它跑掉。怪物的尾巴是条活着的蛇，它扑到前面，咬他的身体。他任由怪物咬他，死扼住它不放，直到把这个难以驾驭的怪物驯服。于是他举起它，通过地府的另一个出口，平安地又回到了人间。

这只狗看到地上的阳光，恐惧地开始口吐毒涎，于是这里长出了有毒的乌头。赫拉克勒斯马上锁上它，把它带到提任斯。当这个怪物被带到欧律斯透斯面前时，他惊讶得不敢相信自己的眼睛。他这才相信除掉他所恨的赫拉克勒斯是不可能的。这是命运安排的。他释放了英雄，让他把恶狗带回到地府。

赫拉克勒斯和欧律托斯

在经历了这些磨难之后，赫拉克勒斯终于从欧律斯透斯的工作中解脱出来，他回到忒拜。他和他的妻子墨伽拉不能在一起生活了，因为他在失去理智时杀死了他们的孩子。他遵从她的意愿，把她给了他喜爱的侄子伊俄拉俄斯做妻子。现在他开始寻找一个新的妻子。他爱上漂亮的伊俄勒，她是国王欧律托斯的女儿。在赫拉克勒斯童年的时候，欧律托斯曾经教他射箭。国王许诺谁在射箭比赛中战胜他和他的儿子们就可以得到他的女儿。得到这个消息，赫拉克勒斯赶忙来到俄卡和亚，混在一大群竞争者中。在这次竞赛中，赫拉克勒斯战胜了国王和他的儿子们，证明了自己不愧为老欧律托斯的学生。国王很尊重地对待他的客人，但他心中对于他的胜利却很震惊，他想起了墨伽拉的遭遇，害怕他的女儿遭到同样的命运。他对英雄解释说：他还需要充分的时间来考虑这门婚事。

这时候，欧律托斯的最年长的儿子伊菲托斯与赫拉克勒斯同年，他对待这个强壮而有英雄气概的客人非常慷慨，他们成为亲密的朋友。伊菲托斯利用谈论各种技术的机会来使他父亲对这个外乡人产生好感，欧律托斯却固执地拒绝。赫拉克勒斯忧郁地离开了皇宫，在异地徘徊了很久。这时有人来报告国王欧律托斯，有一个强盗偷了国王的牛群。这是狡猾的骗子奥托吕科斯干的坏事，他在许多地方偷窃并且因此成名。恼怒的国王却说：“除了赫拉克勒斯没有人敢做这件事。因为我没有答应把女儿嫁给这个杀死自己孩子的人，他卑鄙地报复我！”伊菲托斯婉转地为他的朋友辩护，并亲自去找赫拉克勒斯，请求同他一起把被偷的牛找回来。赫拉克勒斯友好地接待了国王的儿子，并表示准备和他一起去找丢失的牛。正当他们爬上提任斯的城墙，寻找丢失的牛时，赫拉使赫拉克勒斯失去了理智，他又一次疯病发作，把他忠诚的朋友当作他父亲的同谋者，从高高的城墙上扔了下去。

赫拉克勒斯和阿德墨托斯

当赫拉克勒斯离开俄卡利亚王宫，在异乡流浪时，发生了下面这件事。在忒萨吕的费赖城住着国王阿德墨托斯和他年轻漂亮的妻子阿尔刻提斯，她非常爱她的丈夫，他们有几个可爱的孩子，并为幸福的人民所爱戴。当国王阿德墨托斯的生命即将结束时，他叫来他的朋友阿波罗保护他。命运女神答应阿波罗，如果有人愿为阿德墨托斯死，代替他到地府里，那么他就可以逃脱死神的威胁。阿波罗离开奥林帕斯山来到阿德墨托斯身边，把死亡的消息带给他，同时也告诉他怎样才能摆脱命运的安排。

阿德墨托斯是个诚实的人，但他热爱生命。当他的亲人和所有他的子民得知要失去家庭的顶梁柱、贤夫、慈父、贤明的君主时，都很吃惊。因此阿德墨托斯四处找寻愿意替他死的朋友，但是却没有一个人愿意替他死。虽然开始时他们悲叹将要遭受的损失，但当他们听到如何可以保住国王的生命时却沉默了。国王年老的父亲斐瑞斯和同样年迈的母亲虽然已是风烛残年，却也希望多活几日，而不愿替儿子去死。只有他青春正葆并且充满活力的妻子——他美丽孩子们的母亲阿尔刻提斯纯洁无私地爱着她的丈夫，愿意为他去死。她刚说出这句话，死神塔那托斯的黑暗使者就来到了宫门口，要把牺牲者带到阴暗的地府。

当阿波罗看到死神的到来时，他飞快地离开了王宫，因为他是生命之神，不愿意被死神所玷污。虔诚的阿尔刻提斯把自己当作牺牲者，在清泉中沐浴，穿上节日的盛装，佩戴上珠宝。她装饰完毕后，在屋里的祭坛前向死神祈祷，然后她拥抱了她的孩子们和丈夫。她一天天地消瘦，直到最后的时刻。她被仆人们簇拥着，身旁站着她的丈夫和孩子们，迎接地狱的使者。

她与她的家人欢庆别离："让我告诉你我的心里话，"她对她的丈夫说，"因为我把你的生命看得比我自己的还重要，我愿意为你去死，虽然我现在可以不去死。但没有你照看孩子们，我活不下去。你的父亲和母亲背叛了你，他们本可以光荣地去死，这样你也不会孤独地活着，我们的孩子也不会成为没有母亲的孤儿。不过神是这样安排的，所以我只请求你记住我做的善事，不要为你也深爱的孩子们找继母，她可能会因为嫉妒而折磨我们的孩子。"她的丈夫流着泪向她发誓，她活着是他的妻子，死了也是他的妻子。然后阿尔刻提斯把孩子们交给他，昏倒在地。

在人们为阿尔刻提斯准备葬礼时，四处流浪的赫拉克勒斯来到了费赖城的王宫门前。他正和一个王宫的仆人聊天，国王阿德墨托斯刚好走了过来。他隐藏着自己的悲哀，热情地招待这个客人，赫拉克勒斯看到他穿着丧服，询问他的不幸时，他不愿客人也悲伤或被吓跑，所以只是含糊地回答他，他的一个远亲死了。赫拉克勒斯没有改变快乐的心情，叫一个仆人到屋里，给他端酒。

当他注意到仆人悲哀的神情时，他对这种过分悲哀不满。"你怎么看起来这么严肃庄重？"他说，"一个仆人应该很热情地对待客人！一个外人死在这里，你就这样，你不知道这是凡人共同的命运吗？痛苦会让生命更加悲惨。去吧，在头上戴个花环，就像我一样，和我一起喝酒！我知道满溢的酒杯会很快抹去你额上的皱纹。"但仆人悲伤地走出去。"我们遭受了一个不幸！"他说，"这使我们失去欢笑和饮宴的心情，斐瑞斯的儿子真是一个好客的主人，他可以在心情如此悲伤的时候招待一个心情这样快活的客人。”

“我不应该快活吗？”赫拉克勒斯愠怒地问道，“就因为一个不相识的女人死了？”

“一个不相识的女人！”仆人诧异地喊道，“对你来说她是个不相识的人，对我们可不是的！”

“这样说来，阿德墨托斯没有对我说实情。”赫拉克勒斯沉思着。仆人却说：“随你去快活吧，只有她的朋友和仆人才会痛苦！”赫拉克勒斯终于了解到实情，他不再沉默。“这怎么可能？”他叫道，“他失去了一个如此美丽善良的妻子，还可以殷勤地招待一个外乡人。进门的时候我还感到勉强，而现在我在一个哀伤的屋子里却头戴花环，饮酒作乐！告诉我，她葬在什么地方？”

“如果你顺着拉里萨大道一直走，”仆人回答道，“你就可以看到已经树起的墓碑。”仆人边说边走了出去。

独自留下的赫拉克勒斯并不悲伤，而是迅速做出了一个决定。“我一定要救活这个已死的妇人，”他对自己说，“让她重新活着，在她丈夫的屋子里。除此以外没有什么能报答他的礼遇。我要在她的墓碑旁等待死神，当他来饮祭祀给死者的血时，我从后面跳出来，迅速抓住他，用手臂勒住他。世上没有任何力量可以让我放走他，除非他把他的战利品交出来。”带着这个决心，他离开了寂静的王宫。

阿德墨托斯回到没有人的屋子，悲哀地看着他的孤独的孩子们，深深地哀悼他的妻子，没有人能够安慰他，减轻他的悲哀。此时他的客人赫拉克勒斯又回来了，他手牵着一个戴面纱的女人。他说：“哦，国王，你不应该对我隐瞒你妻子的死。你在你的家里款待我，好像你只是在哀悼一个陌生人。因此我在不明真相的情况下犯了错误，在你不幸的家里饮酒作乐。我希望你不要在不幸中继续悲哀。听我说，我之所以要再次回来，是因为我在一次比赛中赢了这个女人，现在我要去特拉西亚与比斯托涅斯人的国王作战，在我完成此事之前，我把这个女人作为仆人交给你，你要把她当作朋友的财产照顾。”

听到赫拉克勒斯这样说，阿德墨托斯很惊讶，“我并不是因为蔑视或看不起朋友而隐瞒我妻子的死，”他解释说，“而是我不愿意你到另外一个朋友家而增加我的悲哀。至于这个女人，我求你把她带到别人家吧，不要带到我这里，我的负担已经够重了。在这个城里，你还有很多别的朋友。我怎能在家里看到这个女人而不流泪呢？我怎能安排她住在我死去的妻子的屋里？太过分了！我害怕费赖城人的闲话，我也害怕死者的指责！”国王这样拒绝赫拉克勒斯，但他好奇地盯住这个戴着厚厚面纱的女人。“哦，女人，你是谁？”他叹息道，“知道吗，你的高矮和体形与我的阿尔刻提斯非常相像。赫拉克勒斯，我对天神发誓，把她带走吧，我的痛苦会小一点；因为我一看到她，就像看到我死去的妻子，泪水就会涌出来，我就会陷入新的悲痛中。”

赫拉克勒斯隐藏起他真实的情感，悲哀地回答他：“哦，要是宙斯给我力量把你勇敢的妻子救回到人间，来报答你的友情就好了！”“我知道，如果能够，你会做的，”阿德墨托斯悲哀地说：“但有哪个死人可以回到人间呢？”“现在，”赫拉克勒斯愉快地走上前，“因为这不能发生，所以让时间来减轻你的痛苦吧，死者也不愿看到你的悲哀。不要忘了，你第二个妻子可以给你带来幸福愉快。为了我，接受我带到你家里的高贵的女子吧，至少试一试。”

阿德墨托斯看出他的客人不是要侮辱和纠缠他，因此命令仆人把这个女人带到里面去。“这个年轻的女人不相信仆人，你要自已带她进去！”赫拉克勒斯对他说。

“不！”阿德墨托斯说，“我不能碰她，不能破坏我对死者的誓言。我不会带她进去！”赫拉克勒斯还不放弃，直到要他牵住戴面纱女人的手。“现在，”赫拉克勒斯高兴地说，“珍爱她吧——仔细看看这个年轻的女人，是不是真的像你的妻子，结束你的悲哀吧！”

说着他揭开女人的面纱，把又活过来的妻子交给吃惊且怀疑的国王。当他抓住妻子的手，害怕而颤抖地看着她时，赫拉克勒斯向他讲述他是如何在坟墓前抓住死神，把他的战利品夺了过来。阿德墨托斯拥抱妻子，但她沉默不语，不能回答他热情的话语。“你现在不会听到她的声音，”赫拉克勒斯解释，“直到第三天，死神的束缚完全结束，她才会说话。先把她带到你的房间，庆祝你们的团圆。因为你对一个外乡人热情的款待，所以她又属于你了。我还要继续走我自己的路。”

“祝你平安，英雄！”阿德墨托斯在分别后喊道，“你带给我更美好的生活，相信我，我感谢老天赐福！所有我的人民将以歌唱舞蹈来庆祝，让祭坛燃起香火！让我们为你，宙斯伟大的儿子哟，用感谢和爱祈祷！”

赫拉克勒斯为翁法勒服役

虽然赫拉克勒斯是由于疯病而杀死伊菲托斯，但他仍感到心情沉重。为了净罪，他从一个国家走到另一个国家。首先他来找皮罗斯的国王涅琉斯，然后到斯巴达拜见国王希波科翁。但两个国王都拒绝了他。最后亚密克莱的国王伊福玻斯接待了他，为他净罪。天神这回严厉地惩罚他，让他患了重病。这位向来健康有力的英雄，不能忍受突然的虚弱，他来到得尔福，希望皮提亚的神谕可以帮他找到医治他的办法。但是女巫拒绝同这个罪犯说话。于是赫拉克勒斯把三脚圣坛偷了出来，扛到旷野中，自己请求神谕。他这种大胆的行为激怒了阿波罗，阿波罗现身向赫拉克勒斯挑战。但宙斯不愿看到他们兄弟互相残杀，再次调停战斗，在两个人中间放了一块陨石。现在赫拉克勒斯终于得到了神谕，如果他卖身三年为奴，把所得的钱交给死者的父亲，就能赎罪。

赫拉克勒斯由于疾病缠身，听从了苛刻的神谕。他与几个朋友航海到亚细亚，在那里他把自己卖给翁法勒做奴隶。翁法勒是那时被叫作迈俄尼亚的女王，后来被称作吕狄亚。卖身的钱转交给了欧律托斯，他拒绝这些钱，钱又转送给伊菲托斯的孩子们。

现在赫拉克勒斯的病痊愈了，他对自己重新获得的力量充满自信。开始展现他的英雄气概。虽然他是翁法勒的奴隶，但他继续造福人类。他惩罚了他主人境内的所有强盗，使邻国恐慌。在厄斐索斯附近居住的刻耳科珀斯人，由于他们四处掠夺引起了人们的不安，赫拉克勒斯把他们一部分杀掉，一部分锁起来带给翁法勒。奥利斯的国王绪琉斯是波塞冬的儿子，他抓住往来的过客，逼他们为他耕种葡萄园。赫拉克勒斯用铲子挖平葡萄园，把葡萄树连根拔起。他毁坏了伊托涅斯城市，使所有的居民成为奴隶，因为绪琉斯经常侵犯翁法勒的领土。在吕狄亚，弥达斯的一个儿子利堤厄耳塞斯作恶多端，他是一个极富的人，宴请所有经过的客人，他对他们非常礼貌，在吃完饭后逼迫他们为他耕种，晚上他就砍下他们的脑袋。赫拉克勒斯也杀死了这个恶人，把他扔到迈安得洛斯河里。

翁法勒对她奴隶的英勇行为很震惊，怀疑这个奴隶是一个闻名的英雄。此后她得知赫拉克勒斯是宙斯伟大的儿子，她不但承认他的功绩，还还给他自由，并嫁给了他。赫拉克勒斯在这个东方国家过着奢华的生活，忘记了他年轻时在十字路口美德女神对他的教诲。他变得纵欲无度，他的妻子翁法勒也以羞辱他为乐。她披着赫拉克勒斯的狮子皮，而让赫拉克勒斯穿着女人的衣服。使他陷入盲目的爱，他竟然坐在她的脚下纺线。那曾经替阿特拉斯支撑起天空的脖子现在戴着金项链，强壮英雄臂膀戴着镶着珠宝的手镯，他那被修剪的鬈发上带着吕狄亚女人的发饰，身上披着女人的长服。他同其他爱奥尼亚的侍女坐在一起，用他的手指纺线，并害怕因完不成当天的工作而受主人的责骂。当女主人心情好时，这个男扮女装的英雄必须为她和她的宫女们讲述他过去的英雄事迹：如他婴儿时用手掐死两条大蛇，少年时杀死巨人革律翁，他如何把许德拉的不死之头割下，他如何把地府的看门狗带出来。这些故事吸引着这些女人，就如孩子们喜欢保姆讲故事一样。

最后，当他为翁法勒的服役期满时，赫拉克勒斯从迷惑中清醒过来。他憎恶地摔下妇人的服饰，他又成为宙斯那充满神力的儿子，充满英勇的决心。当他获得自由时，他决定向他的仇人们报仇。

赫拉克勒斯以后的英雄事迹

首先，他出发前往特洛伊，要惩罚那个凶暴而专制的国王拉俄墨冬。因为当赫拉克勒斯结束与阿玛宗人的战斗回来的时候，他救了拉俄墨冬那被恶龙威胁的女儿赫西俄涅。拉俄墨冬违背了许诺给他的报酬——阿瑞斯的快马，而且还辱骂他。

现在赫拉克勒斯带着六只船和一小队战士，其中有希腊的第一勇士珀琉斯、俄琉斯、忒拉蒙。赫拉克勒斯身披狮子皮来到他们举行的盛宴上。忒拉蒙从桌后站起身，用一只盛满酒的金碗迎接客人，请他坐下并饮酒。赫拉克勒斯为他的盛情所感动，他举手向天请求道："父亲宙斯，如果你仁慈地听到我的请求，我现在恳求你，赐予没有子嗣的忒拉蒙一个勇敢的儿子。他将如披着涅墨亚狮子皮的我一样永远充满勇气！"赫拉克勒斯刚说完，天神就派来一只雄鹰。赫拉克勒斯满心欢喜，他像一个预言家般高声地说："是的，忒拉蒙，你将得到一个你所期望的儿子！他将如这只威严的雄鹰一样英勇。埃阿斯是他的名字，他将在战斗中取得声望。"

赫拉克勒斯然后与忒拉蒙和其他英雄出发远征特洛伊。当他们登陆后，他让俄琉斯看守船只，他自己和其他勇士向城市前进。此间，拉俄墨冬带着他匆忙召集的士兵攻击英雄们的船只，俄琉斯在战斗中被杀，但当拉俄墨冬重新回到城里时，却被赫拉克勒斯包围了。忒拉蒙攻破城墙，首先冲进城里，赫拉克勒斯随后攻入。这是他生命中第一次落于人后，他嫉妒忒拉蒙，心中升起一个可怕的想法。他举起剑，砍向走在他前面的忒拉蒙，忒拉蒙看到他的举动，并从他的姿势中猜出他的图谋。他冷静地堆积他身旁的石头，赫拉克勒斯问他这是做什么，他回答："我为胜利者赫拉克勒斯建立圣坛！"这个回答消除了赫拉克勒斯由于嫉妒产生的恼怒，他们重新一起战斗。赫拉克勒斯用他的箭射死了拉俄墨冬和他的几个儿子，只有一个除外。

当他们征服了城市时，赫拉克勒斯把拉俄墨冬的女儿赫西俄涅送给忒拉蒙作为战利品。同时许可她选择一个战俘释放，她选择了她的弟弟波达耳刻斯。"很好，他是你的了，"赫拉克勒斯说，"但他首先必须忍受耻辱，成为奴隶，然后你可以用钱赎回他！"当男孩被卖做奴隶时，赫西俄涅从头上扯下皇族的头饰用它赎回他的兄弟。以后他就改名叫普里阿摩斯，意为被卖的人。

赫拉嫉恨这半神英雄的胜利。在他从特洛伊回去时，使他遭遇猛烈的风暴，但他被愤怒的宙斯搭救。在经历了许多冒险后，赫拉克勒斯决定了第二个报仇的人：国王奥革阿斯。他也是在以前拒绝给赫拉克勒斯报酬的人。他征服了厄利斯城，杀死了奥革阿斯和他的儿子们，除了费琉斯。由于他们的友情，他将厄利斯王国赠给了费琉斯。这次胜利后，赫拉克勒斯恢复了奥林帕斯竞技会，并给创始人珀罗普斯建立了圣坛。

现在该惩罚斯巴达的希波科翁了，他是第二个在赫拉克勒斯杀死伊菲托斯后不为他净罪的国王。他对国王的儿子们也很仇恨，因为他们用棍棒打死了他的朋友兼舅父俄俄诺斯。赫拉克勒斯召集了一队人征服了勇敢善战的斯巴达人。他杀死了希波科翁和他的儿子们后使卡斯托尔和波吕丢刻斯的父亲廷达瑞俄斯登上王位，但他保留着他交给廷达瑞俄斯的国家，这是他为他的子孙准备的。

赫拉克勒斯和得伊阿尼拉

赫拉克勒斯在伯罗奔尼撒做出了许多英雄事迹，随后他来到了埃托利亚和卡吕冬的国王俄纽斯那里。他有一个漂亮的女儿名字叫得伊阿尼拉。由于一个讨厌的求婚者，她遭受到的苦恼比任何一个埃托利亚女人都多。她原来住在她父亲的另一个城市普琉戎。河神阿刻罗俄斯变换三种形象向她的父亲求婚。一次他变成一头牛，另一次他变成一条闪光的龙，最后一次变成有牛头的人形，多毛的下巴流着泉水。得伊阿尼拉深深地苦恼着，不能忍受这个可怕的求婚者。她请求神祇赐她一死。她长时间地拒绝这个求婚者，可是他却更加固执，他的父亲好像并不拒绝把她嫁给古代神祇的后裔。

第二个求婚者赫拉克勒斯的出现虽然晚了点，却正是时候。他的朋友墨勒阿革洛斯在地府里曾经向他讲述得伊阿尼拉如何美丽，他知道要经过激烈的竞争才可赢得这个可爱的年轻姑娘。当他来到王宫时，微风吹动他披着的狮子皮，箭袋里的箭在摇动，他在空中摇动着木棒。当头上有角的河神看到他的到来时，牛头上的青筋暴涨，他企图用角撞赫拉克勒斯。国王不想因为拒绝而冒犯两个强大的求婚者，他应允将女儿许给两人中的胜者为妻。

很快在国王、王后和他们的女儿得伊阿尼拉面前开始了一场激烈的争斗。赫拉克勒斯用拳头、弓箭袭击对方，但是却没有对巨大的牛头造成损伤。而河神试图用角撞死赫拉克勒斯。最后这场战斗成为肉搏，他们手臂扭着手臂，脚缠着脚，汗从他们头和身上涌出，彼此都由于超人的力量而发出雷鸣的吼声。最后宙斯的儿子占了优势，把河神摔到地上。他马上变成一条蛇，赫拉克勒斯抓住它，若不是阿刻罗俄斯突然又变成牛，他会杀死它。赫拉克勒斯没有因此惊慌失措，他抓住它的角，用力把它摔到地上，角被折断了。河神承认失败，离开了。

英雄的婚礼并没有改变他生活的态度，他又立即进行和以前一样的一个接一个的冒险。当一次他与他的妻子和妻子的父亲在家中时，无意中杀死一个男仆，他又一次逃亡，并带着他年轻的妻子和他们的小儿子许罗斯。

赫拉克勒斯和涅索斯

他们来到达欧厄诺斯河，在那里他遇到了马人涅索斯。他靠背负过路人过河来赚取报酬。他说这是神相信他的忠诚而交给他这项特权。赫拉克勒斯自己不需要他的服务，他可以大力跨过河流不需要别人帮忙。他把得伊阿尼拉交给涅索斯，并给了涅索斯索要的报酬。马人把赫拉克勒斯的妻子背在肩上，驮着她过河，但到了河中间，由于被这个女人的美貌所迷惑，他冒险抚摸她美丽的手臂。在港口的赫拉克勒斯听到妻子的呼救声，急忙转身。当他看到这个多毛的怪物欺凌他的妻子时，毫不迟疑地从箭袋里掏出一支箭，射向正在上岸的涅索斯，箭射穿了他的胸膛。

得伊阿尼拉从倒地的涅索斯手中逃脱出来，想要奔向丈夫，这时濒临死亡但还想要报仇的马人叫住她，欺骗她说："听我说，俄纽斯的女儿，因为你是我背的最后一个人，所以你应从我的服务中得到一些好处。你照我说的做，收集从我致命伤口中流出的新鲜的血液。在浸过许德拉蛇毒的箭射入的地方，血液凝结，容易拾取。这样你就可以把它作为魔药来管束你的丈夫。把他的内衣涂上这种魔药，这样他就永远不会爱上除你以外的女人！"他说完这些恶毒的劝告之后，马上毒发身亡。

得伊阿尼拉虽然不怀疑丈夫对她的爱，但还是照涅索斯所说，把凝结的血块收集到手中的小罐里保存起来。她没有让远处站着的赫拉克勒斯看到。两个人共同经历了其他的冒险，幸福地来到忒萨吕的达特拉喀斯，好客的国王刻宇克斯让他们在那里住下。

伊俄勒和得伊阿尼拉，赫拉克勒斯的结局

赫拉克勒斯最后的战斗是与欧律托斯作战，这是由于他与欧律托斯的旧怨：欧律托斯拒绝把他的女儿伊俄勒嫁给他。他在希腊组成一支庞大的军队，向欧玻亚出发，准备包围欧律托斯和他儿子们所在的首都俄卡利亚。他胜利了：巍峨的宫殿被夷为平地，

他杀死了国王和他的三个儿子，毁灭了整个城市。依然美丽和年轻的伊俄勒成为赫拉克勒斯的俘虏。

这时，得伊阿尼拉正在家中担心地等待着丈夫的消息。终于，使者来报信："你的丈夫，啊，女王，他还活着，并将带着胜利的荣誉归来！他的仆人利卡斯在宽阔的草地上向民众们宣布胜利。赫拉克勒斯由于要绕道到欧玻亚的刻奈翁半岛上祭祀宙斯，所以要晚一些到达。"很快利卡斯护送着俘虏出现了。"我的女王啊，"他对得伊阿尼拉说，"神疾恶如仇：他们保佑赫拉克勒斯正义的事业。生活豪华而善于欺骗的人都被打到地府里去了，他们的城市已经被我们奴役。但我们带来的俘虏，你的丈夫希望你饶恕他们，尤其是跪在你脚边的不幸的女人。"

得伊阿尼拉带着深深的同情看着这个漂亮年轻、有漂亮的身材和可爱的眼睛的女孩，她把她从地上扶起来说："是啊，可爱的人，当我一看到不幸的人流落异乡，自由的人遭到奴役时，我总是很心疼。啊，宙斯，啊，征服者，但愿你的手永不要将这样的忧愁加在我们身上！但你是谁呢，可怜的女子：你看起来还是个处女，诞生于高贵的家庭。告诉我，利卡斯，她的父母是谁？"

"我怎么知道呢？你为什么要问我？"使者掩饰着，推诿道。但是他的表情泄露了实情。"她是……"他犹豫了一下继续说，"她肯定不是来自俄卡利亚的小户人家。"

因为可怜的女孩只是叹息和沉默，得伊阿尼拉因此也不再追问，而是把她送到一间房间里，并慈爱地对待她。当利卡斯执行这个命令时，第一个到达的使者进来，靠近女主人，看到没有人偷听，就对她轻声说："不要相信你丈夫派来的人，得伊阿尼拉，他对你隐瞒了事实，我在市场中，当着许多见证人的面，听他说过你的丈夫赫拉克勒斯是为了这个年轻女人而摧毁俄卡利亚的宫殿。她是伊俄勒，你接纳的是欧律托斯的女儿，赫拉克勒斯在认识你之前曾狂热地爱着她。她来你的家不是作为奴隶，而是作为一个竞争者，一个情敌。”

这个消息使得伊阿尼拉大声地叹息。但她很快恢复了平静，并把她丈夫的仆人利卡斯叫来。他向宙斯发誓，他不知道这个女孩的父母是谁，也不认识她。他坚持了这个谎言很久，得伊阿尼拉对他悲叹：“不要再嘲讽宙斯了。我的丈夫可能会由于坏心肠而对我不忠，”她向他哭喊道，“我还不至于卑贱到敌视她，因为她并没有侮辱我。我只是很可怜她，由于她的美丽不仅给自己带来不幸，还让她的祖国被奴役！”当利卡斯听到她深情的表白后，他承认了一切。得伊阿尼拉没有责备他并让他离开。

得伊阿尼拉遵照恶毒的马人的指示，把她所收集的箭伤处的毒血药膏保存在远离火焰和光线的隐秘地方。她要用她精心保存的魔药赢回她丈夫的心和忠诚，自从她小心地把它藏在柜子里以来，她第一次由于烦恼想到魔药，现在该是用它的时候了。她偷偷地在房间里，用一簇羊毛浸上魔药，涂在送给赫拉克勒斯的一件华贵的内衣上，她小心翼翼地不让羊毛和衣服接触到阳光，然后把血红的衣服锁在一个小匣子里。最后她叫来利卡斯，让他把它作为礼物交给她的丈夫。“带给我的丈夫，”她说，“这件贴身衣服是我亲手缝制的，除了他谁也不可以穿。在他举行祭祀前不能让这件衣服接近火焰或暴露在阳光中，因为我许下心愿，如果他胜利归来，一切都要这样做。你一定要把我的口信带给他，他看到这个指环，就会相信的。”

利卡斯答应一切按女主人的吩咐去做。他在王宫没有作片刻的停留，马上带着衣服到欧玻亚。几天过后，赫拉克勒斯与得伊阿尼拉所生的大儿子许罗斯赶去见他的父亲，将母亲的焦急等待转告赫拉克勒斯，催促他赶快动身回家。这期间，得伊阿尼拉偶然走进她给衣服涂药的房间，她发现地上有一片羊毛，是她不小心落在地上的。太阳照在上面，使它受热。她看到了可怕的景象，这片羊毛化得像灰尘或者说像锯末一般，还嗞嗞作响冒着有毒的气泡。可怜的女人有一种不祥的预感。她在王宫中痛苦不安地徘徊着。

终于许罗斯回来了，但是没有和父亲一起。“哦，母亲，”他向她憎恶地喊道，“我希望这世界上没有你这个人，或者你不是我的母亲，或神赐予你另外一个灵魂！”女王本来已经焦躁不安了，现在儿子的这些话更让她大为吃惊。“孩子，”她对他说，“你为何这样仇恨我？”

“我从刻奈翁半岛回来，母亲，”儿子大声哭泣，回答她，“是你使我的父亲死在那里！”得伊阿尼拉脸色苍白，强作镇定说：“是谁告诉你的，我的儿子，是谁把这样可怕的罪名加在我身上呢？”

“没有别人告诉我，”年轻人继续说，“是我亲眼见到可怜的父亲。我在刻奈翁半岛见到他，他正为全能的宙斯建立感恩圣坛，并且宰杀祭品。那时他的仆人传令官利卡斯带着你的礼物出现，你可憎的杀人衣服。照你的意思，父亲马上穿上那件衣服，然后开始献祭，做起祈祷。父亲对这件漂亮的衣服很喜欢，但当点燃祭品时，他身上流了很多汗。那件衣服看起来像用铁焊在他身上，他全身痛苦地抽搐，如同被毒蛇吞噬着身体一般。他痛苦地喊叫利卡斯，这个送来有毒衣服的无辜的人，他走过来，天真地重复你所说的话。父亲抓住他的脚，把他摔向海边的石头，他被摔得肢体破碎，血水飞溅。所有的人都被这种疯狂的举动吓坏了，没有人敢冒险接近他。他很快摇摇晃晃地倒在地上，但又很快哀号地跳了起来，使岩谷和山林发出回声。他咒骂你和给他带来巨大痛苦的婚姻，最后他看着我，对我说：‘我的儿子，如果你同情你可怜的父亲，即刻带我上船，我不愿死在异乡。’我们把可怜的父亲抱到船上，他在喊叫和抽搐中到达了这里。一会儿你就可以看到他是活还是死。这所有的都是你的杰作，母亲，你可耻地谋杀了千古的英雄。”

得伊阿尼拉沉默而绝望地离开儿子。她所信任的仆人告诉这个孩子，他的愤怒对母亲是不公平的，因为得伊阿尼拉曾经告诉过他怎样用涅索斯的神奇药膏来保持丈夫的爱。他马上去追那不幸的女人，但是他来晚了，他的母亲躺在卧室里，死在丈夫的床上，胸前插着一把双刃刀。儿子双手抱起可怜的母亲的尸体。

他父亲的到来打破了痛苦的寂静。“儿子，”父亲喊道，“儿子，你在哪里？拔出你的剑来杀死你的父亲吧，把我的喉咙刺穿，来医治由于你那不信神的母亲给我造成的癫狂！不要退缩，可怜可怜我，可怜我这个哭泣得像个女人的英雄吧！”然后他转身向站在周围的人，伸出手臂喊道：“你们还认识这双手吗？虽然已失去力量，这仍是那双手，那双曾经杀死牧羊人的敌人涅墨亚狮子，曾经扼死巨大的许德拉，解决了厄律曼托斯山的野猪，把刻耳柏洛斯从地狱中带出来的手！没有戈矛，没有山林野兽，没有巨人的队伍可以征服我，但我却死在妇人的手里！因此，儿子，杀死我并惩罚你的母亲吧！”

但当赫拉克勒斯从儿子许罗斯的神圣保证中得知，他的母亲无意害死她的丈夫并且以一死来弥补她的过错后，赫拉克勒斯由暴怒转为忧郁。他让儿子许罗斯娶他过去爱过的年轻的伊俄勒为妻，然后让人把他抬到俄忒山顶。依据他的吩咐，这里堆好柴堆，把他放到柴堆上。

他叫人从下面燃起柴堆，但是没有人愿意做这件事。最后由于被疼痛折磨而绝望的他急切地请求他的朋友菲罗克忒忒斯来实现他的愿望。为了感谢他，赫拉克勒斯把他的无人可抗拒的弓箭赠给他。当柴堆刚被点燃时，天空中打起闪电，加速火焰的燃烧。然后从天上降下云彩，在雷电中托起这不死的英雄升向奥林帕斯圣山。当伊俄拉俄斯和其他朋友靠近灰烬，拾取英雄的骨灰时，他们什么也没有找到。他们不再怀疑，神谕应验，赫拉克勒斯已从人间解脱，成为天神。他们祭祀他，所有的希腊人都把他当作神来崇拜。

在天上，雅典娜接待了成为神的赫拉克勒斯，把他引入诸神的团体。在他完成人间的历程后，赫拉自愿与他和解。她把她的女儿永葆青春的女神赫柏，许给他为妻。赫柏为他在奥林帕斯山上生育永生的孩子们。

忒修斯的传说

英雄出生和青年时代

伟大的英雄，雅典的国王忒修斯，是埃勾斯和特洛曾国王庇透斯的女儿埃特拉所生的儿子。在忒修斯出生以前，埃勾斯忧心忡忡，担心他的婚姻不能给他带来子嗣。他——当年的雅典国王，非常惧怕他兄弟帕拉斯的五十个儿子，因为他们都对他心怀敌意，蔑视他这个没有儿子的人。因此他就想秘密地瞒着他的妻子再娶，希望得一个儿子，成为他晚年的依靠和他王位的继承人。他把这个心思透露给了他的朋友——特洛曾小城的建造者庇透斯，幸运的是，庇透斯恰恰得到一个奇特的神谕，他被告知：他的女儿不会缔结一个很光彩的婚姻，但她将生出一个声誉卓著的儿子。

这个神谕促使庇透斯把他的女儿埃特拉秘密地嫁给一个有家室的男子。秘密地娶了埃特拉以后，埃勾斯只在特洛曾待了几天就返回雅典了。当他在海岸与他新娶的妻子告别时，他把他的宝剑和鞋藏在一块巨石下面，对她说："我跟你结婚，不是因为我轻率，而是为了我的家族和王国能有一个继承人，如果是神明缔造了我们的婚姻，又保佑我们的结合，让你生一个儿子，那么，你就要秘密地把他抚养成人，千万不要告诉任何人他的父亲是谁。

等他长大，有足够的力气搬开这块巨石的时候，你就把他领到这个地方，让他把剑和鞋取出，打发他到雅典去见我。”

埃特拉果真生了一个儿子。她给他取名忒修斯，让他在外祖父庇透斯的照顾下成长。遵照丈夫的叮嘱，她一直隐瞒着孩子父亲的真实姓名。他的外祖父则散布传言，说他是波塞冬的儿子。这个孩子长大后，不仅具有健壮美丽的身体，而且机智勇敢，意志坚强。这时他母亲埃特拉便把他带到那块巨石前，告诉他的真实出身，叫他取出他父亲埃勾斯留下的证物，乘船到雅典去。

忒修斯用身体顶住巨石，轻而易举地把它推到了后面。他穿上鞋，把宝剑挎在腰间。虽然外祖父和母亲苦苦劝他，说从陆路走越过伊斯特摩斯地峡到雅典去很危险，因为到处都有强盗和歹徒出没，但他还是拒绝从海上走。忒修斯非常钦佩英雄赫拉克勒斯，一心向往做出同样的功绩，便不耐烦地说：“要是我给父亲带去一双一尘不染的鞋和一把没有血迹的剑，人们传言时，我父亲将会怎样去想，我竟然在他安全的海水怀抱里，做这种怯懦的旅行？我的真正的父亲又将会说什么呢？”这一席话说得外祖父心花怒放，他当年也是一位勇敢的英雄啊。母亲为他祝福，忒修斯走上征程。

忒修斯投奔父亲的旅途

他在路上最先遇到的是拦路大盗珀里斐忒斯，此人手中的武器是一根铁棍。当忒修斯来到厄庇道洛斯地区时，这个大盗就从幽暗的树林里冲出，挡住他的去路。但这少年满怀信心地朝他喊道：“可怜的强盗，你来得正是时候！你的铁棍正好可以成为世上第二个赫拉克勒斯手中的武器。”喊声未落，他便冲向强盗，交战片刻就把强盗杀死。他从死者手中拿起铁棍，作为胜利品和武器带走了。

他在科林斯地峡遇到了另一个恶徒，名叫辛尼斯，外号“扳松贼”。人们这么叫他，是因为每当过路人被捉，他就用他的大手扳弯两棵树的树枝，把他的俘虏绑在两边的树枝上，然后让树枝绷回去把人撕成两半。忒修斯挥起铁棍打死了这个恶魔。

忒修斯不仅沿途肃清坏人，而且认为必须勇敢地与害人的野兽搏斗。其间，他杀死了那头名叫菲阿的克罗米俄尼亚的猪，这不是一种普通的家畜，而是一个很难制伏的好斗的野兽。

忒修斯一路奔走，最后到达了墨伽拉的边界。在这里他碰到了第三个臭名昭著的劫匪斯喀戎，此人总是伸出腿来，狂妄地命令外乡人给他洗脚，然后趁他们为他洗脚时，一脚把他们踹到海里去。现在忒修斯对他本人实行同样的死的惩罚：忒修斯蹲伏等待，他一出现，便冲向他，把他撞到大海的波涛中。

忒修斯又走了一小段路，遇到最后一个最凶残的劫匪达玛斯忒斯，人称普洛克儒斯忒斯，意思就是“铁床匪”。这个歹徒有两张床，一张很短，一张很长。一个外乡人落入他手中，假如他很矮，这个邪恶的匪徒就把他领到那张长床上去睡觉，然后就说：“你瞧，我的床对你太长了。朋友，让我把你弄得跟床一样长吧！”说着就把他拉长，直到他气绝身亡。如果来的是一个高个子的客人，他就把他带到短床旁边，对来人说：“很抱歉，朋友，我的床不适合你，它太小了。我倒是可以帮帮你！”于是他就把来人超过床长的双脚剁掉。如今忒修斯把这个身材高大的普洛克儒斯忒斯抛在短床上，用剑砍掉他过长的身躯，致使他痛苦地死去。这样，忒修斯便以其人之道还治其人之身了。

直到这时，我们的英雄在整个旅途中都没有碰到一件开心的事。当他来到刻菲索斯河畔，他才终于遇到几个费塔利得斯族的男子，受到他们热情的接待。他们首先应他的要求，洗净喷在他身上的血污，然后把他留在家中做客。他稍事休整，便衷心谢过那些勇敢正直的人，动身到他父亲的家乡去了。

忒修斯在雅典

在雅典，这位年轻的英雄没有得到他所希望的和平与欢乐，全城一片混乱，市民四分五裂。他发现他父亲埃勾斯的家也处在不幸的状况里。美狄亚乘坐她的毒龙驾着的车子离开科林斯和绝望的伊阿宋，来到了雅典。她许诺用她的魔药使老埃勾斯重新获得青春的活力，便神不知鬼不觉地得到他的宠幸。因此，国王就跟她亲密地同居了。

美狄亚依靠她的魔力预先得到了忒修斯到来的消息，于是她就蛊惑埃勾斯说，她认为这个青年是一个刺探他的危险的奸细，他千万不能把他当作自己的儿子，应该把他当作客人来款待，然后毒死他。

忒修斯进早餐的时候，并没有亮出自己的身世，他是想等父亲亲自认出他是谁时再满心欢喜一番。毒酒已经摆在他的面前，美狄亚焦急地等待着新来的人抿上头几口毒酒的时刻的到来，因为她害怕被他赶出宫去。但是忒修斯虽然很想饮酒，却更期望父亲的拥抱，他好像是想要切割放在眼前盘中的肉似的，抽出父亲放在巨石下留给他的宝剑，希望父亲能从这把宝剑上认出他来。埃勾斯一看见这把十分熟悉的宝剑，立刻把斟满毒酒的杯子打翻在地，他非常愉快地拥抱他的儿子。这位父亲立刻把忒修斯介绍给聚集起来的民众，民众热烈欢呼向他致意。嗜杀成性的美狄亚则被赶出了这个王国。

忒修斯和弥诺斯

现在，忒修斯作为阿提刻的王子和王位继承人生活在父亲的身边。

当时，雅典人是要向克里特的国王弥诺斯进贡的，据说，进贡的原因是：弥诺斯的儿子在阿提刻的山里被阴谋杀害了。弥诺斯为了给儿子报仇向雅典居民发动了毁灭性的战争，而众神也使这个地方遭到干旱和瘟疫。这时阿波罗的神谕做出判决：只要雅典人能够平息弥诺斯的震怒，得到他的宽恕，神的愤怒和雅典人的灾难就可解除。于是雅典人便向弥诺斯求和，而弥诺斯讲和的条件却是：雅典人每九年向克里特送去七个童男和七个童女作为贡品。据说，这些童男童女送去后，就被弥诺斯关在他的有名的迷宫里，任凭凶残的怪物弥诺陶洛斯杀害。

现在，第三次进贡的时间已经临近，有童男童女的父亲们都有可能使自己的子女遭到悲惨的命运，因此民众对埃勾斯的不满又抬头了。他们责备他，说他是整个灾祸的祸根，他本人却没有受到惩罚，竟然冷漠无情地眼看着别人的亲生儿女被夺去。这些怨言使忒修斯的内心充满无限的痛苦，在民众的集会上他毅然站出来表示不用抓阄，他愿意当贡品亲自送上门去。人民都赞美他的高尚品格和献身精神。他对他失去自制的父亲说，他保证他和那些抓阄决定前去的童男童女非但不会遭到毁灭，而且要制伏弥诺陶洛斯。

抓完阄以后，年轻的忒修斯就带领那些中选的男孩和女孩先到阿波罗神庙去，以大家的名义向这尊神献上用白羊毛缠起来的橄榄枝作为祈求保护的献礼。念完祈祷词后，他就在众人陪同下，与选定的童男童女走下海岸，登上令人悲恸的大船。

得尔福的神谕曾劝他选择爱情女神做向导，并恳求她护送。忒修斯不明白这个箴言的意思，但他还是向阿佛洛狄忒献了祭礼。但结果证明了这个预示的良好意向，因为当忒修斯在克里特登陆，出现在国王弥诺斯面前时，他的俊美和英姿吸引了美丽迷人的公主阿里阿德涅的注意。在跟他秘密交谈时，她向他表白了她的爱，并给了他一个线团。她教他把线的一头紧紧地拴在迷宫的入口处，然后放开线团继续向前走，一直走到那可恶的守卫弥诺陶洛斯的地方，她同时给了他一把能够杀死这个怪物的魔剑。

忒修斯和他的同伴都被弥诺斯送进了迷宫。他带头走在前面，在一场恶斗中用魔剑杀死了弥诺陶洛斯，十分幸运地靠着他松开的线团，与他身边所有的人走出迷宫如曲折的地狱般摸不着头脑的路。然后，他就与他的那些同伴和阿里阿德涅一起逃走了，但在临走前，他按照阿里阿德涅的主意凿穿了克里特人那些船的船底，让弥诺斯无法追捕他们。

忒修斯以为他和他可爱的胜利品阿里阿德涅彻底安全了，于是他就和她在半途中无忧无虑地在狄亚岛上休息下来了。这时，狄俄倪索斯——巴克科斯神出现在忒修斯的梦里，声称阿里阿德涅已由命运女神定为他的未婚妻，并威胁说，如果忒修斯不把这个情侣留给他，他就会使忒修斯遭遇一切灾祸。忒修斯早在外祖父那里接受过敬畏神明的教育，非常害怕惹神愤怒。因此他就把这位哀婉抱怨、灰心丧气的公主留在这座孤岛上，自己乘船继续航行了。夜里，狄俄倪索斯到来，把阿里阿德涅拐到了德里俄斯山。在那里，首先是神不见了，不久以后阿里阿德涅也无影无踪了。

得知公主被劫，忒修斯和他的同伴都很悲伤。由于悲伤，他们都忘了换下他们离开阿提刻海岸时升起的表示哀恸的黑帆，挂上白帆。坐在海岸悬崖上瞭望的埃勾斯，看见船越来越近，从船帆的颜色上判断，认为他的儿子死了。于是，他站起身来，满怀悲痛地跳到无底的大海里。就在这时，忒修斯登陆了，并根据他出发时在海岸上向神许下的愿进行献祭。当传令官给他带来他父亲的死讯时，他几乎悲恸欲绝。他带着他的同伴走进雅典城，一路上放声痛哭，哀号震天。

忒修斯登上王位

做了国王的忒修斯，不久便以行动证实他不仅是进行战斗和平息世仇的英雄，而且也有能力治理国家，使人民安享和平和幸福。在这方面，他甚至胜过了他视为榜样的赫拉克勒斯。他执政以前，阿提刻的大多数居民散居在城堡和雅典小城周围的农家庄院和小村落里。很难把他们召集在一起讨论公共事务，他们甚至有时为了一些小事跟邻邦争战。忒修斯把阿提刻地区所有的人民都集中在一个城市里，把分散的地区建成一个共同的国家。这个伟大事业他不是像一个暴君那样通过暴力去完成，而是巡视每一个地区，走访各个家族，试图通过各方的赞同和自愿实现。

忒修斯废除各城镇的议会和独立政权，建立了一个共同的议会。这时雅典才成了一个公认的城市。为了扩大这个新的城市，他提出从各地接纳新的移民，许诺给予他们同等的公民权利。为了不使大量涌来的人群给新建的城市带来混乱，他把人民分为贵族、农民和手工业者三个阶级，规定了每个阶级的权利和义务。他还削弱了国王的权力，使他的权力受到贵族会议和人民大会的约束。

和阿玛宗人的战争

当忒修斯正忙于加强国家安全的时候，雅典遭遇了一场异乎寻常的罕见的战争灾难。忒修斯在早年的一次征战中，曾登上阿玛宗人的海岸。阿玛宗的巾帼英雄并不害怕男人，她们把这个高大的英雄当作客人赠送了许多礼物。忒修斯不仅很喜欢这些礼品，而且喜欢上了送礼物来的那个美丽的阿玛宗女人。她的名字叫希波吕忒，英雄邀请她到船上小坐，但她刚刚登上他的船，他便扬帆开船把美人夺走。到了雅典，他就跟她结婚了，而希波吕忒也愿意做一个英雄和优秀国王的妻子。

好斗的阿玛宗妇女对这种肆无忌惮的掳掠大为愤怒，一直企图进行报复。一天，雅典人的城池好像没有设防，她们便突击登陆，包围了城市；她们甚至在市中心搭起一个营盘，使那些惊慌失措的居民退到城堡里去。起初，双方都不敢攻战。后来忒修斯从城堡里冲下来开始了战斗。希波吕忒王后也跟丈夫站在一边参加了反对阿玛宗人的战斗。一支投枪刺中了忒修斯身边的王后，她立刻倒地身亡。为了纪念她，人们后来在雅典建立了一座纪念石柱。战争和平解决后，阿玛宗人遵照条约离开雅典，撤回本国。

忒修斯和庇里托俄斯，拉庇泰人和马人的战斗

忒修斯以超凡的力量和勇敢著称于世，古代最著名的英雄之一庇里托俄斯很想跟他比试一番，为了向忒修斯挑战，他从马拉松赶走了忒修斯的牛群。当忒修斯听到消息，就拿起武器去追赶庇里托俄斯。但是庇里托俄斯并不逃跑，他甚至迎着忒修斯走来。

当这两个英雄彼此走近，相互一看，不禁都从心底里赞美起对方的英俊和勇敢，在震惊中两个人像同时得到一种信号似的，都把武器抛在地上向对方奔过去。庇里托俄斯向忒修斯伸出右手，请求他裁决这次掠夺牛群的罪名——无论忒修斯决定怎样惩罚，他都自愿服从。"我所要求的唯一赔偿，"忒修斯眼睛一亮回答道，"是要你成为我的知己和战友！"于是，两个英雄拥抱在一起，发誓建立忠诚的友谊。

不久，庇里托俄斯与拉庇泰族的忒萨利亚国的公主希波达弥亚结婚，并请他的战友忒修斯参加婚礼。婚礼在拉庇泰人的辖区举行。拉庇泰人是忒萨利亚的一个著名的种族，是一些喜欢动物形象的山居野蛮人。他们是最先驯服马匹的人类。新娘虽然出身于这个种族，但她与这个种族的人没有一点相似之处。她身材优美，面貌靓丽，所有的客人都赞颂庇里托俄斯娶了她是他的福气。忒萨利亚的所有贵族都参加了婚宴。庇里托俄斯的亲戚，那些生活在忒萨利亚森林里的半人半马的野蛮造物马人，也来了。他们长久以来就是拉庇泰人的敌人，但是这一次他们是新郎方面的亲属，便捐弃宿怨，前来参加欢宴。喜宴开始了：大家唱起了赞美新娘的歌，各个房间都热情洋溢，散发着酒菜的芳香。因为厅堂容纳不下所有的客人，拉庇泰人和马人交错挤在树荫下待客山洞里的餐桌旁。

宴会长时间在无所顾忌的欢乐气氛中吵吵嚷嚷地进行着。由于饮酒过量，马人中最野蛮的欧律提翁的心绪开始迷乱，他一看见美丽的少女希波达弥亚，就发狂地想把这个新娘抢走，谁也不知道事情怎么会是这样，谁也没有注意到这种荒诞的行为是怎样开始的：客人们突然看见狂暴的欧律提翁抓着希波达弥亚的头发在地上拖着走，希波达弥亚拼命抵抗着，高声呼救——醉酒的马人把他的罪恶行径当作一种信号，也要大胆地干同样的罪恶勾当，在异乡的英雄和拉庇泰人还没来得及站起身来时，马人就各自抢了一个在国王宫中服务或作为客人参加婚礼的忒萨利亚少女作为战利品。宫廷和花园就好像变成了一个被占领的城池，女人的呼喊在大厅里震荡。

"你头脑发昏了吗，竟然在我还活着的时候激怒庇里托俄斯，你惹恼一个人不就是侮辱两个英雄吗？"忒修斯冲着欧律提翁喊着，便冲到这个狂暴强盗跟前夺回新娘。欧律提翁没有反驳，他举起手来，照着忒修斯的胸脯就是一拳。忒修斯一把抓起一个铜壶朝着对手的脸抛去，结果他被打得脸朝天倒在沙地里，血从他头上的伤口汩汩地流出来。"拿起武器呀！"马人从四面八方高喊。酒杯、酒瓶和碗盘在空中飞个不停，一场导致许多人丧命的恶斗开始了，到了夜里，马人才被击退。

庇里托俄斯合法地占有了他的新娘。第二天早上，忒修斯辞别了他的朋友，共同的战斗使他们新结成的兄弟同盟迅速发展成至死不渝的友谊。

忒修斯和淮德拉

当忒修斯刚进入青春期，把他的情人弥诺斯的女儿阿里阿德涅从克里特拐走时，她的小妹妹淮德拉就陪伴着她。后来，狄俄倪索斯夺去了阿里阿德涅，淮德拉因为不敢回到专横的父亲那里去，便跟随忒修斯到雅典来了。她的父亲去世以后，这个可爱的女孩才回到她的故乡克里特岛。这时，她的哥哥即弥诺斯的长子丢卡利翁在这个岛上执政，她就在哥哥的王宫里成长为一个美丽聪颖的少女。忒修斯在他的妻子希波吕忒死后长时间没有再娶，他听到许多称赞淮德拉如何美丽动人的传言，希望她能像他的第一个情人阿里阿德涅一样漂亮可爱。克里特的新国王丢卡利翁并不敌视英雄忒修斯，不久忒修斯就把这个几乎长得和他的妻子一模一样的少女从克里特岛娶回家去。他真是福上加福，结婚的头一年，她就为忒修斯国王生了两个儿子——阿卡玛斯和得摩福翁。

但是，淮德拉并不像她的美丽一样贤良忠贞。她喜欢上了国王的年轻的儿子希波吕托斯。希波吕托斯和她年龄相同，她喜欢他胜过喜欢她年老的丈夫。他健壮的身体和纯洁的灵魂在她心里点燃起不纯的欲火，但她把她的激情紧锁在胸中。最终她还是把她的心思告诉给了她的老奶娘，一个狡诈阴险、盲目而愚蠢地爱她、忠于她的女人。不久，老奶娘便受托向这个青年转达了他继母的罪恶的爱。但这个心地纯洁的青年听到这话十分厌恶，而当他听到他的继母甚至鼓动他推翻父亲，和这个奸妇分享王权时，他都惊呆了。由于憎恶，他诅咒一切女人。他觉得，单单听到这卑劣的提议就有失圣洁了。因为忒修斯这时恰恰不在国内，而希波吕托斯又不愿意与淮德拉同在一个屋檐下相处片刻，便在恰如其分地把老奶娘打发走以后，迅速跑进旷野，到森林里狩猎去了。他希望在父亲回来以前为他的可爱的女神阿尔忒弥斯服务。

淮德拉不能容忍她罪恶的计划遭到拒绝。一种罪恶感和罕见的爱情在她心中展开了斗争，但是恶毒的阴谋最终占了上风。忒修斯归来时，他发现他的妻子已经自缢，在紧紧握着的右手里，有一封她临死前写的信。信中写道："希波吕托斯想要玷污我的名节。要逃避他的纠缠，只有这样一条路。我宁可死，也不能损害我对丈夫的忠诚。"

由于惊愕和憎恨，他像脚底生了根似的久久站在那里。最后他举起双手向天祈祷："波塞冬，我的父呀，你爱我一直像爱你的儿子一样。你曾经答应可以满足我三个请求。现在我希望你信守诺言。只有一个愿望我想请你满足我，让我可恶的儿子不要活过今天！”他刚说出这句诅咒，希波吕托斯就走进宫来，发现他正在恸哭的父亲站在继母的尸体旁。他温和平静地回答父亲的辱骂："父亲，我的心是纯洁的。我没有罪。”但忒修斯只把他继母的信递给他看，二话没说就把他逐出国了。

就在当天的傍晚时分，一名快使来见国王忒修斯，说："国王，我的主人啊，你的儿子希波吕托斯已经离开人世了！”忒修斯听到这个消息，态度十分冷淡，并苦笑着说："他是像侮辱父亲的妻子那样侮辱了别人的妻子，被情敌打死的吗？”“不，我的主人！”信使答道，“是他自己的马车和你亲口发出的诅咒杀害了他！”“哦，波塞冬啊！”忒修斯说，“你答应了我的请求！使者，你告诉我，我的儿子是怎么死的？”

“我们这些仆从正在海边洗刷我们主人希波吕托斯的马匹的时候，”使者说，“听说他已经被放逐了。不久他本人就在一大群牢骚满腹的儿时朋友的陪同下走来，命令我们备好出行的马匹和车辆。当一切都准备停当时，他高举双手对天祈祷道：‘宙斯呀，假如我是坏人，你就把我消灭吧！无论我是死是活，但愿我父亲知道他斥责我是不公正的！’说完他就跳上马车，抓起缰绳，在我们仆从陪同下，离开了那里。我们就这样来到了荒凉的海岸，右边是大海的波涛，左边是从群山向外凸出的巉岩。突然，我们听到深处传来一声巨响，如同地下的闷雷。往海上一瞧，我们看见一个巨浪蹿上天空，有塔楼那么高，紧接着就是排山倒海的波涛卷着白色的泡沫吼叫着冲向海岸，正好冲上马匹所走的那条窄路。随着轰鸣的海涛，从海里冒出一个怪物，一头巨大的公牛，它的吼声震响了海岸和山岩。一见这个怪物，马就全惊了。它们使劲咬着嚼子狂奔，希波吕托斯怎么也控制不住。这个海怪挡住它们的去路，逼着马车撞到巉岩上，车轮都撞得粉碎，你不幸的儿子头朝下栽了下去，但他仍然同翻了的车子一起被无人驾驭的马拖着生生磨死在沙石上。这一切发生得特别快，我们这些仆从都来不及救他。”

听到这个报告以后，忒修斯久久默默地呆望着地面。“对于他的不幸，我既不感到高兴，也不感到悲哀。”他若有所思地说，并深深地陷入怀疑之中，“但愿我能见到他还活着，我好问问他，跟他谈谈他的过失。”一个老妇人的悲号打断了他的话。她披散着灰白的头发，身穿一件撕破了的袍子，走过来跪在国王忒修斯的脚下。这是王后淮德拉的老奶娘，她受良心责备，再也不能保持沉默，便哭着喊着向国王说出了王子的无罪，揭露了王后的罪过。不幸的父亲还没有完全清醒过来，他的儿子希波吕托斯就躺在担架上被哀号的仆从抬进宫来，他遍体鳞伤但仍有一口气。忒修斯万分懊悔和绝望地扑在将死的儿子身上。王子强挺着最后的残喘问站在周围的人：“我的无罪，真相大白了吗？”站在身边的人向他点了点头，并安慰了他。“不幸的、被人欺骗了的父亲呀，”这个将死的青年说，“我不怨你！”说完他就断气了。

忒修斯抢妻

忒修斯渐感衰老和孤独，与年轻的英雄庇里托俄斯结成的友谊在他心中唤起进行一次大胆而鲁莽的冒险的欲望。庇里托俄斯的妻子结婚后不久就死了，忒修斯如今也是鳏居，二人就一起去冒险，想各自抢一个妻子。

当时，宙斯和勒达所生的女儿，后来闻名遐迩的海伦，还很年轻。她是在他继父斯巴达国王廷达瑞俄斯的王宫里长大的。不过，她已经成为那个时代最美丽的少女，她的妩媚动人在全希腊尽人皆知。当忒修斯和庇里托俄斯远征到巴格达的时候，他们看见海伦正在阿尔忒弥斯神庙里跳舞。二人心中都燃起了对她的爱情。他们忘乎所以，从神庙抢走这位公主，首先把她带到阿耳卡狄亚的忒革业。在这里，他们为她抓阄，双方友好地保证，谁赢了谁就要帮助对方去劫夺另一个美女。忒修斯抓阄得胜，他便把这个少女带回阿提刻地区的阿菲德那，交给他母亲埃特拉让另一个朋友保护。

随后，忒修斯就和他的战友继续远征，二人想要建立一桩英雄的业绩。庇里托俄斯决定从冥府里掳走普路同的妻子珀尔塞福涅，以补偿他没有得到海伦的损失。但是，这个计划失败了，忒修斯和庇里托俄斯被罚永囚冥府。赫拉克勒斯本想把两个人都救出来，但结果只把忒修斯救出了冥府，忒修斯的朋友则不得不永远留在那里了。

而在忒修斯被囚禁在冥府里的时候，海伦的哥哥——卡斯托耳和波吕丢刻斯，就动身去解救他们的妹妹了。他们到了雅典，要求以和平的方式接回海伦，但城里的人却说，他们那里既没有这位年轻的公主，也不知道忒修斯把她留在哪里了。这时兄弟二人大怒，威胁说要用武力解决。这时，雅典人都害怕了，于是一个曾探听到忒修斯秘密的雅典人告诉这两兄弟说，隐藏海伦的地点是阿菲德那。卡斯托耳和波吕丢刻斯围困了那个城池，一举得胜，以疾风暴雨之势占领了那个地方。

同时，雅典城里也发生了动乱，珀透斯的儿子墨涅斯透斯企图夺取王位。他自立为人民的领袖，煽动暴民反对忒修斯。海伦的两个哥哥占领了阿菲德那，雅典人都吓破了胆。墨涅斯透斯趁机利用了人民的这种恐慌的情绪。他劝说市民打开城门，热情地迎接带着自己的妹妹的卡斯托耳和波吕丢刻斯，因为他们进行战争只是为了反对抢夺了海伦的忒修斯。两兄弟的行为证明了这话是真的，他们虽然从洞开的城门开进雅典，城里的一切都控制在他们武力下，但他们却没有伤害一个人。他们只要求，能像其他高贵的雅典人和赫拉克勒斯的亲属一样，参加厄琉西尼亚神秘习俗中的秘密的祭神仪式。祭神仪式完毕后，他们就带着被救出去的海伦重返故乡了。

忒修斯的结局

经过在冥府里的长期监禁，忒修斯终于认识到他最后行为的轻率和卑劣，并甚感懊悔。他以一个神情严肃的老翁的身份回到雅典，得知海伦被她哥哥救走并没有表示不满，因为他为他的掳掠行为感到羞耻。他在国内遇到的仇视使他充满忧虑。虽然他再度执政，把墨涅斯透斯一派镇压下去，但他却没再享受到真正的安宁生活。当他想要严于治国时，反对他的暴动又重新爆发，领头的永远是墨涅斯透斯，他的背后有贵族党徒的支持。开始，忒修斯企图依靠暴力恢复秩序，但暴乱四起，他的一切努力全归于失败。于是，这位不幸的国王便失望地决定自动离开他的城市，乘船到斯库洛斯岛去。他在那里拥有父亲留给他的大宗财产，他把那里的居民当作自己要好的朋友。

当时，斯库洛斯的统治者是吕科墨得斯。忒修斯去见这位国王，请求把他的财产归还他，他打算在这里长住。但吕科墨得斯却心中盘算着怎样毫不引人注意地把这个客人除掉。因此，他便把他带到岛上最高的岩峰，说是从那里可以让他看到他父亲在岛上占有的珍贵财产。走到山顶，忒修斯欣喜地放眼眺望周围美丽的风光，这时，那个背信弃义的国王从后边猛地一推，忒修斯就从悬崖上掉了下去，摔得粉身碎骨，沉入海底。

在雅典，他的忘恩负义的人民很快就把他忘记了。墨涅斯透斯当了国王，好像他的王位是从他的祖先那里继承下来的。

数百年以后，当雅典人不得不在马拉松平原抗击波斯人时，这位伟大英雄的神灵从地下站出来，领导他的不忠臣民的后代打败了敌人。因此，得尔福神谕要求雅典人找回忒修斯的遗骸。但他们到哪儿去找呢？就在这时，凑巧弥尔提阿得斯的儿子，即那个声名大噪的雅典的喀蒙在一次新的远征中占领了斯库洛斯岛。他正在热心地寻找英雄的坟墓时，看见一只鹰在一座山上飞翔。他跑到那里停下，很快就看见那只鹰落了下去，用利爪刨开坟丘的泥土。喀蒙把这一幕看成一种神的安排，便让随从往下挖掘，果然在很深的地下找到一个巨人尸体的棺木，旁边还放着一支矛和一把剑。喀蒙和他的随从谁也不怀疑他们找到了忒修斯的遗骸。喀蒙用一艘精致的三橹战船把这神圣的尸骨运回。他们进入雅典城时，人们欢声雷动，列队欢迎，并举行祭奠。那情景就像忒修斯本人凯旋一般。这位雅典的自由和公民宪法的缔造者，他的无知的同代人曾经愧对于他，现在他的人民的子孙在几百年之后对他表示出由衷的谢意和崇敬。

俄狄浦斯的传说

俄狄浦斯的出生，他的青年时代和逃亡

拉伊俄斯是忒拜的国王。他跟城里的贵族墨涅扣斯的女儿伊俄卡斯忒结婚后，过了很久也没有子女。因为渴望得到子嗣，他便向得尔福的阿波罗请问根由，神谕的内容却是：“拉布达科斯的儿子拉伊俄斯！你祈求得到一个儿子，好吧，你将会有一个儿子。但你要知道，命中注定你将死在你亲生孩子的手里。这是克洛诺斯之子宙斯的旨意，因为他听到珀罗普斯的诅咒，说你过去曾抢走他的儿子。”——就是说，拉伊俄斯年轻的时候曾逃离本国，在伯罗奔尼撒半岛被国王的宫廷接纳为客，但他不知感恩，反而拐走了珀罗普斯国王英俊的儿子克律西波斯。拉伊俄斯知道自己曾犯下这一过失，对神谕深信不疑，长时间与他的妻子分居。但是彼此之间的真心相爱，使他们俩再也顾不得命运的警告，又在一起同居了。伊俄卡斯忒终于为她的丈夫生了一个儿子。在孩子降生以后，他们又想起了神谕。为了逃避神的裁定，他们刺穿了新生刚三天的婴儿的脚脖子，拴好后让人把孩子抛到喀泰戎荒山里去。但执行这个残忍命令的牧人对这个无辜的婴儿起了怜悯之心，便把孩子交给了另一个在同一座山里为另一个国王波吕玻斯牧羊

的人。然后他回到宫里，在国王和王后伊俄卡斯忒面前佯言已经把婴儿抛进荒山。国王夫妇相信那孩子不饿死冻死，也得被野兽撕碎，这样神谕就不会实现了。他们还以这样的思想抚慰自己的良心：牺牲了儿子，却避免了弑父之罪。于是他们才真正过上了轻松愉快的日子。

波吕玻斯的牧人解开婴儿脚上的绑带，但他不知道这个孩子是从哪里来的，便根据脚上的伤取名俄狄浦斯，意思就是“肿胀的脚”。然后牧人就把孩子带到科林斯送给他的主人波吕玻斯国王了。国王很同情这个弃儿，把他交给他的妻子墨洛珀当作亲生儿子抚养。在宫里和全国这个孩子都被当作国王的儿子对待，他成长为一个青年王子以后，一直被视为最高尚的公民，自己也在幸福的生活中确信是国王波吕玻斯的儿子和王位继承人，要知道国王除他之外没有别的子女。这时发生了一个偶然事件，他突然丢掉了自信，跌进怀疑的深渊。

有一个科林斯人，他老早就出于嫉妒而仇视俄狄浦斯。在一次宴会上他竟然醉醺醺地冲着俄狄浦斯喊叫，说他不是国王真正的儿子。这声非难给了他沉重的打击，他第二天早上来到父母——实为养父母——面前请求告诉他的身世。波吕玻斯和他的妻子对说这话的恶意挑拨者十分愤怒，他们极力排除儿子的怀疑。他在父母的言谈中体会到的爱虽然使他略感舒畅，但怀疑从那一天起一直折磨着他的心，因为他的敌人所说的话给他留下的印象实在太深了。

他终于悄悄地离开了王宫，连他的养父母都没告诉一声，就去寻觅得尔福的神谕，希望听到神对那句破坏他名誉的责难的驳斥。但太阳神阿波罗却对他的问题不屑回答，反而向他揭示出一个他所面临的新的更可怕的不幸。“你将杀死你的亲生父亲，”神谕说，“你将娶你的生母为妻，生下可憎的后代留在人间。”听了这番神谕，俄狄浦斯心里说不出有多么恐惧。因为他的心总是对他说，像波吕玻斯和墨洛珀这样慈爱的父母，肯定是他真正的双亲，所以他就不敢回家，他害怕命运女神会驱使他的手杀死他亲爱的父亲，让他与他的母亲结成邪恶的乱伦婚姻。

离开得尔福，他就走上了去玻俄提亚的路。突然，他看见一辆马车朝他驶来，车上坐着一位不相识的老人，一个使者，一个驭手和两个仆从。赶车的人粗暴地把这个走在同一条狭路上的步行者挤出路外。天生易怒的俄狄浦斯顺手就给了那个顽固的驭手一拳。当那位老人看到这个青年竟然如此鲁莽地冲着马车大喊，便急忙抓起他手边的双排钉棍，照着青年的脑袋重重地一击。这一下，俄狄浦斯暴怒了。他第一次发挥神赐的英雄神力，立即举起他旅行用的木杖，使劲打了一下老人，结果老人眨眼间就背朝下从车座上滚了下去。一场恶斗过后，原来车上的人除了一人逃脱，其他人都被俄狄浦斯打死了。俄狄浦斯继续走他的路。

他认为，他干的事只不过是出于迫不得已的自卫。他遇到的那位老人没有任何标志说明自己的高贵身份。但这个被击毙的老者正是拉伊俄斯，忒拜的国王，俄狄浦斯的父亲。拉伊俄斯是要到皮提亚神殿才走在这条路上。父子二人从神谕得知而又竭力规避的预言还是变成了现实。

俄狄浦斯娶母

那场恶斗之后不久，在忒拜城的城门前出现了斯芬克斯，她是一个长着翅膀的怪物，有少女的头，狮子的身体。她是巨人堤丰和妖蛇厄喀德那所生的一个女儿。厄喀德那是一个蛇身女妖，她生了许多怪物，其中有冥府的三头狗刻耳柏洛斯、勒耳那的多头水蛇许德拉和喷火的喀迈拉。斯芬克斯这个怪物趴在一个悬崖上，要求忒拜的居民破解她从缪斯女神那里学来的谜语。如果过路的人猜不中，她就抓住他，把他撕碎吃掉。

谁也不知道，国王在路上被什么人打死了，王后伊俄卡斯忒的兄弟克瑞翁继承了王位，执掌了政权。正当全城为死去的国王举哀的时候，这个怪物带来的灾难降临了全城。紧接着，克瑞翁自己的儿子就被斯芬克斯抓住吞食了。这个灾难促使国王克瑞翁发出公告：谁能使全城摆脱这个吃人的怪物，谁就可以得到王国并娶他的姐姐伊俄卡斯忒为妻。

这个公告刚刚宣布，俄狄浦斯就走进了忒拜城。危险和因冒险而得到奖赏都使他感到很有刺激性，同时他并不看重他那笼罩在不祥预言之中的生命。因此，他奔向斯芬克斯占据的那个悬崖，让她给他出一个谜语。这个怪物想给这个勇敢的外乡人出一个完全解不开的谜语，便说出下列句子："早晨四条腿，中午两条腿，黄昏三条腿。在一切造物中唯独这种造物用不同数目的腿行走。腿最多的时候，正是力量和速度最小的时候。"

听了这个谜语，俄狄浦斯觉得这个谜语一点儿都不难猜，便微微一笑说："你的谜底就是人呀。在生命的早晨，人是弱小无力的孩子，便用两手和两脚爬行。人长大了便是生命的中午，当然用两脚走路。到了老年就是生命的黄昏，人就要拄拐杖，这不就是三条腿走路吗？"这个谜语幸好被猜中了。斯芬克斯由于羞愧和绝望从悬崖上跳下去摔死了。作为奖赏，俄狄浦斯得到了忒拜王国，娶了前国王的遗孀、她的生母。伊俄卡斯忒接连为他生了四个孩子：先是双生的男孩波吕尼刻斯和厄忒俄克勒斯，接着是两个女儿，大的叫安提戈涅，小的叫伊斯墨涅。这四个孩子是他的子女，同时是他的弟弟和妹妹。

真相大白

这个可怕的秘密很长时间都没有被揭露。俄狄浦斯虽然有些过失，却是一个有正义感的好国王，他愉快地治理着忒拜，和伊俄卡斯忒过着美满的生活。最后，诸神向他的国土降下瘟疫。瘟疫在民间猖獗流行，没有办法救治。忒拜人认为这场灾害是神降的惩罚，又认为他们的国王是天国的宠儿，因此都企图在他的庇护下抵御可怕的灾害。于是王宫前出现了男女老幼汇成的人流，领头的是一些手持橄榄枝的祭司。他们坐在神坛的周围和台阶上，静候国王露面。

俄狄浦斯走出国王的城堡，询问为什么全城都缭绕着熏烤献祭的烟雾，到处都是悲泣和哀号。那位最老的祭司代表众人回答道："哦，主人呀，你亲眼看见了一场什么样的灾难降临在我们的头上：无法忍受的热浪烤焦了牧场和田野，使人耗尽生命的传染病在我们家里肆虐，全城都拼命想从灭顶的血浪中抬起头来，却枉费心机。敬爱的国王啊，在这水深火热中，我们只能到你这里来请求保护。你曾经把我们从斯芬克斯吃人的灾难中解救出来。没有神力相助这肯定是办不到的。因此我们信赖你，这一次你也会靠神力救助我们。"

"我的可怜的孩子们，"俄狄浦斯答道，"你们祈求的原因我很理解。我的内弟克瑞翁已经被我派到得尔福去恳求阿波罗，请他告知究竟什么活动或什么行为才能使这座城得救。"

俄狄浦斯正说着，克瑞翁也来到了人群中，并当着人民的面向国王报告神谕的内容。不过，这道神谕并不使人感到心安："神说，是对国王拉伊俄斯的杀害构成了一桩严重的血腥的罪恶，压在这块土地上。只有这个罪人离开这个国家，全城才能得救。”

俄狄浦斯怎么也想不到，他打死的那个老人就是拉伊俄斯，神迁怒于人民原来是为了这件事。他要他们给他讲了讲国王被杀害的经过，但他听了以后仍感茫然。他宣称他本人能够处理好有关死者的问题，并责令聚集起来的人民解散。然后他向全国发出通告：凡是知道杀害国王拉伊俄斯的凶手消息的人，都要如实上报。外国的知情者如来报告则将得到本城的重金酬谢。对知情不报者和推脱同谋罪责者，则将不准其参加一切宗教仪式，享用祭餐，甚至同国人交往和谈话。那个凶杀者则要受到最恶毒的咒骂，一生困苦不幸，终将可耻地毁灭。

随后他派了两个使者去请双目失明的预言家忒瑞西阿斯。这个预言家很快就来到国王和聚集起来的人民面前。俄狄浦斯向他说明了困扰着他和全国人民的烦恼，请他施展预言家的本领，帮助大家找到凶杀者的踪迹。

但忒瑞西阿斯突然发出一声悲叹，同时伸出双手好像要挡住国王似的，说：“知情是可怕的，知情只能给知情者带来灾难！国王，让我回去吧！还是你管你的事，我管我的事吧！”

这样一来，俄狄浦斯反而更加力劝这位预言家说出实情，他周围的民众则跪在他面前祈求他。见他不作进一步的说明，国王俄狄浦斯突然动怒了，骂忒瑞西阿斯不是知情人也是杀害拉伊俄斯的帮凶。这样一指控，失明的预言家便不得不说出真情。“俄狄浦斯，”他说，“服从你自己的通令吧！你本人就是使全城遭殃的罪人！是的，你本人就是杀死国王的凶手！”

俄狄浦斯大骂预言家忒瑞西阿斯是巫师和阴险的骗子，那个预言家则把他叫作杀父的凶手，娶母的罪人，预言他已灾难临头。然后他就扶着给他带路的小童愤愤地离去了。

妻子伊俄卡斯忒比国王更摸不着头脑。她一从丈夫口中得知，忒瑞西阿斯说俄狄浦斯是杀害拉伊俄斯的凶手，她就禁不住愤怒地咒骂这个预言家和他的预言才能。“亲爱的，你瞧，”她高声说，“这些预言家多么无知！从一个例子上就可以证实这一点：我的第一个丈夫拉伊俄斯也曾得到过一个神谕，说他将死在儿子的手里。但杀死他的却是十字路口的一群强盗，而我们唯一的儿子生下来才十三天就被捆住双脚抛到荒山野岭里去了。哼，预言家的裁决就是这样实现的！”

王后冷嘲热讽地说出的这一席话，却在俄狄浦斯心里产生了与她的期望完全不同的影响。他万分震惊地问：“拉伊俄斯是死在一个十字路口？哦，告诉我。他长得什么样？多大年纪？”

“他很高大，”伊俄卡斯忒答道，完全不理解俄狄浦斯为什么如此激动，“一头灰白的老人鬈发。亲爱的，他的体格和长相都很像你。”

“忒瑞西阿斯并不是瞎子，忒瑞西阿斯什么都看得见！”俄狄浦斯惊呼道，最后的疑团驱使他进行详细的调查。他终于了解到，国王被杀是一个逃走的仆从报告的。俄狄浦斯渴望见到他，于是这个奴仆就从乡下给叫来了。但在他到达之前，从科林斯来了一个使者，向俄狄浦斯报告他父亲波吕玻斯国王的死讯，要他回去继承王位。

听到这个消息，王后又得意扬扬地说：“崇高的神谕啊，你预言的结果在哪里？说俄狄浦斯将杀死的父亲，现在他不是安享天年寿终正寝的吗？”

这个消息对虔诚敬神的俄狄浦斯的影响却完全不同。他虽然从心底里愿意承认波吕玻斯是自己的父亲，但他无法理解，一道神谕怎么会没有实现。他不想到科林斯去，还因为他的母亲墨洛珀还活着，而神谕的另一部分关于他将娶母亲为妻的宣示仍然可能实现，但这个使者很快就打消了他的这个疑虑：原来他就是多年前在喀泰戎山上从拉伊俄斯的仆从手中接过新生婴儿的那个牧人，捆在婴儿被穿透的脚后跟上的绑带就是他给解开的。他毫不费力地证明了俄狄浦斯只是国王波吕玻斯的养子，尽管他是克林斯的王位继承人。

当伊俄卡斯忒听到这话的时候，便悲痛地呼号着离开了丈夫和集聚的人群。这时，从远方招来的那个年老的牧人到了——那个科林斯的使者一眼就看出，他就是从前在喀泰戎山上交给他孩子的那个人。老牧人吓得脸色煞白，想要否认这一切——俄狄浦斯勃然大怒，说要对他严加惩罚，他才说出了真相：俄狄浦斯是拉伊俄斯和伊俄卡斯忒的儿子，因为可怕的神谕说这孩子将杀死父亲，所以他们就把孩子交给他扔掉，但他出于怜悯救了孩子。

伊俄卡斯忒和俄狄浦斯的自惩

一切怀疑都消除了，骇人听闻的事实大白于天下。俄狄浦斯狂喊着冲出去，在王宫里四处乱走，想找到一把剑，从人间铲除他那既是母亲又是妻子的怪物。他怪声吼叫着奔向寝室，砸开紧锁的双重房门，冲了进去。一幕触目惊心的景象使他停住了脚步。他看见伊俄卡斯忒已经自缢，披着一头蓬乱的长发。木然呆立好久，俄狄浦斯才悲咽着走过去，把吊上去的绳子拉下来，直到尸体落到地上。他从她的袍子上拽下纯金锻造的胸针，使劲刺穿自己的眼珠，直到鲜血从眼窝里涌出。他诅咒他的眼睛，它们不应该再看到他所做的和他所容忍的这一切。随后他让人把他领出去，告诉全体忒拜人民他就是杀害父亲的凶手，娶母为妻的乱伦者，天神诅咒的恶徒，大地的妖怪。仆从们把他领了出来，但人民对他们的这位从前十分爱戴和尊敬的统治者并不憎恶，反而非常同情。降低身份的俄狄浦斯见到人民如此慈爱，深受感动。他命他的内弟克瑞翁任摄政王，辅助他的本应继承王位的幼子。他请求埋葬他的不幸的母亲，请求新国王保护他的两个孤女。至于他自己，他要求把他赶出这个他以双重的罪过玷污的国家，把他放逐到喀泰戎山里去，那里是他的父母早已决定埋葬他的地方，现在他到那里去，是死是活全由神来安排。他说，克瑞翁对他表示这么多爱心，为此他衷心祝福他，希望神比他当政时更好地保护克瑞翁和人民。

俄狄浦斯和安提戈涅

在真相大白最初的时刻，俄狄浦斯心里想的是最好尽快死去。如果人民起来反对他，用石头砸死他，他会把这一切当作一种善行来接受。后来，他觉得他所请求的，他的内弟克瑞翁同意的放逐，也是一种恩典。但当他在家里坐在黑暗中，满腹怒气渐消时，他又感到，一个盲人流落他乡实在可怕，便毫不迟疑地把他想留在家里的愿望告诉克瑞翁和他的两个儿子了。

但这时的情况是：摄政王克瑞翁的同情已经成为过去，两个儿子也是一副极端自私的硬心肠。克瑞翁坚持放逐，两个儿子拒绝援助他们的父亲。甚至连一句话也不说，他们硬把一个行乞的棍子塞到他手里，把他赶出忒拜的王宫。只有两个女儿天真地怜悯被驱逐的父亲。小女儿伊斯墨涅留在哥哥的家里尽其所能料理父亲的事务，俨然就是远离者的律师。大女儿安提戈涅跟随父亲放逐，为这位失明者引路。

于是，安提戈涅便随他走上漫无目的的艰苦旅程。她脚上无鞋，忍饥挨饿，伴随父亲穿过原始森林：娇柔的少女和父亲一起忍受着日晒雨淋，尽管留在哥哥的家里她会得到无微不至的照应，但在苦难中只要父亲能够饱餐一顿，她也会感到十分满意。

俄狄浦斯最初的意向是在喀泰戎的深山老林里苦熬岁月或干脆结束生命。但是因为他是一个虔诚敬神的人，所以他不想在没有神的旨意时贸然迈出这一步，于是他便先去朝圣，求取阿波罗的神谕。在圣地他听到了使他感到安慰的箴言，诸神很清楚，俄狄浦斯是在规避犯罪的情况下无意犯下了违反自然和人类社会最神圣的法则的大罪。因此，神告诉他：如果他能听从命运女神的安排到达那些可尊敬的女神——复仇女神[①]为他准备的栖身地，即使经过很长时间他也能等到被解救的那一天来临。这道神谕的言辞既难以捉摸又令人不寒而栗。俄狄浦斯将在复仇女神那里使他反自然的罪过获得赦免，从而得到安宁和解救！他相信神的诺言，并在全希腊流浪。他的心地善良的女儿安提戈涅领着他，照顾他，全靠好心人的施舍维系生活。

俄狄浦斯在科罗诺斯

时而经过城乡，时而穿过荒野，经过很长时间的流浪，一天黄昏，父女二人抵达一片温暖的地区，在一个坐落在景色宜人的小树林中的美丽村庄，夜莺扑打着翅膀飞过灌木丛，用悦耳的声音高歌，葡萄藤上绽放的小花吐露着芬芳，橄榄树和桂树的枝条遮住了凹凸不平的山岩，就是双目失明的俄狄浦斯也能通过他其

① 复仇女神也被称作慈悲女神，这是人类为了敬重和抚慰三位复仇女神想出来的一个别名。

余的感官感觉到这个地方的优美，听了女儿的描述就更认定这是一个圣洁的地方。俄狄浦斯因为走了一整天的路觉得累了，便坐在一块大石头上。但一个村民要他赶快站起来，因为这里是圣地，不容许踏入。这时，两个流浪人才知道，他们已经来到了科罗诺斯村。这正是洞察秋毫的复仇女神的地区和圣林。不过在这里雅典人把复仇女神称作欧墨尼得斯。

俄狄浦斯知道，他已经到达他流浪的终点，他那恼恨的命运即将得到和平的解决。

"在你们这里，谁是国王？"俄狄浦斯问，在长期的苦难中他对世界的历史和现状已经很生疏了。

"你知道威猛而高贵的英雄忒修斯吗？"那个村民问，"他的名声可威震世界呀！"

"如果你们的国王确实如此高贵，"俄狄浦斯应答道，"那么就请你把我的口信带给他，请他到这儿来一趟。为了他的这个小恩惠，我将给他重大的酬报。"

"一个盲人会有什么善行酬报我们的国王？"那个农民说，同时微笑着不无怜悯地看了这个外乡人一眼。"不过，"他添加说，"你呀，要是你不是双目失明，你这高贵的外貌也会让我尊敬你。所以我乐意满足你的心愿，把你的请求告诉国王和我的同胞。你坐在这里别走，等候我的回话。让他们决定你是可以留下来，还是应该再去流浪。"

当俄狄浦斯和他的女儿又单独在一起的时候，他向复仇女神祈祷说："你们令人恐惧，但你们也是慈悲的，现在就请指示我生活的道路吧！发发慈悲吧，你们这些黑夜的女儿！哦，可敬的雅典城啊，可怜可怜站在你面前的国王俄狄浦斯的影子吧，他本人的躯体早就不存在了！"

他们单独待在那里的时间并不长。听说有一个仪表令人尊敬的盲人来到这个不准凡人踏入的复仇女神的圣林，村里的长老们很快就聚集到了他的周围。当这个盲人告诉他们他是一个被命运女神追逐的人时，他们就更惊慌了。他们害怕，他们要是允许一个受神惩罚的人在这座圣林中逗留太久，自己也会招来神的震怒，于是他们就叫他立刻离开这个地方。俄狄浦斯迫切地恳求他们不要把他从他流浪的目的地赶走，这个目的地是神谕规定的。安提戈涅也和他一起恳求他们，“如果你们不愿意怜悯我的白发苍苍的父亲，”这个少女说，“那么，看在我这个无辜受罪的背井离乡人的分儿上，把他收留了吧。请你们赶快同意厚待我们吧！”

当双方正在对话，村民们迟疑不决，摇摆在同情来人和惧怕复仇女神之间的时候，安提戈涅看见一个女子骑着一匹小马走来。一个仆人骑马跟随在后。“这是我的妹妹伊斯墨涅！”安提戈涅惊喜地说，“她肯定给我们带来了家乡的新消息！”

转瞬，那个女子，被放逐的国王的小女儿，来到他们面前，给父亲带来了有关忒拜的消息。俄狄浦斯的两个儿子在国内正陷在自己惹来的困境中。最初，他们都想把王位让给舅舅克瑞翁，因为对家族的诅咒一直威胁着他们。但是，对他们父亲的印象越来越淡薄以后，这种让出王位的冲动也就消失了。他们心里滋生了对权力和王位强烈的欲望，随之而来的便是彼此失和成仇。波吕尼刻斯因为拥有长子继承权先做了国王。但弟弟厄忒俄克勒斯不满意兄长所建议的轮流执政，便煽动人民叛乱，把他的哥哥驱逐出境了。根据忒拜城里的传言，波吕尼刻斯是逃到了伯罗奔尼撒的阿耳戈斯。他在那里成了国王阿得拉斯托斯的乘龙快婿，结交了朋友和盟邦，扬言征战报仇，正威胁着他的祖国。同时又有一道新的神谕传扬开来，说俄狄浦斯的儿子如无父亲则将一事无成，假如他们珍惜自己的幸福，不管父亲是死是活，他们必须寻找父亲。

科罗诺斯人听了这话无不惊愕，俄狄浦斯站起身来。“我的情况原来如此，”他说，他那双目失明的脸上闪着光辉，“他们要到一个被放逐者，一个乞讨者这里来寻求帮助？现在我都是废物了，反倒成了他们要找的人？”“就是这样，”伊斯墨涅继续报告她的消息，“父亲，正是因为这个缘故，我们的舅父克瑞翁很快就要到这里来，我是赶在他前头来的。他是想说服你，只把你带到忒拜地区的边界，这样，既可满足神谕的要求，又对他本人和我的哥哥厄忒俄克勒斯有好处，而你的出现又不会亵渎忒拜城。”

“这你是从谁那儿听说的？”父亲问。

“是从去得尔福朝圣的人那里听来的。”

“假如我死在忒拜的边界，”俄狄浦斯接着问，“他们会把我葬在忒拜的国土吗？”

“不会，”她答道，“你的血债不允许这样做。”

“那么，”年老的国王愤慨地高声说，“他们也就永远得不到我！如果他们认为统治欲比对父亲的爱还要重要，那么神永远也不会使他们免除彼此的仇视。如果他们的争端要靠我的决定来解决，那么，不管是现在王座上的执政者还是被驱逐者，都不可能再见到自己的祖国！只有这两个女儿才是我的真正的后人！让我的罪过在她们心中死灭吧，我要为她们向天神祈福！好心的朋友们呀，我要为她们请求你们的保护！”

俄狄浦斯和忒修斯

随后，忒修斯来了。他亲切而恭敬地走向这个失明的外乡人，用温存体贴的话跟他攀谈："可怜的俄狄浦斯，你的命运我是知道的，你那双刺瞎的眼睛已经告诉了我你是什么人。你的不幸深深地触动了我的灵魂。请你告诉我，你是怎样来到本城的，你找我有什么事。无论你要求我帮助你做什么，我都不会拒绝。我没有忘记，我和你一样也是在异国他乡长大，经历过无数艰难险阻。"

"从这短短的几句话里我已经看出你的灵魂有多么高尚，"俄狄浦斯答道，"我到这里来，是要向你提出一个请求，这个请求其实也是一份捐赠。我要把我的疲惫不堪的身体送给你，自然，这是微不足道的财产，但也是很宝贵的财产。请你把我埋葬地下，你将因你的仁慈宽爱得到很大的酬报。"

"你所恳求的恩惠实在是太微小了，"忒修斯惊诧地说，"请你提出更好更高的要求吧，所有的要求我都会满足你。"

"这个要求并不像你所想的那么微小，"俄狄浦斯继续说，"为了我的苦难深重的身体，你将经受一场战争的考验。"

俄狄浦斯向他讲述了他怎样遭到放逐，现在他的亲属又怎样为了一己的私利想要找到他。接着他就恳求忒修斯大胆地援助他，忒修斯聚精会神地倾听了他的叙述，然后庄重地说："我的王宫的大门对每一个外乡的客人都是敞开着的，因此我就不能把你排除在外。何况你是神明引到我的家乡来的，而且你还答应祝福我和我的国家，我怎么能不接待你呢！"他让俄狄浦斯自己选择，是随他到雅典去，还是就留在科罗诺斯这里做客。俄狄浦斯选择了第二方案，因为命运规定他要在他此刻驻足的地方赢得战胜他的仇敌的胜利，荣耀地走完他生命的最后历程。雅典国王忒修斯答应尽最大的力量保护他，说完就回城里去了。

俄狄浦斯和克瑞翁

不久，忒拜的国王克瑞翁带着他的武士闯入科罗诺斯，急速奔到俄狄浦斯面前。"我进入阿提刻地区，你们一定觉得很意外，"他转身对聚集过来的村民说，"请你们不要发怒，我还不至于幼稚到敢于向希腊最强大的城市挑战的地步。我是一个老人，我只是受我国人民的差遣到这里来劝说这个人跟我回忒拜去。"说完克瑞翁又转向俄狄浦斯，花言巧语地假意对俄狄浦斯和他的两个女儿的苦难命运表示同情。

但俄狄浦斯举起手杖向前一伸，示意克瑞翁不要走近他。"无耻的骗子，"他喊道，"假如你到这里来把我抓住带走，这不过是在我的悲苦的伤口上加一把盐啊！别指望通过我解救你的城市，使你们免受迫在眉睫的惩罚。我不会跟你们走的，我只会把复仇的恶魔派给你们。我那两个忤逆的儿子只能在忒拜占有埋葬他们的那一点点土地！"克瑞翁想要用武力抢走这位失明的国王，但科罗诺斯的公民都起来反对他，他们根据忒修斯的嘱托，不准许他把俄狄浦斯劫走。当时，在混乱中，忒拜人根据主人的示意，抓住伊斯墨涅和安提戈涅从她们的父亲身边拖走。克瑞翁讥讽地对俄狄浦斯说："我至少夺走了你的依靠。你这个瞎子呀，试试看，你再继续流浪呀！"克瑞翁因为胜利，胆子壮了一点，又走向俄狄浦斯准备动手，这时忒修斯赶来了。他听说并亲眼看到这里发生的一切，立刻派随从徒步和骑马顺着忒拜人劫走两姐妹的大道追赶。忒修斯对克瑞翁宣称，他不把俄狄浦斯的两个女儿放回来，就不放他走。

俄狄浦斯和波吕尼刻斯

尽管如此，俄狄浦斯还是没有得到安宁。忒修斯带来追回两姐妹的队伍报告的消息：俄狄浦斯的一个亲人现已来到科罗诺斯，正在附近忒修斯刚刚献祭过的波塞冬神庙祭坛前跪地祈祷。

"这是我的可恨的儿子波吕尼刻斯，"俄狄浦斯愤怒地喊道，"听他说话，我受不了！"但安提戈涅认为这个哥哥还比较温和比较友善，一直比较喜欢他，所以劝他父亲息怒，说至少可以听听这个不幸的儿子说些什么。

波吕尼刻斯一露面，态度就和他的舅父克瑞翁截然不同。安提戈涅赶忙让他失明的父亲注意到这一点。"我看见那个青年一个人走过来！"安提戈涅大声说，"他是泪流满面的呀。""是他吗？"俄狄浦斯问，同时把头转开。"爸爸，是他，"这个善良的妹妹答道，"你的儿子波吕尼刻斯到了你面前了。"

波吕尼刻斯跪在父亲面前抱住他的双膝。儿子抬头看着父亲，痛苦地看到父亲一身行乞者的褴褛衣服，凹陷的眼睛，不加梳理地在微风中飘散着的灰白头发。"哦，所有这一切情形我知道得太晚了，"他高声说，"哦，我懊悔呀，我忘记了父亲！没有妹妹的照顾，他还说不定会怎么样呢？父亲呀，我对你犯下了深重的罪孽，你能饶恕我吗？你一言不发吗？你倒是说话呀，父亲！别怒气不消呀！哦，亲爱的妹妹，你们倒是帮我劝劝，让父亲启齿说话呀！"

"还是你先说说，哥哥，你到这里来是干什么的吧！"温柔的妹妹说，"说不定你的话会使他开口说话呢！"

波吕尼刻斯告诉他们，他怎样被他兄弟驱逐出来，怎样在阿耳戈斯被国王阿德拉斯托斯收容，娶他女儿为妻，他在那里怎样争取到与率领七倍于他的军队的七个王子结成联盟，来为他的正义事业征战，现在他们已经把忒拜地区团团围住。说到了这里，他泪流不止地请求父亲随他起程回归故里，待父亲帮他推翻他那个狂妄的弟弟，父亲就可以第二次从儿子手中接过忒拜国的王冠。

但儿子的悔悟并不能使深受伤害的父亲回心转意。"卑鄙的小人！"父亲说，并没有把跪在地上的人扶起来，"当王位和王杖在你手中时，你把父亲赶出了家园，让他穿上乞丐的衣衫。现在，同样的灾难落到你头上了，你才不忍心看他这一身打扮了！你和你的兄弟不是我真正的儿子。依靠你们，我早就死了。只因为有女儿的照料，我才活下来。神的惩罚已经在等着你们了，你灭不了你的故乡城。你将死在你的血泊里，你的兄弟也一样。这就是你可能带给你的那些盟友王子的回答！"

在父亲痛骂时，波吕尼刻斯惊恐地从地上站起来，往后退了几步。这时，安提戈涅走到哥哥跟前，十分明智地对他说，"听我一句诚心诚意的劝告吧，波吕尼刻斯！带着你的军队撤回阿耳戈斯，别把战争带给你的故乡！"

"这是不可能的，"他迟疑片刻，答道，"逃避只能带给我耻辱，甚至毁灭！即使我们兄弟俩都面临灭顶之灾，我们也不会言归于好！"说完他就转过身去，不跟妹妹拥抱，绝望地冲了出去。

俄狄浦斯就这样经受住了来自两方面亲属的诱惑，把他们丢弃给了复仇的神。现在他个人的命运就要完结了。霹雳一声接着一声从天上滚滚传来。整个地区都笼罩在雨骤风狂的黑暗里。一种难以抵抗的恐惧攫住了失明的国王。这位老人明白这是什么意思，他渴望见到忒修斯，他害怕他不能活着或坦然地见到把他奉为上宾的朋友，不能对这位东道主的感情报以深深的感激。

忒修斯终于来了，俄狄浦斯向他说出他对雅典城的庄严祝福。随后，他请求忒修斯国王遵从神的旨意，单独伴他到他应该归阴的地方去，但不能让任何凡人的手碰他，只准忒修斯看着他；不准告诉任何人俄狄浦斯离开人间的地方，要让吞没他的这座坟墓永远无人知晓，这样，它就会变成一种防御雅典一切敌人的武器，胜似利矛坚盾和一切盟友。他容许他的两个女儿和科罗诺斯的居民陪他走一程，但谁也不准碰俄狄浦斯。本来还由女儿拉着的盲人好像骤然变成了一个明眼人，昂首健步走在所有人的前面，他把那条通向命运女神所规定的目的地的道路指给大家。

在复仇女神的圣林里，人们看见一个裂开的地洞，入口有青铜的门槛，有许多纵横交错的路与它相通。自古以来就传说这个洞穴是进入地府的一个入口。俄狄浦斯走上一条弯曲的小路，但他不让陪同他的人走到洞口。他在一棵空心的树下停住脚步，坐到一块石头上，解开系在他那肮脏的褴褛衣衫上的腰带。然后他要来一些流动的水，洗去他长久流浪粘在身上的污垢，穿上女儿从近处住宅给他带来的华丽的服装。

当他换完服装，变了一个人似的站在那里时，隆隆的雷声从地下传来。他的两个女儿浑身颤抖着扑在他的怀里。俄狄浦斯搂住她们，亲吻她们，说："孩子，别了！从今天起你们就没有父亲了！"

俄狄浦斯正拥抱着两个女儿，一种不知是从天上还是从地下传来的雷鸣般的声音惊醒了他们。那是一声叫喊："俄狄浦斯呀，为什么还在拖延时间？为什么还迟疑不走？"当这位失明的国王听到这个声音，知道是神要把他带走时，他便推开女儿们的手臂，请忒修斯国王走到他面前，把两个女儿的手放在忒修斯的手里，托付他永远保护她们。然后他吩咐其他人都转身离去，只允许忒修斯陪他走向那个敞着洞口的门槛。

在他们两人背向众人走了很长一段路以后，他的女儿和随同者才遵嘱回过头来看。这时，发生了一个惊人的奇迹：俄狄浦斯踪影全无了。没有电闪雷鸣，不见了横扫一切的狂风，周围是一片深沉的寂静。地府的黑洞洞的门槛仿佛无声地为他开放，这位得到解脱的老人既不悲叹也不痛苦，他进入大地的裂罅，到了地府的深处。众人看见忒修斯用手捂着眼睛，他给人的感觉是神圣而不可侵犯。做了简短的祈祷以后，忒修斯国王转身走到俄狄浦斯的两个女儿跟前，说他一定会像父亲一样保护她们，然后充满复杂的感受，带着她们回雅典去了。

七雄攻忒拜

阿德拉斯托斯收留波吕尼刻斯和堤丢斯

塔拉俄斯的儿子阿德拉斯托斯，是阿耳戈斯的国王。他有五个子女，其中两个女儿叫阿耳祭亚和得伊皮勒。一个奇异的神谕说到她们：父亲将把一个女儿嫁给狮子，把另一个女儿嫁给野猪。阿德拉斯托斯苦苦思索这句隐晦的话到底是什么意思，但他百思不得其解。两个女儿长大以后，他打算赶快把女儿嫁出去，让那个可怕的预言无法实现，但神的话是不能不应验的。

这时，两个逃亡者从不同的方向来到阿耳戈斯的城门前。一个是波吕尼刻斯，他是被他的兄弟厄忒俄克勒斯赶出忒拜的；另一个是堤丢斯，俄纽斯和珀里玻亚的儿子，墨勒阿革洛斯和得伊阿尼拉同父异母的兄弟，他是因为打猎时无意中杀死了一个亲戚从卡吕冬逃来的。

两个逃亡者在阿耳戈斯的王宫前相遇。黑夜里，他们都以为对方是敌人，便互相搏斗起来。阿德拉斯托斯听到城堡下武器相击的骚乱声音，便手持火把走下城堡，把二人分开。当这两个英雄站在他身旁时，他突然惊呆了，因为他看见波吕尼刻斯的盾上画着一个狮子的头，堤丢斯的盾上则是一个野猪的头。波吕尼刻斯是因为崇拜赫拉克勒斯才使用雄狮的徽章；堤丢斯选择野猪的徽章则是为了纪念狩猎卡吕冬的野猪和怀念墨勒阿革洛斯。现在阿德拉斯托斯明白了那道隐晦的神谕的含义，便把这两个逃亡者招为女婿。波吕尼刻斯娶大女儿阿耳祭亚为妻；小女儿得伊皮勒则嫁给了堤丢斯。阿德拉斯托斯同时许诺再把他们送回他们被逐出的祖国去。

首先决定攻打忒拜。阿德拉斯托斯召集各路英雄，连他在内共七个王子，率领七路大军。他们的名字是阿德拉斯托斯、波吕尼刻斯、堤丢斯、安菲阿拉俄斯、卡帕纽斯和他的两个兄弟希波墨冬及帕耳忒诺派俄斯。国王的姐夫安菲阿拉俄斯是一个预言家，过去曾长时间与他为敌，现在预言整个征讨将落得不幸的下场。他见竭力劝说阿德拉斯托斯和其他英雄改变计划无效，就找了一个只有他妻子才知道的隐蔽处藏了起来。英雄们找了好久也没找到他。没有他，阿德拉斯托斯是不敢出征的。

当初波吕尼刻斯逃出忒拜时随身带来了一个项链和一个面网。这都是阿佛洛狄忒送给哈耳摩尼亚的结婚礼物。不过这是给人带来不幸的礼物，谁戴上它们谁就会有杀身之祸。现在他决定用这条项链贿赂厄里费勒，让她把她丈夫的藏身之处透露给他和他的战斗伙伴。当这个女人看到项链上闪闪发光的宝石和黄金串链时，她就扛不住这诱惑了。她让波吕尼刻斯跟她到藏人的地方把安菲阿拉俄斯拉了出来。他再也不能逃避这次远征了，只好穿上戎装拿起武器，集合他的武士。但在出发之前他把儿子叫到跟前，让儿子向神明发誓，在他死后向自己不忠的母亲复仇。

英雄们出发

其他英雄也都做好了准备。阿德拉斯托斯很快把一支庞大的军队集合起来，把它分为七个支队，由七个英雄率领。大队人马在号角和军笛声中充满必胜的信念浩浩荡荡地离开了阿耳戈斯城，但在进军的途中，灾难就来临了。他们到达涅墨亚大森林后，那里所有的泉水、河流和湖泊都已干涸，他们受到炎热的天气和咽喉冒火般焦渴的煎熬。人人都觉得盔甲和盾牌过于沉重；走在路上扬起的尘土粘在嘴里；就连马匹嘴里吐出的涎沫也干了，它们鼻翼干涩，把嚼铁咬得“嘎嘎”地响。

当阿德拉斯托斯带着几名武士在树林里四处走动，徒劳无功地探寻泉水的踪迹时，他们突然遇到一个满脸愁容的美人儿。她坐在树荫下，怀里抱着一个小男孩，披肩发不停地飘拂，衣衫褴褛不堪。阿德拉斯托斯十分惊异，以为见到了一个林中仙女，立刻向她下跪，祈求她救他和他的人马脱离灾难。

但那妇人垂下目光，谦恭地答道：“外乡人，我不是女神。从你光辉的外表来看，你倒很可能是出身于神族。如果说我身上有什么与凡人不同的地方，那必是我所经历的苦难比常人多得多。我叫许普西皮勒，是伟大的托阿斯的女儿，楞诺斯岛女人国从前的女王。我被海盗抢走又卖掉，受尽了无法形容的苦难，现在是涅墨亚国王吕枯耳戈斯的奴隶。我哺育的这个小男孩，不是我自己的孩子。他叫俄斐尔忒斯，是我的主人的儿子，我被指定做他的看护。不过，你们想从我这里得到的东西，我很愿意替你们弄到。在这令人绝望的荒原里，只有一处泉水还在往外喷水，去那里的秘密通道除了我谁也不知道。那里的泉水非常丰富，足够全部人马解渴提神。都跟我走吧！”

那妇人站起身来，小心地把婴儿放在草地上，轻声哼唱了一支摇篮曲催他入睡。

阿德拉斯托斯和他的武士招呼着其他伙伴，于是整个部队立刻跟着许普西皮勒走在穿过密林的秘密小道上。不久，他们来到一个巉岩壁立的大峡谷，清凉的水花从峡谷里挤出来往上蹿，跑到女向导和他们的国王前面去的第一批武士干热的脸接受了轻盈的水珠，立刻提起了精神。他们同时听到了瀑布的轰轰巨响。“水！”他们异口同声地欢呼，几步跳到峡谷里，用头盔去接飞溅直下的泉水。“水，水呀！”整个部队都重复着这一个字。于是欢呼声压倒了瀑布的轰鸣，又从瀑布四周的群山中传来回响。这时大家都伏在蜿蜒流淌的小溪绿草如茵的岸边，大口地饮着甘甜的清泉，体味着长时间没有得到过的享受。后来他们又找到了横穿树林直通谷底的山间车道，驭手们不卸马，直接把车赶到清水波动的平地，让马在水中凉爽凉爽，戴着挽具解解渴。

全部人马都恢复了精神，许普西皮勒领着阿德拉斯托斯和他的武士们回到较宽的路上，大队人马与他们保持着礼貌上应有的距离跟在他们后面。然后他们向此前她抱着孩子坐过的那棵伞状树下走去。但他们还没到达那个地点，许普西皮勒就被远处传来的一声凄惨的哭叫吓了一跳。一个不祥的预感使她温柔的心抽紧。她急忙赶到英雄们的前面，向她经常坐着休息的地方跑去。哎呀，孩子不见了。她那迷乱的目光四处搜寻孩子的踪迹，但不仅不见踪影，就连哭叫声也听不见了。很快她就明白了：原来是她在热忱地为阿耳戈斯军队带路的时候，她所抚育的孩子惨遭横祸，因为离大树不远的地方，蜷缩着一条丑恶的大蛇，它正把头放在肚子上，在懒洋洋的睡眠中消化它刚刚吞下去的食物。这位不幸的保姆吓得毛发倒竖，不禁失声哭叫起来。

这时，英雄们也赶来了。第一个看见这条大蛇的是希波墨冬，他毫不迟疑地从地上搬起一块巨石向怪物身上砸去，但大蛇长满鳞甲的背却把抛过去的石头抖落了，石头摔得像一片碎土。希波墨冬紧接着把矛抛了出去，飞矛正好刺中了巨蛇。那怪物旋转缠绕在立在伤口中的矛杆上，整个儿看去好似一个陀螺，最后它嘶嘶地叫着，渐渐断了气。

大蛇被杀死以后，那可怜的保姆才壮起胆来去追寻孩子的踪迹。附近有很多草都被鲜血染红了，最后她在离她休息处很远的地方发现了那个孩子的被啃得光光的骨头。这个绝望的女人把尸骨收集起来放在怀里，然后把它交给了那些英雄。阿德拉斯托斯和他的整个军队为这个为他们而牺牲的不幸的孩子举行了隆重的葬礼。他们为了纪念他创立了神圣的涅墨亚赛会，称他为阿耳刻摩洛斯，意即过早的完人，并尊他为半神。

吕枯耳戈斯的妻子欧律狄刻因为丧子而怒不可遏，立即把不幸的许普西皮勒投入大牢，死是肯定无疑的了。但幸运的是，许普西皮勒远在故乡的年长的儿子们正在寻找他们的母亲，事情发生不久，他们就到了涅墨亚，解救了沦为奴隶的母亲。

英雄们到达忒拜

“你们从这里应该得到远征结束的预兆了吧！”在那个男孩俄斐尔忒斯的遗骨被发现时，预言家安菲阿拉俄斯脸色阴沉地说；但其他的人想得更多的是杀死巨蛇的事，都说这是一个喜庆的象征。因为军队刚刚渡过一个大的难关，大家的情绪都很好，对不祥预言家的长叹并没有人去理睬，于是大队人马继续前进。

几天以后，他们到达了忒拜城外。在城里，厄忒俄克勒斯和他的舅父克瑞翁也做好了顽强守城的一切准备，厄忒俄克勒斯对集合起来的民众说："公民们，现在你们记住，你们要报答你们的故乡城，是这座城养育了你们，把你们培养成勇敢的战士。你们都应该拿起武器抗击敌人，为了保卫故乡神明的圣坛，保卫你们的父母妻子，保卫你们脚下的自由土地！一个鸟卜者向我报告，今天夜里，阿耳戈斯人的军队将要集结起来攻城。因此，所有的人都要到城堞跟前去，到城门口去！你们要拿起一切武器！守住掩体，用你们的箭和石头堵住每一道门，防护好每一个出口，不要害怕敌方人多势众！城外到处都有我的探子，我相信，他们会随时向我报告准确的消息。我将根据他们的报告部署一切。"

就在厄忒俄克勒斯进行动员的时候，年轻的安提戈涅正和她祖父拉伊俄斯的一个年老的卫士站在王宫城墙最高的雉堞上。父亲死后，她没在雅典的忒修斯国王充满爱心的保护下居留很久，而是跟她的妹妹伊斯墨涅一起返回了故乡。她希望能对他的哥哥波吕尼刻斯有所帮助，同时也对她的故乡城献上一份爱心。她不赞成她的哥哥围攻忒拜城，她想要分担故乡城的命运。到了忒拜，克瑞翁和他的哥哥厄忒俄克勒斯张开双臂热情地接纳了她，因为他们都把这个少女看作一个自投罗网的人质，一个受欢迎的调停人。

现在，安提戈涅沿着宫殿陈旧的雪松木楼梯爬上来，站在雉堞的平地上倾听老人给他讲解敌人的态势。

城市周围的田野里，沿着伊斯墨诺斯河的两岸，驻扎着敌人庞大的军队。部队正在运动，队与队彼此分开，整片田野都闪烁着金属盔甲和武器的光辉，好像一片起伏波动的海洋，大队的步兵和骑兵呼喊着涌向被困城市大门的周围。看到这一幕，年轻的姑娘十分惊恐，老人却安慰她说："我们的城墙又高又坚固，我们的橡木城门都是用沉重的大铁闩锁住的。城里是绝对安全的，何况又有不怕厮杀的勇敢的战士守卫。”

墨诺扣斯

在这同时，克瑞翁和厄忒俄克勒斯则在举行军事会议，并根据决议为忒拜的七个城门各派一名首领，这是跟敌人的首领数额完全相对应的。但是在城下战役打响以前，他们想研究研究飞鸟观测所提供的有关战斗结局的预兆。

在忒拜人当中住着一个名叫忒瑞西阿斯的盲人预言家。克瑞翁派他的小儿子墨诺扣斯去把这个预言家领到王宫里来。老预言家由自己的女儿曼托和墨诺扣斯扶着，很快就双膝哆哆嗦嗦地来到了克瑞翁面前。克瑞翁逼迫他报告飞鸟向他预示的城市的命运。忒瑞西阿斯沉默了很久，最后，他说出下面一些令人悲伤的话：“俄狄浦斯的两个儿子对他们的父亲犯下了重罪，他们将给忒拜这块土地带来深重的苦难。阿耳戈斯人和卡德摩斯人将会自相残杀，一个儿子死在另一个儿子的手中。我知道，只有一个办法能够拯救这个城，但这办法对被拯救的人来说却太痛苦了，以至于我都说不出口。再见！”

他转身就想走，但克瑞翁一再恳求他，直到他留了下来。“你非要听不可吗？”预言家严肃地说，“那我就说给你听！不过，你要先告诉我，你的那个把我领到这里来的儿子墨诺扣斯现在在哪儿？”

“他就在你身边！”克瑞翁回答道。

“那就让他快逃，能跑多远就跑多远，躲开我将说的神谕！”老人说。

“这是为什么？”克瑞翁问，“墨诺扣斯是父亲的好儿子。如果不让他说，他就会保持沉默。让他知道拯救我们大家的方法，他会很高兴的！”

“那就听听我从鸟雀飞翔中看出的预兆吧，”忒瑞西阿斯说，“幸福是会来的，但要跨过一个冷酷的门槛。龙种最小的儿子必须死。只有在这个条件下，你们才会获得胜利。”

“真可怕，”克瑞翁说，“哦，老人，这话是什么意思？”

“如果想让全城得救，卡德摩斯最小的孙子必须死！”

“你是要求我可爱的孩子，我的儿子墨诺扣斯去死？”克瑞翁突然愤怒地站起来说，“你给我滚开吧！我不需要你的预言！”

“难道真理会因为给你带来灾难就不成为真理吗？”忒瑞西阿斯严肃地问。听到这话，克瑞翁一下子扑倒在忒瑞西阿斯面前，抱住他的腿，请求预言家看在他已年迈的分儿上收回这个预言。但预言家毫不退让。“这个要求是不可避免的，这孩子必须把他献身的血洒在毒龙曾经伏卧的狄耳刻泉旁边。当初龙牙播种下去以后，这片土地曾经给予卡德摩斯以人的血液，现在只有它把卡德摩斯亲族的人的血液收回去，它才能成为你们的朋友。如果这个少年在这里为他的故乡城献出生命，那么，他就以自己的死成为你们的拯救者。而对阿德拉斯托斯和他的军队来说，他这次返乡则将落得个非常可怕的下场。克瑞翁，现在你就在这两种命运中选择你愿意接受的一种吧！”说完了这些话以后，预言家便扶着女儿的手离去了。

克瑞翁久久地陷入沉默中。最后他无比恐惧地喊道：“我自己多么愿意为我的故乡去死呀！但是你，我的孩子，我却要你去牺牲！逃走吧，我的孩子，逃得远远的，离开这个可诅咒的地方，它对你这个无辜的孩子实在太坏了。你要取道得尔福、埃托利亚和忒斯普洛提亚，一直逃到多多那的神庙，在那里，你躲在圣坛的保护下。”

“好！”墨诺扣斯目光一闪说，“父亲，那就为我准备必要的行装吧，请相信，我不会走错路的。”

克瑞翁这才镇静下来，回去处理要务。刚刚剩下墨诺扣斯一个人的时候，他却伏地，热忱地向众神祈祷说：“诸位天神，宽恕我吧，我刚才说了谎，为了消除他的无谓的恐惧，我用假话骗了我的老父亲！如果我出卖了这个生我养我的故乡城，那我就是多么可恶的胆小鬼呀！诸位神明，请倾听我的誓言，请仁慈地接受这誓言吧！我要去走拯救故乡城的路！逃跑将使我蒙受耻辱。我愿意走上城头，从那里跳进黑暗的毒龙深谷，按照预言家的指点拯救忒拜城。”

然后，墨诺扣斯高兴地从地上跳起来，向城堞跑去，准备跳城。他站在城堡围墙的最高处，向下看了一眼敌人的作战布局，简短地说了一句对敌人的诅咒就抽出藏在袍子里的匕首，戳穿自己的咽喉，跌到深谷里去了。

攻打忒拜城

克瑞翁强忍着哀愁，看到神谕实现。厄忒俄克勒斯拨给七个守门英雄七队人马，骑兵不断地上前补充，此外轻装的步兵跟在持盾者的后面，使受攻击的地方都有武力守卫。阿耳戈斯人现在也出现了，攻城开始了，从敌军和忒拜人的城墙上同时吹起战斗的号角。

首先是女狩猎家阿塔兰塔的儿子帕尔忒诺派俄斯带领他的队伍，以紧密排列的盾牌为掩护，冲击一个城门。在他的盾牌上刻画着他母亲飞箭射杀埃托科亚野猪的图形。冲向第二个城门的是僧侣预言家安菲阿拉俄斯。他带的武器没有任何装饰，盾上既没有徽章，也没有华丽的图案。向第三个城门推进的是希波墨冬，在他的盾牌上可以看到百眼的阿耳戈斯看守着被赫拉变成小母牛的伊俄姑娘。堤丢斯指挥他的部队攻打第四个城门，他的盾牌上画着一张毛绒蓬松的狮皮，左手以野蛮的动作挥舞着一支大火把。被驱逐的国王波吕尼刻斯领导部队进击第五个城门，他的盾牌是几匹愤然腾跃的驾车骏马。卡帕纽斯领着他的队伍奔向第六个城门，他说他敢和战神阿瑞斯比个高低。奔向第七个也是最后一个城门的才是阿耳戈斯的国王阿德拉斯托斯。他的盾牌上画着一百条嘴里衔着忒拜儿童的巨蛇。

当所有的人马逼近城门时，战斗便立即开始，首先是投石，继而使用弓箭和长矛。但第一次进攻被忒拜人击退了，阿耳戈斯人只好后撤。这时，堤丢斯和波吕尼刻斯为鼓舞士气大声喊道："同伴们，你们为什么不趁敌人的箭和矛没把你们击倒，齐心协力突击城门呢？步兵、骑兵、战车驭手，让我们像勇猛的狮子一样向前冲吧！"这声呼喊在军队中迅速传播，鼓起了阿耳戈斯人的勇气。所有的人都重新振作起来，攻城的战斗以更强大的力量再次展开，但结果并不比第一次好。攻城者大批地死在守城者的脚下，城外干燥的土地上血流成河。

这时，阿耳卡耿亚人帕耳忒诺派俄斯像狂风一样冲向城门，高喊着要用火和斧头把城门夷为平地。忒拜的英雄珀里克吕墨诺斯正在城墙上防守，他看见冲击者来势凶猛，在紧急关头急速把胸墙上的一块巨石推下去，那巨石大得几乎跟一辆战车的重量相等。坠落的巨石一下子就砸碎了攻击者的头颅，把他的骨头压得粉碎。

厄忒俄克勒斯看到这个城门已经安全了，便跑到别的城门去督战。在第四个城门前他看见堤丢斯像一条被阳光灼痛的龙一样暴怒，他摇着头，头盔上的羽毛随着飘拂，他挥动着盾牌，镶在边上的铜环哗啦哗啦响个不停。他亲自用右手把标枪投掷到城墙上去，一大队手持盾牌的武士围着他，也冰雹般把矛抛向最高的城堡边缘，忒拜人不得不逃离胸墙的边沿。

就在这时，厄忒俄克勒斯赶来了。他像猎人招呼四散的猎犬一样集合他的武士，然后带领他们回到城墙的雉堞前。随后他又继续从一个城门跑到另一个城门去巡查。他又遇到了狂怒的卡帕纽斯。卡帕纽斯正扛着一架云梯，夸口说，就是宙斯的闪电也不能阻止他把这个被围困的城池摧毁。他一边夸着海口，一边搭好云梯，踩着很滑的梯阶往上爬。但他因狂妄蛮干应得的惩罚，并没有留给忒拜人去实施——是宙斯给了他惩罚，当他爬上城头时，宙斯发出霹雷击中了他。这声霹雳把大地都震得直抖。卡帕纽斯被殛毙后坠落在地，燃烧的头发飞上了天，鲜血流在了地上。

国王阿德拉斯托斯从这个征兆中认识到，众神之父是反对他们的进攻计划的。于是，他命令他的士兵离开城外的战壕，率领他们撤退了。忒拜人则看出了宙斯给予他们的吉兆，命令步兵和战车冲出城来。他们的步兵冲进了阿耳戈斯队伍中混战厮杀；战车疾驰前去攻击战车。忒拜人胜利了，他们把敌人逐到离城很远的地方，才返回城里。

兄弟对阵

攻打忒拜城的战斗就这样结束了。但在克瑞翁和厄忒俄克勒斯带领他们的队伍退守城垣以后，被打败的阿耳戈斯人的军队重新进行了整顿，不久便又有能力向被围困的城推进了。忒拜人看到这种情势，知道在受到第一次攻击的损失后第二次胜利的希望相当渺茫，国王厄忒俄克勒斯便做出了一个重大的决定。他派他的使臣出城到阿耳戈斯的军队里去请求停战，这时，阿耳戈斯军队又密集地驻扎在忒拜城周围，俯伏在城外战壕里。随后，厄忒俄克勒斯站在城堡的最高处，向他自己的守卫在城里的部队和包围城池的阿耳戈斯人大声喊话："你们达那俄斯人和阿耳戈斯人，所有围城的人，还有你们忒拜的人民，你们都不要为波吕尼刻斯和我——他的兄弟——再牺牲生命了。还是让我自己经受战斗的危险，让我单独和我的哥哥波吕尼刻斯决一死战吧！如果我杀死了他，我就仍然是忒拜城的国王；如果我死在他的手下，就把王位让给他。你们阿耳戈斯人就该放下武器，回到自己的故乡去，不必在这座城下作无谓的流血牺牲。"

波吕尼刻斯立刻从阿耳戈斯人的队伍里跳出来，朝城堡上面喊，说他愿意接受他兄弟的挑战。双方军队早已厌倦了流血的战争，因此双方的士兵都欢声雷动，赞成这个合理的建议。双方还签订了一个协议，两位首领也都宣誓坚决遵守。

现在，俄狄浦斯的两个儿子都全副武装起来了。在殊死的决斗开始之前，双方的预言家都聚拢过来准备向神献祭，想从献祭的火焰中推断战斗的结局。预兆是模棱两可的，似乎说明双方谁都可能胜利，谁都可能失败。

号角吹响，这是战斗开始的信号。两兄弟先后冲出来，相互进击，就像两个怒龇獠牙正在争斗的野猪。两支标枪嗖嗖响着各向对方飞去，又双双被盾牌反弹落地。接着他们就使长矛相刺，但急速挡在前面的盾牌又使刺杀落空。观战者看见这场恶战都吓得直冒冷汗。厄忒俄克勒斯先受了伤：他在出击时想用右脚踢开挡在路上的一块石头，不小心把腿露在盾牌下面；波吕尼刻斯立刻手持长矛冲过来，刺穿了他的胫骨。见到这一击，全体阿耳戈斯人都不停地欢呼，以为这就是决定性的胜利。但厄忒俄克勒斯始终头脑清醒，一眼看见对方的一个肩头暴露在外，他马上一矛刺去，深深地扎进对方的肩胛里，连矛的头都断在里边了。厄忒俄克勒斯慌忙后退，砸断了他哥哥的矛杆。

现在双方看到各自失去了一件投掷武器，他们又势均力敌了。他们飞快地抽出各自的剑，彼此身体凑得很近，盾牌相撞，发出震耳的战斗的轰鸣。最后，厄忒俄克勒斯冲上前去，一剑刺中他哥哥的身体。因为疼痛，波吕尼刻斯歪向一边，很快便血流不止，跌倒在地。这时，厄忒俄克勒斯确信他已获胜，便抛开宝剑，俯伏在垂死的哥哥身上，准备夺走他的武器，不料，这一举动竟给他带来了毁灭。波吕尼刻斯尽管倒在了地上，但手中仍然紧紧地握着他的剑，于是他使足气力把他的剑深深地刺入厄忒俄克勒斯的肝脏。厄忒俄克勒斯当即死亡，倒在他垂死的哥哥的身旁。这样，父亲对他们二人的诅咒终于变成现实。

这时，双方的军队大声争吵起来。忒拜人认为胜利属于他们的国王厄忒俄克勒斯，而阿耳戈斯人则判定波吕尼刻斯为胜利者。争着争着便又要动武，不过，只有忒拜人是全副武装的，而阿耳戈斯人因为坚信自己的胜利已经把武器放在一边了。阿耳戈斯人还没来得及披挂整齐，忒拜人就冲向了阿耳戈斯军队。他们没有遇到任何反抗，手中没有武器的士兵四散奔逃，最后，阿耳戈斯人成百上千地死在忒拜人的标枪下，血流遍地。

克瑞翁的决定

两兄弟死后，忒拜的王位便落到他们的舅父克瑞翁的手里。他现在一手操持两个外甥的安葬事宜。他立刻命人以国王的礼仪安葬了厄忒俄克勒斯，城里的所有居民都参加了送葬的队列。但波吕尼刻斯的尸体却被丢在原地，暴露在荒野里。克瑞翁决定，把这具尸体留给猛禽和恶犬去啄食撕扯，并且派兵秘密看守，防备被人偷走或埋葬。如果有人敢于违抗，把它盗走或安葬，就毫不留情地处死：要在城里公开地用石头把他击毙。

安提戈涅也听到了这个残酷的通告。她曾经在她哥哥波吕尼刻斯临死时答应把他的尸体埋葬在故乡。她心情沉重地去找她的妹妹伊斯墨涅，想劝妹妹帮助她把兄长的身体从他们敌人手里夺走，但伊斯墨涅是一个懦弱的姑娘，不适于干这种冒险的活动。"姐姐呀，"她啜泣着说，"我们的父亲和母亲叫人胆寒的死你难道忘了吗？我们两个兄长刚刚暴死你也不记得了吗？你想要让我们活在世上的人也同样横死吗？"安提戈涅冷淡地转过脸去，不再理睬怯懦的妹妹。"我不想要你帮助了，"她说，"我一个人去掩埋哥哥的尸体。等我办完了这件事，我就高高兴兴地去死，就死在我一生都爱戴的这位兄长的身边！"

没过多久，就有一个看守迈着胆怯迟疑的步子来到国王克瑞翁面前。"你命令我们看守的那个尸体被人埋葬了，"他高声对这位统治者说，"干这事的人从我们眼皮底下溜掉了。我们也不知道这事是怎么发生的。白天的看守人指给我们看的时候，我们大家都觉得很奇怪。盖在死者身上的只有薄薄的一层土，仅够冥府的神承认这是埋葬。那里看不出动用过锹铲，地上也没有走车的痕迹。我们为此发生过争吵，人人都把这错推给别人，而且彼此动手打了起来。最后大家取得一致意见：把那里发生的事报告你，国王。这个向您报信的差事落到了我的头上！"

听到这个消息，克瑞翁大为震怒。他威胁所有的看守人，如果他们不赶快把埋葬者给他抓来，就活活绞死他们。这些看守人只好按照命令扒去尸体上的泥土，照旧看守着他。他们从清晨坐到烈日炎炎的中午。这时，突然起了暴风，空中灰尘弥漫。看守们还在揣度这意外的景象时，他们看见一个少女慢步走来，她悲伤地哭泣着，就像一只发现自己的巢被掏空的鸟。她手里提着一个铜喷壶，迅速地往喷壶里装满尘土，然后小心翼翼地走近尸体，向死者身上倾撒三次泥土。就在这时，看守们走上来，抓住了她，随后把这当场捉到的少女拖去见盛怒未消的国王。

安提戈涅和克瑞翁

克瑞翁一眼就认出作案人是他的外甥女安提戈涅。“傻孩子，”他冲着她喊道，“你一直垂着头站在那里，这桩事你是承认还是否认？”

“我承认。”少女答道，同时高高地昂起头。

“你知道你无所顾忌违犯的法令吗？”

“我太知道了，”安提戈涅平静地说，“但这条法令不是出自永生的神之口。我也知道其他永远适用的法规。没有一个人违反这个法规而不引起神的愤怒。这条法规命我不可以不埋葬我母亲死去的儿子。这种行为在你看来是愚不可及的，实际上责备我愚蠢的人才真正愚蠢。”

“你以为，”克瑞翁说，因为遭到少女的反对而更加愤怒，“你的坚强意志是不可折服的吗？在别人的控制下，就不应该太固执！”

安提戈涅立刻答道：“除了杀死我，你还能把我怎样呢！为什么迟迟不动手呀？我的名字不会因我被杀而失去光荣。我知道，这里的人民只是因为怕你才闭口不言。所有人的心里都是赞成我的行为的，因为爱护哥哥是做妹妹的首要义务。”

“如果你非要爱护不可，”克瑞翁喊道，他越来越愤怒了，“那你就到地府里去爱护吧！”于是他命令随从把她带下去，这时听到姐姐被捕消息的伊斯墨涅风风火火地跑来了。她好像已经摆脱了女性的怯懦和怕羞，勇敢地走到残暴的舅舅面前，承认自己是知情者，要求和姐姐一起被处死。同时她请国王不要忘记，安提戈涅不仅是他姐姐的女儿，而且是他亲儿子海蒙的未婚妻。克瑞翁没有回答，只是命令仆从把姐妹抓起来，由他的胥吏带到内宫里去。

很快就做好了执行克瑞翁可怕决定的一切准备。刑吏公开当着忒拜人民的面，把安提戈涅带到拱形的墓穴前。她呼唤众神，呼唤着她希望与之亲密联合的亲人，然后无所畏惧地走进洞穴里去。

被打死的波吕尼刻斯的尸体已经开始腐烂，它没有被埋葬，依然躺在那里。野狗和猛禽啄食它，并叼着死者的腐肉跑来飞去，把全城弄得又脏又臭。像过去曾经见过俄狄浦斯一样，年迈的预言家忒瑞西阿斯来到国王克瑞翁面前，说明飞鸟和献祭阵列所预示的灾祸。他听到了以污物充饥的恶鸟的连声聒噪，而神坛上的祭畜并没有在火焰里闪出亮光，而是在黯淡的黑烟里冒出晦气。“很明显，这是诸神生我们的气了，”忒瑞西阿斯这样结束他的报告，“都是因为对待被打死的王子太残酷了。国王，请不要固守成命了。向死者让步吧，不要盯着被杀死的人！再一次屠戮死者，有什么光荣！还是撤销你的命令吧，我这样劝你都是出于好意！”

但是，克瑞翁用伤人的话拒绝听从这位预言家的劝告。他骂他贪图钱财，责怪他说谎。预言家被激怒了，他毫无顾惜地对国王指明了未来，“你要知道，”他说，“在你的亲人中没有为这两具尸体死去一个人之前，太阳是不会落的。你犯了双重的罪：你阻止该下阴间的死者去地府，又不让属于人间的活人留在世上！”说完，他就扶着领路人的手，拄着预言杖，离开了王宫。

对克瑞翁的惩罚

国王克瑞翁浑身战栗，目送着怒气冲冲的预言家。他把城里的长老们召集到王宫来，请教他们现在究竟应该怎么办。他们一致的意见是："把安提戈涅从墓穴里放出来，掩埋被暴尸荒野的波吕尼刻斯！"本来顽固不化的克瑞翁是很难让步的，但现在他已经丧失了自信，所以只好不无忧虑地同意采取这个方案，这是能使他的家族免遭毁灭的唯一的办法。他亲自带领侍从和护卫首先来到弃置波吕尼刻斯尸体的旷野，然后奔向囚禁安提戈涅的洞穴。他的妻子欧律狄刻独自留在宫中。

不久，欧律狄刻听到大街上传来的哀号声，当呼叫声越来越大，她离开内室，来到前庭时，正好有一个使者迎面走来。他就是国王刚才出行的那个引路人。

"我们向冥府的神做了祈祷，"使者愤愤地讲述着，"为死者举行了圣浴，然后焚化了他的遗骸。我们用故乡的泥土为他堆起了坟丘以后，就到囚禁安提戈涅的石洞去了。刚到那里，就有一个走在前面的侍从听到从远处可怖的洞门那里发出的声嘶力竭的悲号。他赶快跑回国王身边，这时悲号声已传入国王的耳鼓，而且他已经听出这是他儿子的声音。我们这些侍从遵照他的命令赶快跑到前面去，从岩石的缝隙往里看。哦，好惨啊，我们看到了什么呀！在很深的岩洞背景处，我们看到安提戈涅姑娘吊在用面纱条拧成的绳索上，早就断气了。你的儿子海蒙跪在她前面，抱着她的双膝，放声大哭，而且口出怨言，痛悼他的未婚妻的死，诅咒他父亲的残忍。就在这时，克瑞翁也来到了墓穴，从开着的门走了进去。'不幸的孩子呀，'他呼唤着，'你想要做什么？你的迷乱的目光怎么这样吓人？出来，到父亲这里来吧！我跪在这里求你了！’但海蒙绝望地凝视着他，不作回答，只是从剑鞘里抽出他的那把双刃剑，父亲只好躲出来了，不幸的海蒙向利剑上一扑，就立刻死去，倒在他未婚妻的尸体旁边了。”

欧律狄刻一直默默倾听着。听到这里，她仍然无所言语，接着就急匆匆地跑开了。绝望的国王悲痛地回到王宫，噩耗便劈面而来：他的妻子欧律狄刻在内宫倒在血泊里死了，胸口上有一个很深的剑伤。

俄狄浦斯的整个家族里，现在活着的，只有死去的两兄弟的两个儿子，以及伊斯墨涅了。关于她的传说极少。有的说她至死没有结婚，有的说她没有子女。这不幸的家族随着她的死而销声匿迹。

赫拉克勒斯的后裔

赫拉克勒斯的子孙来到雅典

赫拉克勒斯升入天庭了，他的堂兄欧律斯透斯——阿耳戈斯国王，不必再惧怕他了，于是他便怀着复仇的心理迫害这位半神的子孙。赫拉克勒斯的子孙大部分随着他的母亲阿尔克墨涅住在阿耳戈斯的首都密刻奈。他们逃脱他的追捕后，在特拉喀斯得到了国王克宇克斯的保护。当欧律斯透斯要求这个小国的首脑交出他所保护的人，并以战争威胁对方时，他们感到躲在特拉喀斯已不安全，就离开了那里，在全希腊东藏西躲。赫拉克勒斯的侄儿和朋友，伊菲克勒斯的儿子伊俄拉俄斯像父亲一样照顾着他们。他青年时期曾与赫拉克勒斯一起冒险，一起吃苦，现在他虽已年迈却仍照料着朋友留下的子女，和他们一起在世界上漂泊。他们的意向是占领他们的父亲所征服的伯罗奔尼撒。

尽管有欧律斯透斯不间断的追击，最后他们还是来到了雅典。现在雅典的统治者是忒修斯的儿子得摩福翁，他刚刚把篡位的墨涅透斯赶下台。到了雅典，这些被追踪者就俯伏在市场上宙斯的圣坛前，祈求雅典人民的保护。他们在这里住下没有多久，国王欧律斯透斯的一个使者也跟踪而来。这个使者非常狂妄，他用嘲讽的口吻对伊俄拉俄斯说："你以为你们在这里找到了一个安全的藏身之地？已经被一个结盟的城所接纳？愚不可及的伊俄拉俄斯！但是，谁会头脑发热，用与强大的欧律斯透斯的友谊换取你的一文不值的友谊！带领你的全体亲属回阿耳戈斯去吧！在那里，你将依法被判处乱石击毙！"

伊俄拉俄斯毫无惧色地回答："我知道，这祭坛不仅保护我们不受你这个渺小奴仆的迫害，而且保护我们不受你主人的军队的侵扰。这是自由的土地，我们在这里是可以得救的。"

"可是你要知道，"这个名叫科普柔斯的使者针锋相对地说，"我不是一个人来的，我后边有强大的军队，他们很快就会把你所保护的人从你想象中的自由大地抢走！"

听到这话，赫拉克勒斯的子孙们不禁发出悲叹。但伊俄拉俄斯转向雅典居民大声说："雅典虔诚的公民！你们不能眼看着你们的宙斯所保护的人被人强行带走而不管，也不该容忍我们这些求神者头上的花冠遭到污损，因为这是对你们的神明的亵渎，也是对你们城市的侮辱。"

听到这样动人心魄的呼救言辞，雅典人从四面八方向市场涌来。这时他们才看见这伙流亡者拥坐在神坛的周围。"这位可敬的老者是谁？这些满头鬈发的英俊少年是什么人？"上百张嘴同时提出这样的问题。

当他们听说请求雅典人保护的是赫拉克勒斯的子孙，他们不仅很同情，而且很尊敬。他们以命令的口吻叫那个准备拖走一个流亡者的使者离开神坛，去找本地的国王提出他的要求。

"这里的国王是谁？"科普柔斯问，显然是被市民的坚决态度吓住了。

得到的回答是："他可是一个人物，他的裁决你是必须服从的。我们的国王是不朽的忒修斯的儿子得摩福翁。"

得摩福翁

时间不长，国王在宫廷里得到消息：市场上拥坐着几个流亡者，一支外国的军队正向这里进军，打算把他们带回去。于是，他亲自来到市场，从使者口中听取欧律斯透斯的要求。"我是阿耳戈斯人，"科普柔斯对他说，"我想要带走的全是阿耳戈斯人，我们的国王是有权管制他们的。哦，忒修斯的儿子，你不会丧失理智，为了同情这些流亡者的不幸，而与欧律斯透斯兵戎相见吧？"

得摩福翁是明智而审慎的。"在没有听到双方的见解之前，"他回答道，"我怎么能正确分析、判断争执双方谁是谁非呢？这样吧，保护这几个孩子的老人家，告诉我，你的理由是什么？"

听到对他讲的这句话，伊俄拉俄斯从神坛的台阶上站了起来，向国王恭恭敬敬地鞠了一躬，开口说："国王，现在我头一次知道，我是在一座自由的城里。在这里，一个人不仅可以为自己申辩，而且有人听他辩解，但在别的地方，我和我所保护的人总是遭到驱逐，没人听我们说话。现在你听我说，是欧律斯透斯把我们赶出阿耳戈斯的，我们一时一刻也不能留在他的国内。既然他剥夺了我们作为臣民的一切权利，他怎么还能说我们是他的臣民，要求我们像阿耳戈斯人那样服从他呢？难道一个逃出阿耳戈斯的人，在全希腊都找不到安身之处吗？不，至少在雅典不是这样！这个英雄城的居民不会把赫拉克勒斯的子孙赶出他们的土地。国王啊，你也不会准许有人把这些祈求保护的人从神坛边拉走。孩子们，都放心好了，我们现在是在一个自由的国度里，而且是跟亲人在一起。雅典的国王啊，要知道，你现在保护的并不是什么外人。这些被迫害的人都是赫拉克勒斯的子孙。你的父亲忒修斯和赫拉克勒斯又是珀罗普斯的孙子。而且他们俩又是战友。对了，这几个孩子的父亲曾经把你的父亲从冥府里救出来。”说完这一席话以后，伊俄拉俄斯就跪在地上抱住国王的双膝，恳切地拉起他的手，抚摸他的下巴颏。

国王把他搀起来，说：“我不能拒绝你的请求，这里有三个原因：首先是因为有宙斯和这座神坛；其次是亲戚关系；最后是赫拉克勒斯救过我父亲，我应当有所报答。如果我把你们从神坛这里赶走，那么，这个国家就不是自由的国家，就不是敬神的和讲道德的国家了！因此，使者，你回密刻奈去，把我的话报告给你的国王。你永远也不能把这些人带走！”

“我走，”科普柔斯说，同时举了举他的使者杖以示威胁，“但我会带领一支阿耳戈斯军队再来的。有一万名盾甲兵正在等待着国王的号令。他将亲自统率全军。要知道，他的军队已经驻扎在你的边境了。”

“见你的鬼去吧！”得摩福翁轻蔑地说，“我不怕你，也不怕你的阿耳戈斯！”

使者走了。赫拉克勒斯的子孙，一群朝气蓬勃的少年和男孩，从神坛旁跳起来，热烈地问候他们的亲戚，雅典的国王，他们心目中的大救星。伊俄拉俄斯再次代表他们讲话，他激情满怀地感谢这位英明的国王和雅典城的人民。“如果我们能够返回故乡，”他说，“如果你们，孩子们能够重新夺得你们的父亲赫拉克勒斯的王朝和王位，你们永远也不要忘记你们的这些救星和朋友。你们永远不要头脑发昏，把战争强加给盛情招待过你们的这座城市，确切地说，你们应该永远把这座城看成朋友和最忠实的同盟。”

现在得摩福翁开始准备迎击新的敌人了。他把预言家召集起来，命令他们举行隆重的献祭。他打算让伊俄拉俄斯和他所监护的人住到王宫里去。但伊俄拉俄斯声明，他们不愿意离开宙斯的神坛，他们想在那里为忒拜城祈福。“只有靠神的护佑取得了胜利，”他说，“我们疲倦的身体才能躺在你的贵宾住房里休息。”

随后，国王登上最高的城楼，观看渐渐走近的敌军。他集合雅典的战斗部队，作了战斗部署，然后又和预言家们进行磋商，准备举行隆重的献祭。

当伊俄拉俄斯和他的那一群孩子正在宙斯的祭坛旁潜心祈祷时，得摩福翁突然面带愁容快步朝他们走来。“朋友，你说我该怎么办？”他无限忧虑地对他们高声说，“我的军队已经武装起来，准备迎击越来越逼近的阿耳戈斯人，但我的预言家却说胜利取决于一个无法兑现的条件。他们说，神谕的意思是：‘你们不应该宰杀牛犊和公牛，而要牺牲一个出身高贵的少女，只有这样，你们，或者说这座城才有希望胜利或得救。’但这怎么办得到呢？我自己有几个年轻美丽的女儿住在王宫里，但谁又能指望一个父亲做出这样的牺牲呢？即使我提出要求，又有哪一个高贵的市民会把他的女儿交给我呢？”

赫拉克勒斯的子孙惶恐地倾听着他们的保护者提心吊胆的疑问。“哎呀，”伊俄拉俄斯惊呼，“这真像我们这些沉船遇难者一样，本来已经到了海滩，又被暴风裹进了大海，孩子们，咱们没希望了！即使他把我们交出去，我们也不能责怪他。”但是猛然间老人的眼里闪出一线希望之光。“国王，你知道我产生了一个什么念头？你知道怎么样拯救我们大家吗？你只要帮帮我，这事就成了！你把赫拉克勒斯的这几个孩子留下，把我送交欧律斯透斯好了！他一定很愿意看到我，伟大英雄的忠实伙伴，惨死在他手下。我是一个老年人，我愿意为这些年轻人献出我的生命！”

“你的提议充满高尚的精神，”得摩福翁悲伤地说，“但这帮不了我们。你以为欧律斯透斯会满足于处死一个老人吗？他是想杀死这些朝气蓬勃的年轻人，他要灭绝赫拉克勒斯这一族。你要是有别的建议，就说给我听。这个提议没有用。”

玛卡里亚

现在，这样的悲叹不仅发自赫拉克勒斯的子孙了，而且发自雅典的民众：这喧嚷的悲号一直传到王宫里去。那些逃亡者刚到不久，赫拉克勒斯的老母亲阿尔克墨涅，和他与得伊阿尼拉所生的美丽的女儿玛卡里亚就被得摩福翁藏在宫中，以防好奇者的干扰。她们一直静静地等待着可能到来的一切。阿尔克墨涅年迈力衰，整日昏昏沉沉，外面发生的事情什么也不知道。但她的孙女却十分注意倾听从市中心传来的悲鸣。她很担心她的兄弟们的命运，便匆匆离开内宫，来到熙熙攘攘的市场。

当人们见到这个少女走进人群时，不仅国王和聚在那里的民众感到惊讶，就连伊俄拉俄斯和他所监护的人也很惊诧。她不声不响地隐没在拥挤的人群里待了一阵子，便知道了雅典和赫拉克勒斯的子孙正面临什么灾祸，了解到一道什么样不祥的神谕使成功遇到了难以克服的困难。玛卡里亚因此迈着坚定的步子走到国王得摩福翁面前说：“你们正在寻找一个能使战争获得胜利的祭品，她的死可以保护我可怜的兄弟们免遭那个专制暴君的屠戮。难道你们真的忘了门第高贵的赫拉克勒斯年轻的女儿就在你们中间吗？好了，我愿意做这个祭品，诸神一定会更欢迎，因为我是完全出于自愿。既然雅典城襟怀如此高尚，能为了保护赫拉克勒斯的后代进行一场冒险的战争，在赫拉克勒斯的后代里怎么就不应该有一个人为保证这些高尚的人所进行的战争取得胜利而牺牲自己呢？因此，你们就把我带到我应该做牺牲的地方去吧，像装饰一个做牺牲的羊一样给我戴上花环吧。抽刀吧，我的灵魂将心甘情愿地飞走！”

这个正气凛然的少女慷慨激昂地说完以后，伊俄拉俄斯和所有站在周围的人沉默了好长时间。最后，那位赫拉克勒斯后代的监护人说：“姑娘，你不愧为你的父亲赫拉克勒斯的女儿。不过，我认为最好还是抽签决定你们姐妹中谁去为你们的兄弟牺牲自己。”

“我不愿意由抽签决定我死，”玛卡里亚答道，“因此不要再犹豫了，免得敌人突然袭击你们。让本城的妇女陪我一起去吧，因为我不想让男人看见我死。”

于是，这位品德高尚的少女，便由雅典高贵的妇女伴随，心甘情愿地走向了死亡。

战　争

国王和雅典的公民十分敬佩地目送着那位少女，伊俄拉俄斯和赫拉克勒斯的后裔无比悲伤和痛苦地望着她的背影。但命运没让这两部分人过久地沉溺于对她高尚的思想感情的追忆，因为玛卡里亚的身影刚刚消失，一个面带喜悦的使者就高声呼喊着向神坛跑来。“亲爱的赫拉克勒斯的子孙，我向你们致敬了！”他喊道，“告诉我，伊俄拉俄斯老人在哪里？我给他带来了一个好消息！”伊俄拉俄斯站起身来，但他无法掩藏他深切的悲痛，所以使者不得不问他为什么这样悲伤。

“我是在为这个家族犯愁啊，”老英雄答道，“不要问了，从你的快乐的目光看得出，你是带来了什么好消息！”

“你不认识我了？”那个使者说，“你连赫拉克勒斯和得伊阿尼拉的儿子许罗斯的老仆都不认识了吗？我的主人在逃亡的半途中，为了去寻找同盟军，和你们分开了，这你应该知道啊。现在他带领一支强大的军队回来了，驻扎的地方与欧律斯透斯的军队遥遥相对。”

一种快乐兴奋的心情从围在神坛旁的逃亡人群中产生，很快就传给了雅典公民。就连年迈的阿尔克墨涅也被这个快乐的消息引到王宫女眷居室的外边来了。而老伊俄拉俄斯则叫人取来战斗的武器，扣紧甲胄，把朋友的孩子们和他们的祖母阿尔克墨涅托付给留在城里的雅典的老人们照料。他自己则同青年人和他们的国王一起出发与许罗斯的军队会合去了。

欧律斯透斯亲自统率的强大军队已列队站在对面，当同盟军布好了有利的阵势，广阔的原野闪烁着武器装备的亮光时，赫拉克勒斯的儿子许罗斯从他的战车上走下来，站在敌军留出的狭窄地带中间，向阿耳戈斯的国王喊道：“欧律斯透斯国王呀，趁毫无意义的流血事件还没有开始，在两个大城市为了少数人的利益作战，而双方又以毁灭相威胁之前，请听听我的建议！还是让我们二人以正当的方式单独交手决定胜负吧。如果我败在你手下，你就带走赫拉克勒斯的孩子，我的兄弟姐妹，随你怎么处置。如果我胜了你，那就把我父亲在伯罗奔尼撒的王位和统治权归还我和我的亲族。”

同盟者的军队高声呼叫，表示欢迎，阿耳戈斯人的军队也小声议论着表示赞同。欧律斯透斯过去在赫拉克勒斯面前就表现得十分怯懦，现在他又非常害怕命丧刀下，就没走出他的队伍。这时，许罗斯也走回了他的部队，预言家举行了献祭，随后便吹响了战斗的号角。

“公民们，”得摩福翁对他的战士高喊，“你们要记住，你们现在是为你们的家园，为生你养你的这座城而战！”

在另一边，欧律斯透斯也提醒他的士兵不要使阿耳戈斯和密刻奈受辱。要为他们的强大的国家争光！

这时，响起了提瑞尼亚人的喇叭声，盾牌与盾牌撞得山响，战车的隆隆声，刀剑的铮铮声，长矛刺杀发出的嗖嗖声，轰轰然响成一片，其中还夹杂着受伤者的呻吟声。有那么片刻，赫拉克勒斯的联军在阿耳戈斯人长矛队的冲击下开始后退，阵线险些被敌人突破。但不大工夫，他们就击退了敌人的进攻，于是便展开了肉搏战，以致战斗长时间难分胜负。

最后，阿耳戈斯人的队列动摇了，他们的骑兵和战车纷纷向后溃逃。年老的伊俄拉俄斯突然渴望建立一次奇功，为自己的晚年增加一份光荣。于是，当许罗斯在战车上从他身旁驶过追击逃窜的敌人时，他就一把拉住了他，请求许罗斯让他登上战车代替他。许罗斯恭恭敬敬地答应了他父亲的朋友，他兄弟的保护人的要求，他下了车，老伊俄拉俄斯跳上去坐在了他的座位上。

伊俄拉俄斯用他老年人的双手驾驭四马战车虽然并不容易，但他仍然驱车向前。当他到达雅典娜神庙时，他看见了欧律斯透斯的战车在前面很远的地方往前奔逃。他立刻在战车上站起来，祈求宙斯和青春女神赫柏——他的朋友赫拉克勒斯升入奥林帕斯山后的妻子——在战斗的当天赐给他青年人的力量，好让他能向赫拉克勒斯的敌人复仇。

紧接着，一个惊人的奇迹出现了：两颗星星从天而降，落在骏马的轭上，同时，整个战车都被浓密的云雾笼罩。片刻间，云雾消散，星星也不见了。但在战车上却站着一个重获青春的伊俄拉俄斯，他满头褐发，昂首挺胸，挥着年轻人强有力的臂膀，手里紧握四马缰绳。伊俄拉俄斯就这样向前突进，追上了欧律斯透斯，这时对手已越过斯喀洛尼亚山崖，走在他想穿过去逃跑的峡谷入口处。欧律斯透斯不认识追他的人是谁，便站在战车上回身阻挡。由于得到了神赐的青年人一样的力量，伊俄拉俄斯胜利了，他把他的老冤家打下车来，绑在自己的车上，押送给了联军。现在，这次会战胜利了。阿耳戈斯人失去了统帅，个个疯狂逃窜。欧律斯透斯的儿子和无数战士被杀。很快在阿提刻的土地上就见不到一个敌人了。

欧律斯透斯和阿尔克墨涅

凯旋的军队开进了雅典。又恢复了老年常态的伊俄拉俄斯把那个疯狂迫害英雄家族的欧律斯透斯五花大绑地押到赫拉克勒斯的母亲阿尔克墨涅面前来。

“你终于来了，可恨的欧律斯透斯！”老妇人一见他站在眼前，便朝他喊道，“尽管时间很长，但你终归逃脱不了神的正义的惩罚！不要低头瞅着地面，你要正视你的敌对者！多少年里把艰难困苦的差事和种种莫名的侮辱强加在我儿子头上的，不就是你吗？你派他去捕杀毒蛇和猛狮，不就是要他死在致命的搏斗中吗？你把他赶到黑暗的冥府里去，不就是为了让他永远坠入阴间吗？后来，不又是把我——他的母亲，和他的那些孩子，赶出了希腊，还想从庇护他们的神坛那里把他们抢走吗？但你碰到的是一些不惧怕你的强人和一座自由的城市。现在该你去死了，如果你被一下子处死，你倒应该庆幸呀。因为你罪孽深重，对你处以凌迟也不为过。”

欧律斯透斯不愿意在女人面前示弱，他振作起来，故作镇静地说：“你休想从我嘴里听到一句祈求的话。我不拒绝判处我死罪，只不过请允许我辩白两句，把赫拉克勒斯当作仇敌对待，不是出于我的自愿，是赫拉女神委托我展开这场斗争的。我所做的一切都是出自她的嘱托，因为我是违心地把这个强大的英雄，这个半神当作敌人的，所以我不是总在考虑竭力防止他发怒吗？所以在他死后，我不是被逼无奈，才迫害他的后代、迫害可能成长为我的敌人和向我报仇的人吗？怎么处置我，随你便吧！我并不求死，但是如果我非死不可，死也不会使我痛苦。”

欧律斯透斯这么说着，似乎正以平静的心态等待着命运的安排。许罗斯亲自站出来为欧律斯透斯说情，雅典的公民也请求按照本城的宽大惯例对被征服的罪犯予以赦免。但阿尔克墨涅依然毫不宽容，她回忆起她的现已步入神界的儿子在尘世间做这个残暴国王的奴隶时所蒙受的种种苦难。她眼前仍然浮现着她刚刚死去的可爱孙女，那孩子是为保证战胜率领大军来犯的欧律斯透斯而自愿赴死献祭的，她以恐怖的色调描绘她本人和她的孙儿们可能遭遇的命运，如果欧律斯透斯现在不是作为俘虏而是作为胜利者站在她面前，她们的命运将如何凄惨。“不，要他死！”她高声说，“谁也不能把这个罪人从我这里带走！”

欧律斯透斯转身对雅典人说：“你们这些英雄，你们如此好心地为我求情，我的死不会给你们带来不幸。如果你们认为我还配作为一个诚实的人给我立一座坟墓，把我埋在我遭难的地方，雅典娜的神庙旁，那么，我就会作为一个吉祥的客人守卫你们的边界，任何时候都不准任何敌人越过。你们要知道，你们现在所保护的赫拉克勒斯这些子孙的后代，总有一天会恩将仇报，率领军队袭击你们。那时，我这个赫拉克勒斯家族的死敌，将成为你们的救护者。”这番话一说完，他便无畏地赴死了。可以说，他的死比他的生还光荣。

许罗斯、他的预言和他的子孙

赫拉克勒斯的孩子们发誓永远感谢他们的保护者得摩福翁。然后，他们就在他们的哥哥和父亲的好友伊俄拉俄斯带领下离开了雅典。现在他们发现到处都是同盟军，不久他们就进入了原属父亲的领地伯罗奔尼撒半岛，在这里他们一个城一个城地转战了整整一年，征服了除阿耳戈斯以外的所有地方。

这时，在整个半岛上流行起了无法制伏的凶残的瘟疫。最后，赫拉克勒斯的子孙们从一道神谕里得知，有此不幸是他们自己的过错，因为他们没得到允许就回来了。因此，他们离开了他们已经占领的伯罗奔尼撒，又来到阿提刻地区，住在马拉松田野里。许罗斯遵照父亲的遗愿，娶美丽的姑娘伊俄勒为妻，赫拉克勒斯在世时曾经向她求过婚，现在许罗斯不停地思谋如何重新获得父亲留下的封地。他又一次来到得尔福请求神谕，他得到的答复是：“第三次结果时，你们可成功地回归。”许罗斯以为这里指的是在第三年庄稼成熟的时候，便耐心地等到第三年夏天，又一次率领大军入侵伯罗奔尼撒。

欧律斯透斯死后，坦塔罗斯的孙子，珀罗普斯的儿子阿特柔斯成了密刻奈的国王。在赫拉克勒斯的后代许罗斯的大军逼近时，阿特柔斯与忒革亚以及其他邻城结成同盟，迎击进犯的敌人。在科林斯地峡，两军相遇了。许罗斯不愿意伤害希腊，他又提出通过双方首领的单独搏斗来解决争端。他向敌方的随便哪一个挑战。

因为他相信他的行动是神谕所准许的，所以他提出了这样的条件：如果他，许罗斯战胜了，就要让赫拉克勒斯子孙兵不血刃地占领欧律斯透斯的王国；如果他失败了，赫拉克勒斯的子孙就在五十年内不得进入伯罗奔尼撒。当他的挑战条件传到敌军阵营时，忒革亚国王厄刻摩斯，一个正当盛年的勇猛的斗士，便出来应战。两个勇士以罕见的勇气厮杀得难解难分，但最后还是许罗斯被打败了，他至死都没有忘记那道意义模棱两可的神谕。于是，赫拉克勒斯的子孙根据协议撤出战斗，转回伊斯特摩斯，仍然住在马拉松地区。

五十年过去了。赫拉克勒斯的子孙从未想过违反协议重新夺取他们应继承的领地。在这期间，许罗斯和伊俄勒所生的儿子克勒俄代俄斯，已经五十多岁了。因为这时协议已经失效，他的手脚已不受束缚了，所以他便同赫拉克勒斯的其他子孙一起，起兵奔向伯罗奔尼撒。

这时，特洛伊战争已经结束三十年了。但他也像他父亲一样不幸，在这次战役里，全军覆没，他也战死沙场。

又过了二十年，他的儿子，即许罗斯的孙子，赫拉克勒斯的重孙阿里斯托玛科斯又作第二次进军的尝试。这次战争发生在俄瑞斯忒斯的儿子提萨墨诺斯统治伯罗奔尼撒的时期。这一次，也是一道语义双关的神谕使他走上了歧途。神谕说："通过地峡小道，神会保佑你们胜利。"他从科林斯地峡进军，结果被敌方击退了，他也像他父亲和祖父一样丧了命。

再过了三十年，即特洛伊战争结束八十年后，阿里斯托玛科斯的三个儿子忒墨诺斯、克瑞斯丰忒斯和阿里斯托得摩斯发起最后一次进军。尽管有过一次又一次的模棱两可的神谕，他们并没有失去对神的信仰，他们又来到得尔福请求女祭司点破迷津。但这一次的神谕，和他们前辈得到的神谕，一字不差："第三次结果时，你们可成功地回归。"又是"通过地峡小道，神会保佑你们胜利！"

三兄弟中最年长的忒墨诺斯诉苦说："我的父亲，祖父和曾祖父都是遵循神谕的，但他们都遭到了毁灭！"于是，神怜悯他们，通过他的女祭司向他们讲解了神谕的真正意义。

"你的先辈的不幸，"她说，"过错都在他们自己，因为他们没有弄明白神的充满智慧的箴言！神所说的第三次结果，不是指土地的庄稼成熟，而是指你们家族生出第三代人。第一代是克勒俄代俄斯，第二代是阿里斯托玛科斯，第三代便是预言所指的取得胜利的一代，这就是你们三兄弟。引导你们走向胜利的地峡小道，不像你们的父亲错误理解的那样，以为是指科林斯地峡，而是指右边的那个科任科斯海峡。现在你们已经知道了神谕的意义。你们希望做的事，会在神的帮助下顺利成功！"

忒墨诺斯听到这番讲解，才恍然大悟。他和他的兄弟们赶快装备起一支军队，并在罗克里斯造起战船。这地方因此得名瑙帕克托斯，也就是"造船厂"的意思。但这次出征对赫拉克勒斯的后代来说也不是很容易的，他们不知经受了多少痛苦，流了多少眼泪。

军队集结后，他们弟兄中最年轻的阿里斯托得摩斯遭了雷殛。他的妻子阿耳癸亚——波吕尼刻斯的重孙女，成了寡妇，他的双生子欧律斯忒涅斯和普洛克勒斯成了孤儿。他们埋葬了暴死的兄弟，舰队正要起航时，突然来了一个预言家，他声称他是受神之托前来宣示神谕的人。但他们却把他当成一个巫师，当成伯罗奔尼撒方面派来捣乱的探子。争来争去，他总认为他们不服管束。最后费拉斯的儿子——赫拉克勒斯的重孙希波忒斯，一标枪投中他，把他当场打死了。误杀预言家激起了众神对赫拉克勒斯子孙的愤怒。于是，舰队遭到了暴风雨的袭击，战船沉没在大海里；地面部队也受尽饥饿的煎熬，全军渐渐瓦解。

忒墨诺斯又就这次不幸请求神谕。“因为你们杀了预言家，”神向他揭示，“所以你们遭到了不幸。你们必须把杀人凶手驱逐出境十年，把军队指挥权交给三只眼的人。”

神谕的第一部分很快就实现了：希波忒斯被赶出了军队，被迫去过流放的生活。第二部分却使可怜的赫拉克勒斯的子孙感到绝望。怎么样去找，到哪里去找一个三只眼睛的人呀？但他们仍然怀着对神的信赖心理不知疲倦地寻找这样一个人。他们偶然碰到俄克绪罗斯。他是海蒙的儿子，埃托利亚族的后裔。就在赫拉克勒斯的子孙进入伯罗奔尼撒的时候，俄克绪罗斯因为杀了人不得不离开故乡埃托利亚，逃到伯罗奔尼撒的小国厄利斯来避难。现在已经过了惩罚年限，他正准备从厄利斯返回故乡，中途遇见了赫拉克勒斯的子孙。因为他只有一只眼睛，另一只眼睛小时候就被飞箭射瞎了，所以不得不靠他的骡子帮他看物，这样加起来不就是三只眼睛了吗？这样，赫拉克勒斯的子孙也就满足了这道奇异的神谕的第二个要求。他们便推选俄克绪罗斯做军队的统帅，率领新组建的军队和重造的战船，向敌人发起进攻，杀死了敌军的领袖提萨墨诺斯。

赫拉克勒斯的后裔瓜分伯罗奔尼撒

在赫拉克勒斯的子孙经过如此艰苦卓绝的征战征服了整个伯罗奔尼撒半岛以后，他们为先祖宙斯建立了三个神坛，在神坛前举行了献祭。然后他们开始通过抓阄分配各个城市。第一个阄儿得阿耳戈斯，第二个阄儿得拉刻代蒙，第三个阄儿得墨塞涅。大家一致同意各自把写着自己名字的阄儿投进一个装满水的坛子里。忒墨诺斯与阿里斯托得摩斯的双生子欧律斯忒涅斯和普洛克勒斯把两个有标记的石子投进水缸，狡猾的克瑞斯丰忒斯因为最想得到墨塞涅却把一个土块抛在水中，那土块很快就分解了。首先抓阄儿决定阿耳戈斯的归属，忒墨诺斯的石子即刻露了出来。然后决定拉刻代蒙的占有者，这时阿里斯托得摩斯两个儿子的石子浮出了水面。他们寻找第三个石子，怎么也找不到；不过也没有必要去寻找了。墨塞涅理所当然地属于克瑞斯丰忒斯。

当他们各自带着随从走到各自的圣坛前向神献祭的时候，他们都得到了奇异的征兆。每个人都在自己献祭的神坛上发现一只动物。通过抓阄得到阿耳戈斯的人看到的是一只蟾蜍；分到拉刻代蒙的人发现一条蛇；获得墨塞涅的人眼前则是一只狐狸。他们对这些征兆百思不得其解，便请教当地的一些预言家。预言家们解释说："得到蟾蜍的人，最好留在城里，因为蟾蜍外出时得不到保护。在自己的神坛上卧着蛇的那些人，将成为强大的进攻者，可以大胆地越过本国的边界。摆着狐狸的神坛的主人，既不可轻信，也不要使用暴力，他们的防卫武器是施展诡计。"后来，这三种动物成了阿耳戈斯人、斯巴达人和墨塞涅人盾牌上的徽章。

赫拉克勒斯的子孙们也想到了他们的独眼统帅俄克绪罗斯，于是把厄利斯王国送给他，作为对他担任统帅的奖赏。在伯罗奔尼撒全境，只剩下山上的阿耳卡狄亚牧区没有被赫拉克勒斯的子孙征服。他们在这个半岛上建立的三个王国中，只有斯巴达王国存在的时间较长。在阿耳戈斯，忒墨诺斯把他的女儿许耳涅托嫁给了赫拉克勒斯的一个曾孙得伊福涅斯，一切国务都与女婿商定。所以人们推测，他是想把王国的统治权也交给他的女婿。他自己的儿子们对此异常气愤，他们便合谋反对父亲，竟至把父亲打死，阿耳戈斯人虽然承认他的长子继承王位，但因为他们热爱自由和平超过热爱一切，所以他们便极力限制国王的权利，以致他和他的后人只空有国王的称号而已。

墨洛珀与埃皮托斯

墨塞涅的国王克瑞斯丰忒斯的命运，也不比他哥哥忒墨诺斯的好。他娶了阿耳卡狄亚国王库普塞罗斯的女儿墨洛珀为妻，墨洛珀为他生了许多孩子，其中最小的儿子叫埃皮托斯。克瑞斯丰忒斯为他自己和他的儿子们修建了一座华丽的王宫。他本人是普通人民的朋友，只要他办得到，他就极力照顾他们。富人对此异常愤怒，便联合起来打死了他和他的几个儿子。只有他的小儿子埃皮托斯幸免于难，他母亲墨洛珀保护他躲过凶手，救出他后又把他送到阿耳卡狄亚她的父亲库普塞罗斯那里秘密地抚育。

与此同时，赫拉克勒斯的另一个后裔波吕丰忒斯在墨塞涅夺得了王位，并逼迫遇难国王的遗孀嫁给了他。后来，人们传言，有一个克瑞斯丰忒斯的王位继承者还活在世上，这个新的统治者波吕丰忒斯便悬重赏收取那个王位继承者的人头。但没有一个人愿意，也没有人能拿到这份重赏，因为谁也不知道这个被剥夺了继承权的人究竟在什么地方。

埃皮托斯渐渐成长为一个青年。他私下里离开他外祖父的王宫，出人意料地来到了墨塞涅。他听说国王悬赏收取不幸的埃皮托斯的人头后，就装作一个陌生人大胆地来到波吕丰忒斯国王的宫廷，走到国王面前，当着王后墨洛珀的面说：“哦，国王，我想得到那份重赏。你不就是想要那个威胁你王位的克瑞斯丰忒斯的儿子的人头嘛。我熟悉他，就像熟悉我自己一样。我愿意把他交到你手里。”

他母亲听到这里，吓得脸色煞白。她赶忙派人去找来一名曾经帮助营救过小埃皮托斯的忠实的老仆。由于害怕新国王的迫害，他现在居住在离王宫很远的地方。她秘密地派他前往阿耳卡狄亚保护她的儿子不被追捕，或者干脆把他招来领导憎恨专制暴君的人民推翻波吕丰忒斯的王朝，重新夺回父亲的王位。

老仆人来到阿耳卡狄亚时，发现国王库普塞罗斯和整个王宫的人都神色十分惊慌，因为他的外孙埃皮托斯不见了，谁也不知道他出了什么事，老仆人很失望，急忙赶回墨塞涅，向王后报告那里发生的一切，二人只有一个想法：必定是这个站在国王面前请求领赏的陌生人在阿耳卡狄亚杀害了可怜的埃皮托斯，并把尸体带到墨塞涅来了。

他们没有细加思索，报仇心切的王后便同老仆人一起，手持斧头，深夜闯进陌生人的居室，想趁他熟睡时把他砍死。但这个青年睡得很安稳很香甜，月光正照在他脸上。二人俯身在他的床上，墨洛珀举起杀人的斧头时，老仆死命地惊叫一声抓住王后的胳膊：“住手！”他大声喊道，“你想要杀的这个人，正是你的儿子埃皮托斯呀！”墨洛珀垂下拿着斧头的手臂，扑到儿子的床上，一阵哭叫把他惊醒。

母子二人拥抱了很长时间以后，儿子告诉母亲，他到这里来不是为了自投罗网，而是为了惩罚那些杀人的凶手，使她摆脱可恨的婚姻，他自己能在承认他合法地位的人民的帮助下重登王位。

接着，他便同母亲和宫中老仆商量向卑鄙无耻的波吕丰忒斯复仇的措施。墨洛珀穿起丧服走到丈夫面前对他说，她刚刚得到她的唯一活下来的儿子死亡的消息。她决心从今以后跟他和睦相处，不再去想过去的烦恼。这个暴君果然落入了设下的圈套。他变得愉快起来，因为他心中最大的忧虑总算解除了。于是他宣布要向诸神做一次谢恩献祭，因为现在他的一切敌人都从世界上消失了。全体人民来到了集市广场，但心情十分沉重，因为他们怀念充满爱心的克瑞斯丰忒斯国王，现在又哀悼他的儿子埃皮托斯，他们以为寄托在小王子身上的最后希望也破灭了。当国王波吕丰忒斯正在进行献祭时，埃皮托斯突然冲向他，用利剑刺中他的心脏。墨洛珀和老仆立刻走出来，告诉民众这个陌生人就是埃皮托斯，王位合法的继承人，他并没有死。人民高声欢呼，热烈欢迎。当天，这个青年就继承了父亲克瑞斯丰忒斯的王位，并且在她母亲的引导下进入了王宫。不久，他便由于为人温和善良而受到高贵的墨塞涅人的拥戴，并由于慷慨大方而受到全体平民的热爱，他获得了极高的敬重，以致他的后裔不再被称为赫拉克勒斯的子孙，而被称为埃皮托斯的子孙。

第三部

俄底修斯的传说

忒勒玛科斯及众多求婚人

特洛伊战争结束后，希腊人都陆续返回了他们的家乡，只有拉厄耳忒斯的儿子，伊塔刻的国王俄底修斯还一直在海上漂流，并经历了一场罕见的遭遇。在无数险遇之后，他登上了远方一座覆盖着茂密森林的荒岛，岛的名字叫俄古癸亚。一个高贵的仙女卡吕普索——她是泰坦神阿特拉斯的女儿——把他抓来关在她的山洞里，因为她要他做自己的丈夫。她答应给他永生，让他永葆青春，但他因忠于留在家乡的妻子——贤淑的珀涅罗珀而坚决地拒绝了。到最终，就连奥林帕斯圣山上的众神也为俄底修斯的命运感到哀伤；只有海洋之神波塞冬对他的愤怒是无法化解的，即使不敢把他毁灭掉，也要在他返乡的路上设置重重的障碍，让他四处漂泊。使他身陷这座荒岛，也是海神的安排。

但上界诸神在会上做出了决定，要使俄底修斯摆脱卡吕普索女神的桎梏。根据雅典娜的请求，众神使者赫耳墨斯被派往俄古癸亚，向这个美丽的仙女宣布宙斯不可抗拒的命令：让俄底修斯返回他的故乡。雅典娜本人在脚上穿上那双能穿山越海的黄金神鞋，她手执威力强大的长枪，飞速地从奥林帕斯山崖冲下，不久就来到位于希腊西海岸的伊塔刻岛的俄底修斯的宫殿。她化身为塔福斯国王——勇敢的门忒斯，手执长枪。

俄底修斯的家里呈现出一幅可悲的景象。伊卡里俄斯的女儿，美丽的珀涅罗珀和她年轻的儿子忒勒玛科斯在这座宫殿里早就不是主人了。在得到特洛伊陷落和其他英雄纷纷返乡的消息之后很久很久，只有俄底修斯没有回来，于是关于他已经死亡的传闻逐渐散布开来。没过多久，就有上百个本岛和邻近岛屿的求婚者借口向年轻的寡妇求婚，住到珀涅罗珀家里，挥霍俄底修斯的家产，纵情享乐，无耻之尤。这些坏家伙已经在这里待了三年之久了。

当雅典娜化身为门忒斯到来时，她发现这一批求婚人正在宫中恣情嬉戏。俄底修斯的儿子忒勒玛科斯闷闷不乐地坐在他们中间，他在思念他那伟大的父亲。他别无所求，只希望父亲返回家中，把这群求婚人赶走，重新成为主人。当他看到化身为陌生的国王的女神时，就奔向门口迎了上去，握住她的手，表示欢迎。他俩进入拱形大厅，雅典娜把她的长枪搁置到厅柱旁的枪架上，与俄底修斯的长枪摆放在一起；随后忒勒玛科斯把他的这位客人领到餐桌，让她坐在一张脚凳上，一个女仆端来一金罐净水供陌生人洗手；随后送上来面包和肉，一个男仆给金杯斟满美酒。不久那些求婚人相继进来，也享受美味佳肴。随后他们要求演唱，于是侍仆给歌者斐弥俄斯递上一张漂亮的竖琴，在这群胡作非为的求婚人的逼迫下，歌者拨动了琴弦，开始唱起愉快的歌儿。

就在这些人听得入神时，忒勒玛科斯把头靠近他的客人，对化身为门忒斯的女神悄声说："你看到了，这些人是怎样在挥霍他人的财富，这是我父亲的家产啊。他的尸骨也许早就腐烂在海滨的大雨之中，或者在海浪中到处飘零！他肯定再也不会回来惩治这帮人了！但请你告诉我，高贵的陌生人，你是谁，在何处生活，你的父母在哪里？”“我是门忒斯，安喀阿罗斯的儿子，”雅典娜回答说，“是塔福斯岛的统治者。我乘船来到这里，是为了到忒墨萨去，用铁换取那里的铜，并想顺路来拜访你的父亲，遗憾的是他没有回来。但他确实还活着。他肯定漂泊在某一个荒岛上，被强制羁留在那里，是的，我善于预知未来的思想告诉我，他不久就会返回家中。告诉我，你家里为什么这样一团糟？你是在举行一次宴会还是举行一次婚礼？”

忒勒玛科斯长叹一声，说道：“啊，亲爱的朋友，我们家过去非常豪华气派，十分富有，可现在完全变样了。你在这儿看见的这些人都是来向我母亲求婚并挥霍我们的家财的。”怀着一种愤怒的痛苦女神回答道：“你必须把这群无赖从王宫中赶出去。听从我的劝告！要他们明天就离开这里。告诉你的母亲，如果她心里想再次结婚的话，那她就回到自己父亲那里，去那儿去安排婚礼，去准备嫁妆好了。但你本人去装备你那艘最好的船，带上二十个水手，然后上路去寻找你失踪已久的父亲；先去皮罗斯岛，上岸去问那位德高望重的老人涅斯托耳。如果你得不到什么消息的话，那就去斯巴达找英雄墨涅拉俄斯，因为他是最后一个回家的希腊人。如果在那儿你听到你父亲活着的话，那就等上一年。但如果得知你父亲已死的确切消息，那就立刻返回，举行祭礼，为你父亲建立一个墓碑。如果那些求婚者还一直赖在你的家里不走，就设法杀死他们，不管是使用诡计还是堂堂正正。”说罢女神消逝而去，像一只鸟一样飞入云际。忒勒玛科斯为这个陌生人的消失深为震惊。他猜想这是一个神祇，他在思考客人的劝告。

这期间大厅里的演奏和歌唱还在继续。歌手在吟唱希腊人从特洛伊的可悲的返乡之行，所有的求婚人都在谛听。这时忒勒玛科斯踏入大厅并把他们招拢在一起，说道：“你们这些求婚人，可以继续安心地享乐，但不要这么喧哗！明天我们要举行一次会议，我要坦率地告诉你们，都回自己家去；是该用你们自己的家财去养活你们自己的时候了，不要把别人继承下来的财产挥霍一空！”那些求婚人听了年轻人这番斩钉截铁的话都目瞪口呆。

翌日清晨，忒勒玛科斯及时地从床榻上跃下，穿好衣服，把宝剑扛在肩上。随后他走出自己的房间，吩咐仆人去召集公民大会，并也邀请求婚人参加。当人群来齐时，这位国王的儿子出现了，他手执长枪。雅典娜赋予他高贵和优雅的形体，使得市民对他暗暗惊羡，甚至长老们都敬畏地为他让路，引他坐在他父亲俄底修斯的王座上。这时英雄埃古普提俄斯首先站了起来，他年高德劭，见多识广。他说道：“自从俄底修斯离开以来，我们一直没有举行过会议。谁会突然想起把我们召集到一起？是一个年老的人还是一个年轻的人？有什么迫切的事情逼使他这样做？是他听到一支军队逼近的消息，或者有一项造福国家的建议？他既然这样做了，肯定是一个诚实的人。不管他心里想做什么，愿宙斯保佑他！”

忒勒玛科斯听出了这番话中的吉兆，他非常高兴，于是面向年迈的埃古普提俄斯，回答说：“尊贵的老人，是我把你们招来的，因为苦恼和忧愁使我不安。首先我失去了我杰出的父亲，你们的统治者；现在我的家正陷入毁灭，我的所有家财被挥霍一空！我的母亲受到那些不受欢迎的求婚人的骚扰。这些人不接受我提出的建议，去我外祖父伊卡里俄斯那里去向他的女儿求婚。他们长年累月，日复一日待在我的家里，杀牛宰羊，大吃豪饮，穷奢极侈。我怎么能去对抗这么多人？你们这些求婚人，你们要知道你们是错的！难道你们在其他人面前，在邻人面前不感到害怕吗？难道最终不为众神的复仇而心惊胆战吗？我的父亲什么时候得罪过你们？我本人什么时候冒犯过你们？可你们加于我的这种毫无道理的痛苦却是如此让人揪心！”

忒勒玛科斯一边说一边流泪，他愤怒地将权杖掷到地面。求婚人一声不响坐在四周，没有一个人敢于用激烈的言辞对他的这番话做出回答，只有安提诺俄斯站了起来，“你这倔强的毛孩子，”他大声喊道，“你竟敢如此侮辱我们？这一切不是求婚人的过错，错的是你自己的母亲！三年了，很快第四个年头就过去了，可她还一直对我们的愿望加以嘲弄。她对我们所有求婚人都表示好感，可她心里想的却完全是另一个样子。我们看穿了她的诡计，她去自己的房间里开始织布，把求婚人召集在一起说：‘你们这些年轻人，必须等到我为我丈夫的年迈父亲拉厄耳忒斯织好葬服用布，才能知道我的决定，并举行婚礼，这样在他死去时，才不会有任何一个希腊女人责备我不给一个受尊敬的老人的尸体穿上隆重的寿衣！’她用这种虔诚的口气赢得了我们的敬重。她也的确是整天地坐在机前织布，可一到夜里点起烛光时，她就把她白天织成的重新拆掉。她就这样使我们白白等了三年，她就这样蒙骗了我们这些高贵的希腊儿子。因此，忒勒玛科斯，我们给你的回答是：把你的母亲送到她父亲那儿去，但必须要求她结婚，不管是她父亲还是她本人挑选出的新郎，反正都一样。但如果她还要长时间地愚弄蒙骗我们的话，那我们还要挥霍你的家财，在你的母亲挑选出一个丈夫之前，我们是不会离开你家的炉灶的。”

忒勒玛科斯对此回答说：“安提诺俄斯，我不能强迫我的母亲离开家门，不管我的父亲是还活着或者已经死去，她都是生我养我的母亲。她的父亲伊卡里俄斯和众神都不会赞同这样的做法。不，如果你们还知道什么是对什么是错的话，那就离开我的家，去找另一个地方饮酒作乐好了，至少你们不要挥霍我的家产。但如果你们认为可以心安理得地耗尽一个人的财富的话，那你们就这样做好了！但我要去大声祈求神祇，宙斯会帮助我向你们索取应得到的赔偿！”

就在忒勒玛科斯说这番话的当儿，宙斯给了他一个征兆。两只山鹰挥动巨大的翅膀从空中飞下。它们咄咄逼人地直视会场，并用利爪抓挠头顶。随后它们重新跃起，朝着伊刻塔城疾飞而去。善于从鸟的飞翔预测未来的老预言家哈利忒耳塞斯把这个征兆解释为求婚人的毁灭；还活着的俄底修斯就在不远的地方，求婚人的死亡已经注定了。但求婚人欧律玛科斯却嘲笑这个老人说：“你回家去吧，向你自己的孩子去宣布他们的命运吧，愚蠢的老家伙！你不要来打扰我们。许多鸟都在太阳下翱翔，可不是都预示着什么！除了说明俄底修斯已死，什么都说明不了！”

忒勒玛科斯要求人民为他准备一艘快速帆船和二十名水手，去到皮罗斯和斯巴达询问他失踪父亲的消息。会议在一片嘈杂声中解散了，没做出任何一个决定。每个人回到自己家里，而求婚人重新返回俄底修斯宫中。

忒勒玛科斯和涅斯托耳

忒勒玛科斯走到海滨。在他用海水洗濯他的双手时，他呼叫一天前化身为人形出现在他家中的那位不知名的神祇。这时他父亲的朋友雅典娜走近他，在身材和声音上都与门托耳一样，她说：“忒勒玛科斯，若是你父亲，聪明的俄底修斯的精神还没有完全在你身上丧失的话，那我希望，你就把你的决定付诸行动！我是你父亲的老朋友，我要为你弄一艘快船，并亲自陪你同行！”忒勒玛科斯相信这是门托耳本人在对他讲话，果断地奔回家中，进入他父亲的贮藏室里，那里存放有成堆的黄金和青铜，箱子里有华丽的衣袍，四周是装满芳香油料的罐子和盛美酒的器皿。他在这儿看到了警惕的女管理人欧律克勒亚，他关上门对她说："姆妈，快给我装满十二缸好酒，再给我用皮袋装满二十石面粉，然后把它们堆在一起，入夜之前，在母亲回到睡房时，我就来把这一切搬走。等到十二天之后，或者她发现我不见了时，你就告诉她，我已经离去，去找父亲去了！"这个善良的女人啜泣着称赞他，并按他吩咐的去做。

这期间雅典娜本人化身为忒勒玛科斯，去为这次远行招募了一些同伴，并从一个富有的市民诺蒙那里借来一艘船。随后她蒙蔽了求婚人的心智，使他们的酒杯从手中落地，并都昏昏入睡。最后她又化身为门托耳，来到忒勒玛科斯身边鼓励他，不要再拖延行程。不久两人就来到海边，在那儿找到了同伴，把物品搬到船上，登船入海。当海浪冲击龙骨，海风吹动船帆时，他们向众神祭酒，一整夜船都在顺风中疾驶。

太阳升起时他们已抵达涅斯托耳所在的城市皮罗斯。那儿的市民正在向海神祭献九头黑牛，来自伊塔刻的人们登上陆地，忒勒玛科斯在雅典娜的引领下走向人群的中心，涅斯托耳和他的儿子们就坐在那里：他们正在欢宴作乐，仆人们递上佳肴，送上美酒。当皮罗斯人看到有陌生人前来时，他们立即迎上前来。涅斯托耳的儿子珀西斯特拉托斯欢迎他们，并在他父亲涅斯托耳和他的兄弟特拉绪墨得斯之间为忒勒玛科斯同他的领路人准备了座位。随后给他俩送上最好的肉，在两只金杯里斟上最美的酒，击掌畅饮，并对化装的雅典娜说："请两位为波塞冬进行酒祭，所有的凡人都需要神祇的保佑！"雅典娜拿起酒杯，祈求海神赐福涅斯托耳、他的儿子和所有的皮罗斯人，并请求保佑忒勒玛科斯完成他的心愿。随后她洒酒于地，并吩咐她年轻的同伴同样这样做。

随之人们开始大吃大喝，酒足饭饱之后，白发苍苍的涅斯托耳友好地问起陌生人由何处来，想做些什么。忒勒玛科斯回答了这两个问题，当说到他的父亲俄底修斯时，他叹息地说道："直到现在我们一直想知道他的命运如何，可毫无结果。我们不知道他是在陆上被敌人杀死还是已葬身在大海之中。因此我请求你，若是你清楚的话，那就把他的悲惨之死告诉我。不要出于怜悯而对我有所隐瞒，请把一切如实地讲给我听！"

但涅斯托耳对俄底修斯的下落所知甚少，就像询问自己的忒勒玛科斯一样。他建议他去斯巴达找墨涅拉俄斯，由于风暴的肆虐，他最近才从远方归来。墨涅拉俄斯是在归途上耽搁时间最长的希腊英雄，因此，他也许知道俄底修斯在什么地方。

化身为门托耳的雅典娜同意这个建议，并回答说："夜已降临，现在请允许我年轻的朋友在你的宫殿里歇息。我本人去照看船只，安排我的同伴去做必要的准备。随后我也在那边过夜。明天我去考科涅斯讨还一笔债务，请你同你的儿子备上好马快车，把我的朋友忒勒玛科斯送到斯巴达。"

雅典娜说罢，突然就变成一只鹰飞向天空，所有人都惊奇地望去。涅斯托耳握住忒勒玛科斯的手说："我亲爱的孩子，你不要犹豫，不要担心，在你年轻时就已经有神祇保护你了！你这位同伴不会是别的神祇，她是宙斯的女儿雅典娜，在所有希腊人中间她特别敬重你那勇敢的父亲！"说罢老人向这位女神进行虔诚的祈祷，并许诺明晨向她祭献一头牛；随后他与儿子和女婿一起把客人送到皮罗斯的王宫安歇。忒勒玛科斯的床榻安排在一座大厅里，睡在他旁边的是涅斯托耳的儿子珀西斯特拉托斯。

翌日清晨，人们一大早就备马套车，年轻的客人准备动身前往斯巴达。一个女管家装上面包、酒和其他食品，忒勒玛科斯登车入座，坐在他旁边的是珀西斯特拉托斯，他勒起缰绳，挥动皮鞭，马匹飞驰起来，不久皮罗斯城就已被远远抛到身后，他们一整天都在疾驰而行，不让马匹得到休息。

当太阳开始落山，道路变得昏暗起来时，他们进入斐赖城，高贵的希腊英雄狄俄克勒斯就住在这里。狄俄克勒斯殷勤地接待了这两位少年英雄，安排他们在自己的宫殿里过夜。翌日清晨他们继续上路，穿越茂盛的麦田，在晚霞中他们终于抵达山城斯巴达。

忒勒玛科斯在斯巴达

斯巴达国王墨涅拉俄斯正在他的王宫里与朋友们和近邻饮酒作乐。一个歌手在抚琴吟唱，两个杂耍艺人在欢快地跳来跳去。这个国家的统治者在为他两个孩子的订婚举行庆典。一个是他与海伦生的可爱女儿赫耳弥俄涅，她许配给阿喀琉斯勇敢的儿子涅俄普托勒摩斯；一个是他和一个爱妾生的儿子墨伽彭忒斯，与一个门第高贵的斯巴达少女定亲。在喧闹声中忒勒玛科斯和珀西斯特拉托斯乘坐的马车停在王宫的门前。首先看到他们的一个士兵立刻向国王禀报了两个陌生人抵达的消息。墨涅拉俄斯让两人入席，并坐在他的身边。忒勒玛科斯看到宫殿的富丽堂皇惊叹不已，他轻声地对他的朋友说："珀西斯特拉托斯，你看，青铜在塔形大厅四周闪闪发光，黄金、白银、熠熠生辉的象牙都是无价之宝啊！奥林帕斯山上宙斯的宫殿也没有如此美轮美奂！这种景象令我惊叹！"

忒勒玛科斯的耳语十分轻微，使墨涅拉俄斯只听清最后一句话。"亲爱的孩子们，"他微微一笑说道，"没有一个凡人能与宙斯相比！他的宫殿和他所有的财富是永存的！但在人世间难得有一个能与我相提并论，这却是真的。然而，如果在特洛伊城前线战死的人们还活着的话，那有这财富的三分之一我就心满意足了。在这些人中间，我尤为悲痛的是俄底修斯，没有一个希腊人像他忍受了那么多的苦难。我一直不知道他是活着还是已经死去！也许他那年迈的父亲拉厄耳忒斯，他那忠实的妻子珀涅罗珀和他那离开时还是一个婴儿的幼子忒勒玛科斯在为他哀伤悲痛哩！”听到这些话，忒勒玛科斯的眼泪夺眶而出，墨涅拉俄斯很快就认出了这个年轻人是俄底修斯的儿子。

这期间王后海伦也从她的房间里走了出来，她美得像一位女神。在侍女们簇拥下她坐了下来，并好奇地向她的丈夫问起这两个陌生人来自何处。“在这个世界上我还从来没有看到一个人，如这儿的这个年轻人，竟和高尚的俄底修斯是这样相像！”她悄声地对她的丈夫说，丈夫回答她：“夫人，我也是这样想的。脚、手和眼神、头和头发，全都一样。当这个年轻人悲恸地流下泪水时，我就想到了俄底修斯！”

忒勒玛科斯的同伴珀西斯特拉托斯听到他们的交谈，就大声地说道：“你说得对，墨涅拉俄斯国王，他就是俄底修斯的儿子忒勒玛科斯。我的父亲涅斯托耳把他送到你这儿，他希望从你这里能得到他父亲的消息。”

“众神啊，”墨涅拉俄斯喊叫起来，“我最敬重的英雄的儿子真的是我的客人，若是他返乡时能来我家里盘桓，我一定要向他表示我对他全部的爱！”

他们长时间地谈论俄底修斯，一种深切的悲哀袭上他们的心头。但他们随后考虑到，只是这样一味地哀伤是徒然的，于事无补，于是他们各自休息去了。

次日清晨，墨涅拉俄斯问他的客人这次旅行的意图，并打听他的朋友俄底修斯伊塔刻家中的情况。当他听到那些求婚人的胡作非为时，他义愤填膺地喊道："这群可怜虫，居然想在伟大英雄的家里作威作福！这就像狮子在绿色山谷中觅食返归，竟在自己洞中看到母鹿生下它的幼鹿一样，俄底修斯会回来的，并让他们一个个不得好死！听我说，海神普洛托斯在埃及对我谈及他的预言，那时普洛托斯化身为各种形状，但最终被我制住并强迫他说出返乡希腊诸英雄的命运。'我用神眼看到俄底修斯，'海神说，'在一座孤岛上抛洒下思乡的泪水。那儿的仙女卡吕普索强留住他不放，他没有船只没有水手，无法返回故乡。'现在你什么都知道了，亲爱的年轻人，这就是我所能告诉你关于你父亲的一切。你在我们这儿再待上十天半月，然后我赠给你珍贵的礼品，为你送行。"

忒勒玛科斯表示感谢，但他不愿久留。于是墨涅拉俄斯送给他一只十分华丽的银杯，这是赫准斯托斯的一个杰作，并准备了一顿用山羊和绵羊烹制的早餐，为告别的朋友饯行。

求婚人的阴谋

这期间伊塔刻岛上的求婚人知道了忒勒玛科斯远出寻父的消息。他们感到吃惊并十分愤怒。安提诺俄斯由于愠怒而悻悻地说道："这个忒勒玛科斯在从事一项伟大的事业。我们从来都不会相信，可他却倔强地就离开了！但愿在他加害我们之前，宙斯就把他毁掉！为此，朋友们，如果你们给我准备一艘快速帆船和二十名水手的话，那我在伊塔刻和萨墨岛之间的海峡截击他，他的这次觅父之旅就会可悲地完结！"所有人热烈欢呼，表示赞同，并答应为他准备所需要的一切。随后众求婚人回到王宫寻欢作乐去了。

但是他们的密谋却由于使者墨冬而败露了。墨冬是侍候他们的人，但他从心里早就恨透了这些可恶的求婚人。他虽然在宫廷外边，但站在离他们很近的地方，安提诺俄斯所讲的每一句话他都听得清清楚楚。他跑到王后珀涅罗珀那里，把他所听到的都讲述给他的女主人。王后一听到这个凶信，十分惊恐，眼里充满了泪水。"墨冬，"她啜泣着说，"为什么我的儿子也去远行？难道我们这一家族的名字注定要从世上灭绝吗？"这时年迈的女管家欧律克勒亚走到她跟前说道："就是你杀死我，我也要对你说实话。这一切我都知道。他路上所需要的都是我为他准备的，但我对他立下誓言，在十二天之前或者在你发现他不在之前，我对他远行的事情绝口不谈。现在我劝你，去沐浴和梳妆打扮，与你的侍女一道去神庙那里，求雅典娜保佑你的儿子。"

珀涅罗珀听从了老女人的劝告，在做了庄严的祷告之后，忧心忡忡地睡去了。这时雅典娜派她的姊妹伊佛提墨进入珀涅罗珀的梦中，对她进行安慰，并保证她儿子一定会回来。"放心吧，"她说，"你的儿子有一个令所有男人都羡慕的女领路人，雅典娜本人就一直在他身边。她会在他对抗那些求婚人时保护他，也是她派我来到你的梦中。"随后伊佛提墨的形象从珀涅罗珀的梦中消失了。她从梦中醒来，充满了喜悦和勇气。她相信梦中梦到的都是真的。

这期间求婚人顺利地装备好了他们的船只，安提诺俄斯与二十名勇敢的水手登船，扬帆入海。在海峡中间有一个怪石嶙峋巉岩陡立的小岛。他们直驶向那里，并潜伏起来加以守候。

俄底修斯离开卡吕普索，在风暴中落水

宙斯的使者赫耳墨斯从云端直降大海，他像一只海鸥一样乘

风破浪，按照众神会议的决定，直奔俄古癸亚岛卡吕普索的住地。他在那儿看到了头披美丽鬈发的仙女正在家中。炉上升起熊熊的烈焰，燃烧的檀香木散出的芳香弥漫在整个岛屿的上空。卡吕普索在内室唱起嘹亮的歌，并用金色的丝线编织一块精美的衣料。她的一些内室的洞穴上覆盖着一片绿色的丛林，有桤木，有白杨，有柏树，色彩斑斓的群鸟在树丛中啁啾，林中还有鹰隼、枭和乌鸦。一片葡萄藤攀绕在崖石的隆起部，从浓密的枝叶中能看到一串串成熟的葡萄。附近有四个泉眼在喷涌，泉水在四周蜿蜒流动，浇灌着茂密的绿色草地，上面长有艳丽的鲜花和香草。

赫耳墨斯对仙女美丽的住地赞叹不已，随后他进入宽敞的山洞，可他没有在房间里遇到俄底修斯。俄底修斯像往常一样忧郁地坐在海滨，眼里饱含泪水，怀着思念之苦，直视着寂寥的大海。

当卡吕普索听完神使的传达之后——她一开始十分亲切地接待了他——她惊呆了，终于说道："哦，你们这些残忍而嫉妒的诸神啊！难道你们真的不能容忍一个女神挑选一个凡人做她亲爱的丈夫？难道你们气恼我与一个我从死亡中救出来的男人结为伴侣？那时他抓住他破碎的船的龙骨，被抛到我的海岸上，是我救了他。他的船被闪电击中，他所有的朋友都沉入深渊，只有他孤零零一个人抓住碎片漂泊到这里。我友好地款待了这个可怜的落难之人，给他饮水和食物，最后我还给予他永生和永葆青春。但宙斯的决定不容违抗，那就让他重新回到浩瀚无际的大海上去吧！但不要指望我本人把他打发走，因为我的船既没有水手也没有划桨设备！我只会给他好的忠告，让他安全地抵达故乡的海岸。"

赫耳墨斯对她的回答感到满意，随即返回奥林帕斯复命。卡吕普索本人奔向海滨，走到俄底修斯跟前说道："可怜的朋友，你不应当在忧愁中浪费你的生命。我放你走。去吧，用坚实的木梁给自己做一个筏子！我亲自为你准备饮料、清水、美酒和食品，给你一身好的服装，并从陆上鼓起一股顺风，愿神伴你顺利返回故乡！”

俄底修斯怀疑地望着女神，说：“美丽的仙女，你心里想的肯定是另外一回事！如果你不对我立下神的誓言，绝不对我造成某种伤害的话，那我绝不登上木筏！”但卡吕普索莞尔一笑，一面用手温柔地抚摸他，一面回答说：“不要用这类想法来恐吓自己！大地、青天和斯堤克斯河是我的证人，我绝不做伤害你的事！”说罢这话她就离去了。俄底修斯跟在后面，在洞府里她还与他温柔地告别。

不久木筏完工了，在第五天俄底修斯在风中扬起船帆。他本人摇桨掌舵进入大海。他不合双眼，昼夜不眠，总是望着天空中的群星，朝着卡吕普索临别时指给他的标志驶去。他就这样在海上航行了十七天，在第十八天时终于看到了费埃克斯陆上昏暗的群山，这陆地迎向他，像一面盾牌浮在昏暗的海水上面。

此时正从埃塞俄比亚返回的波塞冬从索吕弥山上看到了俄底修斯。他并没有参加众神最近举行的会议，他想到可以利用他的不在场为借口去折磨俄底修斯了。“好呵，”他自言自语，“我该给他足够的罪受！”随后他集结起浓云，用三股叉搅动大海，招来飓风相互争斗，使海洋和大地完全被裹在黑暗之中。

飓风围着俄底修斯的木筏呼啸，使他的心和双膝颤抖，他开始呼号起来。正在他呻吟的当儿，一个巨浪从头上扑了过来，把木筏掀翻。他整个人被远远地抛开，舵柄从手中滑落，木筏被击得四分五散，桅杆和帆桁都飞到咆哮的大海之中。俄底修斯被卷入水里，湿透的衣服更把他拖向深处。终于他又浮出水面，吐出吞入的咸水并向破碎的木筏游去，费了好大的力气才泅到那儿，爬了上去。正当他这样挣扎的时候，海洋女神琉科忒亚看见了他，她十分同情他的遭遇。她从漩涡中现身，坐到木板上，对他说道："听我的劝告，俄底修斯！脱掉衣服，放弃木筏。快用我的披纱缠住你的胸部，然后你就不用理会大海的凶暴，只管游好了！"俄底修斯接过披纱，女神消失了。尽管他对这个景象心存狐疑，但还是听从了她的劝告。波塞冬不断地把狂涛巨浪袭向他，零散的木筏已完全变成碎片。俄底修斯像一个骑士一样坐在一条孤零零的木板上，他脱掉卡吕普索送给他的已经变得沉重的衣服，穿上披纱，跃进水中。

当波塞冬看到这个勇敢的人竟然跳进海里时，严肃地摇了摇头，说道："这样你就在海上漂流吧，备受折磨，直到有人来救你。肯定的，你也该受足颠沛流离之苦！"说罢海神就离开大海，返回他的宫殿。俄底修斯在海上挣扎了两天两夜后，终于看到了草木葱茏的海岸，海浪在峭壁上发出雷鸣般的声音。在他还未来得及做出决定之前，一阵狂涛把他直卷向海岸。他用双手紧紧抱住一块峭岩，可一个巨浪又重新把他抛回海里。他试图再次试试他的运气，继续游过去，终于他发现一处舒适和低浅的海岸及一处安全的海湾，那儿有一条小小的河流注入大海。

当他到了陆地时，他精疲力竭地倒在地上，由于死去活来的挣扎和努力，他已经失去了知觉。当他重新苏醒过来时，他拿起女神琉科忒亚的披纱，感激地把它投入海浪之中。晨风像刀子一样袭来，这个赤裸的男人浑身发冷。他决定爬上小丘，在近处的森林里躲藏起来。在两棵靠得很近、相互缠绕在一起的橄榄树下他发现一个安身之处，树叶是那样的稠密，风雨和阳光都透不进来。俄底修斯用树叶铺了一张床，再用一些树叶盖住身体。不久他就酣然入睡，忘记了所经历的和即将面对的种种艰险。

瑙西卡

俄底修斯在森林中被疲劳和睡眠所征服，在他沉入梦乡的期间，他的保护者雅典娜正为他操心。她赶到费埃克斯人那里，他们居住在一个名叫斯刻里厄的岛上，那儿的统治者是聪明的国王阿尔喀诺俄斯。女神进入他的宫殿，并在卧室里找到了国王年幼的女儿瑙西卡，她秀美优雅，好似一个女神。她正在睡觉，由两个侍寝的女仆在门口守护，她的内室阔大，光线充沛。雅典娜轻轻靠近少女的卧榻，走到她的床头。她化身为少女的一个伙伴，进入她的梦中说道："喂，你这懒惰的姑娘，你母亲会怎样责备你？你从不关心放在衣柜里的那些没有洗涤的漂亮衣服，也许不久你在结婚时就需要它们了。快些，一大早起来，去把它们洗净，我陪你去，帮你忙，这样你可以快点洗完。你不会老是不结婚的，早就有一些高贵的人向国王的美丽女儿求婚了！"

少女从梦中醒来。她匆忙地起床，命令她的奴仆为她备车。随后少女从衣柜中取出那些华丽的衣服，装到车上。母亲为她准备酒、面包和其他用品，当她坐到车上时，又交给她一瓶香膏，供她与侍女们沐浴和涂抹之用。

瑙西卡是一个伶俐的驭手，她亲自握起缰绳，挥动皮鞭，策动骡子向河岸驶去。抵达之后侍女们解开缰绳，放骡子到茂密的草地觅食，并把衣服拿到洗涤的地方。在勤奋的侍女们把衣服用脚踩踏、洗净之后，她们就把所有洗好的衣服一件挨一件铺在海岸旁的细沙滩上。随后她们入海沐浴，在她们涂上香膏之后，就坐在绿色海岸旁愉快地享用带来的食品，等待着阳光把她们的衣服晒干。

早餐之后少女们在草地上跳舞和玩球。有一次，国王的女儿把球掷向一个女伴，在现场隐去身形的女神雅典娜使球转了方向，落到河水的深处。于是少女们都尖叫起来，惊醒了睡在附近橄榄树下的俄底修斯。他仔细地谛听并自言自语："我这是到了什么地方？我落到野蛮的强盗手里了？可我听到的是快乐的少女们的声音，像山林和河流的仙女的声音！也许这附近就住着有教养的人！"

他从茂盛的树上折下一根叶子稠密的树枝，遮住他赤裸的身体，从树丛中走出来；在这群温柔的少女中间，他好似一头凶猛的狮子。他身上沾满了海水中的污秽物，这使他变得奇形怪状，少女们都以为看到的是一个海怪，纷纷逃走。只有瑙西卡停住不动，因为雅典娜赋予了她勇气。他从远处朝她喊道："不管你是一个女神还是一个少女，我祈求能靠近你！如果你是一个女神的话，那我认为你是阿尔忒弥斯，宙斯和勒托的女儿，你的身材和美丽和她一样；如果你是一个凡人的话，那我赞美你的双亲和你的兄弟们！请你对我慈悲为怀，因为我陷入难以用言语说出的苦难。我从俄古癸亚岛出发，到昨天已经是第二十天了。遭遇风暴，在海上漂流，最终我这个落难人被抛掷到这个海岸，我不认识这是什么地方，也没有人认识我！请可怜我吧！给我一件衣物遮身，向我指点你住的城市，愿众神保佑你心想事成，有一个丈夫，一个家庭，还有安宁和友爱！"

瑙西卡回答说："外乡人，我看你不像一个坏人或是一个蠢人。既然你求助于我，求助于我的国家，那你就既不会缺少衣物，也不会缺少一个祈求者所期待的东西。我愿意指给你我的城市，告诉你我们民族的名字。居住在这儿的是费埃克斯人；我本人是崇高的国王阿尔喀诺俄斯的女儿。"她说完就喊叫她的侍女们，她们迟疑不决地听从了她的召唤。

俄底修斯到河岸的一个隐蔽地方去洗澡，她把给他准备的衣袍放到草丛里。当英雄洗净身体并涂上香膏之后，就穿上国王女儿赠给他的衣服，他穿上它十分得体。他的保护人雅典娜作法，使他变得十分英俊魁梧；美丽的鬈发从额头上飘洒下来，头和双肩显得高贵优雅。他从岸边草丛中出来，神采奕奕，坐在少女的身边。

瑙西卡好奇地观察着这伟岸的男人。她对女伴们说："肯定不是所有的神祇都在加害于他。神祇中的一个必定在保护他，并把他带到费埃克斯人的国家来。当我们开头看到他时，他是那么的不像样子，可现在他就好似天上的仙人！如果这样一个人住在我们人民中间的话，那他就会是命运为我挑选的丈夫！来吧，姑娘们，用美酒和佳肴来使他恢复力量！"于是俄底修斯痛快地饱餐一顿，长时间的饥渴得到了满足。

随后她们把洗好晒干的衣服放到车上，套上骡子。瑙西卡坐到车上，让这个外乡人与她的侍女们徒步跟随在车后。当他们到达献给雅典娜的圣林时，俄底修斯依瑙西卡的愿望留了下来，以免城里的人看到会飞短流长。他让国王的女儿和侍女们先行，自己稍后再跟上来。可他得先向他的保护者女神雅典娜祈福。雅典娜听到了他的祈祷，只是因为害怕她叔叔波塞冬就在近旁，她并没有公开在这个国家现身。

俄底修斯与费埃克斯人

当瑙西卡回到她父亲的宫殿时，俄底修斯也离开雅典娜圣林，沿着同一条路向城市走去。雅典娜现在也去帮助他，她化身为一个费埃克斯少女，引导俄底修斯去见国王阿尔喀诺俄斯。到了王宫前，她还给他下述的忠告："在这儿你首先去见王后，她叫阿瑞忒，是她丈夫的侄女。前国王瑙西托俄斯是波塞冬和珀里玻亚的儿子，珀里玻亚是巨人族的统治者欧律墨冬的女儿。这对夫妇生有两个儿子，一个是现在的国王阿尔喀诺俄斯，另一个是瑞克塞诺耳，后者活得不长，只留下一个女儿，她就是王后阿瑞忒。阿尔喀诺俄斯尊敬她，世上还没有一个女人能得到这样的尊敬，人民也同样尊敬她，因为她睿智颖慧，知道如何用她的聪明去化解男人间的纷争。如果你能得到她的欢心，那就一切顺利了。”

化身为少女的女神说罢就离去了。随后俄底修斯进入宫殿，一直走进国王的大厅。费埃克斯的贵族在举行一次宴会，他们正准备向赫尔墨斯神祭酒。被雅典娜用浓雾所笼罩的俄底修斯穿越人群径直走到国王夫妇的面前。这时随着雅典娜的示意，雾霭立即散去。他匍匐在王后阿瑞忒的面前，抱起她的双膝，祈求地喊道：“阿瑞忒，瑞克塞诺耳的高贵女儿，我跪在你和你夫君面前祈求！愿众神保佑你们健康长寿，你们肯定能帮我，一个漂泊者，返回故乡，我已经远离我的故国流浪多年了！”英雄说罢，就在烈焰熊熊的火炉旁的灰堆上坐了下来。

所有的费埃克斯人看到这意料不到的场面都惊得发呆了，一声不响。终于，宾客中最年长且阅历丰富的老英雄厄刻纽斯打破了沉默，他面向国王说道：“阿尔喀诺俄斯，真的，在世上任何一个地方，让一个外乡人坐在灰堆上都是不合适的，在座的朋友肯定和我想的一样，并等待你的命令。让这位外乡人靠近我们坐到一个舒服的椅子上，把他从尘土中扶起来！传令官应该重新调酒，让我们向宙斯、客人权利的保护者也献上一杯佳酿。女仆为新来的客人送上酒食！”

仁慈的国王听到这番话十分欢喜。他握住英雄的手，把他引到自己身边的一把椅子上坐了下来，这是他宠爱的儿子拉俄达玛斯让出的位置。随之其他的一切也按照厄刻纽斯的忠告做了，俄底修斯在众英雄中间受到尊敬，与他们共同进餐。向宙斯祭献之后，宴会散席，国王邀请所有客人参加明天的一个更为盛大的酒宴。他没有问及这个外乡人的姓名和家世，但却许诺尽地主之谊盛情款待，并保证送他返归故乡。

客人们都离开了大厅，只剩下国王夫妇和这个外乡人。这时王后在观察俄底修斯身上做工精美的披风衣裤，她认出了这是她的手工，于是说道："首先我必须问你，外乡人，你从何处来，你是谁，是谁给你的衣服？你不是说过，你在海上漂流，被风暴冲到这儿来的吗？"俄底修斯如实地作了回答，讲述了他被卡吕普索留在俄古癸亚岛上的险遇和他最后一次悲惨的航行，最后也谈到了他与瑙西卡的相遇。

"呐，我女儿这样做是对的，"阿尔喀诺俄斯微笑地说道，"若是神的意愿使你这样一个男人做我女儿的丈夫那该多好！如果你留在我们这里，我愿意给你房屋和财产！可我不想强迫任何一个人留在我这里，明天随你想到什么地方去，我都可以帮助你。我给你船和水手，这样你就可以动身，到任何你想要去的地方。"

俄底修斯听了这个许诺，表示衷心感谢。他告别了国王夫妇，在一张软榻上休息，缓解他所忍受的辛劳和疲惫。

翌日清晨，阿尔喀诺俄斯一早就在市集广场上召开民众大会。他的客人俄底修斯陪同他前往，他俩并排坐在两块雕刻精美的石墩上。随着时间的推移，越来越多的市民向广场涌来。所有人都惊奇地望着拉厄耳忒斯的儿子俄底修斯。他的保护者雅典娜使他变得高大魁梧，显出一种超凡脱俗的威严。国王在讲话中向他的子民郑重介绍了这位外乡人，并要求他们为他准备一艘船和五十二名费埃克斯水手。同时他邀请在场的贵族去参加他宫中的一个宴会，这是特意为这个外乡人而举办的。

民众会议散后，那些得到命令的年轻人去装备船只，拿来桅杆和船帆，在皮制桨环上挂上船桨，扯起船帆。随后他们进入王宫，这儿的庭院都挤满了应邀而来的客人，有年老的也有年轻的。主人宰了十二只羊、八头猪和两头牛用来待客，空气中充溢着佳肴的香味。

宴席过后，人们谛听盲歌者得摩多科斯演唱的歌曲。他是诗歌女神缪斯同时给予了快乐与不幸的人。她夺去了他双目的光明，却点燃起他心中诗歌的火焰。国王宣布，为表示对外乡人的尊敬，将举行一场竞赛。“我们的客人，”他说，“回到家乡也能向他们同胞讲述，我们费埃克斯人在拳击、角斗、跳跃和赛跑上如何胜过所有的凡人！”于是宴会结束了，费埃克斯人听从国王的号召，都奔向市集广场。

在那儿有一群贵族青年站了出来，其中也有国王的三个儿子：拉俄达玛斯、哈利俄斯和克吕托纽斯。这三个人首先在一条沙道上赛跑。随着一声信号，他们飞速冲出，身边扬起一片尘土，克吕托纽斯第一个达到终点。随后是角斗，在这项竞赛中年轻的英雄欧律阿罗斯得到了胜利。在随后的跳跃比赛中费埃克斯人安菲阿罗斯成了优胜者。铁饼投掷上厄拉忒柔斯获得冠军。在最后的拳击比赛中，国王的儿子拉俄达玛斯赢得了第一。

现在拉俄达玛斯在人群中站了起来，他说：“朋友们，我们也想知道，这位外乡人是不是懂得我们的比赛。他的身材、大腿和脚看来不会太差，他的双臂有力，他的颈部强壮，他的体格高大。虽然他受到了灾难和痛苦的折磨，可他不该缺少青年人的活力！”“你说得对，”欧律阿罗斯说道，“王子，你去要求他参加比赛！”拉俄达玛斯用友好和客气的言辞向俄底修斯提出了要求。

可俄底修斯回答说："年轻人，你们向我提出这种要求是为了伤害我吗？忧愁在折磨我，我没有心情去参加比赛！我经历了也忍受了足够的苦难，现在我除了想回到我的家乡，别无所求！"欧律阿罗斯不快地回答说："外乡人，你真的不像一个懂得竞赛的人。你可能是一个很好的船长，同时是一个商人，但你不像一个英雄。"

俄底修斯听到这话紧皱眉头，他说："这可不是优美的言辞，我的朋友，看来你是一个很鲁莽的孩子。众神并没有把英俊优雅和能言善辩与聪颖都赋予同一个人啊。我在竞赛上不是一个新手，当我还信赖我的青春和我的双臂的时候，我同最强大的对手进行过较量。现在战争和风暴使我变得衰弱不堪。可你向我挑战，我也想试一试！"

说罢这话俄底修斯从座位上站了起来，他握起一个铁饼，这铁饼比费埃克斯青年人习惯用的更大、更厚和更重，他用力一投，铁饼呼啸着在空中飞行，远远落到标线以外的地方。化身为费埃克斯人的雅典娜早在青年人掷落铁饼的地方做了标记，并高喊道："就是一个瞎子也看得出来，你掷的比所有人都远得多！在这项比赛中肯定没有人能胜过你！"这使俄底修斯感到高兴，他轻松地说道："你们年轻人，如果你们能的话，那就投投看，超过我好了！你们曾那样严重地侮辱了我，来吧，与我比赛，随你们比赛什么好了，我决不畏缩！我愿意与任何人比赛，只是不与拉俄达玛斯竞争，因为谁愿意与一个款待自己的人比呢？我特别擅长的是射箭，如果有许多同伴与我一起向敌人射箭的话，那第一个射中目标的一定是我。在投掷长矛上我会像其他任何人一样准，一样远。只是在赛跑上也许有人能胜过我，甚至就在你们中间，因为狂暴的大海已耗去了我许多力量，再加上我在船上整天整天地吃不到食物。"

年轻人听了这番话都一声不响，只有国王接起话头说道：“喔，外乡人，你已向我们显示出了你的能力，以后不会有人因为你的强大而非难你了。当你返家后与你的妻儿坐在一起时，请也想到我们的刚强健壮。作为拳击手和角力者我们也许并不出色，但在赛跑上我们却是胜人一筹，我们也擅长航海。在美食、弹琴和跳舞方面我们也是能手。在我们这里，你可以找到最美的首饰，最舒适的沐浴和最柔软的床榻！动起来，舞蹈家，驾船能手，竞争者，歌唱家！在外乡人面前展示一下，使他回家后能谈论起你们的本事，把得摩多科斯的竖琴也带到这儿来。”

一个侍者立即去把得摩多科斯找来。九个挑选出来维持秩序的人平整出一块跳舞用的场地并圈好看台。一个艺人拿着一把竖琴走到中间，那些花季少年开始跳起舞来。俄底修斯本人感到惊奇，他还从没有看到过如此敏捷和优美的舞蹈。同时歌手在唱一支吟咏众神生活的动听歌曲。俄底修斯惊羡地转向国王说道：“真的，阿尔喀诺俄斯，你理应为拥有世上最最出色的舞蹈家而自豪。在这种艺术上没有人能与你们相提并论。”阿尔喀诺俄斯为这样的评论而感到得意。“你们听到了没有，”他对他的子民喊道，“这个外乡人是怎样赞美你们的？他是一个非常通情达理的人，他值得我们给他一些可观的礼物。开始吧！国家的十二位王子和我本人，一共十三人，每人给他一件披风和一套衣服，再加上一磅最好的黄金。我们把这笔财富赠给他，他会怀着一颗快乐的心与我们告别。但欧律阿罗斯应当用友好的言辞求得他的谅解。”所有的费埃克斯人都欢呼表示赞同。

一个使者去收集这些礼品。欧律阿罗斯拿起他那把银柄宝剑和象牙剑鞘一同递给客人，并说道：“长辈人，我们用侮辱的语言冒犯了你，就让它随风而去吧！愿众神保佑你返乡之行一路顺风！祝你健康快乐！”“愿你也一样，”俄底修斯说，“希望你不会为你的礼品而后悔！”说罢这话他把宝剑悬到腰上。

当使者把礼品收拢上来并都摆放在国王面前时，太阳已经西沉。这些礼品都装在一个箱子里，运到俄底修斯在王宫里的住处。国王和他的全体随从来这里看他，并另外又给他一些赠品，还有一只精美的金杯。在为客人准备沐浴的热水时，王后亲自把箱子里的全部珍贵礼品指点给他看。“你要仔细盖上盖子，把箱子关好。这样，即使你在返乡途中睡觉，也不会有人把它们偷走！”她这样说道。

俄底修斯小心地盖好盖子，并用一种多重的绳结把箱子捆好。随后他洗了一个热水澡，并准备回到业已入席的贵族那里一同欢宴。这时在大厅的入口处妩媚的瑙西卡站在那里。自从俄底修斯进城以来，她就再没有见到他，现在要在这位高贵客人临行时再一次向他致意。她向高贵的英雄投去羡慕的目光，温柔地挽留他。但最终她说道：“尊贵的客人，祝你幸福！请在你父辈的家园里也想念我，因为我救过你的命啊！”

俄底修斯感动地回答说：“高贵的瑙西卡，如果宙斯使我得以返归故里的话，我将每天为你，我的救命恩人，像为一位神祇一样祈祷！”说罢这句话他重新踏入大厅，在国王身边坐了下来。仆人们正在分割烤肉，并从一个大调酒瓶中向杯中斟酒。盲歌手得摩多科斯又被带上来，坐在大厅中间柱子旁的老位置上。这时俄底修斯示意使者前来，他从放在他面前的烤肉上切下最好的一块，放到一个盘子上，递给他说：“使者，把这块肉送给歌手！尽管我本人是在漂泊途中，可我愿意向他表示我的爱心。歌手在整个人群中间理应受到敬重，因为缪斯女神教给他们歌唱并宠爱他们。”盲歌手感激地接受了这份馈赠。

宴后俄底修斯又一次转向得摩多科斯："亲爱的歌手，我称赞你超过任何凡人！"他对他说，"因为阿波罗或缪斯女神教你唱出如此动听的歌曲！你如此生动和准确地描述了希腊英雄们的命运，就像你亲自看到和听到这一切似的！现在继续为我们唱一唱美丽的木马故事和俄底修斯在这件事上所做的一切吧！"

歌手高兴地听从了，大家都倾听他的歌唱。当俄底修斯听到赞美他的事迹时，他偷偷地流下眼泪，可只有阿尔喀诺俄斯注意到了。因此他让歌手停了下来，并对周围的费埃克斯人说道："最好是让竖琴休息一会儿。朋友们，因为，并不是每一个人都喜欢听歌手唱的那些故事。自从我们坐下欢宴和听歌手演唱以来，我们悲戚的客人就一直郁郁不欢，我们无法使他快乐起来。主人应当爱护客人，就像爱护自己的兄弟一样。现在，外乡人，请忠实地告诉我们，你的双亲是谁，你的故乡在何处？如果我们费埃克斯人要把你送回故里的话，我们得知道你的国家和你诞生的城市。"

英雄对这番友好的话作了同样友好的回答："高贵的国王，请不要以为你们的歌手使我苦恼！不，听到这样的歌唱是一种幸福，他使人听到了神一样的声音，我不知道还有比这更愉快的乐事了。但你们，亲爱的好客的主人们希望我能解脱痛苦，可我会陷入更深的悲哀之中，因为我该从何处讲起，到何处结束呢？那先听我的家世和我的祖国吧！"

基科涅斯人　洛托伐戈伊人
库克罗普斯　波吕斐摩斯

我是俄底修斯，拉厄耳忒斯的儿子。人们都认识我，我的足智多谋的名声在世上广为流传。我住在阳光充沛的伊塔刻岛，岛的中间是草木葱茏的涅里同山。在它周围有许多住有居民的小岛：萨墨岛、扎利喀翁岛和查津托斯岛。现在听我讲述从特洛伊返乡的不幸故事吧！

疾风把我从伊利翁一直吹到基科涅斯人的城市伊斯玛洛斯，我和我的伙伴占领了它。我们把男人都杀光，把女人和战利品均分。按照我的意见，我们本应快点离开这里，但是我的那些轻率的同伴却沉醉于那些战利品，留下来饮酒作乐。逃走的基科涅斯人联合他们住在陆地上的弟兄来袭击我们，那时我们正在海滨豪啖畅饮。他们人多势众，我们被打败了。我们每一艘船死了六个人，其余人逃之夭夭，得以活命。

我们继续西进，很高兴逃脱了死亡，但从心里为死去的伙伴感到悲伤。这时宙斯从北方给我送来了一股飓风。大海和陆地都被笼罩在浓云和黑夜之中。我们放下桅杆继续航行，但在船帆降下之前，帆杆已经折断，帆布被撕成碎片。我们终于抵达海滨，抛锚下碇，在那儿停了两天两夜，直到重新竖起桅杆和张起新帆，才又登程前进。我们满怀希望，若不是突然刮起北风把我们又吹回到大海的话，我们不久就会抵达故乡了。

我们在暴风雨中飘荡了九天，到第十天我们到达了洛托伐戈伊人的海岸。他们只吃莲子，不食其他。我们登上海滨，汲取清水。我们派两个朋友去打探消息，一个传令人陪同前行。他们到了洛托伐戈伊人群集的地方，并受到友好的款待，这些善良的人从没有伤害我们的念头。但莲花的果实却有一种独特的功能，它比蜜还甜，谁若是吃了它，谁就再也不想返乡，而愿永远留在这里。这样我们只好把那些吃了莲子的伙伴用蛮力带回船上，不管他们是怎样哭泣和反抗。

我们继续航行，到了最野蛮最残忍的库克罗普斯人那里。库克罗普斯人根本就不耕种他们的土地，一切都听天由命。实际上，那儿无须农民的耕耘，一切都长得郁郁葱葱。他们也没有法律，不召开民众大会，所有的人都住在岩洞中，自由自在地与他们的女人和孩子过活。

在海湾外面，离库克罗普斯人住的陆地不远的地方，有一个树木稠密的小岛，岛上有许许多多野山羊，它们无忧无虑地在这儿觅食，没有人住在上面。库克罗普斯人不懂得造船，他们从不到那里。天一破晓，我们就登上这个小岛，并快乐地猎杀了许多山羊，我的十二艘船每艘都能分派到九只之多，可我得到了十只。我们整天坐在美丽的海岸旁，愉快地吃着捕来的山羊肉，喝着从基科涅斯人那里抢来的美酒，一直消磨到深夜。

翌日清晨，去探究库克罗普斯人住地的好奇心使我不能自持，于是我与我的同伴登船上路。我们到了那里，看到在最外边的海滨上有一道高高隆起的岩缝，上面覆盖着桂树的叶子，里面饲养着许多绵羊和山羊。四周由垒起的石头和高大的松树及橡树构成一道围栏。这里面住着一个巨人，他孤零零一人在这偏远的草地上放牧羊群，从不与其他人来往。他是一个库克罗普斯人，盘算的总是些为非作歹的事情。在我们打探海滨情况期间，我们看到了他。我挑选了十二个最勇敢的朋友，拿起装有美食和佳酿的篮子，以此去引诱这个看来是恣意妄为、无法无天的野人。

当我们到达岩缝时，发现他不在，他那时正在草地放牧。虽然如此，我们还是进入洞内，对里面的设备感到惊奇。一些篮子里放有大块的奶酪，在羊圈里有许多羊羔和小山羊，周围摆放着篮子、盛奶桶、水桶和挤奶桶。

终于他回来了。他巨大的肩膀上扛着一大捆干柴，这是他收集起来烧晚饭用的。他把柴扔到地上，发出可怕的响声，使我们大家惊得一怔，并躲藏到洞穴里最偏远的角落里。随后我们看到他如何把一些肥壮的母羊赶进洞里，但是把一些公山羊和公绵羊留在外边圈起来的空地里。他用一块巨大的圆石封住洞口，就是二十二辆四轮车也无法把这块石头移开。他舒适地坐在地上，挨个儿地给绵羊和山羊挤奶，给一半的奶加入凝乳酶，形成奶酪，放进篮子里晾干；把另一半奶倒进一个大容器里，供他每天饮用。这一切做完之后，他点起一把火，看见了我们在角落里。现在我们也看清了他那巨大的身躯。如所有的库克罗普斯人一样，他也只在额头上长有一只炯炯发亮的眼睛。他的腿像千年橡树一样强壮，他的胳臂和双手巨大而有力，足可以把岩石像球一样玩耍。

“你们是谁，陌生人？”他用粗犷的声音向我们发问，这声音有如山中的响雷，“你们从何处越过大海而来？你们是海盗还是做别的什么？”他的吼声使我们的心在发颤，可我还是镇静下来并回答说：“不，我们是希腊人，从毁灭了的特洛伊回家，返乡途中我们在海上迷路了。我们来你这里是祈求保护和救助的。亲爱的人，请敬畏众神和答应我们的请求吧！宙斯保护祈求保护的人，并极恨那些虐待他们的人！”

但这个库克罗普斯人却狞笑起来，他说：“你是一个真正的傻瓜，陌生人，你不知道你是在同谁打交道！你以为我关心神祇，怕他们报复？对库克罗普斯人说来，那个打雷的宙斯算什么，就是所有的神加在一起又能怎样！我们要比他们强得多了！但现在告诉我，你把你们乘坐的船藏到哪儿了，停在哪儿了，在近处还是在远处？”这个库克罗普斯人问这些话时满脸怒气，可我很快就编了套狡猾的谎话：“好人啊，”我回答说，“大地的震撼者波塞冬把我的船抛到离你们海岸不远的峭壁上，已经成了碎片；我只同我的这十二个伙伴逃脱了性命！”

这个怪人根本就不回答我，而是伸出他那双巨大的手，抓住我的两个同伴，像摔小狗一样把他俩摔到地上，他们的鲜血喷了出来。随后他把他俩吃掉了。我们只能向宙斯伸出双手祈祷，并为这种罪恶而放声痛哭。

这个怪物填饱了他的肚子，又用羊奶止渴，随后便躺在洞中睡了过去。这时我在想，是不是冲到他跟前，用剑刺进他的横膈膜和肝脏之间的部位。但我很快放弃了这个想法，因为谁会帮助我们把那块巨石从洞口移去呢？我们最终都得悲惨地死在洞里。因此我们让他酣睡，在阴沉的恐惧中我们等待清晨。当这个库克罗普斯人黎明醒来时，他又燃起了火，又抓去我的两个同伴当作早餐吃掉，这使我们害怕极了。随后他把肥壮的羊群赶出山洞，可却没有忘记用那块巨石重新堵在洞口。我们听到他用刺耳的叫声把羊群赶向山里，而留给我们是死一样的恐惧，因为每个人都害怕下一个轮到自己被吃掉。

我本人在继续思考，如何向这个怪物报仇。终于我想出一个我觉得不坏的办法。在羊圈里有一根这个库克罗普斯人用橄榄树做成的巨大木棒，我们觉得它在长度上和厚度上都像一艘大船的桅杆。我从这根木棒上砍下一截，修整得光光的，并把上端削尖，用火把它烘干，使它变硬。随后我把它小心地藏在粪堆里。我的伙伴们抓阄，看谁与我一道在这个怪物睡着时把这根尖木桩刺入他的眼睛。朋友中四个最勇敢的人抓着了阄儿，他们也正是我要挑选出来的，加上我，一共五个人。

晚上，这个可怕的牧羊人与他的羊群回到家里。这次他没有把任何一只羊圈到圈里，而是都赶到洞里。像往常一样，他又用巨石堵住洞口并又从我们中间抓去两个人吃掉。这期间我从我的酒袋里往一个木桶里倒满酒，靠近这个怪物，对他说道：“库克罗普斯人，拿去喝吧！用人肉下酒再好不过了。你也应该知道，在我们的船上有怎样的好酒。我带来这酒是为了送给你的，若是你同情我们这些可怜的人并放我们回家。可你是一个非常可怕的残忍的人，将来还会有谁来拜访你？不会了，你对待我们太不公道了。”

这个库克罗普斯人拿起木桶，一句话也不讲，露出饥渴的表情，一饮而尽。我们看到他对酒的芳香流露出强烈的狂喜。他喝光了，于是第一次友好地说道："陌生人，再给我些喝的，也告诉我，你叫什么，这样我马上就送你一件礼物让你高兴。我们库克罗普斯人也有好酒。但你也应该知道，在你面前的是谁，听着，我的名字叫波吕斐摩斯。”

波吕斐摩斯这样说了，我当然愿意再给他酒喝。我把木桶倒满三次，他愚蠢地三次都喝得光光的。当酒使他变得糊里糊涂时，我狡黠地说道："库克罗普斯人，你要知道我的名字吗？我有一个奇怪的名字。我叫没有人，所有人都叫我没有人，我的父亲，我的母亲，我的朋友都这样叫我。”这个库克罗普斯人回答说："没有人，那你也能得到我的礼物了，在吃光了你所有的伙伴之后最后一个吃你。你对这份礼物满意吗，没有人？”

库克罗普斯人最后一句话已经含糊不清了，随即向后仰去，躺到地上。他粗壮的脖颈弯向一边，大声打起呼噜。这时，我飞快地把尖木桩插入火灰里，当它开始要燃起火苗时，我把它抽了出来，与那抽到阄儿的四个朋友把它深深地插入怪物的眼睛里，我转动尖木桩，就像一个木匠造船时钻洞似的。火焰把他的眉毛和睫毛都连根烧焦了，他的变瞎了的眼睛发出吱吱的声音，像烧红的铁浸到水里一样。这个受伤的怪物大声吼了起来，使洞穴里发出了狂叫的回声。我的朋友和我由于恐惧而发抖，逃到洞穴的最偏远角落躲了起来。

波吕斐摩斯把尖木桩从眼睛里拔出，鲜血淋淋淌了下来。他把尖木桩抛得远远的，像一个疯子似的东奔西跑。随后他尖声厉叫，呼喊他的同胞，住在山里的库克罗普斯人。这些人从四面八方跑来，围在洞穴四周，想知道他们的兄弟发生了什么事。他从洞里朝外吼道："没有人杀我，没有人杀我，朋友们！没有人骗我！"库克罗普斯人听到后却说："既然没有人伤害你，没有人攻击你，那你叫什么？你大概病了，可我们库克罗普斯人不知道怎样去治病！"他们说罢就又各自离去。我打心眼里高兴极了。

这期间变瞎了的波吕斐摩斯在洞中四下里踉跄，由于痛苦而叫个不停。他把巨石从洞口移开，随后就坐在当中，用双手四处摸索。他想抓住想逃出去的人，他把我们看得太单纯了，以为我们会用这样的方法逃出去。

我想出一个新的计划。我们身边有许多长得又大又壮的山羊。我偷偷地用波吕斐摩斯铺床的柳条把每三只羊绑在一起，在中间那只羊的肚子下面藏着我们中的一个人。我本人选了一只强壮的山羊，它长得比其他的更高更大。我双手抓住它的背，贴在它的肚子下面，抱得紧紧的。我们就这样悬挂在山羊肚下，准备逃走。

天一破晓，那些公羊就首先从洞里跳了出来。它们受折磨的主人对每只奔出去的山羊都仔细地摸了摸它的背，想知道上面是不是坐着想逃跑的人。这个蠢人不会想到羊肚子和我的计策。现在我的这只山羊慢腾腾地走到洞口，因为我太重了。波吕斐摩斯抚摸着它说道："好山羊啊，你怎么落在羊群的后面走得这么慢？你往常总不让其他羊走在你的前面。你是为你主人被烧瞎的眼睛而忧愁？是啊，如果你会像我一样思考和谈话的话，你一定会告诉我，那个罪犯和他的同伙藏在哪个角落里。我要把他的脑袋摔到石墙上，我的心就会解除'没有人'给我带来的痛苦而变得快乐起来！”

波吕斐摩斯说着，放这只山羊走出洞来。现在我们都到了外面。当我们离开岩缝稍远时，我首先把我的那只羊放开并帮我的朋友们从羊肚子下面解下来。遗憾的是我们现在只有七个人了。我们相互拥抱，并为死去的同伴悲恸。随后我们带着掠来的羊群回到我们的船上。直到我们重又坐到舱旁并穿越波浪航行到海上时——离海岸已有一段距离，我大声朝波吕斐摩斯嘲弄地喊道："听着，库克罗普斯人，你在山洞里吃掉他的同伴的那个人可不是个普通人！你的恶行终于遭到了报应！宙斯和众神终于对你进行了正当的惩罚！"

这个恶汉听到这番话气得暴跳如雷。他从山上撕下一整块岩石朝我们的船抛了过来。他抛得非常准，差一点砸到我们船舵的尾部。落石掀起了狂涛巨浪，汹涌的海水又把我们的船向岸边冲了回去。我们竭尽全力划桨，奋勇前进，以便重新逃离开这个怪物。我的朋友们害怕他第二次投掷岩石，要制止我叫喊，可我依旧再次喊道："听着，库克罗普斯人，若是有人问你，是谁弄瞎了你的眼睛的话，那你不要像先前告诉你的同胞那样，而是一个更正确的回答！你告诉他，是特洛伊的毁灭者俄底修斯弄瞎了我的眼睛，他是拉厄耳忒斯的儿子，住在伊塔刻岛上！"

这个库克罗普斯人号叫起来："痛苦啊！那个古老的预言就这样在我身上应验了！从前我们中间有一个名叫忒勒摩斯的预言家，他是欧律摩斯的儿子，他在库克罗普人住的地方一直活到老年。他曾对我预言，我会由于俄底修斯而失明。我一直以为这一定是一个很魁梧的家伙，像我这样高大强壮，并与我在斗争中一决高下。现在这个坏蛋来了，这个懦夫，他用酒把我灌醉，烧瞎了我的眼睛！再来呀，俄底修斯！这次我要把你当客人一样款待，要为你向海神祈求安全导航，你要知道，我是波塞冬的儿子。没有别人，只有他才能治疗我的创伤！”随后他向他的父亲祈祷，让我不能顺利返家。“即使他能返回，”他说道，“那至少也要尽可能地迟些，尽可能地不幸和尽可能地孤独，是在一艘陌生的船上，不是在自己的船上，即使回到家，让他遭遇的也全部是悲惨痛苦！”他这样祷告，我相信，那个阴沉的海神一定是听到了。

不久我们就又回到那个小岛，我们的朋友在那儿等我，其余的一些船只都藏在海湾里。我们受到了热烈的欢迎。我们回到陆上，把从波吕斐摩斯那里掠来的羊群分配给朋友们。可我的伙伴却事先把那只我在它肚子下面逃命的山羊赠给了我。我立即把它祭献给宙斯，焚烧羊腿，供奉众神之父。但宙斯拒绝这个祭品，不愿宽容我们。他心意已决，要毁灭我们所有的船和除我之外我所有的朋友。

可我们对此一无所知。我们整天待在一起，优哉游哉，吃喝玩乐，直到太阳沉入大海，仿佛我们再没有什么可忧虑的了。随后我们躺在海滨上，伴着浪声，酣然入睡。不久东方又泛起朝霞，我们大家坐到了船上，朝着故乡的方向驶去。

埃俄罗斯的风袋　莱斯特律戈涅斯人　喀耳刻

（俄底修斯继续讲述他的故事）

我们到达了埃俄罗斯居住的海岛，他是众神的好友希波忒斯的儿子。埃俄罗斯有六个儿子和六个女儿，他每天都在宫殿里与他的妻子和儿女们饮酒作乐。这位善良的君主招待我们在他那里住了整整一个月，他十分急迫地问起特洛伊的战事，希腊人的兵力和返乡的情况。我把这一切都详详细细地告诉了他，当我最终请他帮我们返乡时，他爽快地答应了我们。他赠给我们一个由一头九岁野牛皮制成的风袋，里面关着各式各样的风。宙斯命埃俄罗斯掌管诸风并有权放它们出来，支配它们的行止。他用一条银线结成的闪光绳子把风袋紧紧地系在我们的船上，扎紧袋口，一点风也漏不出来。

我们在海上航行了九天九夜，在第十天我们已临近我们的故乡伊塔刻，都已能望到海岸燃烧的烽火了。当我在夜里沉睡时，我的同船伙伴开始议论起埃俄罗斯送给我的风袋，他们想知道袋子里装的是什么。他们大家都相信，是黄金和白银，其中一个人最后说道："这个俄底修斯到处都受到重视和尊敬！他仅从特洛伊就带回多少战利品啊！可我们呢，我们大家只有去冒险和吃苦的份儿，回家时，两手空空！现在埃俄罗斯又给了他一袋子白银和黄金！我们看看里面装有多少宝贝，怎么样？"

这个糟糕的建议立即得到了其余伙伴的赞同。风袋被打开了，绳子刚一解开，所有的风争拥而出，把我们的船又卷回大海。

呼啸的风暴把我从沉睡中惊醒。当我看到这不幸的景象时，我思虑片刻，是不是最好从甲板上跳进大海死了算啦。可我重又镇静下来，决定坚持下来并去忍受可能发生的一切。飓风的暴怒把我抛回到埃俄罗斯的海岛。我让我的伙伴留在船上，与一个朋友和传令使前去国王的宫殿，他正与他的妻子和儿女们共进午餐。他们对我的返回显得惊讶。当他们得悉事情的原委时，这位风的主宰者从座位上愠怒地立起身来，朝我喊道："该诅咒的人，显然是众神在向你进行报复！对这样的一个人我既不能收留也不能护送！离开我的家，被诅咒的人！"骂完后他就把我赶了出来，我们离开了那里，沮丧地继续我们的航行。

终于我们到了一个海岸，看到一座塔楼林立的城市。我把船停在港口，爬上岩石，向四下瞭望。我没有看到耕种的土地、农夫和牛羊，只看到烟云从一座巨大城市直升向天际。于是我派两个朋友和一个传令使去打探消息。他们在路上遇到了莱斯特律戈涅斯国王安提法忒斯的女儿，她正去阿耳塔刻亚泉汲水。她高大得令他们吃惊。她友好地把她父亲的宫殿指引给我的朋友，并告诉他们希望知道的关于这个国家、这座城市和统治者的情况。

他们到达了宫殿，令他们目瞪口呆的是站在他们面前的莱斯特律戈涅斯的王后竟然像一座山峰那样高耸巨大。莱斯特律戈涅斯人是巨人族，他们也是吃人的。女王招呼她的夫君，他抓住一个使者，并下令立即用这个使者为他准备晚餐。其余两个人吓得夺路逃跑，奔回船上。但国王却召集他的臣民，全副武装地追赶，成千的莱斯特律戈涅斯巨人冲了过来，朝我们掷来巨石，在我们船上听到的除了是垂死者的呼叫声就是被击中的船板的破碎声。只有我自己的那只船停放在巨石投不到的地方，我带着那些还没受伤的朋友，奔回到我的那只船上，安全地离开了海港。其余的船连同一大批死者和垂死者一道沉入大海。

我们挤在这艘唯一得救的船上继续航行，又到了一座名叫埃儿厄的海岛。这儿住着一位半人半神的美女，她是太阳神和海洋女神珀耳塞所生的女儿，名叫喀耳刻。她在岛上有一座美轮美奂的宫殿。我们驶进海岛的一处港湾，下锚停泊。由于过度疲劳和悲恸，我们都躺倒在海岸上。

在第三天，我背上宝剑手执长枪，动身去岛内打探情况。终于我看到从喀耳刻宫殿升起的烟云。可我没有立即朝向那里走去。基于以往的经验，我把我的同伴分成两批，一批由我，另一批由欧律罗科斯领导。随后我们在一个头盔里拈阄儿。欧律罗科斯拈到了，他立刻率领二十二个人——他们叹着气只好前去——上路，朝我看到烟云的地方进发。

这批人不久就在海岛的一个幽美的山谷里发现了女神喀耳刻富丽堂皇的宫殿。当他们在庭院的篱笆里和宫殿的大门前看到许多尖嘴利齿的野狼和鬃发耸立的雄狮在闲来逛去时，吓得心惊胆战。他们惶恐地望着这些可怕的野兽，立刻想到逃跑，可它们已经围拢过来，但并没有伤害他们，而是缓慢而讨好地靠近过来，摇起它们长长的尾巴，像狗一样乞求主人施舍给它们一块好吃的食物似的。我们后来才知道，它们都是被喀耳刻用魔法变成野兽的人。

因为这些野兽都很温和，我的朋友们又恢复了勇气，接近宫殿的大门。他们听到从里面传出来喀耳刻的歌声，她一定是一个出色的歌手，唱得美极了。她歌唱她的劳作，因为她正在织一件只有女神才能织出来的华丽衣服。首先向宫里瞥去一眼并感到由衷喜悦的是英雄波利忒斯。根据他的建议，我的朋友们把喀耳刻喊了出来。她友好地来到大门并请这些外乡人入内。只有思想缜密行事小心的欧律罗科斯留在外面，因为他嗅出某种阴谋的味道。

在宫中喀耳刻让这些客人坐到高大精美的椅子上。随后有人送上奶酪、麦粉、蜂蜜和烈酒，她用这些做出可口的糕点。但在制造时她却偷偷地在面团中掺进了一种药汁，人吃了会丧失思想，忘记自己的祖国。确也是如此，他们吃了后立刻就变成全身长毛的猪猡，开始咕咕地叫了起来，并被这位施展魔法的女人全都赶进了猪圈里。喀耳刻让人抛给他们橡实和野果，而不是精美的食品。

欧律罗科斯从远处看到了这一切。他赶快跑回船来，把朋友们的可怕遭遇告诉我和留下来的人。我听到这令人吃惊的消息，就很快做出决定，背上宝剑和弓箭，前去宫殿。

半路上我遇到一个英俊的年轻人，他朝我举起金杖，我认出他是神衹的使者赫耳墨斯。他友好地握住我的手说："可怜人，你不熟悉这一带的情况，干吗在山里乱跑呢？你的朋友们都被会魔法的喀耳刻关到猪圈里了。你要去解救他们？你也会和他们一样！好吧！我给你件东西保护自己。如果你带着这种药草，”说着他从地上挖起长有奶白色花的黑色草根，“她的骗术就不能伤害你了。她会给你准备一种甜酒，并放进去魔汁。我刚才给你的这种草能阻止她把你变成一个畜类。若是她要用她那长长的魔杖来触你的话，你就从剑鞘里拔出利剑，冲到她面前，摆出一副要杀她的架势。然后要她许下庄重的誓言，不再加害于你。这样你可以安全地住在她那儿，当她成为你的好朋友时，她就不会拒绝你的请求，把你的朋友还给你了！”

赫尔墨斯说完就离我而去。我本人焦急而忧心地奔向宫殿。喀耳刻听到我的呼叫就打开了宫门，亲切地让我入内。她把我领到一张华丽的扶手椅上坐下，在我脚下放上一个小足凳，随之立即为我用一只金碗调酒。她还等不及我把酒喝完就用她的魔杖触我，一点也不怀疑我会当场就变成畜类，她说道：“滚到猪圈里，跟你的朋友们到一起去吧！”

但我却抽出宝剑冲向她。她大声叫了起来，倒在地上，抱起我的双膝，哀求我：“你是谁，你这强者，为什么我的魔酒不能使你变形？还没有一个凡人能抵挡我的魔法的力量。你也许就是赫耳墨斯早就对我预言过的那个足智多谋的俄底修斯？如果你是他的话，那就收起你的宝剑，让我们做朋友！”

但我并不改变我的咄咄逼人的姿态，回答她说：“喀耳刻，你把我的朋友们都变成你家的猪，怎么能要求我对你表示友好呢？难道我不会想到你这样讨好我是为了伤害我吗？如果你立下神圣的誓言，不用任何魔法害我的话，那我能成为你的朋友！”这个女神当场就立下誓言，我也放心了，并无忧无虑过了一夜。

翌日清晨，四个侍女，都是美貌非凡，娴雅高贵的仙女，来整理她们女主人的房间。第一个把华丽的紫色垫子铺到扶手椅上，第二个在扶手椅前摆上一个银制的桌子并把金篮子放到上面，第三个在一个银罐里调酒并把金杯摆放到桌上，第四个则端来清水，放入三脚鼎锅里，在下面点起火来，直到水热，这是为我洗浴用的。当我洗完，涂上香膏，穿好衣服之后，我该与喀耳刻一起享用早餐了。但是，尽管我面前的桌子上摆满了丰盛的食品，可我却动也不动。面对着漂亮的女主人，我待在那里一声不响，忧郁愁苦。当她终于问我如此闷闷不乐的原因时，我说道："一个人，当他知道他的朋友们遭到不幸时，却依旧大嚼大饮，自得其乐，那他还算是一个感情正直，品德磊落的人吗？如果你要我在你这里心情舒畅的话，那就让我亲眼看到我的朋友！"

喀耳刻没容我多说，她离开了房间，手执魔杖，打开猪圈的门，把我的朋友赶了出来，他们都成了一群九岁的猪，围到我的身边。现在她在他们身边走动，给每一头猪涂上另一种药汁。他们立即褪下了毛皮，又都变成了人，而且变得比从前更年轻更英俊了。他们欣喜地奔向我，与我握手。女神这时对我讨好地说："现在，亲爱的英雄，我已照你的话做了。你也该做我喜欢的事了，把你的船拉上岸，把装载的东西运到岸边的岩洞里，让你和你的伙伴都到我这里来吧。"

她的甜蜜的言辞使我动心了。我去找我的船和留下来的朋友，他们都认为我已经死了，为我悲恸，现在含着欢喜的泪水向我扑来。当我向他们提出建议，把船拉向岸并前去女神那里时，他们立即表示同意，只有欧律罗科斯劝阻伙伴们说："难道你们就这样急着去毁灭自己，要到这个女巫的宫殿，让她把我们大家变成狮子、狼和猪，被迫去看守她的家？当俄底修斯愚蠢地使我们落到库克罗普斯人手里时，我们的朋友都遭到了怎样的下场，难道你们忘了吗？”我听到了这种侮辱的话，尽管他是我的近亲，我真想抽出宝剑把他的脑袋砍下来。朋友们注意到我要发作起来，就抱住我的胳膊，使我镇静下来。

我们大家动身去宫殿，欧律罗科斯迫于我的威胁也不敢不跟随前往。这期间喀耳刻让我的那些朋友沐浴，涂抹香膏，穿上华丽的衣服，快活地在一起饮酒作乐。我们受到了热烈的欢迎。喀耳刻叫我们放心，对我们殷勤有加，我们一天比一天快乐，在她这儿就这样一年过去了。但当这一年结束时，我的这些伙伴提醒我该想到回家了。我听从他们的劝告，就在当晚我请求喀耳刻履行她的诺言，她在开始时就答应过我送我回家。这位女神回答说：“你说得对，俄底修斯，我不应当再把你强留在我这儿了。但在回家之前，你还得要走一条弯路。你们必须到哈得斯和他的妻子珀耳塞福涅统治的地狱里去，寻找忒拜城的盲预言家忒瑞西阿斯的灵魂，去问你们的未来。他虽然死了，但他的灵魂和他的预言才能由于珀耳塞福涅的宠爱还依然存在。”

当我听到她的这番话时，我开始哭了起来，悲恸欲绝。去死人的国度使我害怕极了，我问谁为我引路，因为还没有一个凡人在活着的时候能乘船进入冥府。“你不必为引路的事操心！”女神回答说，“只把船的桅杆竖起来，挂上帆就行了！北风会把你们吹到那儿！当你抵达大洋河[①]的岸边时，你在一块低处的河岸上陆，在那儿你能看到橙木、白杨和柳树。这儿就是珀耳塞福涅的圣林，也是进入地府的入口。你在山岩旁的一个峡谷里——皮里佛革勒河和科库托斯河的黑色激流在这儿直泻而下——可以找到一道岩

① 神话中环绕大地的河流。——译者注

缝，穿过去就是通向冥府的路。你在那儿挖一个坑，给那些死去的人献上蜂蜜、牛奶、酒、水和麦粉，并许诺当你返回伊塔刻，也要为他们祭献牲畜，除此还要为忒瑞西阿斯献上一只黑色的山羊。随后你还要杀死两只黑色的绵羊，一只公的一只母的。在你的同伴为众神焚烧祭品和向他们祈祷时，你会通过岩缝直望到下面的汇合在一起的河水。这时死者的灵魂将出现在你的面前，空中的虚幻影像涌向亮处并要品尝祭品的血。但你要用宝剑加以制止，在问过忒瑞西阿斯之前，不允许它们靠近。随后不久忒瑞西阿斯就会现身，并会给你指点你的返乡之路。”

这番话使我得到了几分安慰，第二天一早我召集我的朋友们上路。“遗憾的是，我们的返乡之旅不是一条坦途，”我说，“女神给我们规定了一条非同一般的道路。我们得下到哈得斯的可怕的地府，并在那儿就我们的归程去询问忒拜城的预言家忒瑞西阿斯！”我的伙伴们一听到这话，悲伤得几乎心裂肠断。他们号啕大哭，揪扯头发，但悲哀于事无补。我命令他们动身，与我一道乘船前往。喀耳刻早在我们前面了。她给我们带来两只祭祀用的绵羊，让人捆在船上，也给我备好了大量用来祭献的蜂蜜、酒和麦粉。当我们抵达海岸时，她默默地向我们告别并轻盈地悄然离去。我们把船拽入大海，立起桅杆，扬起船帆，忧心忡忡地坐在甲板上。喀耳刻送来一阵顺风，我们很快就又置身大海之中了。

冥　府

（俄底修斯继续讲述他的故事）

当我们被一股奇妙的轻风吹到大地尽头的大洋河边时，太阳已沉入大海了。我们按照喀耳刻指点的那样，献上了我们的祭品。

鲜血刚一从绵羊颈上流出，许多死者的灵魂就从冥府深处朝岩缝涌出，来到我们身边。年轻的和年老的，少女和儿童，还有许多身带伤口、盔甲染血的英雄。他们一群一群地围着祭献用的土坑，发出令人恐怖的呻吟声，这使我害怕极了。我匆忙地提醒我的同伴，按照喀耳刻的吩咐，快些把宰掉的绵羊焚烧和向众神祈祷。我本人则从剑鞘里抽出宝剑，在问过忒瑞西阿斯之前，阻止这些阴魂来舔羊血。

现在忒瑞西阿斯的阴魂出现了，右手拄着一根金杖。他立即认出了我并说道："拉厄耳忒斯的儿子，是什么使你离开阳界，来到这恐怖的地方？快把你的剑收起，我可以喝到祭品的鲜血，这样就能预言你的命运了。"

听到这话我从土坑边离开，并把宝剑还鞘。忒瑞西阿斯喝了黑色的羊血，并开始说他的预言："俄底修斯，你希望在我这儿知道能否顺利地回归祖国，但一个神祇会使你这次返乡之旅变得困难重重，你无法从大地震撼者波塞冬之手逃脱掉。你烧瞎他的儿子波吕斐摩斯的眼睛，这深深地伤害了他。可尽管如此你还是能返回家中。

"你们首先在特里那喀亚岛登陆。如果你们在那儿不去伤害太阳神的神牛和神羊的话，那你们就能成功地返回家园。但若是你们伤害了它们，那我预言你的船和你的朋友都要毁灭。即使你本人能够逃脱掉，也只能更晚地、可怜而孤独地返回故里，而且是乘陌生人的船。就是回家了，你得到的也是苦恼。那些狂妄的人挥霍了你的家财，并向你的妻子珀涅罗珀求婚。当你把他们，不论是用计谋还是用暴力制伏后，并且一种安谧的幸福朝你发出微笑时，你还要在你生命的晚年把船桨扛到肩上出海远游，到那些不认识大海，不知船为何物的人那儿去，他们的饭菜里没有食盐。

当你在那陌生的地方遇到一个漫游者时，他会告诉你，你肩上扛的是扬谷铲，那时你就把船桨扔进土里，向波塞冬献上一个祭品，再返回家里。你的国家将从此繁荣昌盛，而你最终会在远离大海的地方得到善终。"

这就是他的预言。我向这个预言家表示感谢，并继续说道："你看，我母亲的阴魂坐在那儿，但她不对我说话，也不看我。哦，告诉我，我该怎么做她才会认出我是她儿子？""若是你现在允许她喝羊血的话，"他回答说，"那她就会像一个活人一样与你说话，并把真实的情况讲给你听。"说完这句话，预言家的阴魂就消失在冥府的黑暗之中了。

这时我母亲的阴影朝我走来，并喝了羊血。突然间她认出了我，泪流满面，两眼紧盯住我说："亲爱的儿子，你怎么活着就到了阴间？大洋河和其他一些可怕的河水没有阻止你来吗？自特洛伊陷落以来你还一直漂泊，没有回到故乡伊塔刻？"

我向母亲讲述了我的遭遇，并问她是怎么死的，因为我前去特洛伊离开她时，她还健在。我也问起家里的情况，同时心跳得厉害。母亲的阴魂回答道："你的妻子对你坚贞不渝，白天和夜里都为你哭泣。没有别人执掌你的权力，而是你的儿子忒勒玛科斯在管理你的家业。你的父亲拉厄耳忒斯隐居在乡下，不再进城了。他在那儿住的不是宫殿，睡的不是软榻。他就安身在炉灶旁，衣衫褴褛，像其他奴隶一样躺在干草里，度过整个冬天。夏天他睡在露天，躺在干树枝堆上。他这样做都是在为你的遭遇忧愁哀伤。亲爱的儿子，我本人就是为你憔悴而死，不是什么病夺去我的性命啊。"

她这样说，更激起了我的思念之情。当我要拥抱她时，她如一个幻象一样消失了。现在其他一些阴魂来了，许多是著名英雄的妻子。她们喝了羊血，向我讲述了她们的命运。当她们一个接一个消失之后，在我眼前出现了一个令我怦然心动的景象：走过来的是阿伽门农的阴魂。这个伟大的魂灵忧郁地步向祭坑，喝了鲜血。这时他望向我，认出了我，并开始哭泣起来。他徒劳地想把他的手伸向我。他的四肢瘫软无力，他退回到远处，并从那里回答了我急迫的问候。

“高贵的俄底修斯，”他说，“海神的愤怒没有把我毁掉，城堡中的敌人没有把我制伏。我像被夹在岩石中间的野兽一样，被我的妻子克吕泰涅斯特拉和她的情夫埃癸斯托斯在我洗澡时杀死了。我怀着思念妻儿之情回到家，得到的却是这样的下场。因此，我劝你，俄底修斯，不要完全相信你的妻子，不要因为她的甜言蜜语就把任何秘密都告诉她。可你的妻子贤淑聪颖，忠贞不渝，你是一个幸福的人！在我们离开希腊时，你那还在襁褓中的婴儿忒勒玛科斯现在已是一个青年，他能怀着孩子的爱来热情地接待他的父亲了。我那不忠的妻子在她谋害我之前，从没有让我看到我的儿子一眼。可我依然劝你，要秘密而不是公开地在伊塔刻登陆，因为没有一个女人是可信赖的！”

说罢这些阴郁的话，这个阴魂就转身消失了。现在阿喀琉斯和他的朋友帕特洛克罗斯、安提罗科斯和大埃阿斯的灵魂来了。阿喀琉斯先喝了鲜血，认出了我，他感到吃惊。我告诉他，我为什么来到这里。但当我赞美他生前像神一样受到尊敬，死后在地狱里也统领着死者时，他却恼怒地回答说：“不要对我讲死，俄底修斯！我宁愿在人世做田里的零工，不要财富，没有遗产，也不愿在这儿统治死人。”随后我向他讲述了他儿子涅俄普托勒摩斯的英雄事迹，当他听到有关他儿子的名声和业绩时，这个崇高的阴魂满意地迈着有力的脚步向深渊走去，随即消失了。

其他一些在此期间喝了鲜血的幽魂也都与我交谈，只有埃阿斯的阴魂站在一旁怒气冲冲。在争夺阿喀琉斯的武器的斗争中我战胜了他，他因此自杀而死。我温和地对他说："忒拉蒙的儿子，难道你死后仍耿耿于怀，不忘旧恶吗？你因阿喀琉斯的武器而迁怒于我，可众神就是用它制造了不和。你因此而去，对你的死，我们中每一个人都是无辜的，这是宙斯给我们的灾难。因此，高贵的英雄，抑制你的愤怒，走近我，同我说说！"但这个阴魂没有答话，而是返回了黑暗之中。

现在我也看到了久已死去的英雄：死人的裁判官弥诺斯，强大的猎人俄里翁，提提诺斯和坦塔罗斯。我也很高兴认出了忒修斯和他的朋友庇里托俄斯。但当无数的阴魂发出可怕的喧闹声时，我突然感到一阵恐怖袭来，仿佛女妖墨杜萨朝我掉转过她那蛇发的脑袋似的。我急忙与我的伙伴离开岩缝，重新回到大洋河河岸我们的船只那里。随后我们扬帆继续航行。

塞壬仙女

（俄底修斯继续讲述他的故事）

我们不得不经历的下一个冒险发生在塞壬仙女居住的海岛。这是些唱歌的仙女，谁听到她们的歌声，谁就会被迷住。她们坐在绿色的海滨，向经过此地的旅人唱起迷人的歌曲。谁若被她们吸引过去，谁就必死无疑，因此在她们的海岸遍地都是腐尸白骨。

当我们抵达极富诱惑性的仙女居住的海岛时，我们的船突然停住了，把我们吹到这儿的轻风一下子就静息下来，海水像平镜一样闪闪发光。我的伙伴们卸下船帆，卷起来放倒在船上，然后坐在桨旁，摇桨前进。但我想起了喀耳刻先前说的话："当你经过塞壬仙女居住的海岛，她们用歌声威胁你们时，你就用蜡封住你的朋友们的耳朵，这样他们就听不见。但你自己，如果想听她们的歌唱的话，那你就命令你的朋友把你的双手和双脚绑起来，捆在桅杆上，你越是祈求你的朋友把你放开，他们就应把捆你的绳子绑得更紧！”

当时我一想及此，就割下一大块蜡片，用手把它揉软，然后塞进我的同伴的耳朵里。而他们则按照我的吩咐把我绑在桅杆上。随后他们又重新坐在桨旁，放心地划船前行。当塞壬仙女们看见我们驶近时，都打扮成妩媚的少女，来到岸边，用甜蜜而嘹亮的歌喉唱起她们的歌儿：

来吧，俄底修斯，你这受人赞颂的人，
你是希腊人的骄傲！
把船驶向我们，听听我们的歌唱。
除非听取我们的甜蜜歌声，
还没有一个人在昏暗的船里能从旁划过。
每个人都心甘情愿地返回，
想知道更多更多。
因为我们知道，按照众神的意志，
希腊儿子和特洛伊人曾在特洛伊土地上遭遇到的苦难，
我们知道，在丰饶的大地上发生的一切事情。

当我听到这歌声时，我的心充满了想更长时间听下去的渴望。我用头向我的朋友们示意，把我放开。但他们听不见，只是更快地摇动船桨。其中两个人，欧律罗科斯和珀里墨得斯走过来，像我事先命令的那样，更有力地勒动绳子，把我捆得更紧。直到我们顺利地驶了过去，到了听不到塞壬仙女歌声的地方，我的朋友们才从耳朵里取下封蜡，再把我身上的捆绳解了下来。我由衷地感谢他们的坚定果断。

我们刚一重新踏上航程，我就发现了远处的水雾和一股汹涌的海浪。这是卡律布狄斯漩涡，它每天三次从一块岩石上涌出并再次退回，吞没每一艘落进它当中的船只。我的伙伴由于惊恐，船桨从手中失落。我本人从座位上站了起来，在船上奔跑，到每一个人跟前，鼓起他们的勇气："亲爱的朋友们，"我说，"我们都不是应付危险的新手了。不管遇到什么，也没有比我们在库克罗普斯山洞里更危险的了，可我的智慧帮助你们逃了出来。因此你们大家要听我的。牢牢坐在你们桨位上，勇敢地向浪头划去。我想，宙斯会帮助我们逃离开险境。而你，舵手，要聚精会神，尽你所能掌握好船，穿过狂涛巨浪！靠近岩石，不要驶进漩涡里！"

我就这样在卡律布狄斯漩涡前向我的朋友们发出了警告，这都是喀耳刻事前告诉我的。但她对我讲的怪物斯库拉——我们马上将要面对的——我却聪明地闭口不谈。

可我却忘了喀耳刻的另一个劝告，即是她禁止我武装起来去跟这个怪物进行战斗。我全身束上铠甲，手执两支长矛，站在甲板上，去迎击即将到来的怪物。但尽管我费力地四下环视，却一直没有发现她。我心中充满了死亡的恐惧，向着越来越狭隘的洞口驶了进去。

喀耳刻向我这样描述斯库拉："她是不会死的。光凭勇敢战胜不了她，唯一的办法就是逃离开她。她住在卡律布狄斯漩涡对面的一块被浓云永远笼罩的高高岩石上。这块岩石中间有一个洞，里面一片漆黑。斯库拉就在这里安身，只有听到一种可怖的、在海水上空滚动不已的野狗般吼叫声才知道她现身了。这个怪物有十二只奇形怪状的脚，六个蛇一样的脖子。在每一个脖子上长着一个可憎的脑袋，口中有三排密密麻麻的牙齿，一口就能把她的猎物嚼个粉碎。她的下半身藏在岩洞里，可她的脑袋却从下面伸了出来，扑食海狗、海豚和其他更巨大的海中动物。还没有一条船能完整无损地驶过此地。在船长发觉她之前，她已经把人从船上掠走，放入口中，用她的牙齿嚼成碎片了。”

这个景象在我脑海中出现，我徒劳地四下窥视。这期间我们的船已经接近了卡律布狄斯山岩，它那巨大的洞口把海水吸进，复又喷出。我们为这场景吓得目瞪口呆，并下意识地把船避向左侧，就在这当儿我们一直没有发现的斯库拉来到了跟前，用她的大嘴一下子就从甲板上叼走了我的六个最勇敢的伙伴。我看到我的朋友们在怪物的牙齿中间还向空中摇晃他们的双手和双脚，还从她的大口中呼喊我的名字求救，可顷刻之后他们就成了碎末了。我在漂泊中忍受了那么多的苦难，可还没有看到过比这更悲惨的景象！

逃离开这个可怕的怪物，我们顺利地穿过了卡律布狄斯漩涡和斯库拉山岩，不久阳光充沛的海岛特里那喀亚就在我们的面前了。从老远我们就听到了太阳神的圣牛的哞哞声和他的绵羊的咩咩声。我立即想起盲预言家忒瑞西阿斯的警告，于是把他和喀耳刻对我的提醒通知给伙伴们，要避免去太阳神赫利俄斯的海岛，因为有最最悲惨的命运在威胁我们。这种解释使我的伙伴们忧心忡忡，而欧律罗科斯则怒气冲冲地说道：“俄底修斯，你真是一个残忍的人！难道你真的不许这些精疲力竭的人上岸，并在岛上吃些食品喝些饮料来恢复一下体力？至少得让我们在这个好客的海岸度过这漆黑的一夜吧！”

我的硬心肠被说服了，但我对我的朋友们说道：“我同意了。但你们必须对我许下一个神圣的誓言，如果你们看到了太阳神的牧群，不许杀他的任何一头牛或者一头羊。你们只能去享用好心的喀耳刻给我们的那些食物。”所有的人都心甘情愿地对我立下誓言。随后我们把船驶入海湾，甜水从那儿流入苦涩的海水之中。所有的人全都离船登岸，没等多久，晚餐已经备妥。饭后我们为丧生于斯库拉之口的朋友们痛哭，但由于极度的疲惫，我们含着泪水就沉入梦乡了。

清晨时，宙斯送来了一阵可怕的风暴，我们匆忙地把我们的船拽入一个山洞确保安全。我再次地警告我的朋友们不要去杀圣牛，因为我们从这场迅猛的暴风雨中看出来，我们不得不在这座海岛上停留更长时间。我们确实在这里待了整整一个月，因为经常吹的是南风，偶尔还改吹起东风。但这两种风对我们都没有用途，只要喀耳刻给我们的食品和酒还够用的话，那就没有什么困难。当我们用尽了所有的食品，面临饥饿时，我的伙伴们开始捕鱼捉鸟，而我本人则沿着海岸去巡视一番，看能否遇到一个神祇或一个凡人，好给我指出一条摆脱困境的出路。当我远离开我的朋友孤身一人时，我在海水里洗净双手，卑恭地跪在地上，向众神祈求救助，但他们却使我酣然入睡。

在我不在的这段时间里，欧律罗科斯在我的伙伴中站了出来，并给他们出了一个毁灭性的主意。“朋友们，听我说！”他说道，“对人来说，每一种死都是可怕的，但最最令人恐怖的死是饿死！动手吧，有什么能阻止我们屠宰赫利俄斯的肥牛祭献给众神，而用剩下来的肉让我们饱餐？当我们顺利地回到伊塔刻时，为了求得太阳神的宽恕，我们可以给他修建一座华丽的神庙，为他献上精美的祭品。但若是他眼下发怒并降下一场风暴，把我们的船击沉的话——那我宁愿在海水里一下子淹死，也不愿为此悲惨地在一座荒岛上被折磨致死。”

这番话使我的那些饥饿的朋友听了都非常高兴。他们立即动手，把在附近吃草的太阳神的牛群赶了过来，在他们对众神做了祈祷之后，就把它们宰掉，取出五脏六腑，把内脏与用牛油裹起的牛腰祭给神祇。他们没有酒可祭，因此把清水喷洒在内脏上和牛腿上。剩下的大部分，他们都扎在铁叉上，正当他们大嚼大咽时，我回来了，还在老远的地方我就闻到祭品的香味。我悲哀地向上苍祷告："噢，宙斯父亲和其他神祇！你们使我昏睡，这真是灾难啊，因为在我睡过去的时候，我的朋友们狂妄地犯下怎样的罪行呀！"

这期间太阳神已得到报告，知道了在他的圣地里发生的这种巨大的罪恶。他愤怒地踏进众神之中，向他们控告了那些凡人犯下的罪行。宙斯本人听到后也从王座上暴跳起来，特别是因为阿波罗威胁说，如果罪犯不受到严惩的话，他就把太阳车驶到地狱里去，再也不去照耀尘世了。"你继续照耀众神和人类，阿波罗！"宙斯对他说，"我很快就用我的雷霆把这些该诅咒的强盗的船击得粉碎，使它沉入海底。"

我极为不满地斥责我的伙伴。但遗憾的是一切都已太迟了，摆在我面前的是被屠宰了的神牛。可怕的怪事证明了他们犯下的罪恶：那些牛皮直立着四处爬行，好像它们是活的一样；铁叉上的那些生肉和熟肉都在哞哞叫，就像牛的叫声一样。可我那些挨饿的伙伴根本不顾这些。他们在此大嚼大咽了整整六天。直到第七天，当天气转好时，我们才又回到船上，驶向大海。

陆地早已从我们眼中消失，这时宙斯用一片蓝黑色的乌云笼罩住我们，我们下面的大海变得越来越灰暗。突然一股咆哮的暴风从西方向我们刮来。桅杆上的两条缆绳断了，桅杆朝前倒去，把所有的部件都甩到船上。整个重量砸到舵手的脑袋上，击碎了他的额头，他像一个潜水人一样栽入海里，海浪很快就将他的尸体吞没。现在闪电带着一声响雷朝船击来，把它击裂。我的朋友们都落入大海，他们像游水的乌鸦一样在破船四周挣扎，随着波浪上下起伏，最后都沉了下去。很快船上只剩我一个人，四下里跑个不停，直到船侧从龙骨上脱离出来。这期间我没有失去镇静，抓住一根还系在桅杆上的桅索，把它与龙骨捆在一起。随后我坐到上面，把自己交付给狂涛巨浪，听任它的摆布好了。

终于风暴停止咆哮了，西风止息下来。但随之刮起了南风，它使我陷入新的恐惧，因为我有重新被刮到斯库拉和卡律布狄斯漩涡的危险。事情也确实这样发生了：天刚一亮，我就看见了斯库拉存身的峭壁巉岩和对面可怕的卡律布狄斯漩涡。当我经过漩涡时，它一下子就吞没了桅杆。我本人抓住了从悬崖上垂下来的一棵无花果树的树枝，紧攀住它，像一只蝙蝠似的悬在空中，在卡律布狄斯漩涡上方荡个不停，直到桅杆和龙骨重又从漩涡中涌出，我才利用这一瞬间跳到上面，坐在狭窄的龙骨上面继续划行。

我又在海上漂流了九天。在第十天的夜里，仁慈的神祇终于把我带到卡吕普索居住的俄古癸亚海岛。这个威严的女神照顾我，护理我——我为什么要向你们讲述这些呢？昨天我已经对你，高贵的国王，和你的夫人说过了这最后的一次险遇了！

俄底修斯与费埃克斯人告别

俄底修斯终于讲完了他的冒险故事。

那些听得入迷的费埃克斯人还一直沉醉于他的讲述之中，沉默不语。终于阿尔喀诺俄斯打破了寂静，他说道：“祝福你，你是我的王室接待过的最最高贵的客人！你现在来到了我的国家，我希望你在返归故里时不再迷失正路，并能在不久之后回到你父亲的家园，忘记你所不得不忍受的苦难！现在你们也听着，亲爱的朋友们和我的王宫的常客！在一只漂亮的箱子里已经为我尊贵的客人备好了华丽的服装，此处还有黄金和一些别的礼物，这是我和王子为他准备的。在座的每一个人还要准备一个大型的三脚鼎和一个盆。这份巨大的礼物对个人来说当然是贵重的，但全民大会会对此做出补偿的！”

大家都对他的讲话表示赞成，客人们散去了。翌日清晨，费埃克斯人把所有的礼品都带到船上。随后朋友们一同返回国王的宫殿，在那里共进晚宴。在祭祀完宙斯之后，盛宴开始了。受人尊敬的盲歌手得摩多科斯唱起了动听的歌曲。

可俄底修斯的思绪早已飞走。他常常透过大厅的窗户望着太阳的位置，并热切希望它快些西沉。终于他径直地对宴会的主人国王说道：“受人称颂的英雄阿尔喀诺俄斯，请奠酒于地，让我动身吧！你已经做了我心中希望的一切，礼品已装到了我的船上，航行已准备停当。我多么想在家中看到我那忠贞的妻子，看到我的孩子、亲戚和朋友们安然无恙！愿众神保佑你一切如意！”

所有的费埃克斯人都大声赞同他的祝愿。阿尔喀诺俄斯命令他的使者蓬托诺俄斯再次斟满所有客人的酒杯。现在每个人都从座位上站了起来，不约而同为他们客人的顺利返乡向奥林帕斯众神祭酒。俄底修斯立起身来，向王后阿瑞忒举起酒杯说道：“再见，高贵的王后！我现在返家，愿你和你的孩子、你的人民和你尊贵的丈夫共享快乐！”说罢这话他离开了王宫。俄底修斯刚一回到他的船上，一阵倦意袭来，他躺了下来，酣然入睡。

俄底修斯到达伊塔刻

俄底修斯的船快速而平稳地航行。当启明星在天空中出现，白昼来临时，船向伊塔刻岛驶去，不久就进入安全的港湾，这是敬奉海神福尔库斯之地。两个怪石嶙峋的海峡在这儿从两个方向伸入海中，形成一个安全的海港。在港湾的中间长着一棵枝叶茂盛的橄榄树，在它旁边是一个漂亮的山洞，里面朦胧迷茫，仙女们就住在这儿。在洞里摆了成排的石坛石罐，蜜蜂就在里面酿蜜。这儿还有石制纺织机，仙女们用紫线织成华丽的衣服。那些费埃克斯水手在这个山洞登上陆地，把酣睡的俄底修斯抬出船外，放在橄榄树下的山洞前，把国王阿尔喀诺俄斯和诸王子的礼品堆放在身边，没有唤醒俄底修斯就返回了船上。

但海神波塞冬却对费埃克斯人大为恼火，他们竟在雅典娜的帮助下放走了他的猎物，于是他请求众神之父宙斯允许他对他们的船进行报复。他答应了他。当这艘船扬帆疾行临近费埃克斯人的国土斯刻里厄岛时，波塞冬从海浪中现身出来，用手掌一击，随之又在海水中消逝而去。被击中的船，连同船上的一切突然变成了一块岩石，牢牢地立在大海之中。

这期间躺在伊塔刻海滨的俄底修斯从沉睡中醒了过来，但由于多年远离，他已认不出故乡来了。由于雅典娜给他罩上一层迷雾，他变成了一个生人，在那些求婚者没有为他们的恶行受到惩罚之前，他的妻子和他的同胞都不能认出他来。现在英雄所看到的一切都令他感到陌生：曲折的小路、海湾，高耸入云的山崖，高高的大树。他从地上站了起来，畏葸地环顾四周，击打自己的额头，痛苦地喊道："我这个不幸的人，我又到了一个什么样的陌生地方，置身在什么样的怪物之中？我带着这些礼品跑到哪儿啦？我真不如留在费埃克斯人那里，我在那儿受到了那么友好的款待！但现在他们也出卖了我，他们答应把我送到伊塔刻，可却把我丢在这个陌生的地方。宙斯会惩罚他们的！”

当俄底修斯忧心忡忡，为故乡而悲哀得在海滨不知所措时，雅典娜女神化身为一个温柔可爱的青年牧羊人来到他的身边，他打扮得像一位王子，身穿精美的服装，脚蹬一双漂亮的靴子，手执长矛。俄底修斯很高兴遇到一个人，他和蔼地问他，这是什么地方，是在大陆还是海岛。“如果你首先问及此地的名字的话，”女神回答说，“那你一定是从远方来的。我保证，无论哪儿，人们都认识这个地方。尽管这儿山多岭峻，不能像在阿尔戈斯那样饲养马群，但并不因此而贫穷，葡萄和粮食长得茂盛，牛羊成群，此处还有森林和泉水。它也因它的居民而名扬遐迩，就是去到遥远的特洛伊问问，那儿也会有人讲起伊塔刻岛的事情！”

俄底修斯听到他故乡的名字，心里高兴极了，但是他却小心翼翼，不把他的名字立即就告诉给这个所谓的牧人。他说，他是带着他的一半家产从远方的海岛克里特来到此地，他把另一半的财产留给在那儿的儿子。因为他杀死了掠夺他财产的强盗，被迫逃离家园。雅典娜听到这话不禁微笑起来，突然变成一位妩媚的窈窕少女。“真的，”她对他说道，“若想在计谋上胜过你，那一定得是一个此中高手，即使他是一个神！甚至你在自己的国家里也不露真相！可我们不再谈这些，你确实是凡人中最聪明的人，正如我是众神中最睿智的一样。但你可没有认出我来，没有想到，你身处所有的险境时我一直都在你的身边，并使费埃克斯人对你优待有加。现在我来是为了帮助你把这些礼物隐藏起来，同时告诉你，你在自己的王宫里要经受怎样的考验和给你一些忠告。”

俄底修斯惊讶地仰望着女神，并回答她说："当你以各种形象显身时，遇到你的凡人有谁能认出你呢，高贵的宙斯女儿！自从特洛伊毁灭之后，我一直没有看到你的真相。但现在请看在你父亲的分儿上告诉我，我已身在可爱的故乡，这是真的吗，或者你在用假象来安慰我的心灵？""用你自己的眼睛来看嘛！"雅典娜回答说，"难道你认不出那是福耳库斯海湾，认不出那儿的那棵橄榄树，你曾经献上祭品的仙女洞，那阴暗的树林茂密的高山？"

雅典娜一边说着，一边把他眼前的迷雾驱散，故乡的景象清晰地展现在他的面前。俄底修斯欢快地扑倒在地，亲吻大地并向女神祈祷。随后女神帮助他把带来的礼品搬进岩洞，放好之后用一块巨石把洞口封上，现在女神和俄底修斯坐在橄榄树下，讨论如何去结果那些求婚人，雅典娜详细地向她保护的英雄讲述了他们在他家中的胡作非为，讲述了他妻子的忠贞。"痛苦啊，"俄底修斯听了这一切就喊了起来，"仁慈的女神，若是你不把这些事情告诉我，那我会像阿伽门农在密刻奈一样惨死在自己家中。但如果你保证帮助我，就是三百个敌人我也毫无畏惧。"

女神回答说："放心吧，我的朋友，我永远不会使你失望的。我首先要做的是使你在这个岛上不被人认出来。让你强壮身体上的肌肉萎缩；使你头上的金发消失；要你衣着褴褛，每一个人见到你都感到可憎；我要使你炯炯有神的眼睛变得呆滞，不仅是那些求婚人，就是你的妻子和你的儿子都感到你丑陋不堪。你先去找那个牧猪人，他是你最最忠实的仆人，有一颗对你忠贞不移的心。你能在科拉克斯崖石旁的阿瑞图萨山泉找到他。你坐在他的身旁，询问家中发生的所有事情。这期间我去斯巴达把你亲爱的儿子忒勒玛科斯召回，他正在那儿向墨涅拉俄斯探听你的消息。"

女神说着并用她的神杖轻轻地触了他一下，随之他的四肢就一下子委顿下来，变成个鹑衣百结的肮脏乞丐。她递给他一根棍子和一个挂在肩上的破烂口袋，然后就消失了。

俄底修斯与牧猪人在一起

俄底修斯就以这样的打扮穿过草木葱茏的高山前往他的女保护神指点给他的地方，他在山的高原上找到了牧猪人欧迈俄斯。欧迈俄斯在这儿用石头为他的猪群修建了一个猪场，他正在切割漂亮的牛皮，为自己做一双鞋底，并没有注意到俄底修斯的到来。但狗却发现了他，于是都吠叫着朝他扑了过来，若不是牧猪人及时叫住它们，并用石头把它们驱散的话，都会把他咬伤。欧迈俄斯转向他的主人，可把他看成是一个乞丐，说道："噢！老人，差点让狗把你撕成碎片，那你可就真的给我添了麻烦，我现在的苦恼已经够多的了！我帮不了我那个可怜的身在远方的主人的忙，这使我忧心忡忡，愁肠百结呀。我坐这儿，为另外一些人把猪养肥，供他们吃喝享乐，而我的主人飘零在异乡，苦难中也许连一片面包也吃不到。可怜的人，到茅屋里来吧，吃点喝点。饱了时就告诉我，你来自何处，受到何种折磨，因为你看起来是这样的可怜！"

两个人进入茅屋。牧猪人给来人在地上铺上叶子和树枝，铺上他自己的褥子，这是一张乱蓬蓬的大野羊皮，然后叫他躺下。俄底修斯对他的热情招待表示感激，对此欧迈俄斯回答说："老人，人们不能怠慢客人，哪怕他是一个一无所有的人。我的招待自然是微不足道的，若是我的主人在家的话，那我会做得更好的。他会给我房屋、财产和女人，我对陌生人的款待会是另一个样子了！可他死了。愿海伦那一家人得到恶报，她使多少勇敢的人都命丧异乡！”

随后牧猪人走到猪圈，捉了两个猪崽杀了，用来招待他的客人。他切下肉，放到铁叉上，把烤好的肉递给客人。他从一个罐子里把酒斟到一个木碗，放在陌生人的对面，并说道：“吃吧，陌生人，这是我们最好的了！新杀的猪崽肉，因为肥猪都让求婚人给吃掉了，这些无法无天的家伙，他们的胆子比最无耻的海盗都大，一点也不怕神的惩罚！也许他们听到我的主人死亡的消息，他们向他的妻子求婚，可完全不像其他人那样，而是从不回家，心安理得地去挥霍他人的家产。他们日日夜夜宰猪，不是一只就是两只，不，是多只，而酒呢，总是一桶接着一桶。啊，我的主人很富有，有其他二十个人的财产加起来那么多！他在乡下有十二群牛，同样多的绵羊群、猪群和山羊群。仅在这个地方就有十二群山羊，都由勇敢的牧人看管。他们得每天给求婚人送去挑选出来的雄山羊。我是他管理猪群的头头，可也必须每天挑出最好的公猪，送给这些贪得无厌的馋鬼！”

在牧猪人说这番话期间，俄底修斯匆匆地吃肉，快速地喝酒，一句话也没说。他心里在想，如何向那些求婚人进行复仇。当他吃饱喝足时——牧猪人又一次给他斟满酒杯，俄底修斯举杯向他表示感激，并说：“亲爱的朋友，把你主人的事情向我讲得更详细些！我根本不可能认识他，也不可能在什么地方遇到他，因为我是一个浪迹天涯四海为家的人！”但是牧猪人完全不相信他的话，说道：“你以为，一个要我们讲述我们主人事情的四处游荡的人，能那么轻易得到我们的信任吗？一些流浪人来到我的女主人和她的儿子面前，用他们编出来关于我们可怜主人的童话，使他俩感动得满脸流泪，于是给他们衣物，热情招待。可他们都是来骗吃骗喝的，这种事情已经发生多次了。啊，我再也没有一个那么仁慈的主人了，他是那么可亲可爱。我一想到我的主人俄底修斯，我觉得根本不是在想我的主人，而是在想我的一个兄长。”

“我亲爱的人，”俄底修斯回答他说，“你那颗狐疑不定的心是那么肯定他不会回来，好吧，我向你起誓：俄底修斯会回来的。当他回来，我自然会向他要我的酬劳，披风、衣服，尽管我现在破衣烂衫，可不想编出一套谎话来骗取这些东西。我恨死那些说谎的人了。听着，以宙斯、以这张好客的饭桌、以俄底修斯的牧群为证，我发誓，当这个月过去时，俄底修斯一定会回到他的家里，并惩罚那些竟敢欺侮他的妻子和儿子的求婚人。”“噢，老人，”欧迈俄斯回答道，“当俄底修斯回家时，我不会为你的这个消息少付报酬的。不要胡编了，好好地喝你的酒，谈点别的。你的起誓就算了！对俄底修斯我再也不抱希望了，只是他的儿子忒勒玛科斯现在叫我担心。我希望在他身上重新看到他父亲的精神，但一个神祇或是一个人却把他的思想弄乱了。他去了皮罗斯，打探他父亲的消息，可这期间那些求婚者却在半道上埋伏，准备消灭掉古老的阿耳喀西俄斯家族的这最后一根苗苗。老人，现在该你告诉我来自哪个地方了，你是谁，为什么来到伊塔刻？”

于是这个有创作才能的俄底修斯向牧猪人讲了一个长长的故事：他来自克瑞忒岛，是一个有钱人的家道中落的儿子，经历了各式各样的冒险。他也参加了特洛伊战争，在那儿认识了俄底修斯。在返乡的路上，风暴把他卷到忒斯普洛托斯海岸。从那儿的国王嘴里他又听到了一些关于俄底修斯的消息。俄底修斯曾在国王那里做客，可在他到达之前就离开，到多多那去求宙斯的神谕了。

当他编的这套谎话说完时，牧猪人十分感动地说：“不幸的陌生人，你如此详细地描述了你的海上漂泊，令我十分激动。但是有一点我不相信你，这就是你讲的关于俄底修斯的事情。你不必白费力气用这样的谎话来讨好我了，反正你会受到很好的招待的。”

“好心的牧人，”俄底修斯回答说，“我建议同你打个赌。如果俄底修斯真的回来了，那你就给我一件披风和衣服，送我到想要去的杜里希翁去；如果你的主人没有回来，那就让奴隶们把我从悬崖上扔进大海。这样其他人就不敢撒谎了。”“我这样做是该受诅咒的！”牧猪人打断他的话说，“我把我的客人带进茅屋，加以招待，然后再把他杀死，怎么能这样做？那样在我的一生里再也不要向宙斯祈祷了！该是吃晚饭的时候了，让我们快活些吧。”

当奴隶们带着猪群从草场放牧归来时，牧人命令他们宰杀一头五岁的肥猪来款待他的客人。一部分祭献给仙女们和神祇赫耳墨斯，另一部分他递给那些去放牧的奴隶，最好的部分他分给了他的客人，尽管他在他的眼里是一个乞丐。这使俄底修斯深受感动，他感激地喊道：“好心的欧迈俄斯，愿宙斯爱你，我这个人如此穷苦，可你对我却是如此的尊敬。”牧猪人友好地与他共同进餐。这期间外面乌云遮住了月亮，西风呼啸，不久大雨倾盆。俄底修斯衣衫褴褛，感到发冷。欧迈俄斯为他的客人在离篝火不远的地方支起一张床，用绵羊皮和小羊皮把它铺好。在俄底修斯躺下之后又给他盖上一个大的衣袍，这是他本人在严冬时穿的。

俄底修斯躺在那里暖暖的，其他一些奴隶睡在他旁边。欧迈俄斯不在茅屋里过夜，而是手执武器到外边的猪圈去，背上扛着宝剑，身穿一件厚厚的衣袍。他把一张羊皮铺在下面，手里拿着一根锋利的长矛，防御强盗和野狗。他躺了下来，守护着猪栏，抵抗着凛冽的北风。当牧猪人离开茅屋时，俄底修斯还没有睡着，他关心地望着欧迈俄斯的身影，心里庆幸自己有这样一个忠心耿耿的仆人。他虽然认为主人早已死去，可仍小心翼翼地看管主人的家产。怀着这样的情感，俄底修斯安谧地入睡了。

忒勒玛科斯离开斯巴达

这期间女神雅典娜前往斯巴达，并在墨涅拉俄斯王宫的床榻上找到了两个年轻人，来自皮罗斯的涅斯托耳的儿子珀西斯特拉托斯和来自伊塔刻的忒勒玛科斯。珀西斯特拉托斯很快就入睡了，但忒勒玛科斯却彻夜不眠，他为父亲的命运而忧心忡忡。这时宙斯的女儿雅典娜出现在他的床前，说道："忒勒玛科斯，你不该远离你的家乡在外流浪，让那些胡作非为的人在你的宫殿里瓜分你的家产。快请求墨涅拉俄斯送你回家，否则你的母亲就要成为求婚人的一个战利品。她的父亲和兄弟们正在催逼她，要她选欧律玛科斯做她的丈夫，因为他献上的礼品比其他人都多，而且还有丰富的新郎聘礼。若是她选上了这个人的话，那你自己就会看到，情况会很糟的！因此，快点回家，在最坏的情况下，把你的家产交给一个忠实的女仆，直到众神赐予你一个高贵的妻子时为止。

"但还有一点要记住：一些勇敢的求婚人埋伏在伊塔刻和萨墨岛之间的海峡，他们准备在你重返家园之前在那里杀死你。因此你只能在夜里避道而行，有个神祇会为你送上一股顺风。当你抵达伊塔刻的海岸时，你要立即派你的伙伴进城，但你本人首要的是前去找你那个看管猪群的忠实的牧猪人！在他那儿你待到第二天清晨，并把你从皮罗斯顺利返乡的消息告知你的母亲珀涅罗珀！"

朝霞刚一泛起时，墨涅拉俄斯就从床榻上起身了，比他的儿子起得还早。当忒勒玛科斯从远处看到他穿过大厅走来时，迅即穿上衣服，披上披风朝他走去，并请求他允许自己返家。墨涅拉俄斯亲切地回答他说：“亲爱的客人，如果你思念家乡，我当然不能留你再待下去。可要等我把给你的礼物放到车上，让女仆们为你准备好一桌盛宴。”“高贵的墨涅拉俄斯，”忒勒玛科斯回答说，“我之所以要急于返乡，是为了防止在我打探父亲消息期间遭人暗算，因为我的家产已被挥霍，我的敌人正伺机杀害我。”

墨涅拉俄斯一听到这话，就火速叫人准备饭菜，并与海伦的儿子墨伽彭忒斯一道去藏宝室。他亲自挑选出一只金杯，让他的儿子带着一个华美的银罐，海伦从她的箱子里她亲手缝制的衣服里找出一件最美和最大的。他们带着这些礼物返回到客人身边。墨涅拉俄斯把杯子递给忒勒玛科斯，他儿子把银罐放到他跟前，而海伦则手捧衣服走向他并说道：“亲爱的孩子，收下这件礼物，这是出自海伦之手的一个纪念品。在新婚的那一天披到你年轻的新娘身上，此前你把它放在你母亲的内室里。祝你愉快而平安地返回你父亲的宫殿。”

忒勒玛科斯怀着深深的谢意收下了这些礼品。当他和他的伙伴登上车时，墨涅拉俄斯又一次走到车前，他右手擎起酒杯向神祇祭酒，祝他们一路顺风，与他们握手作别，并请他们向他的老朋友涅斯托耳问候。正当忒勒玛科斯表达他的谢忱时，一只大鹰爪中抓着一只温顺的白鹅，正好在车前飞掠而过，一大群男人和女人在后面叫喊着紧追在后面。所有人都为这一征兆欢欣雀跃，而海伦说道：“朋友们，听我的预言！如同这头鹰抓走我们家养肥的这只鹅一样，俄底修斯在长期漂泊和受难之后将作为一个复仇者返回家园，去杀死那些养得脑满肠肥的求婚人！”“愿这是宙斯的旨意，”忒勒玛科斯回答说，“高贵的王后，那我要在家里常年为你祈福，像为一个女神那样。”随后两个客人策马驱车，第二天他们就顺利地抵达皮罗斯城，忒勒玛科斯在这儿依依不舍地与他的朋友告别，并没有前去涅斯托耳的宫殿，随即乘船向故乡进发。

和牧猪人交谈

当天晚上俄底修斯与欧迈俄斯及其他牧人在茅屋里一同进餐。他为了考验欧迈俄斯，看他能留自己在这儿住多久，就在饭后对他说道："我的朋友，明天我要持棍进城求乞，不想再长时间给你们增添麻烦。请给我指点路，因为我要在神的名义下沿街乞讨，看能否得到少许酒和面包。我也想进入俄底修斯国王的宫殿，并告诉他的妻子珀涅罗珀我所知道的关于他的消息。最终我也想向求婚人求一份能给我吃住的工作。我能劈柴、生火、烤肉和斟酒，以及高贵人要求下贱人做的一切营生。"

但牧猪人皱起眉头回答他说："客人，你怎么会产生这么一个去毁灭自己的念头？你认为那些狂妄的求婚人会对你伺候他们感兴趣？他们有一大群另外的仆人！那都是穿着华贵衣服的年轻人，长着漂亮的脸蛋，头上抹着香膏，他们布置餐桌，摆上肉、面包和美酒，环立四周，等候吩咐。你还是留在我们这里吧，你既不会给我也不会给我的人增加负担，等着俄底修斯的好心儿子归来，他一定会帮你解困脱难的！"

俄底修斯感激地接受劝告，并随即请求牧猪人讲讲他主人双亲的情况，是还活着或者已不在人世了。"他的父亲拉厄耳忒斯还活着，"欧迈俄斯回答他说，"但他为他不在的儿子而悲恸，他的母亲则因思子心切而一命归阴。我为这善良的老主妇之死深感悲痛，是她把我与她的女儿一道养大成人，像对待一个儿子一样。后来，她的女儿嫁到萨墨岛，她像母亲一样为我打点行李，送我到乡下。现在我失去了许多东西，我靠我这儿的工作，养活我自己。现在的王后珀罗涅珀不能为我做什么了。她被求婚人包围和监视，一个忠实的仆人根本不可能到她跟前去。”

他俩几乎是彻夜长谈，睡得很少，直到黎明的曙光又把他们唤醒。

忒勒玛科斯返家

在同一天清晨，忒勒玛科斯与他的伙伴在伊塔刻海滨靠岸。他遵照雅典娜的劝告，吩咐他的同伙继续划船，朝城市驶去，并答应他们，改天用一顿丰盛的宴席来对这次旅行表示答谢，而自己则上路去牧猪人那里。此时俄底修斯和牧猪人正在茅屋内用早餐，奴隶们把猪从圈内驱赶出来。正当他们坐在那里快意地享用饭菜时，听到从外边传来的脚步声，狗变得焦躁起来，但却没有吠叫。“肯定有朋友或熟人来拜访你，”俄底修斯对牧猪人说，“因为若是生人，狗的行动会是另一个样子，这是我的经验！”这话还没有完全说完，他的可爱的儿子忒勒玛科斯就已站在门前了。牧猪人由于惊喜杯子失手落地，他匆忙迈向少主人，拥抱他，哭泣着吻他的脸、眼睛和双手，仿佛他的少主人死而复生似的。当忒勒玛科斯进入屋内，他的父亲俄底修斯要为他让座时，欧迈俄斯友好地说道：“你坐着吧，陌生人。”

这期间牧猪人已为他的少主人铺上一个由绿色树叶做成的垫子，上面加上一张羊皮。忒勒玛科斯朝着两人坐了下来，牧猪人端来一锅烤肉，摆上面包篮子，用木碗斟上酒。他们三人在一起共同进餐。这时忒勒玛科斯向他的仆人问起陌生人，牧猪人简短地讲了讲他从俄底修斯那儿听到的情况。“他是从一艘忒斯普洛托斯船上，”他结束时说道，“逃到我这里的。我把他交给你，随你怎样去安置他好了。”“你的话令我忐忑不安，”忒勒玛科斯回答说，“家里是这么一个样子，我怎能去保护他？最好是你把他留在这儿，我会给他送来衣服、披风和鞋的，再加上一把宝剑和足够的食品，这样就不会成为你和你的奴隶的负担。只是我不能同意他去求婚人那里，因为这些人在我家里为所欲为，甚至一个强壮有力的人也不能奈何他们。”

装作一个乞丐的俄底修斯对此感到惊讶，这些求婚人竟然对主人的儿子如此放肆无礼。“难道是人民仇恨你，或者你与兄弟们不和，或者是你心甘情愿忍受屈辱？如果我要像你这样年轻，如果我若是俄底修斯儿子的话，那我宁愿让一个陌生人把我的脑袋砍掉，宁愿死在自己的家里，也不愿目睹这样的恶行！”忒勒玛科斯对此回答说：“不是，亲爱的客人，人们不仇恨我，我也没有与我为敌的兄弟，我是家里唯一的孩子。但敌视我的人都是来自伊塔刻周围岛屿和本岛的那些向我母亲求婚的人。她躲避他们，无法对抗他们，不久我的家产就会被挥霍一空。”随后他转向牧猪人说道：“你，好人，替我做件好事，进城去我母亲珀涅罗珀那里，告诉她说我在这儿，可不要让任何一个求婚人听见。”

俄底修斯向儿子表明身份

女神雅典娜正等待欧迈俄斯离开茅屋的机会。这时她化身为一个美丽的少女出现在门口，但是忒勒玛科斯看不见她，只有他的父亲和狗看得清清楚楚。这些狗不但不吠叫，反而是哀鸣着爬到庭院的另一侧。女神示意俄底修斯，立即跟她离开茅屋。她站在院墙旁对他说道：“俄底修斯，现在你不需要再在你儿子面前隐瞒自己了。你们该共同进城去杀死那些求婚人。我自己也与你们在一起，因为我太想去惩罚这群无赖了！”女神说着并用她的金杖触了触乞丐。于是奇迹发生了：英雄又重新恢复了青春，他的身躯伟岸，他的面容神采奕奕，双颊丰满，头发稠密，额部已长出黑黝黝的鬈须，他身着披风和衣服，像从前一样。在这一切发生之后，雅典娜消逝了。

当俄底修斯再次回到茅屋时，儿子惊奇地望着他，认为是见到了一位神祇，他目光一变并说道：“陌生人，你看起来跟刚才完全不一样了，你穿上了另外的服装，你的身材变了，你真的是一位神祇！让我们为你献上祭品并请你保佑我们。”“不，我不是一位神祇，”俄底修斯喊道，“认认我吧，孩子，我是你思念多年的父亲呀！”随着这句话，长年抑制的泪水夺眶而出。他冲向儿子，把他拥在怀里。但忒勒玛科斯依然不敢相信。“不，不，”他喊叫起来，“你不是我父亲俄底修斯，你是一个恶魔，在欺骗我。这只能使我陷入更深的痛苦。一个人怎能用自己的力量变化成这样！”“亲爱的儿子，你不要对你返家的父亲感到惊讶，”俄底修斯说道，“我离开故乡二十年了，现在回来了，是我，不是别人。这是雅典娜女神的一个奇迹，她时而把我变成一个乞丐，时而变成现在的样子。把一个伟人一会儿变得卑贱，一会儿变得高贵，这对神祇来说不费吹灰之力呀。”

俄底修斯坐了下来，现在孩子才敢热泪盈眶地拥抱起父亲。长期的悲恸使父子俩百感交集，他们开始大声哭了起来，他们的痛苦令人撕心裂肺。终于忒勒玛科斯问父亲是怎样回到故乡来的，俄底修斯向他说了自己的遭遇，随后他说道：“我的儿子，按照雅典娜的指示，现在我在这儿要同你商量，如何去杀死我们的敌人。把那些求婚人的名字一个一个都告诉我，这样我就知道是不是单独我们两个人就能对付他们了，或者我们得去寻找帮手。”

“根本不行，”忒勒玛科斯回答说，“我们俩没法去对付这么多人。他们不是十个或二十个，而是多得多。仅从杜利希翁就来了五十二个勇敢的年轻人，外带六个仆人；从萨墨岛来了二十四人；从扎京托斯来了二十人；甚至还有十二人来自伊塔刻。同他们在一起的还有使者墨冬、一个歌手和两个厨子。因此，若是可能的话，我们得找人帮助。”

“不要忘了，”俄底修斯随即说道，“雅典娜和宙斯是我们的同盟者，一旦在王宫里发生战事时，他们很快就会援助我们的。亲爱的儿子，我们这么做：你明天早晨回到城里去，置身在求婚人中间，仿佛没有发生任何事情。我重新变成一个乞丐，让牧猪人带领我随后前往。在大厅里不管他们如何辱骂我，甚至他们把我打翻在地，拽着脚把我拉到门外，你必须控制自己，对这一切都加以忍受。你可以用话去安慰他们，但他们不会听你的话，这样他们就算死定了。看我的眼色，你把挂在大厅里的那些武器和装备都摘下来，藏到宫殿的顶层阁楼里。若是求婚人发现它们不在并问起此事时，你就说，你让人把它搬走了，因为炉火的烟熏会使它们失去光泽。你只留下两把宝剑，两支长矛和两面牛皮盾牌。若是他们敢于抵抗时，我们就能拿起它们来进行战斗。此外不要让任何人知道俄底修斯已经回来了，连拉厄耳忒斯和牧猪人，甚至连你的母亲都不要告诉。这期间我们要考察一下那些仆人和杂役，看谁对我们还怀有敬畏之心，谁忘记了我们，谁对你不恭。”

“亲爱的父亲，”忒勒玛科斯回答说，“你完全可以对我放心。但我不认为这种考察有多大用处。考察每一个人在你不在和那些人在王宫里挥霍你的财产期间的表现，那需要很长时间。对家中那些女仆们的考察由我本人来进行，而对宫中的那些男人，当我们重新成为主人时，那时再进行也不迟。”俄底修斯觉得儿子说得有理，并对他的深思熟虑感到高兴。

城内和王宫

这期间，把忒勒玛科斯及其伙伴从皮罗斯带到伊塔刻的那艘船已经抵达城市的港口，他们派出一个使者去见王后珀涅罗珀，告诉她，她的儿子已经返家的消息。与此同时，牧猪人也从乡间带来了同样的信息，这两个人在王宫里遇到一起。使者在所有女仆面前对珀涅罗珀大声说道：“王后，你的儿子已经回来了。”但欧迈俄斯却在没人在场时秘密地向她转达了她儿子所说的话，特别是让她派人到他的祖父拉厄耳忒斯那里，也把这一喜讯告诉给他。牧猪人说完之后就又偷偷地返回照看他的猪群去了。

求婚人从不忠的女仆那里知道了使者带来忒勒玛科斯返家的消息。他们愠怒地聚在一起，坐在宫门前的凳子上，欧律玛科斯说道：“我们没有想到，这个孩子竟能如此顽强地完成了这次绕行。让我们赶快派一艘快速帆船去通知埋伏在海峡的朋友，不要白白地等在那里了，叫他们回来。”可当另一个求婚人安菲诺摩斯转身向海港望去时，他看到，他们朋友们乘的那艘船业已抵达海港了。

“不需给他们去传递消息了，”他叫道，“他们已到了这里。也许是一个神祇告诉他们忒勒玛科斯已经回到了家里；也许是他逃掉了，他们没能追上他。”求婚人站了起来，奔向海岸。随后他们与从船上下来的人一起来到广场，在这个广场上他们只许自己人集会，其他人一律不许入内。安提诺俄斯是去埋伏的那群人中的头头，他站了出来说道：“朋友们，他从我们手中溜掉了，这不怨我们！我们每天都派人去海岸高处巡视。当太阳落山时，我们夜里从不留在陆地上，而是不断地在海峡巡逻，想去捉住忒勒玛科斯并悄悄地把他杀死。但一定是有一个神祇帮助了他，因为没有一艘船在我们面前出现过！我们要在城里把他结果掉，因为这个孩子太聪明了，他慢慢就会长大胜过我们。”

在他讲完这番话之后，求婚人长时间沉默不语。最终尼索斯的儿子安菲诺摩斯站了起来，他是求婚人中最高贵和最明智的人，他那机智的言辞甚至都引起了王后珀涅罗珀的注意。他在会上发表了他的意见："朋友们，"他说道，"我不愿我们秘密地杀害忒勒玛科斯！去谋害一个古老王族的最后一个后裔，这有些令人憎恶。最好让我们事前问问众神，若是宙斯做出同意的表示，那我本人就去杀死他；若是众神反对我们这样做，那我劝告你们，放弃这个念头。"

求婚人赞成他的这番话，他们推迟了他们的计划，返回宫殿。这次是王后的秘密拥戴者使者墨冬把在会议上听到的都告诉给了她。珀涅罗珀听到争执，匆忙与女仆们一道来到大厅中求婚人那里。她连面纱都顾不得披上，用一种激烈得令人动容的言辞对这个恶毒计划的倡议人说道："安提诺俄斯，你这个无耻的教唆犯，伊塔刻人错误地尊你为你的伙伴中最明事达理的人，可你从来就不是这样。你蔑视那些连宙斯都同情的不幸者的声音，竟然胆大到想去杀害我的儿子。"

代替安提诺俄斯答话的是欧律玛科斯，他说："高贵的珀涅罗珀，你不必为你儿子的性命担心。只要我活着，那就不会有人敢去动你的儿子。俄底修斯曾经多次把我抱在他的膝上摇动，并往我嘴里放进好吃的东西！因此他的儿子也是所有人中我最喜欢的人。他不必担心自己会死，至少是不会被求婚人杀死。如果神要他死，那任何人也无法逃避！"这个伪善者说话的表情十分和蔼，但他心里想的不是别的，而是死亡。

珀涅罗珀又回到她的后宫，投身床上，为她的丈夫恸哭不止，直到精疲力竭睡了过去。

忒勒玛科斯、俄底修斯和欧迈俄斯来到城里

在同一天晚上，牧猪人回到他的茅屋，这期间俄底修斯和他的儿子忒勒玛科斯正在忙于把一头宰了的猪用作晚餐。俄底修斯由于被雅典娜的神杖的触动又变成了一个衣衫褴褛的乞丐，这样欧迈俄斯就不能认出他来了。“你从伊塔刻带来什么消息了？”忒勒玛科斯问道，“那些求婚人还一直埋伏在那儿等我，还是他们已撤了回来？”欧迈俄斯向他报告了他看到的两艘船，忒勒玛科斯满意地笑着朝他的父亲示意，但却不让牧猪人注意到。他们共同进餐，然后躺下休息。

一清早忒勒玛科斯就动身进城。但此前他对欧迈俄斯说：“老人，我现在得进城去见我的母亲。随后你与这个可怜的外乡人一道前去，使他能沿街乞讨。我不能把整个世界的重负都担起来。我自己的苦恼已经够多的了。”俄底修斯对儿子的掩饰本事打心眼里感到惊喜，于是他也说道：“亲爱的年轻人，我自己也不打算再在这儿待下去。一个乞丐在城市会比在乡下活得更好。你走吧，等我在炉边暖暖身子，天气变得暖和些，你的仆人就可以陪我进城了。”

忒勒玛科斯匆忙赶向城里。当他到达宫殿时，天还很早，那些求婚人还没有露面。他把他的长枪倚放在门柱上，跨过石制门槛进入大厅。女管家欧律克勒亚正忙于用精美的毛皮去铺垫椅子。当她看到少主人时，她饱含欢喜的泪水跑向他，欢迎他归来。其他女仆也围了过来，吻他的双手，吻他的双肩。这时他的母亲珀

涅罗珀从房间里走了出来，她妖娆得像女神阿尔忒弥斯，美丽得像爱神阿佛洛狄忒。她哭着把儿子揽于怀抱，吻他的脸和眼睛。"自从你偷偷地前去皮罗斯打听你亲爱的父亲的消息之后，"她啜泣地喊道，"我就没指望能再见到你！快告诉我，亲爱的孩子，你带回来什么消息了？"

"啊，母亲，"忒勒玛科斯回答说，他不得不极力控制住自己的真实情感，"我自己刚刚从死亡中逃脱出来，不要再提起父亲的事情令我苦恼了。你现在去洗浴，穿上洁净的衣服，与你的女仆一道去祭祀众神，愿他们保佑我们去报仇雪恨。我本人要去市集，把一个外乡人领进家里。他在路上陪伴我，现正在等我去叫他。"珀涅罗珀听从他的劝告，忒勒玛科斯则奔向市集，他手执长枪，他的那些猛犬跟在后面。雅典娜使他变得雍容华贵，这令所有的市民惊羡不已，就是那些求婚人也立即集聚一起围了上来，对他大加奉承，而心里却怀着鬼胎。

可忒勒玛科斯并没有在他们中间停留多久。他坐到他父亲的老朋友门托耳、安提福斯和哈利忒耳塞斯身边，把一些可以讲的事情讲给他们听。随后他向四处漫游的预言家忒俄克吕摩诺斯——他此时暂住在他的朋友珀拉俄斯处——表示欢迎，并带他入宫。在这儿两人洗了个舒服的晨浴，并与珀涅罗珀在大厅里共进早餐。这时珀涅罗珀忧郁地对儿子说："忒勒玛科斯，我最好是回到内室，在那儿孤独地以泪洗面，像我一向所做的那样，因为你不愿意告诉我你听到的关于你父亲的消息。"

"亲爱的母亲，"忒勒玛科斯回答说，"我愿意把我听到的一切都告诉你，但愿能使你得到宽慰！涅斯托耳老人在皮罗斯热情地接待了我，但关于父亲的事他根本没有什么可告诉我的，但他把我同他的儿子送到斯巴达。我在那儿受到了伟大的英雄墨涅拉俄斯的殷勤款待，也看到了王后海伦，就是为了她，特洛伊人和希腊人遭受了那么多的磨难。在那儿我终于得到一些关于父亲的消息，这是海神普洛透斯在埃及告诉给墨涅拉俄斯的。他说，他看见父亲在俄古癸亚岛上陷入困境。仙女卡吕普索强把父亲留在她的洞穴里，他没有船和水手，无法返回家乡。”

预言家忒俄克吕摩诺斯为王后的戚容而感动，他打断了年轻主人的话，说道：“王后，他知道的不是全部。请听我的预言，俄底修斯已经回到他的家乡了，现在在某一个地方，或者正秘密地等待时机，要把那些求婚人斩尽杀光，这是真的，征兆已经告诉了我这一切。”“高贵的客人，愿你的话得到应验，”珀涅罗珀长叹了一声，回答说，“那时我会感谢你的。”

在这三个人谈话期间，求婚人像通常一样在宫前掷铁饼，投长矛；最终到午饭时他们返回宫内进餐。

这当儿牧猪人欧迈俄斯和他的客人已经在前往城市的路上了。装作是乞丐的俄底修斯肩上背了个破口袋；牧猪人递给他一根棍子，把院子交给奴隶们和狗看管。他俩到达城市水井那里，在那儿遇见了牧羊人墨兰透斯和他的两个奴隶，他们正赶着肥嫩的山羊进城供求婚人食用。他们一看到牧猪人和一个乞丐就开始大声骂了起来。“真的，这叫一个废物领着另一个废物，物以类聚嘛。你这该死的牧猪人，要把这个饿死鬼乞丐领到哪儿去？挨家乞讨面包皮去？把他交给我去看管围栏，打扫羊圈，给羊羔喂草，这样能吃些羊奶酪和肉，长得胖一点呢！可是他什么也没学过，什么也不会，就知道填满他的肚皮。”那个人说着就恶狠狠地往乞丐的屁股上踢了一脚，俄底修斯动也不动地站在那里，可他心里却恨不得用他的棍子砸向那个人的脑袋，让他再也站不起来，但他控制住自己，忍受了这种辱骂。墨兰透斯大声申斥着，继续走去。

他到了求婚人那里，坐在他们中间，恰巧是坐在欧律玛科斯的对面，因为他受到求婚人的信赖，常让他与他们一起进餐。

现在俄底修斯和牧猪人也来到了宫前。当他久别之后重新看到他的王宫时，不禁怦然心动，他抓住牧猪人的手说道："真的，欧迈俄斯，这一定是俄底修斯的家了！怎样的一座宫殿，怎样的一些房间啊！围墙和雉堞修得多么坚实，两扇大门是多么牢固啊！真的，这样的宫堡是坚不可摧的！我也注意到了，好多人在里面正在吃喝玩乐，香味扑面而来；歌手的琴声漾出厅外，他在用他的歌儿为他们佐餐！"

他们彼此商量并决定，牧猪人先进去，为外乡人到厅里察看一下情况。正在他俩商量的当儿，门旁的一条老看家狗抬起了头，竖起了耳朵。它叫阿耳戈斯。俄底修斯在前去特洛伊之前，还喂养过它。狗通常随同人们去狩猎，可现在它老了受到蔑视，卧在门前的一个粪堆上，身上长满了寄生虫。当它看到俄底修斯时，尽管他化了装，它仍然认出了他。它垂下耳朵，摇晃起尾巴，但由于软弱无力而无法走到他跟前来了。俄底修斯注意到了，他偷偷拭掉眼中的泪水。随后，他掩饰住自己的痛苦，对牧猪人说道："躺在粪堆上的那条狗看样子曾是条好狗，现在还能看到它昔日的风采！""当然啰，"欧迈俄斯回答说，"它曾是我那不幸主人最宠爱的猎狗。你真应当在山谷中看到它，在茂密的丛林中它追踪猎物那才叫厉害呢！可现在，自从它的主人走了之后，它趴在这里，受人蔑视，那些女仆从来就不给它必需的食物！"

说罢这番话牧猪人就进入王宫。而这条狗，在它二十年后再次看到它的主人时，就垂下头，死去了。

化装成乞丐的俄底修斯来到大厅

忒勒玛科斯第一个发现牧猪人在大厅里，他把他喊到自己身边。欧迈俄斯小心地环视四周，拖了一把空椅子，这原是给分肉者在餐前坐的。他依照他主人的示意坐在餐桌旁，使者立即给他端上来肉和面包。不久化装成乞丐的俄底修斯，拄着棍子踉跄地走了进来，靠着门坐在门槛上。忒勒玛科斯一看到他，就从自己面前的篮子里拿出一个面包和一大把肉递给牧猪人，并说道："我的朋友，你把这些食物给那个外乡人。"俄底修斯满怀感激地收了下来，做了祷告，把它们放在脚前的口袋上，开始吃了起来。

在整个进餐期间，歌手斐弥俄斯一直用他的歌声娱乐宾客，现在他沉默下来，人们听到的只是客人们的狂呼乱叫。在这瞬间雅典娜隐去身形，来到俄底修斯跟前，并叫他向求婚人乞讨面包。虽然她要他们全都死光，但死法却要有所不同。俄底修斯听从女神的吩咐，向每一个人乞讨，伸出他的手来，好像他早就是一个老叫花子似的。

有些人流露出怜悯之情，给了他些食物，可禁不住发问：这个人是从哪儿来的。这时牧羊人墨兰透斯告诉他们："此前我看见过这个人，是牧猪人把他带来的！"安提诺俄斯怒气冲冲地朝着牧猪人骂道："你这个下流胚，告诉我们，为什么把这个人带进城里来？难道我们这儿游手好闲的人还少吗？你还要把这样一个好吃懒做的人带进大厅里来？""冷酷的人，"欧迈俄斯泰然地回答说，"我们竞相把预言家、医生、建筑师以及娱乐我们的歌手召入大人物的宫廷，从没有人去请乞丐，他是自己来的，但我们不能因此把他赶出去！只要珀涅罗珀和忒勒玛科斯还住在这里，那对这个人就绝不能这样做。”

但忒勒玛科斯叫他不要说话：“欧迈俄斯，不要去理睬他，你知道这个人有种恶劣侮辱别人的习惯。而你，安提诺俄斯，我要告诉你，你不是我的监护人，你没有权力要我把这个外乡人从这里赶出去。最好是给他食物，不必吝惜我的家产！但当然啰，你是宁愿自己吃独食也不愿与别人分享。”“你们看，这个倔强孩子是怎样辱骂我的，”安提诺俄斯叫了起来，“如果每个求婚人给这个乞丐一份食物的话，那他三个月都用不着去乞讨了！”说罢他就抓起一个脚凳。这时俄底修斯在返回门槛时正路过他的身边，并且向他乞讨一份食物，他暴怒地喊道：“是哪个魔鬼把你这个不要脸的寄生虫带到我们这里来了！离开我的饭桌。”当俄底修斯嘟囔着退回去时，安提诺俄斯把脚凳向他砸去，击中右肩紧贴着颊部的地方。

俄底修斯岿然不动，像一块岩石，他沉默地摇了摇头，心里在想着用什么方法去进行报复。随后他返回门槛，把装满食品的口袋放到地上，坐了下来，向求婚人抱怨安提诺俄斯对他的伤害。但安提诺俄斯却冲到了他的面前：“住嘴，吃你的吧，你这个外乡人，再不住口就把你抓起来，扯起你的脚和手把你扔到门外去，叫你断胳膊少腿！”

珀涅罗珀在自己的内屋里透过敞开的窗户听到了大厅里发生的一切。她也听到了那个乞丐受到的不公平对待，对他产生了怜悯之情。她悄悄地让人把牧猪人叫到身边，并吩咐他把那个乞丐带来。“也许，”她补充说，“他知道些我丈夫的消息，甚至还亲自见到他，因为看样子这个人在各地都流浪过。”“是的，”欧迈俄斯说道，“要是求婚人静下来并要听的话，他会讲许多的。他已经在我那儿住了三天了，他讲的那些令我着迷，就像一个歌手唱的歌一样。他来自克瑞忒，他说他的父亲与你丈夫的父亲相识。他也知道俄底修斯目前正生活在忒斯普洛托斯人那里，不久就会带大批财富返回家园。”“快去，”珀涅罗珀激动地说，“把那个外乡人喊来，让他讲给我听！这些傲慢无礼的求婚人！我们就缺少一个像俄底修斯一样的男人。若是他回来的话，那他和忒勒玛科斯很快就会向这群人进行复仇的！”

欧迈俄斯向乞丐传达了珀涅罗珀的要求，但他却回答说：“我非常高兴能把我知道的俄底修斯的事情讲给王后听，但这些求婚人的行为令我担心。特别是现在，那个向我掷脚凳的恶人是那么厉害地伤害了我，可不管是忒勒玛科斯还是旁人都没有为我说话，因此珀涅罗珀应该等到日落之后。她该把我领到她的火炉旁坐下，我会把一切讲给她听的。”不管珀涅罗珀对这个外乡人是如何好奇，可她理解他提出的理由，她决定耐心等待。

俄底修斯和乞丐伊洛斯

求婚人还一直聚在一起没有散去，这时一个臭名昭著的乞丐从城里进入大厅，这是一个大肚汉，个头大，但却没有力气。家里人都叫他阿耳奈俄斯，可城里的年轻人给他起了个绰号，叫他伊洛斯。伊洛斯原是一个使者的名字，而他经常传送些消息，于是就这样叫他。是嫉妒心把他带到这里，因为他听到有了一个对手，当下赶来，要把俄底修斯从这里赶走。“老家伙，离开门那儿，”他一走进门就喊道，“难道你没有看到所有人都在使眼色叫我把你扯脚拽出去吗？自动走开，别逼我！”俄底修斯阴沉地望了他一眼说道：“门槛够容下我们俩了。你看起来跟我一样穷，只是嫉妒我分得了你的一份，不要惹我发火和向我挑衅！”这话使伊洛斯更加恼火，他吼了起来："你饶什么舌，馋鬼！"他说，"你像一个多嘴的老太婆唠叨什么？我左右开弓几巴掌，就打碎你的下巴、你的嘴，打掉你的牙齿，让它们像从猪嘴里吐出来一样。你有兴趣与一个像我这样年轻力壮的人进行较量吗？"

求婚人听见两个乞丐争斗都大声笑了起来，安提诺俄斯说道："朋友们，你们看到了那些放在煤火上炙烤的充满血和肥油的山羊肠肚吗？让我们把它们当作是两位高贵的战士的奖品吧，谁是胜利者，谁就拿去，能拿多少就拿多少，并且除了他，将来任何其他乞丐都不许进入这个大厅！"

所有的求婚人都赞同他的这番讲话，俄底修斯这期间装作是胆小怕事的样子，像一个被苦难折磨得软弱无力的老人。他事先要求求婚人做出许诺，不要在战斗中偏袒伊洛斯。当他们对他作出保证之后，他就束起他的衣服，卷起袖子。这时他露出粗壮有力的大腿和胳膊，宽阔雄伟的双肩和强壮的胸脯，因为雅典娜偷偷地把他变得威武刚健。求婚人看得目瞪口呆，伊洛斯开始胆怯了，他的膝盖在发抖。安提诺俄斯等待的这场战斗原本不是这个样子，他变得愠怒起来，说道："你这个丢人现眼的家伙，你在这个衰弱无力的老人面前竟然浑身发颤，你真不如不来到这个世上！我告诉你，如果你被打败了，那我就用船把你送到厄庇洛斯的国王厄刻托斯那里，他是所有人都感到可怕的人，他会把你的鼻子和耳朵割下来，把你喂狗！"

俄底修斯想了片刻，是把这可怜的家伙一下子就打死还是轻轻地惩罚他，以免引起求婚人的怀疑。他觉得后一种做法更明智些，因此当伊洛斯用拳击中他的右肩时，他只轻轻地朝他耳后打了一下。可即使这样，还是打碎了他的骨头，鲜血从口中喷出，伊洛斯的牙齿抖个不停，踉跄地栽倒在地。在求婚人的哄然大笑和鼓掌声中，俄底修斯把他从门口拖走，倚放在墙上，递给他一根棍子，嘲弄地说道："你待在这儿，看着狗和猪，别让它们进来！"随后他返回大厅，重新坐在门槛上。

他的胜利激起了求婚人的尊敬。他们都面带微笑走到他跟前，同他握手并说道："外乡人，愿宙斯和众神保佑你心想事成，你使一个讨厌的家伙安静下来，他该到厄刻托斯国王那里去了！"俄底修斯把这个祝愿当作是一个吉兆。安提诺俄斯本人把一大堆山羊肠肚放到他的面前。安菲诺摩斯带来了两个面包，斟满酒杯，在掌声中向胜利者举杯祝贺，并说道："为你的幸福，陌生的老人，愿你未来无忧无虑！"

俄底修斯严肃地直视他的眼睛，回答说："安菲诺摩斯，我看你是一个通达事理的年轻人，是一个德高望重者的孩子。记住我的话！在这个世上除了人，再没有什么是更虚幻、更变化无常的了。只要众神宠爱他，他认为，未来就会一帆风顺。但当灾难降临，那他就没有勇气去承受了。这是我本人的经验之谈，年轻时我仗恃年富力强，在幸福的日子里也做了些我不该做的事情。为此，我提醒每一个人不要狂妄傲慢，作奸犯科，求婚人现在是如此的肆无忌惮，冒犯别人的妻子，这是不明智的。这个人也许不久就会返回家园。安菲诺摩斯，在你没有遇见他之前，愿一个好心的神祇带你离开这里！"

俄底修斯说着接过酒杯一饮而尽，并把杯子递还给年轻人。这个求婚人垂下头来在沉思，忧心忡忡地走出大厅，仿佛预感到有什么坏事要发生似的。可即使如此，他也没有摆脱掉雅典娜给他规定下的厄运。

珀涅罗珀来到求婚人面前

现在雅典娜激起珀涅罗珀的热情，出现在求婚人的面前，使他们中每一个人都充满了相思之苦，并在她的丈夫——她当然对俄底修斯的在场还一无所知——和儿子忒勒玛科斯的面前，以其高雅的举止显示其端庄和忠贞。

雅典娜先使俄底修斯的妻子安静地睡上一会儿，赋予她一种超凡脱俗的美。她在她脸上涂上阿佛洛狄忒与美惠女神跳完舞时经常用的香膏，让她变得更加高大更加丰满，她使她的皮肤像象牙一般闪闪发亮。随后女神又消失了。

当珀涅罗珀的两个女仆走进房间时，她从沉睡中醒了过来，她擦了擦眼睛并说道：“咳，我睡得多么香甜啊。真愿众神使我就这样香甜地死去，使我不必再为我的丈夫忧伤和忍受家中的苦恼！”说罢这句话，她就从椅子上立起身，并从内室走到求婚人那里。她静静地站在拱形大厅的门口，面上披着轻纱，妩媚艳丽，绰约多姿。求婚人一看到她，心都怦怦跳个不停，每个人都渴望娶她为妻。但王后却转身朝着她的儿子说道：“忒勒玛科斯，我简直不认识你了，真的，你在孩子时表现得比现在更通情达理。如今你怎能让这样的事情在大厅里发生？居然容忍一个在我们家里寻求安宁的可怜外乡人受到如此的侮辱？这使我们在众人面前丢脸啊！”

“好心的母亲，你的激动是对的，”忒勒玛科斯回答说，“我也认识到什么是对的，但是坐在我四周的这些对我怀有敌意的人却都在捉弄我，没有一个支持我的人。可这个外乡人与伊洛斯决斗的结果倒完全出乎求婚人所料。他们刚才都耷拉下他们的脑袋，像坐在外边的那个可怜虫一样！”

忒勒玛科斯说这番话时声音很轻，让求婚人听不见。这时欧律玛科斯被女王的天姿国色弄得神魂颠倒，他大声喊道：“伊卡里俄斯的女儿，但愿全希腊的阿开亚人都能见到你！真的，那明天就会有更多的求婚人来到这里，因为你的美貌、你的智慧无人能及！”“啊，欧律玛科斯，”珀涅罗珀回答说，“自从我的丈夫与希腊人去特洛伊之后，我的美貌就凋谢了。如果他能回来和保护我的话，那我会重新焕发出青春，但现在我感到悲哀。当俄底修斯离开这儿的海岸，最后一次握住我的手时，他说道，‘亲爱的妻子，希腊人不会全部健康地返回家园。特洛伊人勇猛善战，都是出色的长枪投掷手、弓箭射手、战车驭手。我也不知道，我是能够返回，还是死在异乡。你好好管理家园，照料双亲。当儿子长大而我不再回来时，你可以结婚，离开这个家。’这是他说的话，而现在都变成真的了。悲哀啊，可怕的婚礼临近了，面对这一天我是怎样的痛苦啊！这儿的这些求婚人有一种与通常的求婚人完全不同的习俗。其他的人若是想娶一个名门贵族的女儿的话，那他们就自己带来牛羊并给未婚妻送来礼品，而不是毫无补偿地去挥霍别人的家产！”

俄底修斯听了这番聪明的话，内心十分高兴。安提诺俄斯代表求婚人作了这样的回答：“高贵的女王，我们中每个人都愿向你献上珍贵的礼品，并请求你不要加以拒绝。但在你从我们中间选中新郎之前，我们不会返回我们的家乡去。”所有的求婚人一致赞同他的讲话。

仆人被打发去取礼品。安提诺俄斯送上的是一身绚丽多彩的衣服，上面钉着十二个金别针和弯得精致的金钩。欧律玛科斯呈上的是一个漂亮的黄金项链。欧律达玛斯赠的是一副镶满宝石的耳环。其他的求婚人每人都献上了一份特殊的礼物。女仆们把这些礼品如数收下，珀涅罗珀与她们重又返回后宫。

俄底修斯再次受到讥笑

求婚人又歌又舞，恣意享乐，直至暮色降临。当天黑了时，女仆在大厅里点上三盏灯用来照明，并搬来些木柴。在她们升起炉火的期间，俄底修斯走到她们跟前说道："你们这些俄底修斯的女仆，听我说，你们最好是坐到你们可尊敬的女王身边去转动纺锤，去梳理毛线。大厅的炉火让我来照料好了！就是求婚人一直待到明晨，我也不会疲倦的。"

女仆们彼此相视大笑了起来。终于一个年轻漂亮的女仆墨兰托——她由珀涅罗珀抚养长大，视同己出，但现在却与求婚人欧律玛科斯生活在一起，成了他可耻的搭档——放肆地骂道："你这个可怜的乞丐，你是一个真正的傻瓜，你为什么不去灶房或找另一个地方睡觉，这儿的人都比你高贵，你要破坏我们的规矩？你是在说醉话，还是一个蠢材？你要小心，会有人站出来，左右开弓，打碎你的脑袋，把你从王宫里扔出去。"

"你这条母狗，"俄底修斯阴沉地回答说，"我要把你说的这些无耻的话告诉忒勒玛科斯，他会把你揍扁的。"女仆们都相信他不是说着玩的，于是都两膝发抖逃出大厅。现在俄底修斯坐在炉火旁扇火，在盘算如何复仇。

雅典娜这时去唆使那些狂妄的求婚人去嘲弄俄底修斯，欧律玛科斯对他的同伙说的一番话引起了哄堂大笑："真的，这个人是一个神祇派到这个大厅来的一盏活生生的灯啊，他的光秃秃的脑袋不是像一个火把在闪闪发亮？"他转向俄底修斯，说道："听我说，你这家伙，有没有兴趣给我当奴隶，在我的庄园里给我清除杂草和照看树木？会管你吃喝的。但我看出了，你宁愿当乞丐用乞讨来填饱你的肚子，也不愿意出力流汗。”

“欧律玛科斯，”俄底修斯用坚定的声音回答说，“我愿现在就是春天，那我们俩就可以在草地上进行一场割草比赛，两个人手执镰刀，直干到深夜，这样就会显出谁能坚持得最久！狂妄的人，你自以为高大和有力量，这是因为你只同少数人较量过。若是俄底修斯返回家里，那很快你就会发现，这么大的大厅都不够你逃跑用的了！”

现在欧律玛科斯变得勃然大怒。“可怜的家伙，”他吼了起来，“你马上就会为你说的浑话付出代价了！”随着这句话他就把一个脚凳掷向俄底修斯；但俄底修斯扑倒在安菲诺摩斯膝边，脚凳飞了过去，击中斟酒侍者的右手，于是酒壶滚到地上，叮当作响，侍者本人惊叫了一声倒在地上。

求婚人喧哗起来，骂这个外乡人打扰了他们的乐趣。这时忒勒玛科斯客气而果断地要求客人们去休息。安菲诺摩斯在人群中立起身来，说道：“亲爱的朋友们，你们不要违背你们刚才听到的话，不论是你们还是仆人，将来都不要用话或用行动去伤害这个外乡人。让我们再次斟满酒杯，去祭祀神祇，然后各自回家。但这个外乡人最好是留在这里，由忒勒玛科斯加以保护，他在他的灶火旁已经找到了安身之处。”听从安菲诺摩斯的劝告，不久求婚人都离开了大厅。

俄底修斯单独与忒勒玛科斯和珀涅罗珀在一起

现在大厅里只剩下俄底修斯和他的儿子。“快，让我们现在把武器藏起来！”俄底修斯说。他们把头盔、盾牌和长枪都搬到小屋里去，雅典娜举着金灯走在他们前面，四下里一片光明。“这真是一个奇迹，”忒勒玛科斯轻轻地对父亲说，“每一根房椽，每一根横梁，每一根柱子都是那么清晰，一切都像火一样地闪耀！真的，一定有一个神祇与我们在一起，一个住在天上的神！”“小声些，儿子，”俄底修斯回答说，“不要问。这是神祇的习惯。你现在去睡吧，我还留在这儿，去试探你的母亲和那些女仆。”

忒勒玛科斯离开了，现在珀涅罗珀从她房间走了出来，她像阿尔忒弥斯和阿佛洛狄忒一样美丽。她把镶着白银和象牙的椅子移到火炉旁铺上羊皮，坐了下去。随即来了一群女仆，移走桌上的面包和酒杯，扇旺炉火，点起宫灯。这时墨兰托又一次嘲弄起俄底修斯。“外乡人，”她说，“你要整夜留在这儿，在宫殿里四下窥视吗？若不想火棒飞到你的头上，那就马上离开这里去找你的伙伴去吧！”

俄底修斯阴沉地看着她，并说道：“你为什么对我这样苛刻？因为我衣着褴褛和进行乞讨？难道这不是所有流浪人的共同命运吗？我也曾幸福过，华屋锦食，对那些流浪的外乡人，不管其外表如何，都给予周济；我也有过很多的男女仆人，但这一切宙斯都给我夺走了。记住，你这个女人，如果王后对你发起火来，你也会落到这样下场的。”

珀涅罗珀听了乞丐说的这番话，于是斥责傲慢的女仆：“不知羞耻的女人，我知道你的心术不正，晓得你要做什么。你要用你的脑袋付出代价的！难道你没有听我说过，我尊敬这个外乡人，并要在我自己的家里问他关于我丈夫的事情吗？可你还依旧胆敢去嘲笑他！”墨兰托吓得脸色煞白。女管家这时给乞丐拿来一把椅子，随后珀涅罗珀开始了说话。

“外乡人，”她说，“首先告诉我你的名字和你的家世。”“王后，”俄底修斯回答说，“你是一个端庄贤淑的女人，你的夫君的名声显赫，你的人民和你的国土享有很好的声望。但你什么都可以问，只是不要问我的家世和问我的故乡。我忍受太多太多的痛苦，我不愿再去回想这一切。若是我去讲述它们，我必定会绝望地恸哭起来，你的女仆们甚至你本人会理所当然地责备我。”珀涅罗珀随即说道：“外乡人，你看到了，自从我亲爱的丈夫离开我之后，我的日子也十分痛苦。你数一数，有那么多向我求婚的人，他们在逼迫我，三年来我一直通过一个计谋来逃避他们，可现在这个计谋我无法继续下去了。”随后她谈到她怎样用织衣来欺骗他们和女仆如何发现了这个骗局。“我无法再继续逃避结婚了，”她最后说道，“我的双亲在催促我，我的儿子对挥霍他的财产感到愤怒。你看，我的处境就是这样。你不必向我隐瞒你的身世了，毕竟你不是从橡树里长出来的或是从石头里蹦出来的！”

“如果你要求我这样，”俄底修斯回答说，“那我愿意告诉你。”随后他开始发挥他的想象力，讲述那个关于克瑞忒的故事。他讲得那样可信，使珀涅罗珀都流出泪水，对此俄底修斯从内心深处感到愧疚与同情。可即使如此，他的眼睛动也不动，像铁石一般，他竭力忍住眼泪。王后哭了好久，随后她开始说道：“外乡人，现在我得试试你，看你说的是否是真话。你说过，你在你的家里招待过我的丈夫。那你告诉我，他穿的是什么样的衣服，他是什么长相，他的随从是什么样的人。”“在这么长的离别之后，你这样要求，我感到有些困难，”俄底修斯回答说，“因为这位英雄在我们克瑞忒那里登陆，已经是二十年以前的事了。但就我所能记起的，他的衣服是双层的，紫色，长长的羊毛，有一个金的别针。前面绣着一头幼鹿，它在一个猎狗的前爪中挣扎；在紫色披风里面是精致的雪白的紧身衣。他有一个跟随他的传令官，叫欧律巴忒斯，驼背，褐色的脸，鬈发，他因聪明而受到俄底修斯的敬重。”

王后又开始哭了起来，因为这一切都与她的丈夫相吻合。俄底修斯用一个新的故事来安慰她，可这故事里也混杂着某些真实的东西。他讲述了他在特里那喀亚岛上陆和他在费埃克斯地方的逗留。这个乞丐对忒斯普洛托斯国王的所有情况都非常熟悉，他亲眼看见这位国王交给俄底修斯一大批珍宝。俄底修斯肯定会回来的，乞丐这样结束了他的讲述。

但他的话仍不能使珀涅罗珀完全相信，她垂下头来说道："我感到他不会回来了。"她吩咐女仆给外乡人洗脚，为他准备舒服的床榻。但俄底修斯拒绝那些可憎的女仆伺候他，并要留在草垫上过夜。"王后，如果你有一个忠实的老女仆的话，"他说，"她像我一样在生活中忍受了这么多的不幸，那就让她为我洗脚吧。"

"好吧，欧律克勒亚，"珀涅罗珀招呼她的老女仆，"你曾经把俄底修斯抚养长大。你就给这个人洗洗脚吧，他的年岁和你的主人一样大。""啊，"欧律克勒亚朝乞丐瞥了一眼，"也许现在俄底修斯的脚和手也是这个样子，身处不幸中的人总是未老先衰的！"老女人在说这话时哭了起来。当她准备给外乡人洗脚并从近处观察他时，她说道："有许多外乡人拜访过我们，但像你这样在声音、身材和脚上如此与俄底修斯相似的人，我还从来没有见过！""是啊，看到过我们俩的人都是这样说。"俄底修斯无动于衷地回答说，随即他坐到炉火旁，给水罐装满水。

当她开始给他洗脚时，俄底修斯小心地躲在阴影里，因为他从年轻时右膝上就有一个大的伤疤，那是他在一次狩猎时被野猪的牙咬伤的。现在他怕被老女仆认出来，就把双脚避开灯光。但他白费心思了，女管家用手掌一摸到这个地方，她就认出了这个伤疤。由于喜悦和惊讶，她的手一松，俄底修斯的腿就落入脚盆里，铜盆发出响声，水花飞溅出来。她的呼吸急促，她的声音哽咽，她的眼睛充满泪水。终于她抓住他的下颚。“俄底修斯，我的孩子，真的是你，”她叫了起来，“我用我的双手感觉到了。”但俄底修斯用他的右手捂住她的嘴，用左手把她拉到身边并轻声地说：“老妈妈，你要毁灭我吗？你讲的是实情，但不要让宫里的任何一个人知道！如果你说出来的话，那等待你的是与那些坏女仆一样的命运。”“你说的是什么话！”女管家平静地回答说，这时他已放开了她。“难道你不知道我的心如铁石一样？你只提防宫中其他的女仆好了，我要把那些背叛你的女仆的名字都告诉你。”“你不需要这样做，”俄底修斯说，“我已经知道她们了，你只要安静就行了！”

在他洗好并涂上香膏之后，珀涅罗珀还与他说了一会儿话。“我一直摇摆不定，”她说，“好心的外乡人，我是否该留下来与我的儿子在一起，怀着等待我丈夫还活着的念头，或者该与求婚人中最高贵的一个并且献上最宝贵的聘礼的人结为夫妇。在忒勒玛科斯还是一个孩子时，他的年纪不允许我结婚；但孩子已经长大了，他希望我离开这个家，因为不这样他继承的财产就会被挥霍一空。现在你给我圆一个梦，因为你看起来很聪明。我家里有二十只鹅，我总是很喜欢看它们如何吞食麦粒。于是我做了一个梦，一只鹰从山那边飞来，咬断了我的这些鹅的脖子。它们都死了，横七竖八地躺在宫里，而那只鹰则飞走了。我开始大声哭泣起来并继续梦下去。我觉得好像来了一些邻家妇女，在我苦恼的时候来安慰我。那只鹰突然又飞转回来，落在阳台上，并开始用人的声音说起话来。‘放心吧，伊卡里俄斯的女儿，’它说，‘这是真的，不是梦。求婚人都是鹅；我曾是一只鹰，现在我是俄底修斯。我返回来，是为了杀死所有的求婚人。’这只鹰这样说着，而我醒了。我立即去看我的那些鹅，可它们都安静地在槽边吃食。”“王后，”伪装成乞丐的俄底修斯回答说，“肯定会是这样，像俄底修斯在梦里对你说的。他会回来的，不会有一个求婚人能活命。”

但珀涅罗珀却叹了一口气，她说：“梦都是些泡沫，明天就是我离开俄底修斯家的可怕日子。我要召集求婚人进行竞赛。我的丈夫经常将十二把斧头一个接一个竖立起来，随后他搭弓射箭，一箭穿过十二把斧头上的洞孔。他们之中谁能用俄底修斯的弓显示出这样的本事，我就跟谁。”“高贵的王后，就这样做吧，”俄底修斯果断地说，“明天就布置这场比赛，因为在那些人拉开俄底修斯的弓和射穿十二把斧头的洞孔之前，他就会回来的。”

宫殿中的夜晚和清晨

女王向外乡人道了声夜安就离开了，俄底修斯进入前厅，女管家欧律克勒亚在那里为他准备了床榻。在一张完整的野牛皮上铺上了绵羊褥子，他躺在上面，盖了件披风。俄底修斯在床上辗转反侧不能成寐。那些站在求婚人一边的可恶女仆经过他身边时对他嘲笑和讥讽，这使他义愤填膺。

珀涅罗珀刚入睡不久就醒了，她坐在床上开始大声恸哭起来。她泪流满面，向女神阿尔忒弥斯祷告：“宙斯的神圣女儿呀，”她喊道，“我宁愿你用箭立刻将我射死，或者用一阵狂风把我卷到大洋河遥远的岸边，也不愿对我的丈夫俄底修斯不忠和与一个恶人结为夫妻！就是整个白天哭泣，夜里得到安静，这种痛苦也是可以忍受的，但一个恶魔甚至在我睡眠中仍用撕心裂肺的幻梦来折磨我！现在我还觉得我的丈夫就站在我的身边，威武雄壮，完全像在出征时那样，我的心充满了快乐，因为我敢肯定这是真的呀！”

珀涅罗珀呜咽不已，俄底修斯听到了哭泣者的声音。他真怕过早与她相认，于是匆忙地离开宫殿，在露天中他祈求宙斯赐给他一个吉兆，能顺利实施他的计划。这时天空中出现一道巨大的亮光，随即一声巨大的响雷令大地震颤。

大厅中慢慢地喧哗起来。女仆们来来往往生起了炉火，忒勒玛科斯穿上衣服，踏入女仆的房屋，生气地朝女管家喊道："你们给客人送去饭菜和准备床铺了吗？母亲看来心神恍惚，糊里糊涂，她对那些恶劣的求婚人毕恭毕敬，而对一个出色的人却淡然漠视！”"你这样说我的女主人是不公平的，”欧律克勒亚回答说，"这个外乡人喝了那么长的时间，喝了那么多的酒。他的饭菜足够，都不再要了。给他准备了一个上好的床榻，可他拒绝了。他对一个差一些的就感到心满意足了。”

忒勒玛科斯由他的狗陪同，奔向市集的会议。女管家命令女仆为新月节准备庆宴。一些人把紫色毛毯铺到华丽的椅子上，另一些人用海绵擦洗桌子，还有一些人洗涤酒罐、酒杯和去井里汲水。求婚人的仆人也来了，他们在前厅劈柴。牧猪人送来几头肥猪，并向他的那位老客人致以亲切的问候。墨兰透斯和他的两个助手赶来了挑选出的山羊，奴隶们把它们捆绑起来。墨兰透斯在路过俄底修斯时嘲弄说："老要饭的，你还待在这儿，不从门这儿离开？看来在你尝到我的拳头之前，我们彼此是不会分手的！”俄底修斯对他的辱骂没作回答，只是摇了摇头。

现在一个正直的人踏入宫殿，他是牧牛人菲罗提俄斯，他用船给求婚人带来一头牛和几只肥山羊。经过牧猪人身边时他说道："欧迈俄斯，那个前不久来到这儿的外乡人是谁？他在身材上太像我们的国王俄底修斯了。灾难也会使一个国王变成一个乞丐的！”随后他走近化装成乞丐的俄底修斯，握住他的手并说道：“陌生的老人，你看起来是如此的不幸，愿你至少在将来会生活得幸福！我一看到你，就感到惊讶，眼泪夺眶而出，因为我就会想到俄底修斯，若是他活着的话，那他现在也是衣着褴褛，在各地漂泊！还是孩子时，他就让我为他看管牛群。现在倒是六畜兴旺，可我却得送来供别人享受！若不是我还一直希望有一天俄底修斯会回来并把这群无赖赶走的话，我早就因为气恼而离开这个地方了。”“牧牛人，”俄底修斯回答他说，“看来你不是一个坏人。宙斯作证，我向你发誓，俄底修斯今天就会回来的，你将亲眼看见，他如何消灭那些求婚人！”

宴　会

求婚人也逐渐进入宫殿，他们已经在自己的集会上商讨好了去谋杀忒勒玛科斯。家畜都被屠宰、烧烤并分到每个人的面前。仆人们在酒罐里调制美酒，牧猪人传递酒杯，菲罗提俄斯分起篮子里的面包，墨兰透斯斟酒。宴会开始了。

忒勒玛科斯有意让俄底修斯坐在大厅门槛旁边的一把破椅子上，面前摆放一张破破烂烂的桌子。他让人给他送上烤肉，斟满他的酒杯并说道：“你在这儿安静地享用吧，我不许任何人来打扰你！”安提诺俄斯本人也警告他的朋友们，不要去妨碍这个外乡人，因为他看出来，这个人受到宙斯的保护。但雅典娜却促使求婚人去对他进行嘲笑。

在他们中间有一个很坏的人，叫克忒西波斯，是从萨墨岛来的。“求婚人，你们听着，”他讥笑地说道：“这个外乡人虽然早就得到了他的一份，可如果忒勒玛科斯慢待了一个如此高贵的贵客的话，那也是不对的！因此我还要给他一份特殊的礼物。他可以用它来酬谢那位给他洗净身上污垢的女管家！”随即他从食篮里拣出一个牛脚，把它掷向乞丐。俄底修斯忍住怒火，躲了开来，这块骨头砸到了墙上。

现在忒勒玛科斯站了起来喊道：“克忒西波斯，算你幸运，没有砸到这个外乡人身上。若是真的发生了这样的事，我就用长枪刺穿你的身体，你的父亲为你准备的就不是一个婚礼而是一个葬礼！我不允许任何人在我的家里再有这种失礼行为。宁可让你们杀死我，也不许你们侮辱这个外乡人。我宁愿死去，也不愿目睹这一类恶行！”所有的人听到这严厉的话都一声不响。最终达玛斯托耳的儿子阿革拉俄斯站了出来说道：“忒勒玛科斯说得对！但是他和他的母亲得把话说清楚了。只要还存有俄底修斯返回来的希望，那拒绝我们这些求婚人是可以理解的。但现在毫无疑问，俄底修斯是再也不会回来了。忒勒玛科斯，你应当到你母亲那里，要求她从我们求婚人中间挑选一个最高贵的而且是聘礼最珍贵的人做她的丈夫，这样你本人将来能完整地享受你父亲的遗产。”

忒勒玛科斯从他的位置上站了起来说道：“宙斯作证，我也不愿意这样拖下去，我早就对我的母亲说过，从你们这些求婚人中间选择一个。但我决不会强迫她离开这个家。”忒勒玛科斯的这番话引起了求婚人放肆的嘲笑，因为雅典娜已使他们的精神变得混乱起来，他们的脸都由于狞笑而变得丑陋不堪。可这种放纵却突然转换为一种深深的伤感，他们的眼睛里都充满了泪水。

预言家忒俄克吕摩诺斯察觉了这一切。“你们这群可怜人，怎么啦？”他说，“你们的脑袋怎么变得糊里糊涂，你们的嘴巴在叫喊着悲哀！我看到所有的墙上都涂抹着鲜血，大厅里和前厅中熙来攘往的都是地狱里的鬼魂，天空中的太阳都消失了！”但求婚人又重新陷入先前的狂欢之中，开始纵情大笑。终于欧律玛科斯对其他人说道："这个前不久来到我们中间的外乡预言家是个真正的傻瓜。仆人们，快点，若是他在大厅里除了黑夜别无所见的话，那就把他赶到大街上去。""我不需要你的仆人，欧律玛科斯，"忒俄克吕摩诺斯站了起来愤怒地回答道，"我的眼睛，我的耳朵，我的脚都很健康，我的理智也十分正常。我自己走，因为神明已经向我预言了灾难，这灾难就要降临于你们，你们中没有一个人能够逃脱掉。"他说完就匆忙地离开宫殿，去他的主人珀拉俄斯那里，并在那里受到了热情的款待。但求婚人继续在嘲弄忒勒玛科斯。"忒勒玛科斯，"其中一个说道，"在这个世界上除了你，没有一个人收留过这样一些恶劣的客人，一个饿怕了的乞丐和一个说预言的傻瓜！真的，你应当带着他俩去周游希腊，到市场上去供人参观赚钱！"忒勒玛科斯沉默不语，并向父亲投去一瞥，因为他在等待父亲发出动手的信号。

射箭比赛

现在珀涅罗珀出场的时刻也到了。她拿起一把镶有象牙把手的漂亮的铜钥匙，由女仆们陪同前去远处的一个库房，那儿保存有俄底修斯国王的各式各样的珍贵物品，都是用青铜、黄金和铁制成的。在那儿也有他的弓和装满箭镞的箭袋，这是拉刻代蒙的一个朋友送给他的礼物。珀涅罗珀打开门，拉开了门闩。她进入库房，巡视了一下放满衣服和物件的箱子。她也找到了俄底修斯的弓和箭袋，把它们放进一个盒子里，随后她前去大厅，到求婚人那里，后面跟随着两个女仆。她请求婚人安静，开始说道："好吧，你们这些求婚人，谁能把这张弓轻易拉满，并射穿挨个排列的十二把斧头上的洞孔，我就跟他走，做他的妻子。”

随后她命令牧猪人把弓和箭摆在求婚人面前。欧迈俄斯哭着把武器从盒子里取出来，摊放在那些竞争者跟前。牧牛人也哭了起来，这使安提诺俄斯大为恼火。“愚蠢的乡下人，”他申斥说，“难道你们要用你们的眼泪使我们的女王心里更加难过？用饭堵住你们的嘴巴或者到门外哭去！而我们这些求婚人要进行艰难的比赛，因为拉满这张弓并不容易。在我们中间没有一个人像俄底修斯那样有力，我记得很清楚，虽然我那时还是一个小孩子，还几乎不会说话！”

现在忒勒玛科斯站了起来并说道：“这是怎么啦，宙斯使我失去了理智！我的母亲声言准备离开这个家并跟一个求婚人远走他乡，而我还在微笑。好吧，你们这些求婚人，你们在进行一场竞赛，争夺全希腊最美的一个女人。你们自己知道这一点，无须我来向你们赞美我的母亲。因此毫不迟疑地弯弓射箭吧！可我本人有兴趣在这场竞赛中试试身手，若是我战胜了你们，我的母亲就不会离开这个家！”他说着就甩掉紫色披风，从肩上卸下宝剑，在大厅的地面上划出一道沟，把斧头挨个插入地里，然后用脚把周围的土踏实，所有的人都对他的力量和准确性大加赞叹。随后他自己拿起弓来，站在门槛上。他试了三次想把弓拉开，但三次都失败了，他的力量不够。于是他第四次张弓，若不是他父亲示意他放弃，这次他肯定可以成功。“神祇，”他喊道，“我若不是一个弱者，那我就是太年轻了，不能抵抗一个对我进行侮辱的人！你们其他人去试吧，你们比我更有力量！”随后他把弓箭放在门旁，重新坐在他的椅子上。

现在安提诺俄斯面带胜利的表情站了起来，他说：“朋友们，现在从后面开始，由左到右。”第一个站起来的是勒伊得斯。他是唯一一个对求婚人胡作非为感到不满的人，他恨这一群人。他踏上门槛，试图把弓拉开，但是失败了。“另一个人试吧，”他喊道，他的两只手瘫软地垂了下来，“我不行！也许没有一个人能行。”说罢他就把弓箭放在门旁。但安提诺俄斯责备他说：“你说这话令人不快，勒伊得斯，因为你拉不开，那别人也就不行？墨兰透斯，”他转身对牧羊人说，“点盆火，放在椅子前面，从房里去取一大块猪油，我们要烘烘这变得干硬的弓，涂上油膏，那就好用了！”墨兰透斯按照他的吩咐做了，但还是无济于事，一个个求婚人试图拉开弓，都失败了。最后只剩下两个最勇敢的人了：安提诺俄斯和欧律玛科斯。

俄底修斯向牧人表明身份

牧牛人和牧猪人在走出宫殿时遇到一起，跟随在他们身后的是俄底修斯。当他们离开大门和前厅时，俄底修斯叫住了他们，并轻声而信赖地说道：“朋友们，我有话要对你们说，我希望我能信任你们，否则我宁愿沉默。如果俄底修斯现在突然由一个神祇从异地带回故乡的话，你们会怎么样？你们会站在求婚人一边还是站在他这一边？坦率地说，心里怎么想就怎么说。”“噢，奥林帕斯的宙斯，”牧牛人先喊了起来，“如果我这个愿望得到满足的话，当这位英雄回来时，你就会看到，我的双臂会怎样动作起来。”欧迈俄斯同样也向众神祷告，祈求他们送俄底修斯回家。

俄底修斯确信他们对自己忠诚，于是说道：“好了，你们听着：我本人便是俄底修斯！历经无法形容的磨难，二十年后我返回了故乡。我看到，在所有的仆人之中只有你们俩欢迎我；因为在那些人中间我从没有听到一个人祈求神祇让我返回家园。因此，在我消灭了求婚人之后，我要送给你们每人一个妻子、一块土地，建造房屋，就住在我的近旁，忒勒玛科斯对待你们要像对待亲爱的兄弟一样。但为了不使你们对我说的话有所怀疑，你们可认认我这伤口上的疤痕，这是我年轻时狩猎让野猪咬的。”说罢他就揭开他穿的破衣服，露出那个伤疤。

现在两个牧人开始哭了起来，他们拥抱他们的主人，吻他的脸和肩膀。俄底修斯也亲吻他的奴仆，但随后他说道：“亲爱的朋友，不要沉湎于你们过去的悲哀或眼前的欢乐，让宫殿里的人看出来。我们要一个接一个回到大厅。求婚人不会允许我也去试试拉弓射箭，因此，欧迈俄斯，你只需拿起弓和箭袋，穿过大厅把它们送给我就行了。在这同时，你把那些女仆都关在内宫里；不管听到大厅里怎样的喧哗和呻吟，都不要放她们出来，要她们安静地做自己的工作。而你，菲罗提俄斯，守住宫门，关紧它，并用绳子拴牢。”

作了这些指示之后，俄底修斯返回大厅，两个牧人跟在后面。现在欧律玛科斯把弓放在火上不停转动地烧烤，想使弓弦绷紧，但是无济于事。他愠怒地叹气说道：“咳，这太使我苦恼了！我并不是那么为得不到珀涅罗珀而感到伤心——在伊塔刻或别的地方毕竟还有许许多多的希腊女人——而是因为与俄底修斯相比我们太软弱无力了。我们的子孙将会因此而嘲笑我们！”但安提诺俄斯却责备他说：“不要这样讲，欧律玛科斯，今天我们欢庆一个大的节日，这根本不适合进行射箭比赛。让我们先放下弓箭，来喝一杯吧。让斧头就放在大厅好了，我们明天祭祀阿波罗，再来完成射箭比赛！”

现在俄底修斯面向求婚人并说：“你们今天休息吧，阿波罗明天也许能保佑你们赢得胜利。请允许我试试这张弓，看看我这可怜的双臂是不是还保有些力气。”“外乡人，”安提诺俄斯一听到这句话就暴跳起来，“你疯了吗？还是酒喝多了？你一拉起弓来，那灾难就会降到你身上，你再也不会在我们中间找到一个同情你的人了！”

这时珀涅罗珀也介入了争论。“安提诺俄斯，”她温和地说道，“不让外乡人参加这场比赛，那是不对的！你是担心，他胜利了会把我带走做妻子？根本就不存在这种可能，因此你们中不必有任何人把他放在心上！这是不可能的，根本不可能！给他弓！如果他真的能把弓拉开的话，那他从我这儿得到的只是披风和紧身衣，长枪和宝剑，还有脚下的一双绊鞋。他就可以走了，随他到哪儿去。”

忒勒玛科斯打断了她的话，说道：“母亲，关于弓的事，除我之外没有任何一个希腊人有权做出决定。回到你的内室安心纺织吧，射箭是男人的事。”珀涅罗珀对儿子的坚定口气感到吃惊，但她听从了。

于是牧猪人拿来了弓，求婚人愤怒地吼了起来：“你这个疯子，要把弓箭拿到哪儿去？你是不是发痒了，要我们把你抛到猪圈旁喂你的狗去？”牧猪人惶恐地把弓放下，但忒勒玛科斯却用威胁的声音喊道：“把弓拿来，老人，你只能服从我一个人，否则我要用石头把你打出去，即使我比你年轻！”牧猪人把弓递给乞丐，随后他吩咐女管家把后宫的大门闩上。菲罗提俄斯奔向宫外，很仔细地把前厅的大门锁上。

俄底修斯把弓从各个方面都检查了一遍，看在这么长的时间里是否被虫子蛀过或者什么地方破损了。在求婚人中间有一个人对近旁的人说道：“这个人看来好像很懂得弓！或者他家里也有一张类似的弓，要不就是他要照这个样子仿造一张？看啊，这张弓在这个流浪汉手中怎样转来转去呀！”

俄底修斯在查验了这张强弓之后，很轻松地用右手拉起弓弦，试了试它的力量，就像琴师拨动琴弦那样。它发出清脆的声音，像燕子啁啾一般。求婚人听了感到一阵痛楚，面色变得煞白。但宙斯却从天空发出一声响雷，作为一种吉兆。这时俄底修斯勇敢地搭箭弯弓，拉动弓弦，用眼瞄准，箭镞离弦飞出，射穿十二把斧子的洞孔，从第一把直穿过最后一把。随后他说道："忒勒玛科斯，我这个外乡人在你的宫殿里总算没有给你丢脸！求婚人那么厉害地嘲笑我，可我的力量还依然没有减弱。但现在是请这些希腊人进晚餐的时候了。趁天还没有全黑，随后该是弹琴和歌唱，以及其他助兴的节目。"

在说这话的同时他朝他的儿子偷偷地递了眼色。忒勒玛科斯很快背上宝剑，拿起长枪、武器，与他的父亲并排站在一起。

复 仇

俄底修斯撕下身上的破衣服跳到高高的门槛上，手执弓和装满箭镞的箭袋。他把箭镞倒出放在他的脚下，朝着求婚人喊道："第一轮比赛已经结束，求婚人！现在是第二轮了！这次我给自己选一个还没有一个射手射中过的目标，我想我不会射不中的。"说罢他就把弓对准安提诺俄斯。俄底修斯一箭射中他的咽喉，箭尖从颈部穿过，从他的鼻中喷出一股鲜血，他朝旁边栽倒，他的脚撞翻了上面摆满饭菜的桌子。

求婚人一发现安提诺俄斯倒下就都从座位上暴跳起来。他们面朝大厅墙壁去搜寻武器，但那上面既看不到有长枪也看不到有盾牌了。他们大声叫骂："你这该死的外乡人，为什么要射人？你射杀了我们最高贵的同伴。但这是你最后的一箭，很快鹰就会把你撕碎。”他们还以为他是误射的，而没有想到这是他们的共同命运。俄底修斯从高处发起雷鸣般的声音喊道："你们这群狗，你们以为我永远不会从特洛伊回来了！因此你们挥霍我的家产，诱骗我的仆人，在我还活着时就向我的妻子求婚，不怕得罪神祇和人类！现在你们灭亡的时候到了！”

求婚人一听都吓得面色煞白，战栗不止。每个人都一声不响地环顾四周，看如何逃命。只有欧律玛科斯镇静下来，他说道："如果你真的是伊塔刻人俄底修斯的话，那你责备我们是对的，因为在你的宫殿里和在你的国家，我们做了许多不得体的事情。但这所有的过失都已用你的弓箭清算了。因为安提诺俄斯是罪魁祸首，他从没有认真地向你的妻子求婚，而是他自己要成为伊塔刻的国王，并要偷偷地杀害你的儿子。现在他已得到了惩罚。你应当宽恕你的同胞，和解为贵！我们每个人给你二十头牛作为挥霍你的财产的补偿，还有青铜和黄金，随你要多少！”"不，欧律玛科斯，”俄底修斯阴沉地回答说，"即使你们把你们的全部家财都给我，甚至更多些，也没有用。我不把你们全部结果掉，用你们的命来为你们的恶行赎罪，我是不会罢手的。来吧，随你们怎样，是战斗还是逃跑，但我一个也不会放过的！”

求婚人心惊胆裂。欧律玛科斯又一次说话了，但这次是对他的朋友："亲爱的伙伴们，这个人的双手没有人能阻挡住了，拔出宝剑，用桌子来抵御他的弓箭。然后我们冲上去，把他逼下门槛，散到城市里去召集我们的朋友。”说罢他就从剑鞘里抽出宝剑，大吼一声冲上前去。但俄底修斯的箭已射穿他的肝脏，宝剑从他的手中滑落，他同桌子一同栽倒，饭菜和杯盘滚落满地，他的额头触地，躺在那儿死了。

这时安菲诺摩斯手执宝剑冲向俄底修斯，试图打开一条通路。

但忒勒玛科斯的长矛刺中他的后背，直透过前胸，他扑倒在地。随后忒勒玛科斯从求婚人中跃出，与他父亲并立在门槛上，他带来了一面盾牌，两支长矛和一顶铁制头盔。随后他奔出门外跑进武器库，为他自己和朋友们找到四面盾牌，八支长矛和四顶带有马毛装饰的头盔。他和两个忠实的牧人都武装了起来。他们给俄底修斯带来了第四副装备，四个人并排站在一起。

只要手上还有箭镞，俄底修斯每发必定射杀一个求婚人。射完之后，他把弓倚在门旁，迅速地拿起四层厚的盾牌，戴上头盔，握起两支粗壮的长矛。这个大厅还有一个进入走廊的侧门，它的出口很窄，只容一个人通过，俄底修斯把这个小口交由欧迈俄斯去把守。可欧迈俄斯正在武装自己，那个地点没人看守。求婚人中的阿革拉俄斯发现了这个情况。“怎么样，”他喊道，“我们从侧门逃跑，进入城里去鼓动人民，那这个人不久就完蛋了！”

“那不行，”站在附近的牧羊人墨兰透斯——他是与求婚人站在一起的——说道，“小门和通道太窄了，只容一个人通过，他们只要有一个人守在那里，我们就谁也出不去。最好是让我一个人偷偷地溜出去，那我就能给你们弄来足够的武器。”说罢他就溜了出去，返回时带来了十二面盾牌和同样多的头盔和长枪。俄底修斯突然发现他的敌人身披铠甲，手中挥动着长枪，他吃了一惊，并对他的儿子说道：“这一定是一个不忠的女仆或那个坏透了的牧羊人干的。”

意外的是有一个人成了第五个战士：这是化身为门托耳的雅典娜，俄底修斯认出了女神，高兴极了。当求婚人发觉到一个新来的敌手时，阿革拉俄斯愤怒地叫了起来：“门托耳，我告诉你，不要受俄底修斯的欺骗来反对我们求婚人，否则我们不仅杀死他们父子，而且也要杀死你和你的全家。”雅典娜听到这话怒火中烧，她怂恿俄底修斯说：“朋友，我觉得你的勇气还不如你十年前在特洛伊城前所表现的那样。那座城市由于你的计谋而陷落；可现在在自己的国家里你在保卫宫殿和财产时，面对求婚人却怎么犹豫起来？”她说这话是为了鼓起他的勇气，但她并不想为他去进行战斗。突然间她飞鸟般地飞走了，像一只燕子一样坐在屋顶的房椽上。

“门托耳又走了，这个吹牛皮的家伙，”阿革拉俄斯朝他的朋友们喊道，“又只剩下四个人了。我们人多势众，进行战斗！不要把你们的长枪一下子都投出去，第一批六支，把所有的长枪都给我瞄准俄底修斯！他若完了，其他人就容易对付多了！”但雅典娜却使他们投枪落空：一支击到门柱，一支击中大门，其他的都钉到墙上。

现在俄底修斯朝他的朋友们喊道："瞄准，投！”四个人都掷出了他们的投枪，全部命中，俄底修斯击中了得摩普托勒摩斯，忒勒玛科斯击中的是欧律阿得斯，牧猪人击中的是厄拉托斯，牧牛人击中的是庇珊得洛斯。剩下的求婚人纷纷逃到大厅的最远角落，但不久他们又走了出来，从尸体上拔出了长枪。又投出了九支长枪，但大多数没中目标，只有安菲墨冬的长枪擦伤了忒勒玛科斯的手腕，克忒西波斯的长枪透过盾牌刺破了牧猪人的肩膀。

俄底修斯击中了欧律达玛斯，现在他用长枪刺杀了达玛斯托耳的儿子阿革拉俄斯，忒勒玛科斯的长矛刺穿了勒俄克里托斯的肚子。这期间雅典娜挥动她的神盾，从屋顶下来，追逐得求婚人胆战心惊，他们在大厅里四下逃窜。俄底修斯和他的朋友们从门槛上跳下来，在大厅里追来逐去，所到之处，头颅断裂，尸骨横陈，血流遍地。

求婚人勒伊俄得斯扑倒在俄底修斯脚下，抱着他的双膝，叫喊道："饶恕我吧！我从没有在你的家中做过坏事，我劝过他们，可他们不听我的！我成了他们的牺牲品，我什么也没做，难道我也犯了死罪？”“如果你是他们的牺牲品的话，”俄底修斯阴鸷地回答说，“那你至少要为他们祈祷呀！”说着拿起阿革拉俄斯掉在地上的宝剑，当勒伊俄得斯还在喋喋不休求饶时，他就砍掉了他的脑袋，偌大的头颅滚落在尘土之中。

歌手斐弥俄斯站在侧门附近，手中还拿着竖琴。对死的畏惧在逼使他考虑，是穿过小门逃到庭院里去，或者跪下来求俄底修斯饶命。终于他决定选择了后一种办法，他把竖琴放到地上，跪倒在俄底修斯脚下。“请你饶了我吧，”他喊道，抱住他的双膝，“如果你杀死歌手的话，那你会后悔的，歌手用他的歌使众神和人得到快乐。我是一个神祇的徒弟，我要像赞颂一个神祇那样来赞颂你！你的儿子可以为我作证，我不是自愿来到这里的，他们逼我来为他们歌唱！”

俄底修斯举起了宝剑，但他迟疑不定。这时忒勒玛科斯跳了过来，他喊道：“住手，父亲，不要伤害他！他是无罪的！使者墨冬也应当让他活命。我还是孩子时，他就细心照料我，并希望我们幸福平安。”墨冬正裹着一张新牛皮藏在一把椅子下面，他听到忒勒玛科斯为他求情，就钻了出来，跪在他的脚下哀求。这使面色阴沉的俄底修斯笑了起来，并说道：“你们俩放心吧，忒勒玛科斯的求情保护了你们。出去吧，告诉人们，善有善报，恶有恶报。”两个人奔出大厅，在前院坐了下来，还一直因对死亡的恐惧而颤抖。

惩罚女仆

俄底修斯环视四周，看到没有一个敌人活着了。他们都四散躺在那儿，像些被渔夫从网里扔出来的鱼一样。这时他让儿子把女管家喊来。他一看到她走来就朝她喊道：“高兴吧，老妈妈，但不要欢笑！凡人不该为被杀的人欢呼！是众神的惩罚落到这些人的头上，不是我。但现在把宫里那些不忠于我的女人的名字告诉我。”“宫中有五十个女仆，”欧律克勒亚回答说，“她们中有十二个对你变心了，既不听我的也不服从珀涅罗珀，因为母亲并没有把管理女仆的权力交给儿子。但先让我去唤醒我的正在睡梦中的主人吧，国王，让我去向她先报喜讯。”

“还不要去叫醒她，”俄底修斯说道，“先去把那十二个不忠的女仆叫过来。”欧律克勒亚听从了，不久这些女仆战战兢兢地出现在他的面前。这时俄底修斯把他的儿子和两个忠诚的牧人喊到身边并说道：“吩咐这些女人动手把尸首都搬出去，然后让她们用海绵拭洗桌椅，把整个大厅打扫干净。她们做完了之后就给我把她们带到厨房和宫墙之间的空地，用剑把她们全都杀死。”

这些女人挤在一起哀求着哭泣着，但俄底修斯赶着她们去搬走尸首，去拭洗桌椅，去清扫地面，去运走门前垃圾。随后牧人把她们赶出宫殿，领到厨房和宫墙之间，那儿无路可逃，只有等待死亡。那个恶毒的墨兰透斯也得到惩罚，被带到前庭砍了脑袋。当忒勒玛科斯和牧人把这项工作完成之后，复仇已经结束了，他们返回宫殿俄底修斯那里。

随后俄底修斯吩咐欧律克勒亚去弄炉火和硫黄，来熏烤大厅、房屋和前厅。她在离开之前，给她的主人送来了披风和紧身衣。她说：“我的孩子，我们大家的主人，你不应当穿这身破烂衣衫站在大厅里，你，高贵的英雄，这与你太不相称了。”但俄底修斯却把衣服放在一边，吩咐老女人快去做自己的工作。在她熏烤大厅和房间的期间，她也喊来了那些忠心的女仆。她们很快拥在她们尊敬的主人四周，含着欢喜的泪水向他问安，把她们的脸贴在他的手上，并亲吻它们。俄底修斯由于喜悦而流泪和啜泣不止。

俄底修斯和珀涅罗珀

欧律克勒亚完成了熏烤工作，她匆忙地来到后宫，现在终于能向她的女主人通告她的丈夫俄底修斯回家来的喜讯了。她踏入珀涅罗珀的内室，对她说道："亲爱的孩子，快醒来，你该用自己的眼睛看看你期待的事情：俄底修斯回家了！俄底修斯终于回到宫殿来了！他把那些无法无天的求婚人都杀死了，那些人那么厉害地逼迫你，挥霍他的财产，辱骂他的儿子，他把他们都杀光了！"

珀涅罗珀揉了揉惺忪的双眼，说道："老妈妈，你是一个傻瓜！你为什么用你那骗人的消息来打扰我的清梦？自从俄底修斯走了之后，我还从没有睡过这样一个好觉！"

"孩子，你别发火，"女管家说道，"就是那个外乡人，那个乞丐，那个大家都嘲笑的乞丐。你的儿子忒勒玛科斯早就知道了，但在向那些求婚人复仇之前，他要保守秘密。"

王后一听到这话就从床上跳起，抱住老女人，眼泪夺眶而出，她说："老妈妈，如果你说的是真话，如果俄底修斯真的在家里，那告诉我，他怎么能打败那么多的求婚人？""我自己既没有看见也没有听见，"欧律克勒亚说道，"因为我们女人都心惊胆战，被关在屋子里。但当你儿子把我喊出去时，我看到你的丈夫站在那儿，四周都是尸体。他虽然满身血污，但你看到他定会欣喜若狂的，孩子。现在尸体都被搬到宫殿大门外很远的地方了。整个房子我都用硫黄熏过了，你可以不必害怕到那儿去了。"

"老人，我还一直不敢相信，"珀涅罗珀说道，"一定是一个神祇，他杀死了那些求婚人。但俄底修斯——不，他在遥远的地方，他不会活着回来了！”“你这多疑的人，”女管家摇头，说道，“我再告诉你一个确实的证据。你知道他身上那处被野猪咬伤的疤痕吧。那会儿，当我按照你的吩咐给这个乞丐洗脚时，我就认出了那个伤疤，准备当场就告诉你，但他严厉地制止了我。”“那让我们到那儿去吧！”珀涅罗珀说道，她由于恐惧和喜悦而颤抖起来。她们俩一道跨过门槛，进入大厅。珀涅罗珀一言不发地坐在俄底修斯对面，炉火在熊熊燃烧。他坐在柱旁，垂下眼睛，等着她说话。但惊愕和怀疑使王后沉默不语，最后是忒勒玛科斯走向母亲，并半带微笑半带责备地说道：“母亲，你怎能如此无动于衷坐在这儿？到父亲跟前，去问问，去说说！当一个女人的丈夫在历经磨难二十年后返回家园时，他的女人该是怎样一种表情！难道你胸中不是一颗心而是一块石头？”

“啊，亲爱的儿子，”珀涅罗珀回答说：“我不能向他打招呼，我不能问他，我不能直视他的脸！如果真的是他，他真的是我的俄底修斯，他回到了自己的家，那我们会彼此认出来的，因为我们有别人所不知道的秘密。”这时俄底修斯转向他的儿子，面带微笑，说道：“让你母亲试探我好了；她蔑视我，因为我穿着这样一身破衣烂衫。让我们看看吧，我们如何向她证实的。但现在有另外一些急事要做。你知道，若是有谁哪怕只杀了一个同族的人，那他就要逃离家园，可我们杀死了伊塔刻和邻近岛屿的一些高贵的年轻人，他们是国家的栋梁，我们怎么办？”

“父亲，”忒勒玛科斯说，“这你得自己来想办法。毕竟你是世上最最聪明的谋士。”

“那我就告诉你们，”俄底修斯说道，“我认为是最聪明的做法吧。你，牧人和屋里所有的人，首要的是洗一个澡，穿上最华美的衣服。歌手手执竖琴，我们大家跳舞。路经此地的每一个人都认为，节庆还在继续，那样求婚人被杀害的传言就不会在城里散播开来，在这段时间里我们就可以到乡下我们的庄园里。那时一个神祇就会告诉我们下一步做什么。”

不久宫殿里响起了一片跳舞声和琴声。民众集聚在马路上并彼此交谈：“不必怀疑了！珀涅罗珀又结婚了，宫里在举行婚礼。”直到傍晚人群才散去。

俄底修斯在洗浴和涂上香膏之后又回到大厅，重新坐在他的王座上，面对着他的妻子。“奇怪的女人，”他说道，“众神给了你一副铁石心肠。没有一个女人会在她丈夫经历二十年的苦难返回家园时竟如此顽固地拒绝相认。欧律克勒亚，我得求你了，给我找个地方安排床铺，因为这儿的这个女人有一颗冷酷的心！”

“不可理喻的男人，”珀涅罗珀说道，“不是骄傲，不是轻视，也不是类似的情感，使我对你有所保留。我还记得很清楚，当你乘船离开伊塔刻时的样子。好吧，欧律克勒亚，给他在卧室外安排一张床铺，把他的床上用品拿出来，铺上毛皮、毛毯。”

珀涅罗珀这是在试探她的丈夫，但俄底修斯却愠怒地望了她一眼，说道：“这是一句伤人的话，女人，我的床铺没有一个凡人能移得动，即使是他使出年轻人的全部力量也不行。这是我自己做的，它有一个巨大的秘密。在这个宫殿的中心有一棵茂盛的橄榄树，它长得像一根柱子。于是我就把住房建造在这里，里面就是卧室。当房屋用石头砌好时，我就把橄榄树的树冠砍掉，从根部把树干刨平，使它成为床的一条腿，床与树干是一个整体。然后我用黄金、白银和象牙装饰床架，用坚实的牛皮绳做成床绷。这便是我们的床榻，珀涅罗珀！我不知道，这床还在不在，但有谁想动它，就必须把橄榄树从根部砍断。”

王后一听到这个秘密，她的双膝就颤抖起来。她哭着从座位立起身来，奔向她的丈夫，拥抱他，亲吻他。随后她说道："俄底修斯，不要生我的气！我这颗可怜的心经常恐惧不安，我怕有一个狡猾的骗子来蒙蔽我。现在，你说出了除了你和我没有一个凡人所知道的秘密，我再不怀疑了，我相信了！"当她这样说的时候，俄底修斯的心由于悲痛而震颤起来，他哭着把他忠贞的妻子拥在胸前。

俄底修斯和拉厄耳忒斯

翌日清晨，俄底修斯一大早就做好了旅行的准备，"亲爱的妻子，"他对珀涅罗珀说道，"我们直到现在已饮够了苦酒，你为我的不在而哭泣，我则由于宙斯和众神而不能返归家园。现在，在我们重新团聚之后，我们的统治、我们的家产重又得到了保障。你来照管宫中还留下的所有财产。由于求婚人的挥霍而失去的，部分由他们最后在求婚时所赠送的礼品来加以弥补，部分由我从异乡带回来的战利品和赠礼来加以补充。现在我本人要去我善良而年迈的父亲长期居住的庄园。但我劝告你，要与你的女仆待在后宫里，不要使任何人有机会来与你说话，或来问你什么，因为求婚人被杀害的流言已经慢慢在城市里传布开来了！"

俄底修斯说完就背上宝剑，唤起他的儿子和两个牧人，他们三个人立即按照他的命令同样拿起武器，与俄底修斯一道穿过城市。他们的保护神雅典娜用浓雾遮住他们，这样城市里就没有一个人认出他们。

没有多久，四个人就来到老人拉厄耳忒斯美丽的、经营得井井有条的农庄。在庭院的中心是住房，四周是些辅助房屋。耕种工地的奴隶们吃住都在这里。这儿还住着一个西西里女人，她在这座孤零零的庄园里细心地照料老人拉厄耳忒斯。当俄底修斯四人站在住房门前时，他对儿子和牧人说道："你们先进去，杀一头肥猪用作午餐。我本人要到田里去，善良的父亲一定在那里劳作，我要试试他，看他还能不能认出我来。不要很久，我就与他一道返回来，然后我们共同欢宴。"俄底修斯把剑和长矛交给他们，他们随即向屋内走去。

他去田里找他的父亲，终于在一排排美丽的树木中见到他正在种一棵小树。老人看起来像一个年迈的奴隶，身穿一件粗糙的、脏兮兮的、有多处补丁的上衣；胫骨上缠着一副牛皮绑腿，这是用来防备荆棘的；手上戴着手套；头上戴着一顶羊皮帽子。老人身着这副可怜的装束，老态龙钟，脸上布满了忧愁的痕迹。俄底修斯目睹此景，悲痛地倚在一棵梨树上，伤心地哭了起来。他真想拥抱他的父亲亲吻，立即告诉他，自己是他的儿子，现在回到了父辈的土地，可他害怕这意外的惊喜会对老人造成伤害。于是他决定，先要他有一个思想上的准备，用温和的责备去加以试探。

这样，正当老人弯下头来去松动小树苗四周的土时，他走向前去说道："老人，看来你对栽种果树很内行呀。葡萄、橄榄树、无花果树、梨树和苹果树都侍弄得好极了；花卉和蔬菜也都得到了细心的照料。但有一点我觉得不好，恕我坦白说，你自己没有得到很好的照顾，怎能穿这样可憎的衣服呢！你的主人做得不对。你的身材魁梧，有一副高贵人的仪表。像你这样一个人，应当沐浴，吃得好，享受一个老人应该得到的东西。告诉我，谁是你的主人，你在为谁侍弄这些果树？难道这个地方真的是刚才我遇到的一个人告诉我的伊塔刻？那个人可不是一个有礼貌的人，当我问他，我要在这儿拜访的人是不是还活着时，他根本不回答我。

“在好长时间之前，我在我的家乡曾留宿一个男人，他来自伊塔刻。他告诉我，他是国王拉厄耳忒斯的一个儿子。我十分热情地招待了这位高贵的朋友，当他离开我时，我送给他一大批贵重的礼物。”

拉厄耳忒斯一听到这个消息就抬起头来，眼泪夺眶而出，他说：“好心的外乡人，你当然是来到了你刚才打听的地方。但住在这里的是些骄横无耻的人，你就是用你的全部礼品也无法使他们满足。你要找的那个人不在这儿了。若是你还能在伊塔刻看到他活着，那他一定会用丰富的礼品来回报你的馈赠！但告诉我，你那不幸的朋友，即我的儿子自拜访你到现在有多久了？你是谁？你从哪儿来？你的船停在哪儿？你的伙伴在哪儿？或者你是一个旅行者，租别人的船在我们海岸登陆的？”

“尊敬的老人，我不向你作任何保留，”俄底修斯回答说，“我叫厄珀里托斯，是阿吕巴斯的阿斐达斯的儿子。一股风暴把我不由自主地从西卡尼亚吹到你们的海滨，我的船就下锚在离城市不远的地方。自从你的儿子俄底修斯离开我的家乡已有五年之久了。他走时心情快乐，幸运的鸟在陪伴他。我想，我们作为朋友还能经常见面，并互赠珍贵的礼物。”

老人两眼一片漆黑，他用双手捧起一把黑土，洒向自己雪白的头上，大声恸哭起来。现在俄底修斯的心肝欲裂，他冲向他的父亲，拥抱亲吻，喊道：“我就是他呀，父亲，我就是你问的那个人啊！二十年了，我现在回到了故乡。擦干你的泪水，忘记掉痛苦，因为我已在我们的宫殿杀死所有的求婚人了！”

拉厄耳忒斯惊奇地望着他，终于大声地喊出：“如果你真的是俄底修斯，如果你真的是我的回家的儿子，那就给我一个确实的证据，让我能够相信。”“亲爱的父亲，看这儿的这个疤痕，”俄底修斯回答说，“这是野猪咬的伤疤。我要指给你看的第二个证据是那些你从前赠给我的果树。那时我还是一个孩子，陪你到花园里去，我们在一排排树中散步，你指给我看各种不同的果树并告诉我它们的名字。你送给我十三棵梨树，七棵苹果树，四十棵无花果幼树和五十棵葡萄树。”

老人不再怀疑了。他大声地喊道："宙斯和众神啊，愿你们永生，否则求婚人不会受到惩罚！但现在，我的儿子，因为你一种新的恐惧令我不安啊。伊塔刻和附近岛屿上的一些高贵家族，由于你都失去了他们的儿子；这座城市和周围地区都会起来反对你。”“亲爱的父亲，不必害怕，”俄底修斯说道，“你现在不必为此担心。跟我回你的房屋里去，你的孙子忒勒玛科斯，牧猪人和牧牛人在等你，饭菜都已准备好了。”

他们两人一道回到屋里，看到忒勒玛科斯和两个牧人正在忙于切肉斟酒。拉厄耳忒斯在饭前沐浴和涂抹香膏，随后他多年来第一次穿上了他的华服。就在他穿衣服的当儿，女神雅典娜隐身地接近他，使老人变得神采奕奕，仪表堂堂。当他再次出现在他们面前时，他的儿子俄底修斯惊奇地望着他说道："父亲，肯定有一个神祇使你变得如此高大威严！”“是的，众神作证，”拉厄耳忒斯说，“若是我昨天在大厅里与你留在一起，并肩战斗的话，肯定有一些求婚人会倒在我的膝下！”

城中叛乱

这期间在伊塔刻城中流言传布开来，相互转告求婚人所遭到的可怕厄运。死者的亲属从四面八方拥向俄底修斯的宫殿，他们在庭院的一处偏僻角落里发现了堆放的大批尸体。他们放声恸哭，还混杂有威胁的喊叫，将死者搬了出去，在市集广场进行安葬。安提诺俄斯的父亲欧珀忒斯从他们中间站了出来，他是一个孔武有力，深孚众望的人，儿子的死令他心痛如焚。他含着眼泪对大家说："朋友们，想想这天大的不幸吧，这是那个我现在控告的男人给伊塔刻和邻近城市带来的！二十年前他把我们那么多那么勇敢的人拐骗到他的船上。他丧失了他的船，丧失了他的伙伴。最后他独自一人返了回来，杀死了我们这么多高贵的年轻人。来呀，趁这个罪犯还没有逃到皮罗斯忒厄利斯之前，赶上他，抓住他！否则我们会蒙羞受辱，愧对我们的后代子孙。若是我们，他们的先人不对谋杀我们的儿子和兄弟的凶手进行惩罚的话，我们何以为人。"

会聚起来的人群听到他的话都激动起来。就在这当儿，歌手斐弥俄斯和使者墨冬从王宫走了出来，踏入市集的人群之中。墨冬发言了，他说："伊塔刻人，听我说。俄底修斯所做的，我可以向你们发誓，没有神的旨意那他是无法做到的。我本人看到了神，他化身为门托耳，一直站在他的身边，他时而赋予俄底修斯力量，时而在大厅里使求婚人陷入精神错乱。他们一个个横尸当场，这是神意呵。"

人们听到使者的话感到非常恐怖。这时一个白发老人，玛斯托耳的儿子哈利忒耳塞斯站了出来，他是人群中唯一一个有远见卓识的人。他说道："伊塔刻人，听我说，我要向你们说心里话。发生的这一切，罪过在于你们自己。你们为什么那样放任自己，你们为什么不听我和门托耳的劝告。当你们的儿子每天都到王宫去挥霍那个不在的人的财产，并向他的妻子提出不光彩的要求时——好像他永远不会回来了——你们为什么不去管教他们？现在在宫里发生的一切，都应归罪于你们。如果你们足够聪明的话，那你们就不要去与这个人作对，他只是处置了他的敌人。若是你们一意孤行的话，那灾难就将降临到你们头上。”这番话立即在人群中激起了混乱和争论。一部分人愤怒和暴躁地站了起来，另一部分人则认为这话有理，那些情绪激昂的人支持欧珀忒斯的建议，他们武装起来，会集在城前的平地上，欧珀忒斯成了这群人的首领，他们动身前去为求婚人复仇。

当雅典娜从奥林帕斯山上俯视发现这支队伍时，她走到父亲宙斯的面前并说道：“众神之主，告诉我你的智慧的决定。你是要通过战争与不和去惩罚伊塔刻人，还是你想使双方的争端和平解决呢？”“女儿，你怎么还要问什么决定呢？”宙斯回答说，“你不是按照我的意志做出了决定，并要俄底修斯最终作为一个复仇者返回他的故乡吗？这一点你已经实现了，那就继续按你的意愿去做吧。但如果你要知道我的想法的话，那就是这样：在俄底修斯惩罚了求婚人之后，就订立一个神圣的盟约，他永远是他们的国王。但我们得设法消除死去儿子和兄弟的那些人心中的仇恨，让所有人都充满了爱，像从前那样。团结和幸福应当永存。”

宙斯的决定使女神极为高兴。她离开奥林帕斯，飘临到伊塔刻岛。

俄底修斯的胜利

在拉厄耳忒斯的庄园里欢宴已经结束。他们围着餐桌坐在那里，这时俄底修斯沉思着对他的朋友们说道：“我觉得我们的敌人在城里也不会闲着的，得有一个人去外边打探消息。”老管家多里俄斯的一个儿子立即出去侦察。他刚走出不远就看到一大群人朝这儿涌来。他惊恐地奔了回去，向集在那里的朋友们喊道：“他们来了，俄底修斯，他们来了，就要到你跟前！你们赶快武装起来。”坐在桌旁的人立刻跳了起来，很快就拿起武器。俄底修斯、他的儿子和两个牧人，还有多里俄斯的六个儿子，最后是多里俄斯和拉厄耳忒斯本人。俄底修斯站在前面，领着这支小队伍冲出了大门。

他们刚一到空地上，化身为门托耳的一个威武高大的同盟者就与他们站到了一起，这是庄严神圣的女神雅典娜。俄底修斯立刻就认出她来了，心中充满了喜悦和希望。“忒勒玛科斯，”他对儿子说，“现在不要辜负父亲对你的期望，在最勇敢的男子汉战斗中显示出你的力量，为你的家族争光，这个家族向来以勇气和胆略闻名于世。”“在与求婚人的战斗之后，你还怀疑我的勇猛善战吗，父亲？”忒勒玛科斯回答说，“你会看到，我不会辱没我们的家族！”这话使他的父亲和祖父十分高兴。“这是一个怎样的日子啊，众神，”拉厄耳忒斯喊了起来，“我的心在欢呼！父亲、儿子和孙子并肩进行一场战斗！”

这时雅典娜靠近了老人，悄悄地对他说道：“阿耳喀西俄斯的儿子哟，我爱你胜过你的同伴，向宙斯和宙斯的女儿祈祷吧，然后投出你的长矛。”雅典娜说罢就把力量注入老人的胸中。他向宙斯和雅典娜祈祷，随即掷出了他的长矛。他的长矛没有落空，击中敌方首领欧珀忒斯头盔上的面甲，面甲无法挡住有力的长矛，它直穿透敌人的面颊，安提诺俄斯的父亲欧珀忒斯栽倒在地，一命呜呼。俄底修斯、忒勒玛科斯和他们的伙伴用剑和长枪愤怒地进行厮杀，若不是雅典娜突然响起了她的声音的话，他们会把所有敌人都消灭掉。雅典娜大声呼喊，要他们都停止战争：“住手，伊塔刻人，住手，停止这场不光彩的战争。珍惜你们的鲜血，分离开来！”

那些前来的敌人听到这雷鸣般的声音惊恐万分，武器都从他们手中滑落到地上。他们背转过身去，像受风暴驱赶一样，向城里逃去，只想能从死里逃生。但俄底修斯和他的人在听到女神的声音时却不惊惶，他们高高挥舞起长枪和宝剑，俄底修斯追在前面，发出可怕的叫喊声，像一头雄鹰冲向它的猎物。但跑在他们前面的是像一阵疾风的雅典娜，她仍然化身为门托耳。

可宙斯的命令应当执行，和平不应再受干扰。他的闪电击在女神面前的地上，雅典娜在亮光前为之一震。“拉厄耳忒斯的儿子，”她转过身对俄底修斯说道，“现在停止战斗，制止你好斗的心，否则全能的雷霆之神会不喜欢你的！”俄底修斯和他的人心甘情愿地听从了，于是雅典娜带领他们进入城市，来到伊塔刻市集广场。他们派出了使者召集市民大会。宙斯实现了他的诺言：从所有人的心中消除掉仇恨。化身为门托耳的雅典娜使俄底修斯和城市及周围地区的首领缔结了一个永久的和平盟约，他们与全体民众公推俄底修斯为他们的国王和保护者。欢呼的人群伴同他返回宫殿，珀涅罗珀听到胜利与和平的呼声，与她的女仆一道，头戴花冠、衣着华服走出宫殿迎向俄底修斯。

这对再度团圆的夫妇幸福地生活了多年。很久之后，如预言家忒瑞西阿斯在冥府对他最后的命运所做的预言那样，耄耋之年的俄底修斯才平静地辞世而去，得到善终。

附录　古希腊神话诸神一览表

早期诸神

该亚 (Gaea)：大地女神。

乌拉诺斯 (Uranos)：远古众神之王，与该亚生下泰坦众神。

赫利俄斯 (Helios)：太阳神。

塞勒涅 (Selene)：月亮女神。

厄俄斯 (Eos)：黎明女神，太阳神赫利俄斯与月神塞勒涅的姐姐。

涅柔斯 (Nereus)：海神。

欧墨尼得斯 (Eumenides)：复仇女神。

塔那托斯 (Thanatos)：死神。

忒弥斯 (Themis)：正义、秩序与道德女神。

奥林匹亚诸神

宙斯 (Zeus)：众神之王，泰坦神克洛诺斯与瑞亚之子，掌管天庭和风雨雷电。

赫拉 (Hera)：天后，宙斯的妻子，也是他一母所生的姐姐。掌管女人、婚姻和生育。

波塞冬 (Poseidon)：海神，宙斯的兄弟，安菲特里忒的丈夫。

得墨忒耳 (Demeter)：丰收和农业女神，宙斯的姐姐，冥后珀尔塞福涅的母亲。

狄俄倪索斯 (Dionysos)：酒神，狂欢之神，宙斯和塞墨勒之子。

雅典娜 (Athene)：智慧与艺术女神，宙斯之女，掌管艺术、发明和武艺。

阿波罗 (Apollon)：太阳神，宙斯与勒托之子，掌管音乐、诗歌、预言、雄辩和医术。

阿尔忒弥斯 (Artemis)：月亮和狩猎女神，阿波罗的孪生妹妹。

赫淮斯托斯 (Hephasfos)：火神、工艺、锻冶之神，宙斯与赫拉之子。

阿佛洛狄忒 (Aphrodite)：爱情女神，美神，宙斯与狄俄涅之女，赫淮斯托斯之妻。

阿瑞斯 (Ares)：战神，宙斯与赫拉之子。

厄里斯 (Eris)：纷争女神，阿瑞斯的姐姐。

赫耳墨斯 (Hermes)：神的使者，宙斯与迈亚之子，掌管旅游、商业和贸易。

赫柏 (Hebe)：青春女神，宙斯与赫拉之女。

厄洛斯 (Eros)：小爱神，阿佛洛狄忒与阿瑞斯之子。

赫斯提亚 (Hestia)：女灶神，宙斯的姐妹。

潘 (Pan)：山林之神，赫耳墨斯之子。

缪斯 (Musem)：宙斯的九个女儿，分别掌管艺术和科学的九个门类。

其他神祇

克洛诺斯 (Kronos)：泰坦神中最幼者，宙斯之父。

哈得斯 (Hades)：地狱及冥国的统治者，又名普路同，宙斯的弟弟。

赫卡忒 (Hekate)：冥国噩梦女神。

普罗米修斯 (Prometeus)：泰坦神伊阿珀托斯之子，盗天火者。